Scarlett St. Clair

Rey de guerra y sangre

Traducción de **Cristina Macía**

montena

Penguin
Random House
Grupo Editorial

Primera edición: septiembre de 2023
Primera reimpresión: febrero de 2024

Título original: *King of Battle and Blood*

© 2021, Scarlett St. Clair
© 2023, Penguin Random House Grupo Editorial, S. A. U.
Travessera de Gràcia, 47-49. 08021 Barcelona
© 2023, Cristina Macía, por la traducción
© Adobe Stock, por los elementos gráficos

Impreso en Colombia - *Printed in Colombia*

ISBN: 978-84-19650-68-9

Advertencia
Este libro contiene escenas violentas
y contenido sexual explícito, además de relaciones
de poder y dominio.

Para Ashley, que adoraba este libro
ya antes de que lo escribiera

UNO

El ejército de vampiros estaba acampado en las afueras del reino de mi padre. Las cúspides negras de las tiendas eran un océano de olas afiladas que se extendía durante kilómetros y kilómetros, y se fundía con el horizonte rojo, el cielo que cubría Revekka, el Imperio del Vampiro. Desde que nací, lo había visto siempre de ese color. Según se decía, era una maldición de Dis, la diosa del espíritu, que advertía del mal que allí había nacido: el mal que había empezado con el Rey de Sangre. Por desgracia para Cordova, el cielo rojo no seguía los pasos del mal, así que no hubo aviso previo a la invasión de los vampiros.

Se habían manifestado la noche anterior al oeste de la frontera, como si hubieran viajado con las sombras. Desde entonces, solo hubo silencio y quietud. Era como si su presencia cancelara la vida. Ni siquiera soplaba el viento. La desazón me atenazó el pecho como una garra helada y se me asentó en el estómago mientras observaba desde los árboles, a pocos metros de la primera hilera de tiendas.

No podía quitarme de encima la sensación de que el fin había llegado. Era algo que se alzaba a mi espalda, que me agarraba por los hombros con unos dedos largos y duros.

Antes de la llegada hubo rumores. Decían que Adrian Aleksandr Vasiliev, cómo detestaba incluso pensar en su nombre, había arrasado Jola, había destruido Elin, había conquistado Siva, había quemado Lita. Las Nueve Casas de Cordova iban cayendo una tras otra. Y los vampiros habían llegado a mi puerta... Pero, en vez de llamar a las armas, el rey Henri, mi padre, había pedido una reunión.

Quería razonar con el Rey de Sangre.

La decisión de mi padre se recibió con una mezcla de emociones. Había quienes querían luchar antes de sucumbir al dominio de aquel monstruo. Otros aún dudaban: ¿estaba cambiando mi padre la muerte en el campo de batalla por otro tipo de muerte?

Al menos, en la batalla había verdades: podías sobrevivir, podías morir.

En cambio, bajo el dominio de un monstruo, no había verdades.

—Yo no debería haberte permitido que vinieras tan tarde ni que te acercaras tanto.

El comandante Alec Killian estaba demasiado cerca, casi pegado a mí, con un hombro contra mi espalda. En cualquier otro momento, habría buscado excusas para aquella proximidad, la habría atribuido a su celo como escolta, pero sabía bien que no era así.

El comandante quería redimirse.

Me aparté un paso y me volví para lanzarle una mirada hosca y poner algo de distancia. Alec, o Killian, como yo prefería llamarlo, era comandante de la Guardia Real. Ocupaba el cargo que había heredado de su padre, que se llamaba igual que él y había muerto de manera repentina hacía tres años.

Me devolvió la mirada con unos ojos grises, acerados y amables a la vez. Habría preferido que me enseñara solo el acero, porque la ternura me daba ganas de retroceder dos pasos más. Significaba que sentía algo hacia mí, y la emoción que había albergado en el pasado, cuando trataba de atraer su atención, ya se había desvanecido.

En apariencia, era todo lo que yo buscaba en un hombre: era atractivo de una manera viril y tenía un cuerpo moldeado por las horas de entrenamiento. El uniforme acentuaba su porte: un sayo azul hecho a medida, unos pantalones con ornamentos dorados y una ridícula capa teatral también dorada. Tenía una mata de pelo espeso y oscuro; me había pasado muchas noches con aquellos mechones entre los dedos, con el cuerpo caldeado pero no inflamado por la pasión que tanto anhelaba. El comandante Killian era un amante mediocre y tampoco ayudaba que no me gustara su barba, una larga que le cubría la mitad inferior del rostro. Hacía que fuera imposible verle la forma de la mandíbula, aunque intuía que era marcada, a juego con su porte... que me empezaba a colmar la paciencia.

—Soy de rango superior al tuyo, comandante. No te corresponde a ti decirme lo que he de hacer.

—No, pero a tu padre sí le corresponde.

Una ola de irritación me subió por la columna vertebral. Apreté los dientes. Cuando Killian no podía controlarme, recurría a la amenaza de mi padre. Y no entendía por qué ya no quería acostarme con él.

En vez de comprender la rabia que sentía, Killian sonrió burlón. Estaba encantado de haberme molestado. Hizo un ademán en dirección al campamento.

—Deberíamos atacar durante el día, mientras duermen.

—Pero iría contra las órdenes de mi padre, que quiere la paz —repliqué.

Hubo un momento en que habría estado de acuerdo con él. ¿Por qué no atacar a los vampiros dormidos? La luz del sol era su debilidad. Pero eso era lo que había hecho Theodoric, el rey de Jola, y el ejército entero había sido aniquilado por lo que la gente empezaba a llamar «la peste de la sangre». Quienes contraían la enfermedad, sangraban por todos los orificios hasta morir. Entre los muertos estuvieron el rey Theodoric y su esposa, con lo que el trono lo ocupaba un niño de dos años bajo el dominio del Rey de Sangre.

Por lo visto, la luz del sol no era barrera para la magia.

—¿Nos tendrá el mismo respeto él a nosotros cuando llegue la noche? —replicó Killian.

El comandante no había tenido pelos en la lengua a la hora de expresar la opinión que le merecían el Rey de Sangre y la invasión de Cordova. Comprendí su odio.

—Tengo una confianza absoluta en los soldados que has entrenado, comandante. Los has preparado para esto.

Sabía que no le iba a gustar mi respuesta. Frunció el ceño, porque los dos éramos conscientes de que nos podíamos dar por muertos si los vampiros atacaban. Hacían falta cinco de nosotros para hacer frente a uno solo de ellos. No nos quedaba más remedio que confiar en que la palabra que el Rey de Sangre le había dado a mi padre valiera por la vida de nuestra gente.

—Nadie está preparado para unos monstruos, princesa —dijo Killian. Aparté la mirada de él para clavar los ojos en la tienda del rey, que destacaba por los adornos rojos y dorados—. No creo que ni la diosa Dis supiera lo que iba a pasar con su maldición.

Se decía que Adrian había enojado a Dis, la diosa del espíritu. Como castigo, lo había condenado a sufrir de sed de sangre. La maldición se extendió: algunos humanos sobrevivieron a la transformación en vampiros; otros no. Desde la encarnación, no había habido paz para el mundo. Su presencia había engendrado otros monstruos, de muchos tipos, y todos se alimentaban de sangre, de vida. Yo no había conocido más mundo que este, pero nuestros ancianos sí. Recordaban una vida sin murallas altas y portones en cada pueblo. Recordaban cómo era caminar bajo las estrellas sin miedo cuando llegaba la oscuridad.

Yo no tenía miedo de la oscuridad.

Yo no tenía miedo de los monstruos.

Ni siquiera tenía miedo del Rey de Sangre.

Pero sí tenía miedo por mi padre, por mi pueblo, por mi cultura.

Porque Adrian Aleksandr Vasiliev era inevitable.

—¿Pretendes saber cómo piensa una diosa? —pregunté.

—No paras de enfrentarte a mí. ¿Qué he hecho mal?

—¿Y esperas mi aprobación constante porque hemos follado? Se encogió y frunció el ceño. «Por fin, ira», pensé.

—Estás enfadada —dijo.

Puse los ojos en blanco.

—Claro que estoy enfadada. Has convencido a mi padre de que me hace falta escolta.

—¡Porque sales a escondidas de tu habitación de noche!

No había tenido ni idea de que acostarme con Killian le daba permiso para ir a mi dormitorio sin avisar. Pero claro, como siempre, una noche se excedió y no me encontró allí. Despertó al castillo entero, hizo que el ejército me buscara por los bosques circundantes. Yo solo había querido ver las estrellas desde las colinas ondulantes de Lara, como llevaba haciendo muchos años. Pero todo había terminado hacía una semana. Cuando me encontraron, mi padre me llamó a su estudio y me dio una charla sobre la situación del mundo y la importancia de la precaución. Me impuso guardias y toque de queda.

Protesté. Había recibido entrenamiento, era una guerrera tan competente como Killian. Podía defenderme sola, al menos dentro de las fronteras de Lara.

—¡No! —me gritó mi padre. Fue tan brusco y tan repentino que pegué un salto. Respiró hondo para calmarse—. Eres demasiado importante, Issi.

En aquel momento, me pareció tan derrotado que no pude decir nada más. Ni a él ni a Killian.

Pero había pasado una semana y me sentía atrapada.

—Ya que tantas ganas tenías de contar mis secretos, ¿confesaste también que habías estado follando conmigo, comandante?

—No vuelvas a decir esa palabra —dijo con los dientes apretados.

Pensé que al menos había algo que lo hacía reaccionar de manera apasionada. Pero la orden solo sirvió para preocuparme.

—¿Cómo prefieres que lo diga? ¿Hacer el amor? No, gracias. —Estaba siendo cruel, pero me invadía la rabia y quería que el destinatario de esa rabia se diera cuenta. Era una característica que había heredado de mi madre, porque mi padre rara vez dejaba entrever la frustración—. Parece que crees que lo que pasó entre nosotros significa algo más.

Era como si, de repente, pensara que tenía derecho a mí, y eso me pareció intolerable.

—¿Tan espantoso te parezco? —preguntó en voz baja.

Apreté los puños y, por un momento, sentí un aguijonazo de culpa en el pecho. Me lo quité de inmediato.

—No manipules mis palabras.

—No quiero manipularte, pero tampoco puedes decir que no disfrutaste las veces que estuvimos juntos.

—Me gusta el sexo, Alec —dije sin ningún tipo de emoción—. Pero eso no significa nada más.

Eran palabras torpes, pero las dije en serio. Solo me había acostado con Killian porque estaba a mano, porque quería un desahogo físico. Ese fue mi primer error. Me impidió ver otras señales de alerta, como aquella tendencia a informar a mi padre de cada uno de mis movimientos.

—No lo dices en serio.

—Killian. —Pronuncié el nombre como si fuera una advertencia. No me estaba prestando atención. Si había algo que no soportaba era que un hombre creyera que yo misma no sabía lo que pienso—. ¿No vas a aprender nunca? Siempre hablo en serio.

Di un paso para evitarlo y Killian me agarró la mano. La aparté para soltarme y le di un puñetazo en el estómago. Dejó escapar un gemido y cayó de rodillas. Me di media vuelta.

—¡Isolde! —bufó—. ¿A dónde vas?

Eché a andar hacia la espesura del bosque. Notaba bajo los pies las hojas blandas, aún húmedas por el rocío de la mañana. Ojalá hubiera llegado la primavera, ojalá estuvieran verdes los árboles y crecida la vegetación. Me resultaría mucho más fácil desaparecer. Pero tuve que caminar entre los troncos blancos y esqueléticos, bajo una bóveda de ramas entrelazadas. Aun así, podía escapar de Killian. Conocía aquellos bosques igual que conocía mi corazón. Podía volver al castillo sin él, tal como había sido mi intención antes de que me persiguiera hasta la frontera.

—Imbécil —mascullé.

Me dolía la mandíbula de tanto apretar los dientes. No detestaba a Killian, pero tampoco toleraba que me enjaularan. Era muy consciente de los peligros del mundo y me habían educado para luchar contra todo tipo de monstruos, hasta con los vampiros…, aunque también sabía que no sería rival para uno. Si hubiera dependido de Killian, en aquel momento nuestro ejército habría estado luchando contra los vampiros y muchos de los nuestros ya habrían muerto.

Los humanos no disponíamos de ninguna cura para combatir sus enfermedades. No podíamos huir de ellos, tampoco teníamos manera de responder ni a su magia ni a los monstruos que habían despertado. Éramos inferiores y siempre lo seríamos hasta que una de las diosas respondiera a las muchas y diversas plegarias de los devotos. Por el momento, no lo habían tenido a bien.

Las diosas nos habían abandonado hacía mucho. A veces me sentía como si fuera la única que se había dado cuenta.

Aminoré el paso al notar un olor a putrefacción en el aire. Al principio era tenue. Por un momento, pensé que lo había imaginado.

Pero luego sentí un escalofrío por toda la espalda y me detuve.

Había una estrige cerca.

Las estriges eran humanos que habían sucumbido a la peste de la sangre y luego se habían levantado de entre los muertos. Eran seres horrorosos de inteligencia muy limitada y tenían un deseo infinito de comer carne humana.

El olor se hizo más pungente. Flexioné los dedos y me volví muy despacio para hacerle frente al monstruo reseco.

Estaba al borde del claro, encorvado, y me miraba con los ojos vacíos. El escaso pelo apelmazado en mechones pegajosos de sangre le enmarcaba el rostro casi esquelético. Me miró, olisqueó el aire y empezó a emitir un gruñido que le salía de la garganta al tiempo que mostraba los dientes largos. Luego, lanzó un aullido escalofriante, se dejó caer a cuatro patas y se lanzó contra mí.

Separé los pies para prepararme para el golpe. Se precipitó contra mí y, cuando lo tuve cerca, le lancé un tajo con el cuchillo que llevaba en una funda, en torno a la muñeca. La hoja penetró con facilidad entre las costillas del monstruo. A la velocidad del rayo, retrocedí y me llevé la hoja conmigo. La sangre me salpicó a la cara cuando la estrige se tambaleó y lanzó un rugido de rabia y miedo.

Solo había conseguido herirla.

Para matar a una estrige hay que cortarle la cabeza y luego quemarla.

El monstruo estaba débil y saqué la espada. El metal afilado silbó al salir de la funda. El monstruo siseó lleno de odio antes de lanzarse otra vez contra mí. Se ensartó contra mi espada, me desgarró el vestido y la piel con zarpazos desesperados. Dejé escapar un grito gutural de dolor, pero la rabia y la adrenalina se impusieron. Saqué la espada y lancé un tajo. El filo se clavó en los huesos del cuello de la estrige. Le planté un pie en el pecho y liberé el arma. La estrige cayó. Le lancé otro tajo al cuello y, cuando el cuerpo llegó al suelo, la cabeza aterrizó a un metro.

Me quedé allí un momento, jadeante. El pecho me ardía donde me había herido el monstruo. Tenía que acudir a los médicos. Las heridas de estrige se infectaban enseguida. Antes de iniciar el camino de vuelta, le di una patada a la cabeza, que rodó hasta los árboles que bordeaban el claro.

Iba a llegar herida al castillo. Eso no redundaría en mi beneficio ni me ayudaría a ser más independiente.

El aire vibró de repente. Me volví y alcé la espada de nuevo, pero en esta ocasión chocó contra otra.

El impacto me cogió por sorpresa, porque me encontré cara a cara con un hombre. Era muy atractivo, pero tenía una belleza dura y violenta. Tenía rasgos angulosos: pómulos altos, barbilla cincelada, nariz recta, todo ello enmarcado por una cabellera rubia que le caía ondulada hasta los hombros. Tenía los labios llenos y los ojos le brillaban bajo unas cejas muy definidas. Eran unos ojos extraños, azules y ribeteados de blanco, y se clavaron en mí. Inclinó la cabeza.

—¿Qué haces aquí? —preguntó.

Tenía un toque de intriga en la voz sedosa. El sonido hizo que se me encogiera el estómago.

Fruncí el ceño y lo estudié mejor. Llevaba un sayo negro abrochado con hebillas doradas y una sobreveste también negra. El dobladillo estaba cosido con hilo de oro. Era una prenda hermosa, pero no de la zona. Nuestros diseños eran mucho más intricados. Entrecerré los ojos.

—¿Quién eres? —pregunté.

El hombre bajó la espada como si ya no me considerase una amenaza, cosa que me hizo tener muchas ganas de serlo... Pero yo también bajé el brazo y aflojé los dedos en torno a la empuñadura. Intenté apretarla con más fuerza, pero no pude.

—Soy muchas cosas —dijo—. Hombre, monstruo, amante.

Detecté un leve acento, un deje que no conseguí situar.

—Eso no es una respuesta —repliqué.

—Lo que quieres decir es que no es la respuesta que buscabas.

—Estás jugando conmigo.

Su sonrisa se hizo más amplia y cobró un matiz siniestro, de una perversidad que apetecía sentir y saborear. Aquellos pensamientos me erizaron el vello y me noté enrojecer bajo su mirada.

—¿Qué quieres de mí? —preguntó.

Tenía la voz grave, como un ronroneo que hizo que me estremeciera por dentro. Tragué saliva.

—Quiero saber qué haces aquí.

—Iba tras el rastro de la estrige y vi que cambiaba de dirección. —Me clavó los ojos en el pecho—. Ahora veo por qué.

Algo cohibida, levanté un brazo y se me escapó un siseo al notar el tirón en la piel lacerada. El dolor repentino me dio vértigo.

—La he matado —conseguí decir, aunque me costaba mover la lengua.

Esbozó una mínima sonrisa.

—Eso también lo veo.

—Tengo que irme —susurré sin dejar de mirarlo.

Quería marcharme, pero tenía el cuerpo demasiado relajado. Tal vez era la infección que ya me había llegado a la sangre.

—Tienes que irte —asintió—. Pero no te irás.

Sus palabras hicieron que me sonaran las alarmas. Dio un paso hacia mí y, de pronto, recuperé la capacidad de moverme. Saqué el cuchillo de la funda y le lancé un golpe hacia el estómago, pero me agarró por la muñeca. Me atrajo hacia él y presionó el cuerpo contra el mío a pesar de la herida y a pesar de la sangre. Se inclinó sobre mí, me agarró por la cabeza y me hundió los dedos en el pelo. Por un momento, pensé que iba a besarme o a romperme el cuello. Pero me miró con intensidad, sin apartar los ojos en ningún momento, y me pasó el pulgar por los labios.

—¿Cómo te llamas? —preguntó.

Su voz me resonó por dentro y tuve que hablar.

—Isolde.

La respuesta se me cayó de los labios, en guerra con mi mente, que estaba rabiosa contra él.

—¿Quién eres?

De nuevo, respondí sin querer, con una voz que era como el susurro de una enamorada.

—Soy la princesa de la Casa de Lara.

—Isolde. —Repitió mi nombre con un tono ronco que me vibró en el pecho—. Cariño mío.

Se inclinó hacia delante y me recorrió con la lengua la herida del pecho. Yo no podía respirar, no me podía mover, no podía hablar. Y lo peor fue que me gustó la sensación. Me sentí posesiva, inmoral, y ya no quise clavarle el cuchillo, sino agarrarme a él con más fuerza.

Cuando se apartó, tenía los labios gruesos manchados de mi sangre. Se la tragó y los ojos le brillaron al estudiar los míos, mis labios, mi cuello. Esa mirada me inflamó algo por dentro, un fuego que se me extendió por mi interior, que me llenó de anhelo. Quise morirme de vergüenza, porque sabía que aquel hombre era un soldado del Rey de Sangre. Un vampiro.

Forcejeé entre sus manos y, para mi sorpresa, me soltó. Retrocedí bruscamente y me llevé la mano al pecho, a la piel lisa e inmaculada. Estaba ilesa.

—Eres un monstruo.

—Te he curado —replicó como si fuera un atenuante.

—No te he pedido ayuda —contesté.

—No, pero lo has disfrutado.

Lo miré con ojos llameantes.

—Me estabas controlando.

Por eso no había podido agarrar la espada, por eso sentía como si mi cuerpo se debatiera contra mi mente, por eso de pronto había deseado sentir sobre mí el peso de un cuerpo caliente, capaz de llenarme más que ningún otro antes. Había perdido el control.

Y era culpa de aquel ser.

—Yo no controlo las emociones.

Fue una afirmación tan objetiva que me resultaba difícil acusarlo de mentir.

Levanté la espada y el vampiro se echó a reír.

—Estás maravillosa cuando te enfureces, cariño mío. Me gusta.

Fruncí el ceño, pero solo sirvió para que su sonrisa se hiciera aún más amplia. Me mostró los dientes muy blancos, sin rastro de la sangre que me acababa de lamer. Sentí que se incrementaba mi odio hacia él.

—Aún hay luz —dije—. ¿Cómo es posible que camines entre nosotros?

Los vampiros solo podían salir durante el día en Revekka, cuando el cielo rojo bloqueaba los rayos del sol. ¿Tal vez estaban evolucionando? La sola idea me provocó un nudo de miedo en la boca del estómago.

—Ya está llegando el crepúsculo —dijo—. Esta hora del día no es tan peligrosa para alguien como yo.

¿Qué quería decir?

No se lo pregunté y tampoco me lo explicó. Se limitó a inclinar la cabeza.

—Volveremos a vernos, princesa Isolde. Te lo garantizo.

La promesa me hizo estremecer, como si lo hubiera jurado ante las diosas. Alcé la espada y lo ataqué, pero se desvaneció ante mis ojos como la niebla al llegar el sol de la mañana.

Una vez sola, empecé a temblar de manera incontrolable.

Había sobrevivido al encuentro con un vampiro que había probado mi sangre y lo peor era que el monstruo tenía razón.

Me había gustado.

DOS

Había visto a víctimas de los vampiros, a seres humanos que estaban en las puertas del cambio antes de que les arrancaran el corazón y quemaran sus cuerpos. También había visto cuerpos desangrados, sin vida. Pero nunca había tenido un encuentro con un vampiro.

—Se parecen a nosotros, pero no son como nosotros —nos había alertado el padre de Killian durante el entrenamiento—. Son veloces. Te controlan la mente, se beben tu sangre y no sobrevives. Y, si sobrevives, desearías haber muerto.

Era lo que me habían dicho sobre los vampiros.

En cambio, nadie me había contado en qué se parecían a nosotros: podían ser atractivos y su contacto provocaba un deseo intenso, más allá de todo lo que había experimentado. Notaba una tensión terrible por dentro y, cada vez que respiraba, el deseo de que me tocaran era más agudo.

—¡Isolde!

Pero no él.

La voz de Killian atravesó la neblina de mi mente. Estaba cerca y yo no quería que me atrapara. Tendría que darle demasiadas explicaciones: la estrige, la ropa desgarrada, la piel ilesa…

Me di media vuelta y eché a correr.

Tuve la sensación de que el castillo estaba el doble de lejos. Fue una caminata agotadora y frustrante, pues todavía me encontraba bajo los efectos del encuentro con el vampiro. Sentía calor por todo el cuerpo, sobre todo entre los muslos, y era muy consciente de lo sensibles que tenía los pechos, que estaban irritados por la capa de lana con la que me abrigaba. Para cuando salí de entre los árboles, era una tortura.

¿Qué era aquello? ¿Una forma de guerra especialmente cruel?

Recorrí las altas murallas de piedra que se alzaban ominosas y proyectaban sobre mí una sombra gélida. Las murallas eran un complejo sistema de fuertes, bastiones y torres que rodeaban sin interrupciones Alta Ciudad de Lara y el castillo Fiora. Se habían construido hacía doscientos años, tras la aparición de los monstruos en Cordova y el comienzo de la era Oscura. Había cuatro puertas que daban acceso a Alta Ciudad. Dos tenían utilidad real. Una se utilizaba para el comercio y llevaba al centro de la ciudad. La otra era para diplomáticos y ofrecía una ruta muy bella a través de caminos adoquinados hasta las relucientes torres blancas del castillo.

Las otras dos eran simbólicas. Una estaba dedicada a Asha, diosa de la vida, y la otra a Dis, diosa del espíritu. En el pasado se abrían al amanecer, cuando la ciudad despertaba, para simbolizar el equilibrio entre la vida y la muerte. Pero, desde la aparición de los vampiros, la puerta de Dis permanecía sellada, decisión que habían tomado los reyes de las Nueve Casas hacía ya ciento cincuenta años. Unas cuantas sacerdotisas de Dis advirtieron contra esta decisión y anunciaron que la plaga de los monstruos iría a peor. Y habían acertado. Por eso, todas las aldeas de las Nueve Casas tenían muros altos y puertas que se cerraban antes del anochecer y no se abrían hasta la salida del sol.

Excepto esa noche.

Esa noche, las puertas se iban a abrir para permitir el paso del Rey de Sangre y su gente. Para que cruzaran nuestras murallas. Sería la primera vez desde que se habían construido aquellas puertas.

Me dirigí hacia la de los diplomáticos. Por lo general, prefería entrar por la puerta del comercio y vagar por las calles, visitar mis tiendas favoritas y comprar flores o empanadas. Pero, tras el encuentro en el bosque, me hacía falta cambiarme y pensar.

—Princesa —saludó un guardia junto a la puerta.

Se llamaba Nicolae. Era joven, con el rostro regordete y muy blanco. El otro, silencioso y estoico, se llamaba Lascar. Tenía la piel olivácea y era corpulento, casi demasiado para la garita que había a su espalda. Los dos eran nuevos en la Guardia Real. Me gustaban los reclutas nuevos porque era fácil engañarlos: solo tenía que sonreír y adularlos un poco, y fingirían que no me habían visto salir de noche.

Pero eso era antes de lo que había sucedido la semana anterior, cuando los despertaron a medianoche para ir a buscarme; antes de que los dos guardias que me habían dejado salir recibieran una baja deshonrosa para quedar relegados al nivel de mozos de cuadras.

—Veo que vuelves sin escolta —dijo Nicolae.

Trataba de sonar severo, pero le brillaban demasiado los ojos.

—El comandante Killian se ha quedado en la frontera —dije.

Nicolae miró hacia un punto que había detrás de mí y arqueó una ceja.

—¿De veras?

Me volví justo a tiempo para ver a Killian salir de entre los árboles. La absurda capa ondeaba amenazadora a su espalda. Me volví hacia Nicolae a toda prisa y sonreí.

—Habrá cambiado de idea.

—¿Necesitas escolta para…?

—No —lo interrumpí bruscamente. Para suavizar la negativa, le puse una mano en el hombro, mientras que con la otra me mantenía cerrada la capa—. Gracias, Nicolae.

Crucé la puerta a toda prisa y de inmediato me recibió la imponente silueta del santuario de Asha, a mi derecha. Era de piedra blanca y luminosa, con vibrantes colores en las vidrieras pintadas a mano. Enfrente había otro edificio casi en ruinas, el santuario de Dis. Parecía una sombra: era de roca volcánica, importada de las islas de San Amand. Las ventanas que no estaban rotas o tapadas con tablones eran oscuras, puntiagudas, paneladas. Parecía un templo abandonado, pero todavía quedaban unas cuantas sacerdotisas. Como apenas recibían visitas y solo las llamaban cuando se acercaba una muerte, no tenían dinero para mantener el edificio.

Pasé de largo entre ambos santuarios, equidistante. Nunca había sentido el menor deseo de adorar a ninguna de las diosas. Mi padre me lo reprochaba, pero no iba a jurar lealtad a la que había traído a los monstruos ni a la que lo había permitido.

Más allá de los santuarios, había una serie de edificios estucados: casas, posadas, tiendas… Todos tenían tejado de paja y maceteros con flores de colores ante las ventanas. Un poco más allá, un muro bajo marcaba el comienzo de los terrenos reales. Una hilera de árboles proporcionaba intimidad a los miembros de la corte que hacían ejercicio o jugaban en los jardines. Faltaba poco para el ocaso, así que la mayoría se había refugiado ya dentro del edificio, cosa que me venía muy bien. Las damas de la corte siempre revoloteaban a mi alrededor. Muchas me caían bien, pero me costaba distinguir a las que sentían un interés sincero; muchas solo buscaban mi trato porque algún día sería la reina.

Crucé el patio y seguí el muro hacia el castillo para entrar por el ala de los criados y evitar verme envuelta en conversaciones y chismorreos sobre el Rey de Sangre. Me dirigí hacia una estrecha escalera, a la izquierda de la entrada. La fricción entre los muslos era casi insoportable. El deseo que me ardía en el vientre y la magia que aún me tenía hincadas las uñas me resultaban frustrantes. ¿Cómo podía sentir tal necesidad desesperada de desahogo? Tramo tras tramo de escaleras, el calor me fue subiendo por dentro y no pude dejar de pensar en cómo me había sujetado la cabeza el vampiro, en cómo me había tocado los labios, en cómo me había arrancado las palabras de la boca. ¿Qué otros sonidos podrían sacarme de la garganta aquellos dedos si exploraban las partes sensibles e hinchadas de mi cuerpo?

«Quítate esas ideas asquerosas de la cabeza», me recriminé. Luego, más comprensiva, me recordé que solo albergaba esos pensamientos porque estaba bajo su hechizo.

Llegué a mi cuarto tras subir seis tramos de peldaños. Una vez dentro, me apoyé contra la puerta de madera tachonada. Había estado conteniendo la respiración, porque no podía parar de pensar en el sexo ni en el vampiro que parecía un atractivo salvador, pero en realidad era un monstruo. Seguí pensando en él mientras bajaba la mano por el vientre, hacia el sexo, hacia el clítoris hinchado y expectante. Gemí y me moví contra los dedos, desesperada por sentir que el placer me recorría el cuerpo, desesperada por correrme para liberarme de la imagen del vampiro y de su magia. Eso era lo que el monstruo había buscado, llevarme a ese punto, pero en realidad no había hecho nada. No me había murmurado palabras eróticas, no me había besado ni acariciado la piel. Y, sin embargo, su rostro entró en mi mente sin invitación.

La frustración que sentía era tan palpable que casi me pareció escuchar su risa. La misma risa que había oído en el claro, divertida, oscura y arrogante.

Por la diosa, cuánto lo detestaba.

Me recogí las faldas con las manos hasta que toqué los rizos de entre los muslos. Luego, con las yemas de los dedos, me rocé el clítoris. Se tensó ante el contacto, sensible, hinchado, necesitado. Contuve la respiración y fui acercando los dedos a la humedad del sexo. Nunca, nunca había estado tan mojada.

«Tiene que ser magia», pensé, pero sentí en el estómago un nudo de tensión, de vergüenza y de culpa.

Pasé el dedo corazón por la entrada del sexo una y otra vez, recogí la humedad… y, de pronto, llamaron a la puerta.

Me quedé paralizada, con un dedo casi dentro de mi punto más caliente.

—¿Estás ahí, mi señora?

Nadia, mi criada, estaba al otro lado. Había sido mi niñera desde que nací y estábamos muy unidas. Era la única sirvienta del castillo con la que pasaba tiempo cuando no estaba haciendo sus tareas. En la corte pensaban que era una relación un tanto extraña y los más valientes hasta se aventuraban a hacer comentarios, pero a mí no me importaba. Nadia era la madre que nunca tuve y la quería.

Excepto en aquel momento. En aquel momento, lo único que deseaba era que se largara. No pensaba renunciar al desahogo, así que me metí un dedo y dejé escapar el aire contenido.

—Sé que estás ahí, mi señora.

«Si no le respondo, se marchará», pensé.

Estaba tan húmeda que casi no notaba nada. Necesitaba algo más, algo que me hiciera sentir llena. Me metí otro dedo y apreté la cara contra la puerta. Me pasé la mano por el cuerpo y por el pecho, apreté. Me retorcí los jirones del vestido, sin dejar de pensar en el monstruo del bosque. El que parecía un hombre, el que me había sostenido la cabeza entre las grandes manos, el que me había acariciado los labios con dedos flexibles, el que había presionado su cuerpo duro contra el mío. Si me hubiera llegado a besar, habría sucumbido a él. Le habría dejado que me follara y probablemente eso habría sido la muerte para mí, pero al menos habría conocido la pasión antes de llegar al Espíritu.

—¿Mi señora?

«Mierda puta».

Dejé escapar un gruñido de frustración, aparté la mano y me solté la falda. Me giré en redondo y abrí la puerta de golpe.

—¿Qué pasa, Nadia? —le espeté.

Ya que se empeñaba en interrumpirme, que lo pagara con mi mal humor. Pero me conocía lo suficiente y ni parpadeó. Se me quedó mirando impasible. Tenía el pelo largo y oscuro trenzado y salpicado de plata, y los cabellos que se le escapaban del recogido creaban un halo en torno al rostro enjuto. La piel curtida no tenía más arrugas que las que se veían en torno a unos ojos oscuros y vivos.

—Vengo a ayudarte a prepararte para esta noche.

Parpadeé, confusa.

—¿Para lo de esta noche?

—La visita del Rey de Sangre.

Puse los ojos en blanco y me aparté de la puerta con un revoloteo de faldas. El movimiento me refrescó un poco las piernas y alivió algo de la tensión que sentía en el estómago.

—No me importa qué pinta tenga para el Rey de Sangre.

—Yo tampoco querría ponerte guapa para esto, pero eres una princesa y debes parecerlo cuando estés al lado de tu padre.

Entró en la habitación y cerró la puerta.

Mi cuarto era pequeño y la cama ocupaba una parte considerable, con lo que solo quedaba espacio para un baúl de recuerdos, un armario con la ropa y poco más. Me correspondían unas estancias más amplias, pero había elegido aquella habitación por las vistas: la ventana daba al jardín de mi madre.

—¿Qué estabas haciendo? Anda que no has tardado en abrir la puerta —dijo Nadia al tiempo que atizaba el fuego en la chimenea.

Yo no habría removido las brasas aunque hubiera notado el frío. Me daba miedo el fuego incluso cuando estaba contenido. No me gustaba su sonido, ni los crujidos ni los chisporroteos. No me gustaba el olor del humo y tampoco el calor, pero lo cierto era que hacía demasiado frío, así que no interrumpí a Nadia cuando lo avivó, y me limité a pasar lo más lejos posible de las llamas.

—Me había quedado dormida —dije y me dejé caer en la cama con la vista fija en el dosel de terciopelo azul.

Me sentía tensa e incómoda, pero en el fondo me alegraba de que Nadia me hubiera interrumpido. De lo contrario, habría seguido masturbándome mientras pensaba en el monstruo del bosque, en su contacto y en su olor; luego me habría sentido aún peor.

Suspiré.

Me dije que era una víctima, aunque me molestaba admitirlo. Desde pequeños nos enseñaban que los vampiros eran seres sexuales, que su hechizo llenaba de lujuria hasta al humano más modesto.

Y mi total falta de modestia no ayudaba nada.

—Mentirosa —me dijo Nadia y se irguió tras avivar el fuego. Me señaló con el atizador—. Te acabo de ver subiendo por la escalera a toda prisa.

—Tenía ganas de dormir.

Arqueó las cejas y bajó el atizador.

—Y de escapar del comandante Killian, según tengo entendido.

Puse los ojos en blanco.

—Parece que el comandante Killian me necesita. Y yo no lo necesito a él.

—Pues sería un buen marido —replicó Nadia.

Me fastidió lo emocionada que parecía ante la idea. Me incorporé y la miré.

—¿No has oído lo que he dicho?

Nadia tenía cuarenta y un años y estaba soltera, cosa que no tenía nada de malo... excepto para ella. Quería casarse y tenía las mismas ideas que la mayoría de los cordovinos al respecto: cualquier mujer de más de dieciocho años que no estuviera casada era una solterona. Cada vez más gente moría joven, así que había prisa por contraer matrimonio.

Yo tenía veintiséis años y no tenía el menor deseo de casarme, cosa que había dejado muy clara. Las familias reales y las clases altas lo encontraban un tanto preocupante, y a menudo comentaban que lo que había que hacer era ponerme en mi sitio. Pero el último hombre que había dicho algo por el estilo se había encontrado de repente ante la punta de mi puñal.

Ni que decir tiene que mi reputación me precedía. Pero no iba a aceptar a ningún hombre que pensara que podía controlarme. Mi intención de seguir soltera coincidía con mi opinión sobre el amor: era un riesgo que no iba a correr por nadie más que por mi padre, por Nadia y por mi pueblo.

Más amor implicaba más que perder.

—Te entiendo, pero ¿qué tiene de malo que te necesite? Así te será más fiel.

—Me intentaría controlar.

Y tendría que acostarme con él... de manera habitual. La sola idea de una vida de sexo desapasionado me hizo estremecer. No, ni hablar. El comandante Killian no era hombre para mí.

—No seas tan exquisita, Isolde. Con los vampiros, la población masculina es cada vez menos numerosa. Pronto habrá menos hombres entre los que elegir.

—¿Y quién dice que tenga que elegir?

Mi padre no me había dicho que me casara. No había necesidad de alianzas políticas, porque las casas estaban unidas en su determinación por derrotar al Rey de Sangre, como lo habían estado desde que habían aparecido los vampiros... y hasta hacía poco. Hasta que mi padre había optado por someterse a él. Eso nos había condenado al ostracismo. Si antes no era un buen partido, después de eso, menos, aunque tenía la sensación de que varios reinos se iban a unir a mi padre en la decisión de elegir que sus súbditos vivieran, en lugar de la alternativa.

—Todas las damas respetables se casan, Isolde.

—Vamos, Nadia. Tú y yo sabemos que no tengo nada de respetable.

—Pero al menos podrías fingir —me replicó—. Eres una princesa, has sido bendecida por la diosa, pero te burlas de todos sus dones.

Se me congestionó el rostro de ira y me puse en pie. De haberse tratado de otra criada, la habría echado de la habitación, pero conocía bien a Nadia. Era muy religiosa, devota de Asha. Tenía sus motivos para creer, igual que yo tenía los míos para no hacerlo. Y también sabía que su intención era buena, pero no por eso compartía su punto de vista. Aunque no hubiera caído la maldición de los monstruos sobre Cordova, no habría podido ser fiel a las dos diosas que se habían llevado a mi madre antes de que tuviera tiempo de conocerla.

Cuando hablé, lo hice con tanta calma que hasta yo me sorprendí.

—El día que Asha libre al mundo de los vampiros, será el día en que cantaré sus alabanzas, Nadia. Hasta entonces, solo puedo seguir siendo la que soy.

Dejó escapar un suspiro que no era de decepción, sino de aceptación. Su misión estaba condenada al fracaso desde el principio. Tenía que haber hecho de mí una dama remilgada y estirada, una dama que algún día sería reina de Lara. Pero le había tocado en suerte yo. Ni yo misma sabía lo que era: indómita, salvaje, voluntariosa... Me habían descrito con esas palabras y con muchas más. Fuera lo que fuera, no encajaba en el molde. Pero eso no me convertía en una mala princesa ni implicaba que fuera a ser una mala reina. Me convertía en alguien que deseaba reinar sin ayuda de un rey y no sabía si el mundo estaba preparado para eso.

—En fin —dijo Nadia—. Puedes seguir siendo la que eres, pero al menos tienes que parecer una princesa. ¿Qué ha pasado con este vestido?

Me miré el pecho. Con la frustración, me había olvidado de que estaba desgarrado.

—Ah, al volver de la frontera tuve un encuentro con una estrige.

No tenía por qué mentir al respecto. Todos los que habíamos nacido en la era Oscura aprendíamos a pelear. Era tan necesario como caminar.

—Si te hubieras quedado con el comandante Killian, no habrías tenido que luchar.

—Me gusta luchar —repliqué.

Nadia contempló el corpiño destrozado. Supe que estaba sumando dos y dos: desgarrones, sangre, pero ninguna herida visible.

—Además, casi ni me ha tocado. La sangre es del monstruo. Ya sabes lo que pasa cuando cortas una vena.

Nadia sacudió la cabeza y señaló hacia el cuarto de baño.

—Venga. Báñate.

Obedecí a toda prisa, encantada de limpiarme de la piel todo rastro de aquel día. Con un poco de suerte, el agua apagaría el fuego que ardía dentro de mí y que amenazaba con reducir a cenizas mis huesos.

TRES

Una hora más tarde estuve lista para presentarme ante mi padre. Permití, para variar, que Nadia eligiera el vestido. No era lo habitual y creo que con la emoción se olvidó de las circunstancias, porque eligió mi favorito: uno de seda azul celeste con adornos de perlas que resaltaba como el fuego contra mi piel negra. Tenía un escote cuadrado bajo el que dejaba ver el nacimiento de los pechos.

Nadia chasqueó la lengua con desaprobación.

—Demasiado pan —dijo, al tiempo que intentaba subirme el escote.

No lo consiguió.

—Si con eso crees que me vas a disuadir, te equivocas.

Nadia hacía comentarios sobre mi peso porque era otra característica que rompía el molde: tenía los pechos grandes y las caderas, amplias. Cada uno de mis muslos era como su cintura. No me importaba: estaba en forma y podía luchar, mucho más de lo que se podía decir de ella, una niñera que no había conseguido convertirme en una princesa dócil.

Nadia me soltó el pelo sobre los hombros y me lo peinó en ondas espesas y oscuras, tratando de ocultarme los senos. Cuando terminó, me lo eché hacia la espalda.

—¿Puedo dimitir? —preguntó al tiempo que sacaba una tiara de perlas del baúl de madera que había al pie de la cama.

No tenía muchos adornos para la cabeza, solo los que habían sido de mi madre, y muchos procedían de su tierra natal, en el Atolón de Nalani. Era de un pueblo de isleños: marineros, cesteros, horticultores. De ahí venía su amor por la jardinería.

Me eché a reír.

—¿Y qué harías con tanto tiempo libre? ¿Bordar cojines?

—Leer, mocosa insolente —replicó Nadia, pero el tono era alegre, ya sin la tensión de la conversación anterior.

—No soy una mocosa, Nadia.

—Serás una mocosa hasta que te cases.

Puse los ojos en blanco y me coloqué bien el vestido antes de mirarme al espejo. Toda la vida me habían dicho que me parecía mucho a mi madre. Me gustaba oír eso, pero también me dejaba con la sensación de que me habían arrancado el corazón. Era un recordatorio constante de su ausencia, del sacrificio que había hecho para que yo pudiera vivir.

—¿Por qué tengo que estar al lado de mi padre cuando recibe a nuestro enemigo y habla de rendición?

Lo dije más para mí que para Nadia, pero por supuesto que me dio su opinión.

—Si vas a reinar sobre estas tierras, con o sin rey, desde hoy en adelante lo harás bajo el control de los vampiros. Tienes que aprender con quién estás tratando y esta noche es la primera lección.

¿Iba a ser eso? Desde ese día en adelante, Lara tendría que rendir cuentas ante el Rey de Sangre, un monstruo que ya había matado a miles de los míos. Me parecía irreal.

—Da las gracias de que el Rey de Sangre no haya exigido una esposa, Issi.

—¿Te presentas voluntaria, Nadia?

Me lanzó una mirada asesina.

—Ni yo tengo tantas ganas de casarme.

Por mucho que lo comentáramos a la ligera, el miedo se me había ido acumulando en el corazón a lo largo del día. El mundo estaba a punto de cambiar y ninguno sabíamos si la opción elegida era la mejor de las dos. Mi única esperanza era que mi padre hubiera acertado al decidir gobernar bajo el dominio del rey Adrian. Y que Adrian, pese a ser un monstruo, conservara aunque fuera un ápice de humanidad.

Nadia me siguió por los estrechos pasillos de mi ala del castillo. Los muros eran de ladrillo dispuesto de manera intricada y compleja, resultaban hermosos incluso sin más decoración. Pese a todo, el frío se colaba y me ponía el vello de punta. Lo peor fue que me endureció los pezones, lo que me recordó el deseo insaciable que había sentido por mi enemigo.

Llegamos al pie de las escaleras y Nadia se detuvo.

—No tiembles bajo la mirada del Rey de Sangre. Te rindes hoy para luchar y vencer mañana.

Era tal como decía. Mi esperanza era encontrar un arma para derrotar a nuestro enemigo. Se marchó y me dejó sola para que entrara en la antecámara donde mi padre y yo íbamos a aguardar la llegada del Rey de Sangre antes de pasar al gran salón. Se me hizo un nudo en el estómago al acercarme a la puerta, pero hice una pausa antes de llamar. En ese momento oí dentro la voz del comandante Killian.

—Es una trampa —estaba diciendo.

—Si el rey de Revekka decide matarnos en lugar de negociar, eso dirá más sobre él que sobre nosotros —respondió mi padre con voz cálida y resonante.

Aquella voz siempre me llenaba de calma. Quería mucho a mi padre; desde que nací, no había tenido a nadie más. Nunca lo había visto tomar una decisión de manera impulsiva, así que estaba segura de que había meditado sobre todos los aspectos de aquella rendición. Y lo que más le importaba era proteger a nuestro pueblo.

—Pero... ¡piensa en tu hija! —insistió Killian.

—¡Comandante, no te excedas!

La voz de mi padre me provocó un escalofrío que me hizo erguir la espalda, pero me alegré de oír lo enfadado que estaba. Yo también estaba furiosa. El comandante había tenido la osadía de suponer que mi padre no había pensado en mí. Pero... la situación estaba por encima de mi persona. Y muy por encima de un comandante cuyo ego se resentía ante la idea de tener que someterse a un poder superior.

—Si he accedido a esta tregua ha sido por Isolde. No quiero que viva en un futuro cargado de violencia.

—Y en cambio se enfrentará a un futuro mucho más incierto.

Consideré que era el momento de hacer mi entrada. O eso, o ver al comandante Killian ensartado por la espada de mi padre. Por muy molesto que me pareciera, no era buena idea derramar sangre cuando había vampiros a punto de llegar.

La expresión de mi padre se transformó en una máscara de calma al verme y una sonrisa triste se dibujó en sus labios. Estaba cerca de la chimenea, llevaba puesta una capa gruesa forrada de piel que le daba más sustancia a su cuerpo menudo. Nunca había sido un hombre imponente, pero tenía una presencia y una expresión que exigían respeto, y una voz que transmitía autoridad. El pelo negro se le estaba llenando de canas, aunque no tanto como la barbita puntiaguda.

—Isolde —dijo—. Joya mía.

—Hola, padre —saludé.

Me acerqué a él y tomé la mano que me tendía. Me dio un beso en la mejilla.

—Estás preciosa, como siempre.

—Gracias, padre.

Pese a que sabía dónde nos estábamos metiendo, sonreí. Me consolaba pensar que la rendición haría que siguiéramos juntos. Al final, eso era lo más importante.

—El comandante Killian me estaba contando que hoy has ido hasta la frontera y te has marchado sin él.

Si Killian me quería traicionar, al menos podía decir toda la verdad, incluyendo cómo habían sido las cosas.

Me habría gustado preguntarle qué tal tenía las tripas después del puñetazo, pero me callé. No quería que el sermón durase más de lo imprescindible.

—El comandante Killian me dio alcance —dije, y lo miré.

—Issi. —Había un toque de advertencia en la voz de mi padre—. Ya sabes los peligros que acechan a nuestras puertas.

—No acabo de ver qué podría hacer el comandante Killian si se topara con un vampiro. Hace falta un ejército entero para derrotar a uno.

Mi padre suspiró. Sabía que era verdad.

—Hay otros monstruos, princesa —argumentó Killian con voz tensa.

Me volví para mirarlo y él, sin poder evitarlo, me miró el escote. Estuve a punto de soltar un bufido de impaciencia.

—Monstruos que sé cómo matar. Repito, no acabo de ver por qué te necesito como escolta.

—Porque lo he ordenado yo. —La voz de mi padre fue como un látigo que hendió el aire y me hizo girarme hacia él—. No admito más discusiones, Isolde. ¿Está claro?

—Como el agua —repliqué, tensa, al tiempo que me ponía roja de frustración.

Mi padre suspiró otra vez, pero me pareció que fuera de alivio. Se alegraba de que no discutiera. Lo había hecho por él. Sabía lo mucho que le había costado tomar la decisión de rendirse y que la invasión del Rey de Sangre hacía que se preocupara por mí hasta límites angustiosos. No quería ponerle las cosas aún más difíciles, pero tenía que asegurarme de que Killian oía mi rabia y la sentía.

Llamaron a la puerta y entró Miron, el heraldo. Su uniforme consistía en un tabardo azul oscuro con flecos dorados. Por lo general, le quedaba muy bien sobre la piel tostada, pero en aquel momento estaba pálido y desencajado, creí saber por qué. Acababa de ver al Rey de Sangre en persona.

Hizo una reverencia.

—Majestad. —Le temblaba la voz. Carraspeó para aclararse la garganta—. Ha llegado el Rey de Sangre.

Una tensión extraña reinó en la habitación. Por algún motivo, era como si todo hubiera cambiado. El Rey de Sangre ya no estaba al otro lado de las fronteras. Estaba dentro de ellas. Desde aquel día en adelante, nos gobernaría.

Mi padre me miró durante unos largos segundos y al final se dio la vuelta mientras se agarraba la capa para que lo envolviera al girar. El comandante Killian me ofreció el brazo. Yo habría preferido clavarle un cuchillo, pero lo acepté.

—¿Por qué te has puesto eso? —me preguntó agachando la cabeza de modo que su aliento me cubrió la mejilla.

«Habría sido mejor lo del cuchillo», pensé. Ni lo miré antes de responder.

—No te corresponde a ti hacer comentarios sobre mi vestuario, comandante.

Me apretó la mano con más fuerza.

—Estás enseñando demasiada piel. ¿Qué quieres, tentar al rey vampiro?

—Te estás excediendo —dije con una voz tan gélida como la de mi padre.

—No quería decir eso… Lo único que intento es protegerte.

—¿De qué? ¿De las miradas hambrientas? —repliqué. Acabábamos de cruzar las puertas de la antecámara para entrar en el gran salón. Me volví hacia él, desafiante—. La tuya me parece igual de amenazadora, comandante.

Crucé el estrado sobre el que se encontraba el trono de mi padre y me situé a su izquierda. Recorrí el gran salón con la mirada. Era una estancia impresionante, decorada con espejos en marcos dorados y complejos candelabros. Estábamos enmarcados en cortinajes de seda azul y en todas partes se veían alondras doradas, el emblema de nuestra casa, sobre estandartes del mismo tono de azul que colgaban del techo.

En el salón reinaba el silencio, aunque estaba atestado: guardias, grandes señores, damas… Todos habían venido desde sus mansiones para presenciar la rendición. Mi padre se había pasado semanas aquí mismo escuchando sus inquietudes, meditando sobre sus argumentos a favor o en contra de la rendición. Yo había llegado a detestar a muchos de ellos, cuyos temores se reducían a perder las tierras, las riquezas o la posición bajo el dominio del Rey de

Sangre, como si esto tuviera importancia, como si la elección fuera perder la posición o conservarla. No. La elección era entre la vida y la muerte.

—Su majestad el rey Henri de Lara le da la bienvenida al rey Adrian Aleksandr Vasiliev de Revekka.

Miron había conseguido que la voz le saliera firme y fuerte. Contuve el aliento y clavé los ojos en las puertas, al otro lado de la estancia. Los que se habían situado a ambos lados de la alfombra de entrada retrocedieron un paso cuando los guardias las abrieron para dejar paso al Rey de Sangre.

Tuve que contener un grito y un vértigo abrasador me recorrió el cuerpo. Habría querido desaparecer cuando vi un rostro conocido y arrebatador. El vampiro que me había encontrado en el claro, el que me había lamido la sangre de la piel y me había lanzado a una espiral de deseo, era Adrian, el Rey de Sangre.

Se había cambiado e iba vestido de rojo sangre, no de negro. En el dedo corazón y en el meñique relucían anillos de oro, y llevaba en la cabeza una corona de puntas negras. Todo en su porte, regio y seguro, denotaba su posición, pero al mismo tiempo caminaba como un depredador, con las botas negras resonando contra el suelo con cada paso letal que daba hacia mi padre.

«Debí de imaginarme que era él», pensé, pero en su momento no se me había ocurrido que el rey de los vampiros saliera a la caza de una estrige. ¿Acaso no eran monstruos que ellos habían engendrado?

Al acercarse, pasó de mirar a mi padre y a Killian a clavar los ojos en mí. Nuestras miradas se encontraron. Cuando me examinó entera, dejé escapar en un soplo lento y tembloroso el aliento que había contenido. Tenía algo que me abría un abismo en el estómago y de nuevo me dominaron el hambre y el ansia. Quería que aquel monstruo me devorase.

Me empezaron a temblar las piernas, pero conseguí mirar a mi padre, que había empezado a hablar.

—Rey Adrian, te doy la bienvenida con amargura —dijo, su voz resonó en el gran salón.

—Lo que importa es que me das la bienvenida —respondió Adrian. Su voz atrajo mi atención y la atrapó, me quedé mirándole los labios. No era la voz de un monstruo, sino la de un amante—. La acepto.

—Tu ejército tiene una reputación muy clara —dijo mi padre.

—Y esa reputación ha hecho que te plantees la rendición antes de que corra la sangre. —Adrian inclinó la cabeza—. Has sido inteligente.

—Hay quien dice que he sido cobarde. Solo por considerar tu propuesta.

La tensión creció en el salón.

—¿Y al rey Henri le importa lo que digan?

—Me importa mi pueblo. Quiero que estén a salvo. ¿Es eso lo que me ofrece el rey Adrian? ¿Que mi pueblo estará a salvo?

El vampiro miró a mi padre durante un largo instante. Lo estudió con intensidad, como si valorase hasta qué punto iba a ser sincero.

—¿Cuánta libertad quieres que tenga tu pueblo?

Mi padre no respondió de inmediato. Por fin, conseguí apartar la mirada y lo vi inclinarse hacia delante.

—¿Estamos negociando, rey Adrian?

El vampiro se encogió de hombros.

—Tengo una oferta para ti.

Mi padre aguardó, pero Adrian permaneció en silencio.

—¿Qué oferta? —le preguntó al final.

—Quiero a tu hija. Para casarme con ella, por supuesto —añadió como si se le acabara de ocurrir.

—No —respondió el comandante Killian de inmediato.

Adrian lo miró y yo también, aunque aún estaba procesando las palabras del rey enemigo. ¿Acababa de pedir mi mano en matrimonio? Empezaron a temblarme las piernas, aunque por un motivo muy diferente. Por un momento pensé que me iban a fallar las rodillas. Me controlé apretando los puños hasta que se me clavaron las uñas en las palmas de las manos. No iba a mostrar debilidad ante aquel ser, aunque ya se la había mostrado en el claro.

—¿Quieres casarte con mi...? ¡No! —replicó mi padre con firmeza.

Yo no quería casarme y menos aún con aquel hombre.

Adrian lo miró.

—¿Tan deprisa optas por la guerra? Pensaba que te importaba tu pueblo.

—Claro que le importa —dije.

Di un paso al frente, airada ante semejante acusación.

—Issi.

Mi padre intentó agarrarme, pero fue el comandante Killian quien se interpuso entre el Rey de Sangre y yo.

—El rey Adrian ha pedido mi mano —dije—. ¿No se me permite hablar?

—Esto es un asunto entre reyes —replicó el comandante Killian con una voz baja que me arañó los oídos.

Habría querido apartarlo de un empujón, pero me controlé y le di una orden.

—Vuelve a tu puesto, comandante.

Obedeció de mala gana. Si hubiéramos estado a solas, no lo habría hecho, pero retrocedió hasta su posición al lado de mi padre. Volví a mirar a Adrian, parecía que se estaba divirtiendo.

—Si querías una esposa, ¿por qué has esperado hasta ahora para pedir mi mano?

—Hasta hoy no sabía que la quería —respondió.

La frustración me dominó. ¿Lo había decidido tras nuestro encuentro en el claro? ¿Había surtido yo en él el mismo efecto que él en mí?

—La atracción no es suficiente motivo para el matrimonio, rey Adrian —dije.

—Es un motivo muy razonable —replicó—. ¿No opinas lo mismo, princesa?

«Así que quieres follarme», pensé y entrecerré los ojos. Para eso no hacían falta los votos, pero, en cierto modo, entregarme al Rey de Sangre sin un contrato matrimonial me parecía peor que perder la libertad.

—A no ser que se trate del matrimonio con un monstruo —dije—. En ese caso, es cautiverio.

Se oyeron murmullos en la corte, los cuales se silenciaron al momento ante la respuesta de Adrian.

—Si no accedes, habrá guerra —se limitó a decir.

Mi padre se puso en pie de un salto.

—¡Iremos a la batalla de buena gana! —gritó.

Se oyeron algunas aclamaciones entre la multitud. Había hablado desde el corazón y yo sabía que sentía cada palabra que había dicho. También sabía que le costarían la vida y a eso no me podía enfrentar.

¿Cómo había pasado a convertirme en el trofeo de una batalla?

—Padre… —empecé, pero me hizo callar.

—Sal de aquí ahora mismo, Isolde.

Los guardias de las entradas alzaron las armas. Las damas y los señores del salón empezaron a gritar y se pegaron contra las paredes.

No podía permitirlo. Iba a ser una carnicería. El comandante Killian había pasado por detrás del trono de mi padre y me agarró por el brazo. Me liberé de su mano. ¿Por qué tenía que tocarme siempre?

—¡No voy a marcharme! —exclamé.

—Princesa…

—Tu princesa quiere hablar —intervino Adrian—. Cállate.

La última palabra llegó como un latigazo, sin previo aviso. El corazón me latía a toda velocidad y la adrenalina me corría por las venas. Miré a mi padre. Tenía los ojos verdeazulados acuosos, cargados de desesperación.

«No», me suplicó.

«Tengo que hacerlo», le dijeron mis labios sin emitir sonido alguno.

Él no quería perderme y yo no quería perderlo a él. Pero tampoco podía perder a nuestro pueblo. Quería ser su reina, protegerlo, y lo iba a hacer, aunque no tal como había imaginado.

Me volví hacia Adrian y di un paso hacia él. Sentí que todos los presentes se ponían tensos y echaban mano de las armas. La crispación ya era una batalla y el olor fantasma de la sangre impregnaba el aire, aunque aún no se hubiera derramado.

Le sostuve la mirada al Rey de Sangre, me concentré en él como si fuera la única persona de la estancia. Cuanto más lo miraba, más fácil me resultaba hacerlo. Ayudaba lo atractivo que era, pero también empezaron a interesarme cosas en las que no me habría debido fijar, como la curva de sus labios o la diminuta cicatriz que tenía en la mejilla.

No quise tomar aliento antes de hablar por miedo a que sonara como un estremecimiento.

—Rey Adrian, si prometes proteger a mi tierra, a mi pueblo y a mi padre, accederé a casarme contigo.

Los labios de Adrian se curvaron en una sonrisa, pero se le borró cuando se oyó la protesta del comandante Killian.

—¡No puedes casarte con este monstruo, princesa! ¡No te lo permitiré!

Adrian frunció el ceño.

—¿Que no se lo permitirás, dices?

—¡Silencio, monstruo! ¡Eres la maldición que ha caído sobre nuestras tierras!

El comandante desenvainó la espada y los guardias lo imitaron.

Me di la vuelta para enfrentarme a Killian y me interpuse entre Adrian y él. No fue una decisión meditada. No conocía a Adrian, era el enemigo, y le estaba dando la espalda, pero no podía dejar que los acontecimientos se desarrollaran así.

—Baja esa espada —ordené con fuego en la voz. Se me quedó mirando y la empuñó con más fuerza—. ¡Ahora mismo!

La orden retumbó en el salón.

—No voy a permitir que la sangre de mi pueblo empape estas tierras. Accedo a las condiciones del rey Adrian.

—Olvidas que tu padre es el rey, princesa. Él decidirá tu destino.

Lancé una mirada a Killian antes de suavizar la expresión para volverme hacia mi padre.

—Te quiero, padre. Sabes que jamás te dejaría, pero también sabes que esto es lo que hay que hacer. Y lo sabes porque es lo que habías decidido antes de que Revekka llegara a nuestras puertas.

Sabía lo que estaba pensando: «Eso fue antes de que te pidiera a ti».

—Solo soy una persona —seguí—. No valgo la muerte de todo un reino.

—Vales más que todas las estrellas del cielo, Issi —dijo mi padre, y por un momento se me encogió el corazón. ¿Iba a declarar la guerra? Miró a Adrian—. Mi hija tiene la costumbre de preocuparse por la seguridad de los demás y no de la suya propia. Espero que la protección que prometes sea en primer lugar para ella.

Me volví para mirar al Rey de Sangre. Quería verlo cuando respondiera a mi padre. Por primera vez desde su llegada, hizo una reverencia y se puso una mano en el corazón.

—Lo juro por mi vida.

Tuve que admitir que aquello me sorprendió. No lo creí. ¿Qué motivos lo movían? ¿Por qué me había elegido?

—Padre, quiero hablar a solas con el rey Adrian.

—Bajo ningún concepto.

—¿Dudas de la palabra que he dado? —preguntó Adrian.

—Eres un enemigo que ha asesinado a miles de los nuestros y acabas de pedir la mano de mi hija en matrimonio. Tendrás que perdonarme si deseo protegerla tanto tiempo como sea posible.

—Padre —dije con voz tranquila—, al final estaré a solas con el rey Adrian muchas veces durante las próximas semanas. ¿Qué son unos minutos aquí, entre las paredes de nuestro hogar?

Me miró con el ceño fruncido y luego clavó los ojos en Adrian.

—Cinco minutos. Ni uno más.

Miré a Adrian y me di la vuelta para dirigirme hacia la antesala. Apreté los dientes y los puños con una violencia que me hizo temblar. Tampoco me ayudó que, cuando me volví hacia él, lo viera tan tranquilo.

Claro que estaba tranquilo. Iba a salir de allí con un reino y con una esposa.

Una esposa.

La sola palabra me atenazó el estómago.

—¿Esto es una broma o qué? —le espeté.

—¿Qué parte? —preguntó, como si no lo supiera.

—La parte en la que me pides matrimonio.

—Esa parte —dijo con voz grave, pausada y deliberada— me la tomo muy en serio.

—¿Para qué quieres una esposa? No puedes engendrar hijos.

Los vampiros no eran seres vivos en el sentido estricto de la palabra y no podían reproducirse. Creaban más seres como ellos convirtiendo en monstruos a los seres humanos.

Adrian entrecerró los ojos. Tal vez le había dado en un punto débil. Pero había muchos motivos para que un rey se casara, aparte de los herederos: las alianzas y, a veces, hasta el amor. Adrian no podía tener hijos, no necesitaba alianzas y el amor era un concepto ridículo para alguien como él.

—¿Querías dedicarte a parir herederos? —me desafió.

Fruncí el ceño. ¿Qué más le daba a él? Tampoco quería ser la esposa de nadie y de pronto me había prometido.

—¿Vas a tomar una esposa de cada casa que conquistes? —contraataqué.

Tal vez quería eso, un harén, o una colección de cuerpos de los que alimentarse.

Por lo visto, la idea le hizo gracia. Arqueó las cejas y sonrió.

—Creo que tendré suficiente desafío contigo. ¿Para qué iba a querer más?

—No lo entiendo.

—¿Qué no entiendes?

—¿Por qué yo?

Se me quedó mirando y tuve la impresión de que no sabía cómo responder a la pregunta.

—Das por hecho que busco una esposa —dijo—. Pero lo que quiero es una reina.

Fue mi turno de mirarlo con desconcierto.

—Entonces ¿sería un matrimonio de conveniencia?

—No, me parece que los dos somos demasiado apasionados para eso.

Aquellas palabras me resultaron inquietantes, no supe si por las palabras en sí o por su manera de pronunciarlas, con aquella voz tan grave y erótica, la voz que imaginaba que usaba por las noches para dirigirse a sus amantes.

Me puse rígida y noté un calor abrasador en el pecho.

—Si solo querías mi cuerpo, no hacía falta que pidieras mi mano. Estoy segura de que habríamos llegado a un acuerdo.

Vi chispas en los ojos de Adrian y dio un paso adelante. Yo no habría sabido decir si provocado por la frustración o porque había interpretado la respuesta como una invitación. Fuera como fuera, tuve que echar mano de todo mi autocontrol para no retroceder. Debió de percibir el recelo, porque se detuvo.

—No tienes nada que temer de mi cercanía.

—Tengo mucho que temer. Tus manos están manchadas con la sangre de las Nueve Casas.

—De la tuya no —dijo como si con eso lo arreglara todo.

Tendría que haberlo planteado de manera diferente.

—¿Tienes intención de seguir luchando contra Cordova pese a la rendición de mi padre?

—Mi objetivo no era conquistar la Casa de Lara, princesa Isolde. Sino ser rey de Cordova. —Parpadeó—. Y necesito una reina.

—¿Me estás tentando con el poder?

—Tarde o temprano sí. Tienta a todo el mundo.

—¿Por eso lo haces? ¿Por el poder?

—No es mi motivación principal. Es uno de sus resultados.

—¿Y cuál es tu motivación principal?

No pude evitar mirarlo a los labios, que se curvaron en una sonrisa.

—Lo siento, princesa, pero no puedo caer en la tentación de revelarte todos mis secretos.

—¿No? —dije con el aliento entrecortado—. ¿Ni un poquito?

Alzó la mano y retrocedí un paso. Soltó una risita como si aquello fuera la prueba que buscaba.

—No mientras te encojas ante mi mera proximidad.

Le lancé una mirada llameante.

—He hecho un juramento ante tu padre —siguió—. No te voy a hacer daño.

—¿Siempre cumples tus juramentos? —pregunté.

—Es el primero que hago —respondió—. Y será el último.

Me volvió a tender la mano. Bajé la vista hacia ella: fuerte, elegante, con cicatrices. Le acerqué los dedos.

—¿Ves? —susurró—. No hay nada que temer.

Aún seguía conteniendo el aliento. Me giró la mano para mirarme la palma. La tenía ensangrentada de cuando me había clavado las uñas para controlarme al oír que quería casarse conmigo. La sangre se me había secado en las líneas de la piel. Chasqueó la lengua.

—Deberías andar con más cuidado, princesa.

Se inclinó hacia delante y me pasó la lengua por la palma. Era la segunda vez en el mismo día que probaba mi sangre. Una vez más, me curó las heridas. Le dejé hacerlo pese al aguijonazo de culpa que sentí.

Cuando volvió a alzar la vista, tenía en los ojos algo mortífero, una oscuridad infinita. Se lamió los labios.

—Tu sangre es la verdadera bienvenida —dijo.

Aparté la mano, asqueada y atemorizada de repente por si quería más.

Adrian dejó escapar una risita como si me leyera el pensamiento.

—No te preocupes, cariño mío. No me alimentaré de ti hasta que me lo pidas.

—No te lo pediré jamás.

El Rey de Sangre frunció los labios. Cuando volvió a hablar, su voz era respetuosa.

—Me lo pedirás. Me lo suplicarás.

No me imaginaba suplicándole nada a aquel… ser. Respiré hondo y dejé escapar el aire poco a poco. Clavó los ojos en mi pecho.

—¿Me estás amenazando?

—No. Te estoy ofreciendo una promesa de placer.

Se me hizo un nudo en la garganta. Detestaba todo lo que era, lo detestaba a él, pero hablaba un idioma que yo quería aprender.

Pero no podía permitir que lo supiera.

—Puedes creerme cuando te digo que nada que venga de ti será jamás un placer, rey Adrian —repliqué y me enorgulleció que no me temblara la voz.

Acentuó la sonrisa.

—Acepto tu desafío, princesa.

Se abrieron las puertas y oí la voz de mi padre.

—Vuelve, Isolde.

¿Por qué no me moví cuando me estaban dando la oportunidad? Me quedé ante Adrian, clavada en el suelo, como si me hubieran arrastrado hasta el borde de un abismo y estuviera paralizada, a punto de caer.

Y quería caer. Y los ojos hambrientos de Adrian me dijeron que estaba preparado para recogerme.

—Vete, princesa —dijo—. Te veré muy pronto.

CUATRO

—¡Se la has entregado a ese monstruo! —gritó el comandante Killian.

Estaba ante mi padre, que se había derrumbado en la silla. En cualquier otro momento, aquellas palabras me habrían hecho estallar, habría dicho algo que ilustrara hasta qué punto estaba en desacuerdo con él. Pero en aquel momento no supe qué decir. A la noche siguiente iba a casarme con nuestro conquistador.

Nunca me había imaginado casada, pese a toda la palabrería de Nadia, que no paraba de decirme que era lo que se esperaba de mí. «Las reinas no gobiernan solas. Las reinas no gobiernan», me repetía. No tenían más poder más allá de lo que hacían por su rey.

Yo iba a cambiar eso. Había pensado que era mi objetivo y era una sensación tan clara que me había llenado de emoción y determinación.

Y, de pronto, ya no quedaba ni rastro de ella. Su ausencia era un peso mucho más grande de lo que me había imaginado.

Iba a ser igual que cualquier otra reina.

«¿Querías dedicarte a parir herederos?», me había preguntado Adrian. ¿Era demasiado pronto para esperar que él también quisiera algo diferente de su reina?

Miré por la ventana para contemplar mi hogar, mi reino, que ya le pertenecía al Rey de Sangre. Aún reinaba la oscuridad, pero había luna llena y la luz bañaba las tierras con su plata. Me pregunté distraída si a Adrian le parecería tan hermosa como a mí. ¿Valoraría todo lo que podía ofrecer Lara, los tejidos de mil colores, los vinos dulces, la cultura viva? ¿O solo sería una marca más en la lista de reinos conquistados?

—¡No vas a permitir que se marche con él!

—Comandante Killian. —La voz de mi padre era baja, ronca y cansada. Me aparté de la ventana para observar la conversación—. Márchate.

Killian se quedó paralizado un momento. Luego, me miró como si yo fuera a suplicarle a mi padre que le permitiera quedarse.

—Te han dado una orden —dije. Frunció el ceño—. Obedece.

Tras un momento de vacilación, hizo una reverencia y salió.

Al principio, los dos nos quedamos en silencio. La atmósfera era densa y no acabábamos de asumir lo que habíamos accedido a hacer.

—Esto no es lo que quería para ti —dijo al final mi padre.

Se me hizo un nudo insoportable en la garganta.

—Lo sé —susurré. Me temblaban los labios—. No habría querido apartarme de tu lado jamás.

Mi padre tragó saliva y se frotó los ojos antes de levantarse y acercarse a mí para ponerme una mano en la cara. Me pasó el pulgar por el pómulo. No aguanté aquella manera de mirarme, como si fuera a quedarse solo en el mundo si no estaba yo.

—Eres la única esperanza para el reino, Isolde.

Apartó la mano, se dio media vuelta y salió de la estancia. Cerró la puerta sin hacer ruido y sentí como si se hubiera llevado mi corazón.

El camino de vuelta a mi habitación fue una pesadilla.

A cada paso me encontraba con una mirada conmocionada. Caminé con la cabeza alta, sin bajar la vista. No me avergonzaba mi decisión y sabía que mi gente solo me miraba así porque tenían miedo. Miedo por mí, miedo por su futuro.

—¡Princesa Isolde!

Lady Larissa se acercó a mí, forcejeando como pudo con los pliegues del vestido, y con Gabriela, su hermana pequeña, que iba pisándole los talones. Su padre, lord Cristian, era el encargado de uno de los tres viñedos de Lara. Había sido el primero en endulzar aquella bebida amarga, lo que había disparado la demanda en toda Cordova. También había dejado muy claro que tenía miedo de perder el título y las tierras si nos rendíamos, lo que había empeorado de manera considerable la opinión que tenía de él. Pero Larissa y Gabriela eran encantadoras.

—Me acabo de enterar. ¿Cómo estás?

—Estoy bien, lady Larissa. Gracias por tu preocupación.

Se lo dije con toda sinceridad. Era la primera que me lo preguntaba.

—No quiero ni imaginarme lo consternada que estarás —siguió—. Siempre pensé que serías nuestra reina.

—Aunque sea la reina de Revekka, eso no quiere decir que no pueda gobernar Lara algún día —respondí.

—¿Entiendo que vas a apoyar a tu esposo en su intento de conquistar Cordova?

Cuando me di media vuelta, me encontré ante lord Cristian. Era un hombre alto y moreno que me miraba desde la cima de su altura con las manos a la espalda. No me gustó su expresión. Era evidente que me veía, a mis veintiséis años, como a una niña.

—Por supuesto que no, lord Cristian —repliqué tratando de controlar la frustración—. Pero sigo siendo la heredera de Lara.

—Claro —dijo y se adelantó para situarse junto a sus hijas—. Todos aguardamos expectantes para ver tu próximo movimiento, princesa.

—¿Cómo dices?

—Vas a estar muy cerca del Rey de Sangre —dijo—. Más cerca de lo que nadie ha estado jamás.

No hacía falta que fuera más explícito. Esperaban de mí que matara a Adrian, pero decirlo en voz alta se consideraría traición contra el Rey de Sangre. Aunque eso no me importaba tanto como el poder que aquel hombre creía tener sobre mí.

—Lo único que tienes que hacer es aguardar a la próxima cosecha, lord Cristian —repliqué.

Se puso rígido. Yo era tan capaz como él de hablar con sutilezas, sobre todo dado lo mucho que se preocupaba por sí mismo y no por aquellos a los que debía proteger.

—Que tengas una buena noche, señor —añadí. Miré a sus hijas—. Lady Larissa, lady Gabriela...

Cuando llegué a mi habitación, la adrenalina ya se me había agotado y estaba exhausta. Nadia me esperaba dentro cuando abrí la puerta. Me miró desde su lugar junto a la chimenea, con los hombros encorvados y el delantal retorcido entre las manos. No me hizo falta preguntarle si se había enterado de las noticias. Su expresión me lo dijo todo. Tenía los ojos muy abiertos y vidriosos, y estaba muy pálida.

—Nadia.

Pronuncié su nombre en voz baja, distante. No pensaba que fuera a estar esperándome. Quería estar a solas, más aún al ver su mirada. Me observaba como todos los demás, como si ya fuera un fantasma.

—Issi, Issi —dijo. Se dirigió hacia mí y me estrechó entre sus brazos, me clavó las manos en la espalda—. No me puedo creer lo que me han contado. Por favor, dime que ese canalla no ha pedido tu mano.

—Sí la ha pedido.

Me apartó de ella para mirarme la cara. Yo también la miré, pero sin verla. No podía enfocar los ojos.

—No tenías que acceder. Tu padre habría luchado por ti de buena gana.

Mi padre nunca tomaba decisiones precipitadas, pero algo se había apoderado de él cuando Adrian pidió mi mano. Nunca había visto aquel fuego en sus ojos, pero lo comprendí porque también ardía en mis entrañas: era un miedo furioso, una desesperación por aferrarse a la persona a la que más quería.

—Dije que sí —respondí.

Nadia ya lo sabía. Igual que mi padre.

Respiré hondo, me aparté de ella y fui hasta la cama. Me quité los zapatos para indicarle que me quería acostar ya.

—Si te hubieras casado con el comandante Killian… —suspiró mientras me desataba las lazadas de la espalda.

Sentí un escalofrío.

—Aunque hubiera sabido lo que iba a pasar no me habría casado con Alec Killian.

—Habría sido mejor que casarte con un monstruo —replicó Nadia mientras terminaba de desatarme los lazos del vestido.

La prenda cayó al suelo y me quedé con la camisola color crema. Me volví hacia ella.

Killian tenía todo el potencial de convertirse en un monstruo, pero no se lo dije porque en realidad eso no era lo que me importaba.

—Sería mejor si hubiera podido seguir sola —repliqué. Me había acomodado en la creencia de que no tendría que encajar en el papel tradicional de las princesas. Pensé que podría seguir mi propio camino, que sería la primera reina de las Nueve Casas. Pero estaba equivocada y eso era lo que más me dolía—. Al menos este matrimonio servirá para salvar al reino.

Si no podía seguir mi camino, al menos podría salvar al reino. Eso me animaba, al menos en parte.

—No entiendo para qué quiere una esposa ese monstruo.

«Das por hecho que busco una esposa. Pero lo que quiero es una reina», había dicho.

Solo que Adrian había conquistado y gobernado Revekka desde hacía más de ciento cincuenta años, y había vivido mucho más tiempo sin reina. Por lo visto, él también prefería estar solo. ¿Qué habría cambiado?

«Tu sangre es la verdadera bienvenida».

Me estremecí al recordar sus palabras, al volver a sentir sus dedos contra los míos. Debió de ser muy obvio, porque Nadia cogió una manta y me la echó sobre los hombros. No soportaba cómo reaccionaba mi cuerpo a su contacto: sentía vértigo, me acaloraba, todo mi ser cobraba vida y estaba alerta, pues no sabía cuál sería la siguiente sensación que afloraría.

Tampoco lo soportaba porque mi cuerpo reaccionaba como si Adrian no fuera el enemigo.

«Nadia tenía razón. Eres una cría —me reprendí—. Cualquier hombre puede hacerte sentir así».

—No quiero ni pensar en lo que tiene planeado para ti.

Nadia seguía hablando, pero mi mente estaba desbocada. Yo también me preguntaba qué quería de mí, pero a la vez pensaba en el futuro inmediato. ¿Qué deberes esperaba que asumiera? Había sido muy claro, deseaba beber mi sangre y me había prometido placer... ¿Los vampiros consumaban el matrimonio de manera diferente? Si lo hacían bebiendo la sangre en lugar de con sexo, ¿sería yo capaz de abstenerme tanto como fuera posible para impedir que la unión fuera real?

—¿Issi?

Miré a Nadia, que me observaba preocupada.

—¿Sí?

—¿Estás bien?

No habría sabido qué responder. Me había levantado detestando a los vampiros con cada fibra de mi ser y me iba a acostar prometida en matrimonio con uno. Había pasado por todo el abanico de emociones, de las cimas de la pasión a la devastación más cruel. Estaba agotada y a la vez llena de deseo. La necesidad de sentirme llena, plena e invadida no había cesado ni un momento. Solo había quedado oculta en algunos momentos.

—¿Te importaría dejarme sola, Nadia? —pregunté.

Titubeó.

—¿Estás segura?

—Por favor.

Rara vez pedía nada por favor.

—De acuerdo. —Se dirigió hacia la puerta y me lanzó una mirada desesperada—. Llámame si me necesitas.

Cuando salió, me dejé caer en la cama, entre las mantas de terciopelo, con la vista clavada en el techo.

—¿Qué he hecho? —pregunté en voz alta antes de cerrar los ojos.

Dejé escapar el aire, me relajé, doblé las rodillas y separé las piernas. El dobladillo de la camisola me acarició los muslos cuando me pasé los dedos por la piel. Habría preferido el contacto de otra persona, porque yo sola no iba a poder aliviar aquella necesidad.

Tal vez era presa de la magia de Adrian. ¿Era el único que podía proporcionarme desahogo?

De pronto, Adrian estuvo sobre mí, con la boca contra la mía. Su pelo como el sol bloqueaba todo mi campo de visión, ondulado y suave contra mi piel.

—¿Por qué estás aquí? —pregunté.

—Porque estás hecha para mí.

—Eso se lo puedes decir a cualquier mujer, igual que yo se lo puedo decir a cualquier hombre.

—Pero ¿sería verdad?

—Donde existe la magia no hay verdad.

—Solo hay verdad donde existe la magia —replicó y se inclinó sobre mí. Me acarició el cuello con los labios mientras yo presionaba la cara contra la almohada y sondeaba con los dedos mi carne desesperada—. Córrete para mí, cariño mío, quiero tu sabor.

Mi cuerpo estaba preparado, en llamas, con la entrada húmeda de necesidad. Justo cuando iba a meter los dedos en la carne sensible, la puerta del dormitorio se abrió de golpe. Me incorporé bruscamente y me encontré con la mirada de Killian.

—¿Qué pasa? —pregunté, furiosa ante la interrupción que me impedía desatar el nudo que sentía en el vientre.

—¿Interrumpo? —preguntó con una mirada torva al ver mi postura en la cama.

—Sí —bufé. Estaba más furiosa aún porque se había dado cuenta de lo que había interrumpido, pero sobre todo por lo que se atrevió a decir a continuación.

—¿No es nada con lo que yo te pueda ayudar?

—Si quisiera ayuda, te habría mandado llamar —le espeté. Salí de la cama para ir al otro extremo del cuarto, lo más lejos posible del comandante—. Quiero estar sola.

En vez de atender a lo que le decía, cerró la puerta. Dejé escapar un bufido.

—¿Qué te ha dicho ese monstruo? —me interrogó.

—Nada en concreto —repliqué—. Ya ni me acuerdo.

Era mentira, claro. Recordaba cada palabra. Se me habían deslizado contra la piel igual que su lengua con las promesas de placer. Me detestaba a mí misma por querer lo que me ofrecía, pero tenía enfrente a un hombre que jamás me lo podría dar.

—No puedes afirmar en serio que te vas a casar con él.

—¿Qué quieres decir? —Lo miré, aunque no quería. Lo único que deseaba era que se marchara.

—Lo que he dicho. No vas a llegar al final con esto de la boda, ¿no?

—No tengo elección, Killian. No…

—¡Claro que tienes elección! —me interrumpió—. Mátalo, Isolde. Clávale un cuchillo en el corazón, luego tú y yo podremos casarnos.

Me lo quedé mirando, conmocionada.

—Jamás me casaré contigo.

—¿Te puedes casar con el Rey de Sangre sin discutirlo, pero no te casarás conmigo?

—No tengo elección. Este matrimonio salvará muchas vidas. ¿Qué me puedes ofrecer tú?

Apretó los puños y los alzó como si quisiera golpear algo, tal vez a mí, pero no se movió de donde estaba.

—Antes de que tu padre optara por llegar a una tregua con los vampiros, me prometió tu mano —dijo al final—. Solo tenía que matar al Rey de Sangre.

—¿Que te prometió…?

Estaba conmocionada. Mi padre nunca me había hablado de casarme y menos aún con Killian.

—Piénsalo bien, Isolde. ¿No prefieres vivir una vida larga conmigo en lugar de con él?

—Si pudiera elegir, con ninguno.

—No lo dices en serio.

—Lo digo completamente en serio.

Pasé junto a Killian para abrir la puerta y ordenarle que se fuera, pero me agarró por el brazo y me atrajo hacia él. Levanté una mano y le di una bofetada, pero no me soltó.

—Déjame ahora mismo —dije con los dientes apretados.

—No crees que pueda matarlo. Pero sí puedo. Lo haría por ti.

—Y yo te digo que no. No hagas nada por mí, Killian. No quiero que hagas nada.

De un tirón, me liberé de su mano.

—¿Estás insinuando que lo deseas a él? —preguntó con un tono de repugnancia.

—No pienso responder a tus preguntas. Y tampoco me escucharías si te respondiera. —Le di la espalda y abrí la puerta—. Márchate. De inmediato.

La mirada de Killian era de odio, pero se las arregló para hacer una reverencia cortés antes de salir. Me quedé allí de pie un momento y me froté el brazo magullado. Había muchos motivos por los que jamás me iba a casar con el comandante. Aparte del sexo insustancial, tenía el genio vivo, cosa que no soportaba en un esposo. Era un rasgo que había visto a menudo en la nobleza, sobre todo entre los reyes de las Nueve Casas.

Me dirigí hacia la ventana y contemplé la noche. El sol se había puesto hacía ya mucho; todas las puertas que llevaban a Alta Ciudad y a los terrenos del castillo estarían cerradas y vigiladas. Pero eso no significaba nada para Killian. Tal vez estaba tan rabioso como para salir de la ciudad e intentar asesinar al Rey de Sangre.

No tenía la menor fe en que Killian lo consiguiera, pero esa traición podía dar al traste con la tregua, con la protección que Adrian había ofrecido a mi pueblo. Y yo quería que mi gente estuviera a salvo pese a lo que hiciera un individuo.

Me quedé un momento más junto a la ventana y al final me puse la capa, cogí armas y salí de la habitación.

El frío me traspasó las zapatillas al cruzar el ala de los criados y salir a la noche. Aún no había decidido cómo iba a atravesar las puertas vigiladas y seguía sin saberlo cuando llegué. Nicolae y Lascar ya se habían retirado; en su lugar se encontraban dos guardias más viejos, Avram e Ivan, a los que no era tan fácil distraer con mis encantos.

—Tienes que volver al castillo, princesa —dijo Avram nada más verme.

No le hice caso.

—¿Ha cruzado las puertas el comandante Killian?

—Hace unos minutos —respondió Ivan—. ¿Quieres que le demos algún mensaje?

Titubeé un instante y carraspeé para aparentar timidez.

—Prefiero darle una sorpresa.

Intercambiaron una mirada. Avram parecía divertido, pero Ivan frunció el ceño.

—Es comprensible —dijo Avram—. Mañana se va a casar con el Rey de Sangre.

Por la puta diosa, cómo detestaba tener que pedir permiso. A lo mejor como esposa de Adrian conseguía cierto grado de libertad.

—Al menos permite que uno de nosotros te acompañe hasta que estés con el comandante —dijo Ivan.

—Has dicho que ha salido hace unos minutos —respondí—. Lo alcanzaré enseguida.

—En los bosques hay monstruos, princesa —me advirtió Avram. Como si no lo supiera.

—Voy armada.

—Si quieres ir con el comandante, será con escolta —insistió.

—De acuerdo —respondí, altiva, y pasé entre ellos—. Sígueme, Ivan.

No aguardé a ver si obedecía, pero lo elegí a él en lugar de a Avram, que era mucho más atlético. A Ivan le costaría más darme alcance cuando echara a correr hacia la frontera.

Llegamos a los árboles. Había tres caminos con la vegetación aplastada. Cada uno llevaba a una fortaleza diferente, en la frontera de Lara. Por lo general, yo no seguía los senderos cuando me metía en los bosques, sobre todo porque no quería tropezarme con los soldados que los recorrían.

—Ha ido por aquí, princesa —dijo Ivan al tiempo que señalaba hacia delante.

El nudo en el estómago se me tensó un poco más. Era hacia donde estaba el campamento de los vampiros.

«No puede ser tan idiota», me dije. Aunque era imposible estar segura, visto lo decidido que estaba Killian a controlarme. Pero Killian no desobedecía las órdenes de mi padre. Tal vez se había retractado de la promesa de mi mano cuando decidió firmar la paz. ¿O no?

La sola idea me hizo acelerar la marcha.

Ivan, que ya se estaba quedando rezagado, soltó una risita.

—No tan deprisa, princesa. Tendrás tiempo para despedirte.

Yo le había dado a entender que iba al bosque porque tenía una cita secreta con el comandante Killian, pero aun así no me gustó su tono de voz y lo que daba a entender.

Me detuve bruscamente.

—¿Ha oído eso? —pregunté.

Ivan se puso rígido y escudriñó la noche. Los rayos de luz de luna penetraban entre las ramas de los árboles para formar claros en el bosque. Una parte de mí se sintió culpable. Ivan era amable y su intención era buena, pero el cambio había sido inmediato cuando pasó de bromista a soldado, tenía la mano en el puño de la espada.

—¿Qué has escuchado exactamente, princesa? —preguntó con voz seria.

—Era como un traqueteo —dije, porque eso solía indicar que había una virika.

Las virikas eran monstruos que se movían entre las sombras. Resultaban invisibles hasta que mostraban los dientes teñidos de sangre. Podían ser sigilosas, a menos que tuvieran hambre. El hambre las volvía estúpidas.

—Sígueme, princesa, no te alejes.

Dejé que tomara la delantera y lo seguí, pero me agaché para coger una piedra. Tras unos cuantos pasos la tiré hacia los árboles.

—¿Qué ha sido eso? —susurré con voz nerviosa.

Ivan se volvió hacia donde había caído la piedra y escudriñó el bosque mientras yo me alejaba sigilosa en la oscuridad. No eché a correr hasta que no oí su grito.

—¡Princesa!

Lo mío no era correr y desde luego no llevaba la ropa adecuada, pero seguí hasta que vi entre los árboles el campamento vampiro y me detuve entre las sombras. A diferencia de cómo lo había visto por la tarde, el campamento bullía de actividad. Me sorprendió lo humanos que parecían todos. Iban vestidos con los colores de Adrian, los que me imaginaba que adornaban los muros de Revekka, el rojo y el negro. Los destellos de las armaduras doradas que parecían ligeras como plumas eran llamaradas que marcaban sus movimientos. Unos estaban sentados en torno a una hoguera mientras otro grupo parecía jugar a las cartas. Parecían despreocupados, como si no estuvieran acampados en territorio enemigo.

Pero, claro, no tenían nada que temer. Eran invencibles.

No vi al comandante Killian. Si había intentado entrar en el campamento, ya lo habrían atrapado.

Justo cuando iba a salir de entre los árboles para dirigirme hacia la tienda de Adrian, oí una voz a mi espalda.

—Lo que le has hecho a tu guardia no ha estado bien.

Me di la vuelta al instante y me encontré ante un vampiro al que no reconocí. Me insulté a mí misma, ¿cómo no lo había oído aproximarse? Retrocedí, con lo que crucé la línea de los árboles, y el vampiro avanzó. La luz de la luna iluminó su cuerpo, la piel oscura, el rostro atractivo con pómulos amplios, labios llenos y hoyuelos en las mejillas.

—¿Cuánto tiempo llevas siguiéndome? —pregunté.

—No te estaba siguiendo.

Seguí retrocediendo hasta chocar contra algo duro y unas manos me cogieron por los hombros. Eché los brazos hacia atrás, los agarré y solté los puñales contra los antebrazos de mi captor. Un grito que fue como un gruñido de dolor rasgó la noche y, cuando me retorcí, me encontré ante otro vampiro. Este era más esbelto, el pelo lacio le enmarcaba un rostro enjuto. Tenía los puños apretados y le caía sangre de los brazos.

—¡Joder, me ha apuñalado! —gritó.

Detrás de mí, el otro vampiro se echó a reír.

—Te está bien empleado por no darte cuenta de que iba armada.

—¿Qué pasa, Sorin? —preguntó una nueva voz, esta era femenina.

—He pillado a una mortal que se iba a colar en el campamento —dijo el vampiro de piel oscura—. Ha apuñalado a Isac.

La mujer que se acercó era rubia, llevaba el pelo recogido en una trenza intricada que le iba desde la coronilla hasta media espalda. Era hermosa y de aspecto fiero, parecía que se estaba riendo.

—¿Te ha apuñalado, Isac?

—Cállate, Miha —bufó el otro.

Había ya tres vampiros enfrente de mí y me asombraba seguir con vida. Hasta al que había herido parecía relativamente tranquilo, cuando lo esperable era que respondiera con violencia. Pero dejaron de temblarle los brazos y el flujo de sangre cesó. Pronto no quedó ni rastro de las heridas.

Un estallido de gritos sonó de pronto detrás de nosotros. Cuando me volví, vi que los vampiros que habían estado jugando a las cartas se habían puesto de pie. Dos hombres estaban en el suelo, enzarzados en una pelea.

Miha puso los ojos en blanco. Sorin e Isac se echaron a reír.

—Ya sabía yo que esa partida iba a terminar mal.

—Es lo que tiene el cuatro reyes —dijo Sorin.

No pregunté qué era el cuatro reyes. Lo que hice fue alejarme poco a poco del trío de vampiros, pero me quedé paralizada cuando volvieron a concentrarse en mí.

—A ver, pequeña, ¿a qué has venido? —preguntó Miha—. ¿A seducir y a matar a nuestro rey?

La pregunta me dejó tan sorprendida que ni me quejé de que me hubiera llamado pequeña. Arqueé las cejas.

—¿Cómo dices?

—No serías la primera que lo intenta —dijo Sorin.

—Yo… no… —Me detuve—. ¿Has dicho que no sería la primera?

—Exacto —se rio Sorin.

—¿Y qué le pasó a la mujer que lo intentó?

No pude evitar preguntarlo. Me moría de curiosidad. ¿Era posible seducir a Adrian o había matado a todas las que lo habían intentado?

Los tres intercambiaron miradas. Sorin fue a decir algo, pero otra voz intervino:

—Princesa Isolde. Qué sorpresa.

Me di la vuelta y quedé frente a frente con Adrian mientras los otros tres vampiros lo saludaban.

—Mi rey —dijeron.

—La he atrapado rondando el campamento, majestad —dijo Sorin.

—Me ha apuñalado —dijo Isac.

—La hemos detenido antes de que llegara a tu tienda —explicó Miha.

Adrian me miró antes de responder.

—La princesa Isolde es mi prometida. Puede venir a mi tienda cuando quiera.

No se trataba de que lo quisiera. Era una misión. Pero no dije nada.

—Me lo podrías haber dicho en lugar de apuñalarme —dijo Isac.

Me volví para mirarlo.

—El que me puso la mano encima fuiste tú.

—En los hombros —aclaró para que Adrian no pensara otra cosa.

—¿Y qué?

Los otros dos vampiros estaban sonriendo. Detrás de mí, Adrian soltó una risita, lo que me hizo volverme. Cuando no se estaba riendo a mi costa, el sonido era… cálido.

—No te rías —dije, e incliné la cabeza a un lado para mirarlo a los ojos—. Pero él no será el único que pruebe el filo de mi daga.

Adrian me tocó la barbilla y en esta ocasión conseguí no retroceder.

—Aguardo ese momento con impaciencia, cariño mío.

Alguien carraspeó. Miré a los tres vampiros, que habían apartado la vista y parecían incómodos.

—Nosotros nos... nos vamos —dijo Sorin. Luego vi como se perdían entre las sombras del bosque.

Volví a concentrarme en Adrian, que me seguía mirando.

—¿Ibas a mi tienda? —preguntó.

—Tengo que hablar contigo —dije.

Me miró un instante y luego me indicó que lo siguiera con un ademán.

—Vamos.

Echamos a andar juntos y, en el camino hasta su tienda, pude ver mejor el campamento. Lo primero que me sorprendieron fueron las hogueras, ante las que estaba cocinando un hombre mortal. El olor de la carne chisporroteante y los condimentos hizo que se me revolviera el estómago.

—¿Qué está preparando? —pregunté.

No creía que fuera carne humana, pero quería asegurarme. Que yo supiera, los vampiros no comían.

Adrian arqueó una ceja.

—Cordero. Para los mortales que viajan con nosotros.

—¿Permitís que viajen mortales con vosotros?

—¿Cómo crees que nos alimentamos?

Fue una respuesta tan despreocupada que sentí un escalofrío. No era consciente de que hubiera mortales con el ejército, aunque sí había oído historias sobre la gente que iba a Revekka para conseguir la inmortalidad y ofrecía su sangre a cambio de que algún día los transformaran en vampiros. Era una práctica conocida como «sangría» y todos los reinos de las Nueve Casas la consideraban una traición. Estaba penada con la muerte.

Adrian me llevó a su tienda y me dejó pasar antes que él. Dentro hacía calor gracias a un brasero que ardía en el centro. Titubeé un instante al verlo y Adrian se chocó contra mí. En vez de apartarse, me tocó la cintura con la mano.

—Aquí estás a salvo —dijo, confundiendo el miedo al fuego con miedo a él.

Entré a toda prisa. Las alfombras mullidas cubrían buena parte del suelo y a un lado vi una mesa redonda y varias sillas plegables de madera. También había un escritorio con un mapa de Cordova extendido encima y tuve que contenerme para no acercarme a ver qué planes tenía para mi mundo. Al otro lado de la tienda vi una cama y me concentré en ella, porque la ocupaba una mujer completamente desnuda. Estaba tendida, expuesta, con la piel clara bañada por la luz del fuego. Al vernos entrar, se incorporó de repente, pero no se molestó en taparse. Se nos quedó mirando con los ojos abiertos como platos. Era obvio que no esperaba que Adrian llegara con visitas.

—Fuera —ordenó Adrian y la mujer salió a toda prisa.

La seguí con la mirada, molesta. No había estado solo.

—¿También estará tu amante en nuestra noche de bodas? —le pregunté.

—¿Ya sueñas con ese momento? —replicó. Luego sonrió—. No es mi amante.

—Ah, no te ibas a acostar con ella.

Me miró.

—Eso depende de cómo me sintiera.

Entrecerré los ojos.

—Lo normal habría sido decir que no, aunque fuera mentira. A menos que tengas en mente un matrimonio abierto. En ese caso, empezaré a buscar posibles amantes.

Adrian apretó los labios.

—¿Me estás exigiendo fidelidad?

—Seguiré tu ejemplo —repliqué con tono burlón.

—Es demasiado pronto para pedir tanto. Aún no estamos casados.

—Si mi petición es una carga tan insoportable, rompe el compromiso —lo desafié.

Me adentré en la tienda, siempre lejos del fuego que ardía en el centro. Las llamas parecían demasiado altas y demasiado agresivas.

—No, cariño mío, las cosas se han puesto demasiado interesantes como para eso —dijo. Inclinó la cabeza hacia un lado—. ¿Qué haces aquí?

Titubeé un instante. Tal vez estaba cometiendo un error. Cuando me salieron las palabras, hasta a mí me sonaron ridículas.

—Quiero que me hagas una promesa.

Las cejas claras de Adrian se arquearon sobre aquellos ojos extraños.

—Habla.

—No te extrañará que te diga que el comandante Killian te detesta y más después de lo de hoy. Cree que puede matarte y librarme de nuestro compromiso. Quiero que me prometas que, si te ataca, no te vengarás con mi pueblo.

Adrian me miró durante unos largos segundos.

—¿Y qué me das a cambio de esa promesa?

—Te he advertido sobre Killian. ¿No es suficiente?

—No me has dicho nada que no sepa. El comandante ha estado planeando cómo matarme desde que llegué al castillo.

Lo miré.

—¿Qué quieres de mí?

—Todo —dijo—. Pero por ahora me conformo con saber por qué no quieres pasar cerca del fuego.

Me sorprendió que lo hubiera notado y miré las llamas. Reconocer que me daba miedo era una insignificancia comparado con todo lo que podría haberme pedido, así que le dije la verdad.

—Le tengo miedo al fuego —dije—. Desde que era pequeña.

—¿Te quemaste alguna vez de niña?

Se acercó un paso a mí.

—No —dije.

Respiré hondo, temblaba sin querer. Aquello iba más lejos de lo que quería reconocer. Era un pánico inexplicable que me atacaba de noche cuando cerraba los ojos. Era un terror al que Adrian no tenía derecho a acceder, así que no añadí nada más.

Pero se me quedó mirando y aquella mirada ardía con más peligro que el fuego.

—¿Por qué lo preguntas?

—Vas a ser mi esposa —respondió.

Estaba detrás de mí, sin tocarme, pero la tensión entre nosotros era palpable. Su cuerpo llamaba al mío. Era una atracción magnética que me agarraba por las caderas y por los hombros. Tuve que echar mano de toda mi capacidad de control para no dejarme llevar.

Estaba tan concentrada vigilando mis reacciones que, cuando me habló al oído, pegué un salto.

—Dime, ¿visita a menudo tu cama el comandante Killian?

Los celos eran extraños entre dos desconocidos, pero ya habían aparecido dos veces entre nosotros. Al menos no estaba sola en la irracionalidad.

Giré la cabeza y me encontré mirándole los labios, a centímetros de los míos.

—¿Qué te hace pensar que visita mi cama?

—Sé detectar a un amante celoso —dijo—. ¿Tu comandante cree que será tu dueño si muero?

—Nadie es mi dueño, rey Adrian.

—Yo no busco ser tu dueño —respondió, pero no añadió más.

Volví a preguntarme por qué me había elegido. Me giré hacia él y mi hombro le rozó el pecho. Alcé la vista.

—¿Me das tu palabra de que no tomarás represalias?

—No me vengaré con tu pueblo, pero no te prometo perdonarle la vida al comandante.

Me sentí palidecer.

—¿Y si te pido que lo perdones?

No habría sabido explicar la expresión en el rostro de Adrian, pero bien podía haber sido de triunfo, porque me había llevado a hacer otro trato. Se alejó un paso y se sentó en una silla plegable. Estaba relajado, con una mano sobre el reposabrazos y las largas piernas separadas, como si estuviera haciendo una invitación.

—¿Tú perdonarías al hombre que intentara matarte?

Titubeé, pero dije la verdad.

—No.

—Entonces ¿por qué voy a perdonar a tu comandante?

«Porque es un imbécil», habría querido decirle.

—Porque te lo pido yo.

Me miró y no pude evitar fijarme en su cuerpo fuerte.

—Pides demasiado.

—Considéralo un regalo de bodas —dije muy despacio.

—¿Un regalo de bodas? —repitió.

—¿No quieres complacerme?

Adrian volvió a inclinar la cabeza hacia un lado y una sonrisa le bailó en los labios.

—Claro que quiero complacerte.

Me acerqué llevada por la necesidad de arrancarle la promesa, pero también por la curiosidad. ¿Hasta dónde me permitiría aproximarme? Y, si llegaba cerca, ¿podría matarlo yo misma? Recordé las palabras de lord Cristian. Tal vez todo el reino esperaba lo mismo de mí.

Adrian me miró con los ojos encendidos. Metí una rodilla entre sus muslos.

—En ese caso, compláceme —susurré y le puse las manos en el pecho.

Su calidez me sorprendió y noté bajo las palmas los músculos firmes. Siguió sin moverse, no me puso las manos encima, y lo único que delataba su excitación era la forma larga y dura que notaba contra la rodilla.

Le bajé las manos por el pecho. Si no me lo impedía, le podía clavar el puñal en el cuello y retorcerlo. Mis armas tenían un filo capaz de traspasar el hueso.

—¿Es eso lo que quieres? —murmuró sin apartar los ojos de los míos.

—Sí.

Sonrió y levantó la cabeza solo un par de centímetros, lo justo para que sintiera su aliento en los labios cuando habló.

—Porque me parece que lo que quieres es matarme.

Se movió en un instante. Me agarró por detrás de la rodilla con una mano y con la otra me rodeó la cintura para presionar nuestros cuerpos y dejarme las manos atrapadas. Le agarré la camisa con los puños y moví la pierna para rodearle la cadera y que su erección me presionara las zonas más tiernas de mi cuerpo. Quería montarme sobre él, pero me quedé quieta, mirándolo mientras hablaba:

—Y, si es el caso, te advierto desde ahora que te enfrentarás a mi ira.

—Como si tu ira pudiera ser aún peor —le espeté.

—Oh, cariño mío. —Me agarró el rostro. Fue tan rápido y tan fluido que no pude reaccionar. Cuando habló, lo hizo pegado a mis labios—. Podría convertirte en un instante. —Me echó la cabeza hacia atrás y me recorrió el cuello con sus labios—. ¿Y qué serías entonces? —Esperó unos instantes antes de echar la cabeza hacia atrás y mirarme a los ojos—. Uno de esos no muertos a los que tanto odias.

Le di un empujón y me soltó. Nos miramos. ¿En qué estaba pensando Adrian? ¿Estaba dividido entre luchar y follar?

¿Como yo?

Pero recuperé el control y volví al tema que me había llevado allí.

—¿Prometes que no tomarás represalias contra mi pueblo?

Adrian me lanzó una mirada, como si la pregunta le molestara.

—Tenemos un acuerdo —dijo—. He jurado proteger a tu pueblo si tu accedes a ser mi esposa. Cumpliré mi promesa, aunque otros no lo hagan.

Sabía que la última parte de la frase iba por mí, pero, pese a lo mucho que quería pelear con él o matarlo, conseguí controlar el odio y le expresé mi gratitud.

—Gracias.

La expresión de Adrian se relajó un poco. No dijo nada, pero inclinó la cabeza a modo de respuesta.

—T-tengo que irme —dije y me alejé un paso.

—Te acompañaré.

—No es necesario.

—Sí lo es —dijo—. Si entiendo bien quién te ha hecho esa magulladura.

Me miré el brazo. Durante el... forcejeo, la capa se me había deslizado del hombro. Miré a Adrian.

—De eso me encargo yo.

—No me cabe la menor duda, pero ¿y si yo quiero hacer algo al respecto?

—¿Te estás ofreciendo a defender mi honor? Qué caballeroso.

—No tiene nada que ver con la caballerosidad —replicó—. Insisto.

No respondí, aunque solo fuera porque la presencia de Adrian me permitiría evitar la reprimenda de los guardias. Salimos de su tienda y nos dirigimos hacia el bosque, pero en la frontera nos encontramos de frente con Killian e Ivan. El rostro de Killian era una máscara retorcida de ira, mientras que Ivan estaba muy pálido y avergonzado. Deseé que Killian no hubiera sido muy duro con él.

—Isolde —dijo. Miró al vampiro—. Rey Adrian. Yo me encargo de ella.

Fue a agarrarme, pero Adrian se movió como un rayo y apartó bruscamente la mano de Killian.

—Ya la has tocado una vez sin permiso —dijo—. No volverás a hacerlo.

Vi que Ivan miraba con desconfianza a Killian, que retrocedió.

—Tendrás que perdonarme si no te confío la seguridad de mi prometida —siguió Adrian.

—Como si contigo estuviera a salvo —se burló Killian.

—Las magulladuras hablan por sí mismas.

El comandante palideció y me di cuenta de que no se había percatado de lo brusco que había sido conmigo. Pese a todo, fue a echar mano de la espada, pero me interpuse entre ellos antes de que pudiera desenvainar. Era la segunda vez que le daba la espalda a Adrian para situarme entre Killian y él.

—He accedido a que el rey Adrian me acompañe, comandante. Puedes volver a tu puesto.

Apretó los labios y la rabia le brilló en los ojos. Era la misma rabia que lo había llevado antes a agarrarme.

—Muy bien —dijo y oí con claridad las palabras que no pronunció: «Tu padre se va a enterar de esto». Pero no me afectaba nada lo que hicieran ninguno de los dos. Era la prometida de Adrian y, al día siguiente, a aquellas horas, sería ya su esposa. Lo vi alejarse en la oscuridad con Ivan.

Volví al castillo siempre un paso por delante de Adrian. Como había imaginado, Avram no dijo nada al vernos pasar. Seguía solo, porque Ivan no había vuelto. Seguro que aún estaba soportando la reprimenda de Killian. Le tendría que pedir disculpas por la mañana. Crucé las puertas sin detenerme y pensaba seguir hasta el castillo sin volver la vista hacia Adrian, pero habló en voz alta cuando pasé de largo de la garita.

—Ni todas las estrellas del cielo —dijo.

Aquellas palabras me aceleraron el corazón y me detuve cuando una respuesta que no era mía cobró forma en mi mente: «brillan tanto como el amor que siento por ti».

Pero, cuando me volví hacia él, había desaparecido.

CINCO

Me pasé la mañana en el jardín de mi madre, rodeada de rosas de medianoche. Era una de las pocas variedades que florecían en nuestro invierno. Me habían contado que eran las favoritas de mi madre, tenían unos pétalos gruesos y aterciopelados de un color púrpura tan intenso que casi parecían negros. El frío tampoco apagaba su aroma, que era más acentuado a primera hora de la mañana; un olor dulce y cálido que me hablaba de maderas y cocinas acogedoras.

El jardín era uno de mis lugares favoritos en el reino y traté de no pensar en que iba a ser la última vez que lo visitaba. Mi madre había elegido, plantado y cuidado cada una de las flores. Tras su muerte, mi padre se encargó de que los jardineros del palacio las cuidaran. Estaba igual que cuando había muerto, excepto que había más capullos, los setos eran más densos y los árboles, más altos.

Ella lo habría adorado. Pero, como no podía, lo adoraba yo en su lugar.

Solo cuando Nadia vino a recogerme tuve que enfrentarme a lo que ese día significaba: la llegada del cambio. Me informó de que Adrian se iba a reunir de nuevo con mi padre para acordar los detalles de mi partida al día siguiente y de que ya me estaban preparando los baúles con mis pertenencias.

—Tan pronto... —dije en voz baja y paseé la vista por el jardín con los ojos nublados y un nudo en el pecho.

No había albergado esperanzas de quedarme allí mucho tiempo tras la boda. Me imaginaba que Adrian no se sentiría cómodo en Lara. Era invencible, no bienvenido. Pero había pensado que tendría más tiempo para despedirme.

—Tu padre lo ha invitado a quedarse, pero el Rey de Sangre ha rehusado —dijo Nadia—. No sé por qué tiene tanta prisa por volver a su reino, a menos que sea para separarte de nosotros.

No conocía bien a Adrian, pero no me pareció que la prisa por salir de Lara tuviera como objetivo aislarme. Eso era más bien lo que habría hecho Killian.

—No me puedo creer que te vayas a marchar en dos días. —Se interrumpió y respiró hondo, estremecida, y me di cuenta de que estaba llorando—. ¿Qué voy a hacer sin ti?

—Ay, Nadia. —Le cogí la mano. No reaccionaba bien cuando veía llorar a alguien y menos si era Nadia. Mi primer instinto era siempre hacerla reír—. Tendrás tiempo para leer.

Nos echamos a reír juntas y salimos del jardín para ir a prepararme para la boda, que iba a tener lugar al ocaso.

Elegimos las habitaciones de mi madre, porque la mía estaba desordenada con los preparativos del viaje. Cuando era pequeña solía pasar allí horas enteras. Jugaba a imaginar que ella estaba viva y que de un momento a otro iba a entrar y me pillaría trasteando con sus cosas. Por supuesto, la que me pillaba era Nadia, no mi madre. Pero no me echaba de allí. Todo lo contrario, me contaba historias sobre cómo se había acordado el matrimonio entre mis padres, a modo de puente entre el continente y las islas. Me hablaba de lo nerviosa que había visto a mi madre ante la idea de la boda, pero también lo segura que había estado de que llegaría a amarlo, porque había sido muy gentil y porque su pueblo creía en la fortuna y en el destino.

Yo no creía en ninguna de las dos cosas.

Me senté ante su tocador con el corazón cargado de miedo y oscuridad, no de esperanza de amor. Mientras, Nadia me recogía los rizos en un moño prieto de trenzas y tirabuzones.

—¡Aaay! —grité cuando me pinchó de nuevo con una horquilla.

—¡No te toques el pelo! —ordenó y me dio un manotazo para que no me frotara el punto donde me había apuñalado.

—¡Pues no me hagas daño!

Se puso las manos en las caderas y resopló. Llevaba toda la vida peinándome y siempre acababa igual: ella frustrada y yo con heridas en el cuero cabelludo.

Suspiré y me froté el entrecejo. Me empezaba a doler la cabeza.

—Perdona, Nadia. No quería saltar así.

—No pasa nada, cariño. No puedo ni imaginarme lo que se te estará pasando por la cabeza.

No, no podía.

Porque estaba pensando otra vez en Adrian y otra vez me preguntaba para qué quería una reina. ¿Qué buscaba en mí? ¿Cuál sería mi posición? ¿Me sentaría a su lado, como su igual? No me imaginaba a un vampiro tratando a su esposa mortal como otra cosa que no fuera alimento, pero había exigido que me dejaran hablar cuando los demás me dijeron que me callara. Y también había prometido no alimentarse de mí… a menos que se lo pidiera.

Hice una mueca. En el santuario nos enseñaban que el acto de beber sangre era malvado porque era robar la vida, que era el don de la diosa, pero a mí me parecía malvado por otro motivo: porque nos convertía en presas. ¿Por qué iba a pedir ser una víctima? ¿Y cómo podría proporcionar placer algo que había provocado tanta muerte, resurrección y dolor?

Tal vez Adrian fuera un sádico. Lo descubriría en unas horas. Pensar en la noche de bodas me debería haber revuelto el estómago, pero me encontré con que me provocaba un extraño calor por dentro.

Una vez peinada, Nadia me ayudó a ponerme el vestido, negro y sin mangas, ceñido en la cintura. Iba sujeto al cuello con encaje de oro, que luego caía por la falda. Trini, la costurera, había bordado las alondras. Era una obra de arte, un atuendo regio que denotaba poder y elegancia.

Solo me lo había puesto en una ocasión, en la fiesta de la cosecha en la que se celebraba la recolección del otoño. Fue la misma noche en que apunté a la cara de lord Sigeric con un puñal por sugerir que había que domarme. Mientras Nadia me ataba las lazadas, me pregunté si era eso lo que pretendía Adrian.

Nadia se dirigió hacia la vitrina dorada donde mi madre había guardado las tiaras. Siempre habían sido diferentes a todas las que usaba la realeza en Cordova porque estas venían del Atolón. Unas eran diademas de flores exóticas que nunca había visto en otro lugar; otras eran de perlas y algunas, de conchas preciosas. Entre todas destacaba la de su coronación: era de oro, con incrustaciones de diamantes blancos y negros procedentes de su tierra natal. Nadia se volvió hacia mí con la corona entre las manos.

—Hoy te conviertes en reina.

Me la puso en la cabeza. La noté pesada con la carga de mi pasado, mi presente y mi futuro.

Me volví para mirarme al espejo. Parecía triste, dolida e insegura, pero orgullosa. Sabía cuál era mi deber, sobre todo hacia mi pueblo, y me iba a casar con Adrian para salvar a mi gente.

—Deberías matarlo —dijo Nadia.

Incliné la cabeza para mirarla en el reflejo. Recordé las palabras de Adrian la noche anterior, la amenaza cuando tenía mi cuerpo contra el suyo. «Oh, cariño mío. Podría convertirte en un instante».

—Nadia…

No sabía bien qué iba a decir, pero sí que era una protesta y eso hizo que se me encogiera el corazón. Pese a la amenaza, debería estar planeando cómo matar al Rey de Sangre.

Me volví hacia ella y vi que se sacaba del bolsillo un puñal. Era muy hermoso, el puño y la vaina eran de acero chapado en oro y tenían adornos de rubíes rojos.

—¡Nadia!

En esta ocasión pronuncié el nombre casi jadeante.

—Cógelo —dijo—. Es un regalo.

Me puso el puñal en las manos y lo desenfundé con un sonido silbante. La hoja era fina, afilada e impecable.

—Mátalo, Issi —dijo—. No le des la satisfacción de derrotar a la Casa de Lara.

Miré a Nadia a los ojos.

—Es lo más honorable —dijo.

Me cogió la barbilla y me dio un beso en la frente antes de salir de la habitación.

Miré el puñal. Luego, volví a mirarme al espejo.

«Eres la única esperanza para el reino, Isolde», había dicho mi padre. ¿Qué significaba eso? ¿Que debía cumplir mi parte del acuerdo, casarme con Adrian y ser la reina de Revekka, o que era la única que podía acercarse a él tanto como para matarlo?

83

Llamaron a la puerta y me sobresalté. No estaba preparada para que me interrumpieran tan pronto tras la salida de Nadia.

—¡Un momento!

Metí el puñal en la funda y me lo guardé entre los pechos, un escondite adecuado pero incómodo. Era el único lugar donde podía llevarlo y no quería ir desarmada a mi boda.

Me volví hacia el espejo y fingí que me estaba colocando un mechón de pelo.

—Adelante.

Bajé las manos al ver en el espejo a mi visitante. El rey Adrian había entrado en la habitación ataviado con un sayo negro y una sobreveste adornada con complejos bordados dorados. No pude dejar de advertir que íbamos a juego.

Me volví para quedar frente a él y observé lo imponente que resultaba su presencia. Era alto y llenaba la habitación como las sombras del ocaso. El pelo le caía en ondas doradas sobre los hombros y en la cabeza llevaba una corona de puntas negras. Los extraños ojos blanquiazules captaron mi atención y luego bajaron para recorrer mi cuerpo. La trayectoria de su mirada me hizo contener el aliento y notar calor en lugares que deberían estar tan fríos como su corazón sin vida. Ese calor me hizo sentir que estaba traicionando a mi pueblo y me enfurecí con él.

—No me puedes ver antes de la ceremonia. Trae mala suerte.

Era ridículo mencionar la tradición. La mala suerte era inherente a todo aquello. Su mirada, cada vez más oscura, me estaba poniendo nerviosa.

Sus labios se curvaron ligeramente. No se podía decir que fuera una sonrisa. Cuando habló, la voz de Adrian me recorrió la espalda como si fueran gotas de agua helada y de pronto se me secó la boca.

—Considerando la motivación de este matrimonio, correré el riesgo.

Cerró la puerta a su espalda y oí con claridad el sonido del cerrojo. Erguí la espalda, consciente del puño metálico del arma que estaba entre los pechos.

—¿Puedo ayudarte en algo, majestad? —pregunté, cortante.

Se acercó con paso elástico sin dejar de mirarme a los ojos.

—Solo quería ver a mi prometida antes de intercambiar los votos.

Tuve que hacer un esfuerzo para no poner los ojos en blanco.

—¿Te lo estás pensando mejor? —pregunté con una voz que esperaba que pareciera esperanzada.

Dejó escapar una risita.

—Todo lo contrario, estoy cada vez más decidido a que seas mi esposa.

Se detuvo delante de mí y me llegó su olor a bosques de cedros. Era un aroma fresco, limpio y definido, como el de una mañana fría. Me resultó tranquilizador, pero solo por un instante, solo antes de que me diera cuenta de lo que estaba pasando y me pusiera rígida otra vez.

—¿Y eso, por qué?

Alzó la mano muy despacio y me escudriñó los ojos al tiempo que me ponía la palma de la mano contra la mejilla. Tragué saliva y dejé escapar el aliento entrecortado cuando me rozó la piel con el pulgar.

—¿Tiemblas porque me temes? —preguntó.

—Sí —dije, porque jamás iba a reconocer otra cosa, que su contacto hacía que me ardiera el vientre.

Apartó la mano.

—Entonces ¿por qué percibo deseo?

—Eso es... —No supe qué decir.

—Si así vas a sentirte menos traidora, niégalo.

—No lo iba a negar —repliqué—. Pero es vulgar.

—Ah. —Se le volvieron a curvar las comisuras de los labios—. Yo soy vulgar.

Aparté la vista, incapaz de mantener el contacto visual.

—¿Has venido a burlarte de mí?

—Jamás me burlaría de ti.

—Pues no lo parece.

—Porque estás avergonzada —dijo. Aquello hizo que lo mirara de nuevo. En esta ocasión fue rápido y me puso una mano detrás de la cabeza—. Pero espero que pronto te enorgullezcas de ser mi esposa.

Puso los labios sobre los míos y nuestras bocas se sellaron, un frenesí oscuro se agitó en mi interior. Fue como si un hechizo se apoderara de mí e hiciera que cada centímetro de la piel me ardiera de deseo. Solo quería que me tocara. Le puse las manos en el pecho y en el pelo. Dejó escapar un gemido y lo recompensé abriendo la boca para que me pudiera saborear. Nuestras lenguas se entrelazaron y se deslizaron la una contra la otra. Me tomó por sorpresa y me empujó contra el tocador, con la espalda arqueada bajo él, que me devoraba. Le pasé las manos por los músculos duros y por la erección presionada contra mi sexo. Me quedé sin aliento al sentirlo entre mis piernas. Moví las caderas contra las suyas y en ese momento supe que daría lo que fuera por saber lo que se sentía al tenerlo dentro.

—Dímelo en voz alta —dijo con voz ronca contra mis labios.

Me quedé paralizada. Su rostro estaba a centímetros del mío. Los ojos azules ribeteados de blanco se clavaron en los míos.

—¿Qué? —pregunté, jadeante.

Curvó las comisuras de los labios.

—Me quieres dentro de ti —dijo—. Dilo en voz alta.

Lo empujé y, para mi sorpresa, retrocedió.

—¿Puedes leer la mente? —pregunté.

Era incapaz de recuperar el aliento. Me habría dado de bofetadas, porque eso solo servía para recordarme cómo había dejado que se aprovechara de mí.

—Me has recibido con... —Me recorrió el cuerpo con la mirada—. Los brazos abiertos.

—¡Sal de mi cabeza!

Lo empujé de nuevo, pero me agarró las muñecas y me atrajo contra él.

—No te avergüences de tus pensamientos, gorrión. Si te sirve de consuelo, yo también quiero saberlo.

Entrecerré los ojos ante el apodo que no le había autorizado a usar y forcejeé para escabullirme, pero me agarró con más fuerza.

—Tienes un pelo precioso.

Fruncí el ceño.

—¿Qué?

Hasta ese momento no me había dado cuenta de que el moño prieto que tanto le había costado peinar a Nadia se me había soltado. Me liberé del vampiro y retrocedí. Me clavó una mirada oscura cargada de deseo.

—Al menos ahora sabemos una cosa, gorrión.

—¿El qué? —pregunté, hirviendo de rabia por cómo me había hecho sentir y por ser consciente de ello.

—Los dos sabemos qué esperar de esta noche. —Hizo una pausa—. Vamos a consumar nuestro matrimonio —añadió como si pensara que no iba a adivinar a qué se refería.

Lo que él no sabía era que no íbamos a llegar tan lejos. Fue mi turno de esbozar una sonrisa burlona.

—Márchate, rey Adrian —dije al tiempo que me llevaba la mano al pelo—. Tengo que arreglarme.

Vi un centelleo oscuro en sus ojos.

—Por supuesto, mi reina

Hizo una reverencia. Cuando salió, me costó un verdadero esfuerzo seguir de pie.

Acababa de recogerme la mitad del pelo y me iba a dejar el resto suelto sobre la espalda cuando llegó mi padre vestido de azul regio. El contraste entre nuestros colores era evidente. Tenía el rostro sombrío y se le habían acentuado las arrugas en torno a la boca.

—Padre —dije. Le eché los brazos al cuello y lo abracé.

—Issi, mi niña —dijo. Cuando se apartó de mí me echó hacia atrás un mechón de pelo—. Estás muy guapa.

Sonreí.

—Gracias.

El cumplido era sincero, pero entre nosotros había una sensación extraña. Los dos estábamos pensando lo mismo: no debería estar tan guapa para el vampiro.

—Te he traído una cosa —dijo y me tendió un paquete pequeño rectangular.

Lo cogí y me senté en el banco, ante el espejo, antes de arrancar el papel beis. Dejé a la vista una caja de madera tallada con incrustaciones de madreperla. Me recordó a los objetos que mi madre había conservado de su tierra natal.

—Ábrelo —me animó mi padre.

Lo hice y sonó una melodía cristalina.

—Una caja de música —susurré.

—Sí. La mandé hacer para tu cumpleaños, pero… como no vas a estar aquí, he pensado que sería mejor dártela hoy. La música es la que tarareaba tu madre antes de que nacieras.

Se me llenaron los ojos de lágrimas.

—¿Cómo se llama la canción?

—No lo sé. Solo recuerdo una parte de la letra.

Se quedó en silencio un momento, y luego cantó:

Luna del cielo, arena en la tierra.
Luz limpia de estrella que no yerra.
Llega la noche, la sombra llega.
Traedme el amor que mi sueño ruega.

Se le apagó la voz, pero la música siguió sonando. Cuando se detuvo, estreché la caja contra mi pecho. Las lágrimas me impedían ver.

—Me hubiera gustado que hoy fuera un día más feliz —dijo mi padre.

Le cogí la mano. Tenía la piel muy fina y llena de manchas.

—No me pasará nada, papá.

Podía decirlo porque, de momento, aún lo creía; porque el día siguiente me parecía muy lejano. El día siguiente, cuando saldríamos de Lara en dirección a Revekka.

—¿De verdad? —Miró durante un instante mi mano, que cubría la suya, y luego puso la otra encima.

—Lo único que me importa es que tú estés bien.

Se oyó un golpe en la puerta y entró Nadia, muy seria. Hizo una reverencia.

—Ya casi ha llegado el ocaso, majestad.

Es decir, que ya era la hora.

Mi padre se irguió y me tendió la mano. Dejé la caja de música y recorrí con él los fríos pasillos del castillo hasta la entrada principal. Nos dirigimos hacia el santuario de Asha, entre los jardines reales.

Había estado en otras bodas, tanto regias como plebeyas, pero en ninguna tan sombría. En Lara, las bodas eran acontecimientos emocionantes y animados, fiestas que duraban el día entero y toda la noche. La gente se agolpaba a lo largo de los caminos para gritar buenos deseos a la pareja y lanzar flores a su paso —como amarilis, clemátides y albaldas —, que las niñas iban recogiendo para hacerle un ramo a la novia.

Pero durante el trayecto que recorrí con mi padre, nadie nos aclamó ni nos lanzó flores. Solo vimos a los guardias que nos precedían y a los que nos seguían. Killian estaba ante las puertas del templo e irradiaba una ira que me llegó en oleadas. Pero aquella rabia solo sirvió para encender la misma emoción dentro de mí. Lo miré con llamas en los ojos. Sabía lo que estaba pensando, que había elegido a Adrian por encima de él. En cierto modo, así había sido. Pero no importaba, porque en realidad no tenía opción. Tal como le había dicho, de haber podido, no habría elegido a ninguno de los dos.

Un grupo de guardias de Killian estaban apostados ante la puerta del templo y la abrieron para dejarnos paso. El santuario de Asha olía a tierra húmeda. La penumbra de una luz tenue anaranjada nos envolvió en cuanto entramos. Venía de detrás del altar, de un árbol enorme y retorcido que se alzaba hacia la oscuridad. Ante el árbol se encontraba Adrian.

Su atractivo me volvió a golpear. Parecía que le brillaba la piel y que el pelo le relucía. Me resultaban insoportables la manera en que mis ojos se dejaban atrapar por los suyos, la fuerza de su mirada, la respuesta de mi cuerpo. No podía controlarme y reprimir los pensamientos que me venían a la cabeza y estaba segura de que Adrian ya me había leído la mente. A su lado había un vampiro al que no conocía, pero era también muy atractivo. Era igual de alto y esbelto, pero atlético. Tenía el pelo negro y corto, una barbilla de líneas bien definidas, los labios finos y unas cejas pronunciadas que le daban una mirada oscura.

Me aproximé sin apartar la mirada de Adrian. El silencio se hizo a nuestro paso y solo lo rompió el rey vampiro cuando me solté del brazo de mi padre para situarme ante él.

—Estás arrebatadora —dijo con una sonrisa y un brillo oscuro en los ojos.

—Antes se te ha olvidado mencionarlo —dije.

Hizo una mueca.

—¿Vamos a hablar de ese tema?

—No sé por qué no —repliqué—. Los dos hemos descubierto cosas importantes sobre el otro.

—Por tu manera de decirlo, parece que quieres descubrir más.

—Quiero saberlo todo sobre mi enemigo —dije—. Pero no hay prisa. Como me has recordado antes de manera tan delicada, tenemos toda la noche.

Adrian mostró los dientes en una sonrisa.

—Ay, gorrión. No habrá tiempo para hablar.

Mi padre carraspeó cuando alguien entró en el santuario; era Imelda, una sacerdotisa de Asha. Vestía una túnica azul oscuro y llevaba el pelo cubierto con una capucha, aunque se le veía en la frente parte del adorno de plata. Llevaba en la mano un cordón de oro, con el que nos iba a atar como marido y mujer, como rey y reina.

—Princesa. Majestad —saludó y nos tendió la mano.

No hubo nada que indicara que empezaba la ceremonia. Ni les dio la bienvenida a los allí reunidos ni habló de la importancia de la unión para traer hijos al mundo, como era habitual. Fue directa a los votos. Imelda tenía una voz clara y cálida, muy hermosa, que me calmó a pesar de lo que estaba a punto de suceder.

—Esta unión de las manos —dijo— simboliza la promesa que os hacéis. ¿Juráis honraros, respetaros y dedicaros el uno al otro desde el día de hoy?

No mencionó el amor y tuve que reconocer que se me encogió el corazón ante la pérdida de algo que no iba a tener jamás, aunque ya hubiera decidido que no lo quería.

—Sí, lo juro —dijimos Adrian y yo al unísono sin dejar de mirarnos.

Imelda nos juntó las manos. Las de Adrian cubrieron por completo las mías. Tenía las palmas fuertes y recias, pero me gustó el contacto, porque las mías tampoco eran suaves. Denotaban la vida que habíamos llevado. Siempre a la defensiva y dispuestos a pelear.

—Igual que vuestras manos quedan atadas con este cordón, así vuestras vidas quedan atadas, unidas en una sola.

La sacerdotisa empezó a rodearnos las manos con el cordón. Yo era incapaz de apartar la vista, incapaz de dejar de pensar en cómo Adrian me había cogido la cara con esas mismas manos, cómo iban a recorrer mi cuerpo esa misma noche. Eran pensamientos blasfemos... y estaba segura de que me los estaba leyendo.

Mientras nos ataba, la sacerdotisa nos dijo que repitiéramos lo que iba a decir. El cordón me acarició la piel y, sin darme cuenta, cerré los dedos en torno a los de Adrian. Fue un movimiento inconsciente, al ritmo de los votos.

—Estas manos te alimentarán, te protegerán, te guiarán. Estas manos calmarán tu dolor y llevarán tu carga. Te sostendrán, te reconfortarán...

Alcé la vista hacia Adrian, que me miró con fuego en los ojos. ¿Alguna vez aquellas manos me ofrecerían lo que estaban jurando los votos? Esbozó una sonrisa ante mis pensamientos. Yo ya entendía su mente lo suficiente como para adivinar la vulgar respuesta.

—Así quedáis atados —terminó la sacerdotisa—. Igual que se han unido vuestras manos, se han unido también vuestras vidas y almas.

Una vez atadas las manos y hechos los votos, Adrian acercó su boca a la mía. Me preparé para un beso apasionado como el que me había dado en mi habitación, pero se limitó a presionar los labios contra los míos. Luego me depositó un beso ligero en la comisura antes de erguirse.

Nos dimos la vuelta hacia el pequeño grupo congregado y me fijé en que mi padre llamaba con un ademán a un criado. El hombre trajo una bandeja con una hogaza de pan duro. Miré a mi padre.

—Hemos pensado que sería mejor partir el pan aquí.

Parte de la tradición del atado de las manos era partir el pan ya como marido y mujer, por lo general en el banquete que se celebraba tras la ceremonia. No se me había ocurrido que no iba a haber festín. Nuestra boda tenía que ser rápida y discreta. Y mientras el resto del reino podría hacer como si no hubiera pasado nada, yo tendría que seguir viviendo aquella pesadilla.

Adrian no discutió, como si supiera que era lo mejor. De haberse celebrado un banquete, habrían asistido humanos y vampiros. Entonces, pese al acuerdo, las tensiones habrían llevado al derramamiento de sangre.

Adrian cogió la hogaza y arrancó un pellizco.

—¿Hay hambre, gorrión?

—Estoy famélica —dije.

Quería sonar sarcástica, pero las palabras me salieron entrecortadas.

Adrian me puso una mano en la cara al tiempo que me llevaba el pan a los labios. Abrí la boca y, cuando me metió el pan, le mordí el pulgar.

Cogió aire entre los dientes y me apretó la mano contra el pelo, luego acercó mi rostro al suyo como si fuera a besarme. Hubo un movimiento en torno a nosotros. Adrian me sacó el dedo de la boca y mostró los dientes en una sonrisa.

—Sé que querías hacerme daño. Por suerte para ti, me gustan los mordiscos.

Me soltó y lo miré con los ojos llameantes al tiempo que arrancaba un trozo de pan para dárselo. Pero, antes de que pudiera hacerlo, me agarró por la muñeca y me sujetó la mano mientras cogía el pan con la boca y me lamía los dedos antes de soltarme. Cogí aliento y me puse roja ante aquella exhibición. Aunque no hubiera sido enemigo de mi pueblo, yo no soportaba las muestras públicas de afecto.

Tragué saliva y aparté la vista.

—Ve con Nadia, Isolde —dijo mi padre.

Todas las sensaciones que había sentido agudizadas desaparecieron. Palidecí y se me revolvió el estómago. Hasta el aire mismo había cambiado, era más denso. Los presentes, mi padre incluido, sabían para qué me mandaba con Nadia: para prepararme para la noche de bodas.

Aún tenía la mano atada a la de Adrian. La alcé, pero no tuve tiempo de hacer nada antes de que sus dedos ágiles entraran en acción. Me resultó extraño ver la delicadeza con la que aquellas manos letales soltaban el cordón. Esperaba movimientos bruscos y violentos, porque sabía de lo que era capaz. Pero allí, en el santuario de Asha, nadie habría dicho que se trataba de un guerrero.

Una vez desatadas las manos, Adrian me miró a los ojos.

—Me quedo con esto —dijo con el cordón en la mano—. Para esta noche.

Sabía que no era una broma y las palabras no me resultaron tan frustrantes como el tono de voz. Se había pasado la ceremonia hablando a la ligera de la consumación, incluso delante de mi padre. La rabia me invadió, acumulé saliva en la boca y le escupí a la cara.

—¡Isolde! —gritó el comandante Killian.

Sentí su mano en el brazo como si fuera a sacarme de allí antes de que Adrian me lo hiciera pagar. Pero Adrian clavó una mirada helada en él, no en mí.

—Suelta a mi esposa, comandante —dijo—. Me insultas si supones que le haría algún daño.

—Déjala, Killian —intervino mi padre.

La presión de la mano de Killian me dijo que no iba a soltarme, así que me lo sacudí de encima y miré a Adrian con rabia.

—Te he enfurecido —dijo—. Lo siento. Luego lo discutiremos. Ve con tu doncella.

Aquella sinceridad me provocó una sorpresa que no pude disimular. Me quedé parada largos segundos sin dejar de mirarlo. Y, cuando extendió la mano para acariciarme los labios y la mejilla, no me aparté.

—Enseguida estaré contigo.

Tragué saliva y me di media vuelta. Casi sin darme cuenta, atravesé corriendo las puertas del santuario al que había llegado como princesa y del que me iba como reina, seguida por Nadia.

SEIS

—¡Espera, Issi! —me gritó Nadia.

No paré de correr hasta que no llegué a mitad del jardín. La noche había caído y no había ni rastro del sol poniente, solo estrellas y oscuridad. Tenía la respiración entrecortada. Miré hacia el cielo.

Me había casado con el Rey de Sangre.

Era su esposa.

Jamás había sentido tal conflicto ni tal frustración con los impulsos de mi cuerpo. Todo eran extremos: odio visceral y deseo abrasador. No había nada intermedio, ninguna zona segura. Cuando chocáramos, sería una explosión.

Nadia, jadeante, me dio alcance por fin.

—Por la diosa, ¡cómo corres! —se quejó. Intentó recuperar el aliento—. ¿Estás bien?

No pude responder. Nadia debió de pensar que era por la conmoción.

—No, claro que no —se respondió a sí misma—. Acabas de casarte con un monstruo. —Hice una mueca, aunque sabía que era verdad—. No puedo creer que ese cerdo…

—No quiero hablar de eso, Nadia. —Sabía perfectamente lo que había dicho Adrian. Sus palabras se me habían quedado clavadas—. Vamos a acabar de una vez.

Eché a andar hacia el castillo. Nadia me siguió.

—Vas a matarlo, ¿verdad?

No respondí. No porque no fuera a intentarlo, sino porque no sabía si lo lograría o no.

No fui a mi cuarto ni a las habitaciones de mi madre. Nadia me llevó a otras estancias en la torre este, por lo general destinadas a los invitados. Solo que nadie había cruzado las fronteras de Lara desde que el Rey de Sangre había comenzado la invasión, aparte del propio Adrian. La habitación olía a polvo y a cerrado. La gran cama con dosel estaba contra la pared opuesta a la entrada, estaba decorada con largas tiras de terciopelo oscuro. Las ventanas daban a los bosques y, por la mañana, permitirían ver la salida del sol. Me aguardaba una bañera de metal llena de agua caliente.

Nadia me ayudó a quitarme el vestido. Antes de que me lo bajara, me volví hacia ella con la mano sobre el pecho, en parte para sujetármelo, pero también para que no se me cayera el puñal que me había escondido entre los pechos.

—¿Te importa dejarme a solas, Nadia?

Era la segunda vez que le pedía que se marchara. En esta ocasión, no titubeó.

—Claro. Eh… vendré a verte mañana.

—Espera a que te llame —respondí—. Por favor.

No sabía qué me iba a deparar el día siguiente, pero sí que quería tiempo para rehacerme.

Se me quedó mirando. Al final, me cogió el rostro entre las manos y me dio un beso en la frente.

—Como te haga daño…

—No me va a hacer daño —respondí. «A menos que yo le haga daño a él», pensé—. Sé cuidarme sola, Nadia.

—¿Vas a tener que cuidarte?

—Será mejor que se lo preguntes a tu diosa —repliqué.

Sabía que estaba siendo injusta, pero era lo que sentía.

Nadia suspiró y me fijé en que tenía ojeras.

—Te quiero, cariño.

—Yo también te quiero —susurré en voz casi inaudible mientras Nadia salía y cerraba la puerta.

Una vez sola, solté el vestido, que cayó al suelo, y me saqué el puñal de la camisola. Fui hasta la cama y lo escondí entre el colchón y la estructura, de donde esperaba poder cogerlo si lo necesitaba.

Luego, me quité el resto de la ropa y me metí en la bañera para disfrutar de mis últimos momentos conmigo misma; sabía que no volvería a estar a solas, al menos durante una semana. Traté de quitarme aquellas ideas de la cabeza y concentrarme en el baño, en el calor del agua, en el vapor que me hacía sudar y en el aceite de vainilla que aromatizaba la superficie.

Me quedé así hasta que el agua se enfrió. Luego me froté la piel, tal vez demasiado fuerte, para quitarme la sensación del contacto de Adrian. Era inútil, porque no tardaría en volver a verlo, pero en realidad lo que quería era librarme del deseo y de la necesidad que había despertado dentro de mí.

No lo conseguí.

Salí de la bañera todavía cargada de una energía chisporroteante que necesitaba liberar. Me sequé con la toalla y me puse una túnica roja que no me molesté en anudarme. El objetivo no era ocultarme. Me estaba mostrando como el trozo de carne colgada de un gancho que se pone ante una fiera, pero tal vez eso le demostraría a Adrian que estaba desarmada y, con suerte, bajaría la guardia.

Recorrí la estancia. Se notaba que hacía tiempo que nadie se alojaba allí. Una gruesa capa de polvo cubría todos los muebles y lo único limpio era la ropa de cama. La miré largo rato incapaz de moverme. Allí iba a consumar mi matrimonio. Allí tendría que sentir repugnancia y no el deseo que me consumía por dentro. Cuando no pude soportarlo más, fui hacia la ventana, y en ese momento se abrió la puerta.

Pensé que iba a ser Killian y me sentí culpable ante el rechazo que me produjo la sola idea. Pero era Adrian. Cuando me volví hacia él, se detuvo en seco sin poder ocultar la sorpresa. Estaba segura de que no se esperaba que lo recibiera así, vestida con mi piel y encaje rojo.

—Mi reina carece de modestia.

—¿Me hace falta para algo?

Cerró la puerta y sus botas resonaron contra el suelo cuando se me acercó. Se quitó la sobreveste y la tiró a la cama. Luego, el sayo. Tragué saliva al ver su pecho desnudo. Tenía los hombros anchos, la cintura estrecha y los músculos esculpidos con una precisión que solo se consigue con entrenamiento constante. Y su cuerpo me maravillaba, pero su descaro, todavía más.

—No es la primera vez que haces esto —dijo. No era una pregunta.

No sé por qué titubeé, pero esbozó una sonrisa oscura, como si me prometiera que, después de aquella noche, no volvería a pensar en otro.

—No te preocupes, no voy a anular el matrimonio. Pero ahora espero que folles bien.

Entrecerré los ojos y me tendió la mano.

—Ven.

No me moví.

—Antes de eso quiero hacerte algunas preguntas.

Dejó caer la mano y se le enturbió la mirada.

—No quiero hablar.

Fruncí el ceño.

—Entonces ¿qué? ¿Me tumbo de espaldas y me quedo callada?

Esbozó una sonrisa.

—Esperaba que fueras tan salvaje como en la batalla.

—En la batalla busco derramar sangre. ¿Seguro que quieres eso?

—Si me lo prometes, te permito hacer preguntas.

—¿Eres capaz de leer la mente?

Me respondió diciéndome lo que estaba pensando.

—Solo cuando eres muy... apasionada. Como ahora mismo. Detestas mi sonrisa. Antes te preguntabas cómo sería el tacto de mi piel contra la tuya y cómo sería tenerme dentro de ti.

Apreté los dientes y pensé a toda prisa en la siguiente pregunta.

—Ayer, en el bosque, me hiciste decir algo en contra de mi voluntad.

—¿Es una pregunta?

—No he terminado. —Di un paso hacia él—. Si vuelves a hacerlo, te cortaré los huevos y te los haré tragar. Y eso sí es una promesa.

Aquella sonrisa irritante no se le apagó ni por un segundo.

—¿Alguna cosa más antes de empezar, mi reina?

Tenía más preguntas, sí, sobre todo relativas a su magia, pero plantearlas habría sido como reconocer el deseo irresistible que había sentido hacia él todo el día anterior. Seguro que ya era consciente de ello, pero, si las palabras no salían de mis labios, al menos podía fingir que no era real.

—No ha sido magia —respondió a mis pensamientos.

—¿Cómo que no ha sido magia? Yo jamás…

—¿Jamás desearías a un monstruo? —Inclinó la cabeza hacia un lado—. ¿Cuántas veces te has acariciado imaginando que era yo? Fui a darle un empujón, pero me agarró las manos.

—¡No te burles de mí! —le grité.

—Solo te pido que admitas cuánto me deseas. ¿Te sirve de ayuda si yo reconozco lo que te deseo a ti?

Bajé la vista hacia el bulto en su entrepierna. No me hacía falta que lo reconociera. Ya lo estaba viendo.

Me acercó la mano a la cara y me pasó los dedos por los labios. Lo agarré por la muñeca.

—Honraré la promesa que te hice —dijo sin apartar los ojos.

Tras un momento, guie su mano por mi garganta, hasta el pecho. Quería que me tocara. Luego, su boca encontró la mía y me cogió los pechos a través del encaje. El tejido me frotó la piel al tiempo que él me endurecía los pezones. Le rodeé el cuello con un brazo y me metió en la boca la lengua, que sabía a vino.

Una parte de mí se preguntó si Adrian se había alimentado antes de venir y luego había bebido vino para disimular el sabor, pero todo se me borró de la mente cuando me alzó y me puso las piernas en torno a su cintura. Me sostuvo la espalda con una mano y con la otra me agarró el culo, entonces se movió contra mí de manera que las oleadas de placer me recorrieron todo el cuerpo. Me sentí ligera entre sus manos y no quise más que estallar.

Me llevó hasta la cama, me dejé caer entre las sábanas y la boca de Adrian pasó de los labios al cuello. Me rozó la piel con los dientes y me puso rígida.

—No me alimentaré de ti —susurró con un jadeo entrecortado—. Aunque tu sabor es dulce.

Me besó todo el cuerpo, bajó entre los pechos, hacia el estómago. Me separó las piernas con el cuerpo y me contempló desde arriba. Me metió los dedos en la carne ardiente y fue más de lo que habría podido imaginar. Arqueé la espalda y clavé los dedos en las almohadas. Me recordé, muy de lejos, que no debería estar disfrutando.

Por encima de mí, Adrian siseó y bajó hacia mi clítoris. Fue un sonido que no había oído jamás y sentí lo que nunca había sentido en la parte baja del vientre. En aquel momento, lo odié tanto como lo deseé. En lugar de echar mano del puñal, me apoyé contra la cabecera de la cama para presionarme contra su boca. Le agarré la muñeca con una mano y lo llevé más dentro de mí, entonces curvó los dedos. El placer llegó a la cima y, cuando me corrí, habría dado cualquier cosa por sentir su polla.

La frustración me dividió en dos. Una parte de mí deseaba aquello, pero era una parte que yo odiaba. Adrian era mi enemigo y me acababa de llevar al orgasmo con la boca. Con una boca que se bebía la sangre de otros. Un monstruo que me tenía debajo de él porque había amenazado con arrasar mi reino en una guerra si no me casaba con él.

Adrian me recorrió el cuerpo con más besos, me lamió, me rozó con los dientes. Y cuando su rostro estuvo a la altura del mío, saqué el puñal y se lo clavé en el costado.

Lanzó un gruñido. No era el sonido que esperaba oír. Se echó hacia atrás y se arrancó el puñal. La sangre brotó de la herida y me clavó unos ojos llenos de rabia y deseo. Miró el puñal, gruñó de nuevo y lo lanzó hacia el otro extremo de la habitación. Cayó tintineando contra el suelo.

—Lo vas a lamentar, cariño mío.

Me cogió la cara y se inclinó hacia mí. Lo miré, a la espera de las represalias, del mordisco que iba a poner fin a mi existencia mortal. El ataque no había servido de nada. Pero, en lugar de convertirme, se alejó de la cama.

Me incorporé.

—¿Qué haces?

—Me resulta complicado seguir donde lo habíamos dejado, dado que acabas de intentar matarme —dijo—. Esperaré a que vuelvas a estar famélica. Y, si tienes suerte, te follaré.

Solté un bufido.

—Como si te fuera a pedir que volvieras a mi cama.

Adrian se lamió los dedos para saborear los jugos de mi placer y sonrió.

—Ya lo creo que me lo pedirás, gorrión.

La luz de la luna le bañó la espalda cuando se alejó. Por primera vez, vi las marcas que le cruzaban los hombros y la espalda. Eran cicatrices largas y viejas, al menos en apariencia. ¿Qué había hecho para recibir un castigo tan atroz?

Me desperté bañada en sudor frío, con un dolor sordo en el vacío que sentía entre los muslos. Los apreté con fuerza y dejé escapar un grito de frustración, separé las rodillas y las doblé. Si Adrian hubiera estado allí, de buena gana lo habría apuñalado otra vez por hacerme aquello, por provocarme aquel dolor interminable que me había llevado a intentar darme placer tres veces en dos días sin conseguirlo. Tracé círculos en torno al clítoris y me metí los dedos en busca de desahogo, pero fue en vano. Frustrada, me incorporé, y me encontré con Adrian, que me miraba desde el otro lado de la estancia. Estaba sentado, reclinado, con los ojos llenos de cosas que yo nunca había visto. Un haz de luna le iluminó la cara y el pecho. Se había cambiado y llevaba una especie de túnica. Parecía un depredador, con una carga sexual inmensa, y supe que lo necesitaba.

Me levanté de la cama y me quité la túnica. No dijo nada cuando me acerqué a él. Por su manera de mirarme, pensé que me iba a dejar hacer lo que quisiera, pero, cuando fui a ponerme a horcajadas sobre él, me agarró por la cintura y se levantó.

—Ah, no, cariño mío —dijo, y me dio la vuelta para ponerme el pecho contra la espalda, la erección contra el culo—. No vas a tener el control.

Me sujetó una mano a la espalda y tuve que utilizar la otra para apoyarme en el pie de la cama cuando me dobló hacia delante. Me metió la rodilla entre los muslos para separarme las piernas y me puso la polla contra el sexo. El aliento se me escapó en un gemido.

—¿Vas a poder con esto?

Las palabras me llegaron cargadas de deseo apenas contenido. Todos sus movimientos habían sido bruscos, pero la pregunta me daba espacio. Supe que, si decía que no, me soltaría.

Y debería haber dicho que no, pero cuando hablé me di cuenta de que nunca había estado tan segura de algo.

—Sí.

La palabra se transformó en un gemido gutural cuando Adrian me llenó de golpe. Se detuvo un instante y me soltó el brazo, pero solo para hundirme los dedos en el pelo. Me agarré al pie de la cama con las dos manos cuando empujó con las caderas contra las mías. La cama chocó contra la pared. Los crujidos de la madera iban al unísono con los gemidos que me nacían de la garganta.

—Sí —siseó Adrian.

Me agarró el pelo con más fuerza, me puso una mano en el cuello y me irguió hasta que mi espalda le quedó contra el pecho. En aquella posición no podía embestir, pero movió las caderas en círculos para provocarme una sensación nueva que me incendió todas las terminaciones nerviosas.

—Grita mi nombre, gorrión, para que tu comandante se entere de cómo hago que te corras —me susurró al oído. Me rozó la piel con los dientes, del cuello al hombro, me lamió y succionó hasta que supe que iba a dejarme marcas.

Era su manera de marcarme y en aquel momento no podía ni detestarlo por ello, porque el placer era... exquisito.

Me soltó, pero apenas me dio tiempo a agarrarme de nuevo a la cama cuando volvió a embestir con más fuerza. El aliento se me escapó en un sonido extraño, un gemido gutural que era la única manera de comunicar la presión que me crecía por dentro, la tensión que me agarrotaba cada músculo... Hasta que mi cuerpo estalló y quedé débil, temblorosa. No me di cuenta de lo que estaba pasando hasta que Adrian me cogió en brazos y me llevó a la cama.

En comparación con la ferocidad salvaje de hacía un instante, sus movimientos al depositarme sobre las mantas eran delicados. Mi cuerpo, pese al contacto con el enemigo, se relajó. Estaba tan agotada que no podía luchar ni hablar, solo sostenerle la mirada, que aún tenía nublada de deseo y de una extraña calidez que resultaba extraña, dado todo lo que había tenido que suceder para que llegáramos a ese momento.

El rostro de Adrian quedó sobre el mío, a meros centímetros.

—¿Cómo estás? —preguntó.

No supe qué responder. Sentí que había traicionado a mi pueblo. De manera que guardé silencio y Adrian reformuló la pregunta:

—¿Te he hecho daño?

Negué con la cabeza.

Me miró un momento más. Pensé que se iba a alejar, pero lo que hizo fue acariciarme la cara. Me rozó la mejilla con los dedos antes de besarme entre los pechos y luego el vientre, hasta quedar entre mis muslos. Desde allí, contempló mi cuerpo entero como si fuera lo único que había querido, el trofeo que había anhelado con desesperación y por fin había conseguido.

Luego recordé quién estaba entre mis muslos: el Rey de Sangre, el conquistador cuyo mayor deseo era someter a toda Cordova.

En el momento en que mis pensamientos se decantaban hacia lo negativo, me abrió las piernas y tomó mi clítoris con la boca. Lo succionó, lo acarició con la punta de la lengua, y lo volvió a succionar. Siguió a aquel ritmo lento, controlado, y perdí el contacto con la ira y el odio. Me retorcí.

No sabía dónde poner las manos, si por encima de mi cabeza o en su pelo. No era capaz de encontrar un punto donde hincar los talones, que se me escurrían sobre la cama cuanto más se me tensaban los músculos; y, cuando sus dedos se me hundieron en la carne, habría querido arquear la espalda, pero me mantuvo donde estaba, devorándome.

Una vez más, fui incapaz de controlar el sonido o el volumen de mi voz, concentrada en la sensación ilícita de los largos dedos curvados dentro de mí, en el pulso vibrante de su lengua sobre mi clítoris. Me quedé sin respiración, se me paralizaron los pulmones. Mi pecho dejó de moverse cuando todos los músculos de mi cuerpo se tensaron a la vez.

Me corrí con más violencia que la primera vez, en un frenesí de jadeos desesperados y músculos temblorosos, y solo entonces Adrian me soltó para ascender por mi cuerpo. Sus labios quedaron suspendidos sobre los míos.

—Cariño —dijo, y me metió la lengua en la boca para que probara mi propio sabor.

Comprendí que todo aquello se había centrado en el placer, sí, pero aún más en el poder. Adrian había demostrado que yo necesitaba su cuerpo con desesperación. ¿Quién habría sido testigo de mi vergüenza en el castillo? ¿Quién habría escuchado mis gritos cuando me llevó al orgasmo? No me cabía duda de que al otro lado de la puerta había criados curiosos, incluso algunos cortesanos, aunque también estaba segura de que habían esperado un resultado diferente: un rey decapitado, no satisfecho.

La rabia que sentí contra él fue repentina y me proporcionó nuevas fuerzas. Cuando se tumbó, seguí su movimiento para sentarme a horcajadas sobre él. La polla dura quedó entre mis muslos, todavía húmedos.

—No te has corrido —le dije.

Sonrió.

—Esto era para ti.

—¿No crees que pueda darte placer?

—Me das un placer inmenso, gorrión.

—Pero sigues lleno.

Le señalé el miembro y me froté contra él. Adrian contuvo el aliento y me apretó los dedos contra los muslos.

—¿No te quieres correr? —pregunté.

Quería que gritara mi nombre. Quería que estuviéramos a la misma altura.

—Sí —dijo con los ojos clavados en los míos.

—¿Dónde? —susurré. Me incliné para besarle el pecho. Era un gesto íntimo, pero él me había hecho lo mismo—. ¿Dentro de mí? ¿En mi boca?

Me respondió con el silencio. Adrian me miró como si no pudiera creerse lo que le acababa de preguntar, pero al final se le curvaron las comisuras de los labios.

—Tómame en la boca.

Me aparté de él, le cogí las manos y lo hice sentarse en el borde de la cama antes de arrodillarme entre sus muslos. Lo miré al tiempo que cerraba los dedos en torno al miembro duro, aplicando presión desde la base a la punta, donde el pulgar describió círculos hasta que asomó una gota de semen.

—¿Qué te gusta? —pregunté con voz susurrante.

—Demuéstrame de lo que eres capaz, gorrión.

De modo que me lo llevé a la boca y, antes de cerrar los labios sobre su miembro, lo lamí como él me había hecho a mí. Gimió y me metió los dedos en el pelo. Se lo permití. Alterné entre describir círculos con la lengua en toda su longitud y en los testículos, y besarle los muslos. Luego, aparté la boca para humedecerme las palmas de las manos con toda la saliva que pude reunir y le rodeé la base de la polla con las dos manos. Las moví de arriba abajo sin descuidar la punta, a la que dediqué toda la atención de la lengua y de las mejillas. La alternancia hizo gemir a Adrian, que me agarró el pelo y tensó las piernas contra mi cuerpo.

—¡Joder! —siseó. Alcé la vista y vi que había echado la cabeza hacia atrás, que se le movía el cuello con una respiración rápida, entrecortada. Luego clavó los ojos en los míos—. ¡Sí! —gritó entre dientes.

Le sostuve la mirada para que se centrara en aquel momento, para que no lo olvidara jamás. Ya nunca volvería a estar libre de mí. No escaparía de la misma necesidad que me había atormentado a mí desde que nos habíamos conocido en el bosque. Lo hechizaría, lo excitaría hasta que necesitara estallar y no tuviera más salida que mi cuerpo.

Sonreí ante la idea, con la boca llena de él. Cerré los ojos y gemí. No creía que fuera posible que me agarrara con más fuerza, pero lo hizo y casi me lloraron los ojos; pese a todo, seguí hasta que se descargó dentro de mi boca. Tragué, me puse de pie y le agarré el rostro. Acerqué los labios a los suyos y se los separé con la lengua.

Me saboreó con hambre, me agarró y me sentó una vez más a horcajadas sobre él.

Cuando me eché hacia atrás, miré a los ojos al Rey de Sangre. Mi esposo, mi enemigo.

—Ya sabía que me gustaba tu boca —dijo al tiempo que me pasaba el pulgar por el labio inferior.

Se lo mordí con fuerza y se echó a reír al tiempo que se giraba para darme la vuelta y clavarme de nuevo contra la cama. Le miré los ojos hambrientos y separé las piernas para recibir lo que me diera. Porque estábamos luchando por el dominio, sí, pero también me había dado lo que siempre había buscado.

Placer.

SIETE

Los movimientos me despertaron. Abrí los ojos, tumbada sobre el vientre en la cama que había compartido con Adrian. Las puertas estaban abiertas y las criadas iban echando cubos de agua caliente en la bañera de metal. Me giré para quedar sobre la espalda y me incorporé al tiempo que me subía las mantas hasta el pecho. Tenía el cuerpo dolorido y pegajoso, y estaba segura de que no había dormido ni una hora.

Adrian estaba de pie junto a la ventana, contemplando la noche. Estaba vestido y no era el mismo atuendo que había llevado a la boda, sino ropa de viaje menos elegante. Aun así, seguía pareciendo regio ataviado de negro y rojo. No llevaba ningún accesorio ni le hacía falta. Su porte denotaba poder.

¿Cómo podía estar de pie con la noche que habíamos pasado?

Cuando pensé aquello, volvió la vista hacia mí.

—No me hace falta tanto sueño como a ti para recuperarme —dijo.

—Es una injusticia.

Se volvió entero hacia mí y, por un momento, solo pude pensar en cómo había sido la sensación de su piel contra la mía, de su cuerpo dentro de mí, de lo desesperada que había estado por llegar al clímax, por hacerlo llegar a él. Un hormigueo de deseo me reptó por todo el cuerpo y me caldeó la piel.

Me había dejado marcas, pero su cuerpo también llevaba las mías... y eso era lo que me desgarraba. Había encontrado un igual en el placer, pero era mi enemigo.

—Sé lo que piensas de mi gente —dijo. Vi un atisbo de sonrisa en sus ojos, pero enseguida se puso serio—. Pero no somos solo monstruos.

—¿Quieres decir que tienes cualidades que te redimen como asesino?

—¿Por qué no le preguntas eso mismo a tu padre? —replicó Adrian.

—Mi padre no es ningún asesino. Ha luchado con valor para defender el reino.

—Así que solo es asesinato si los que mueren son los tuyos.

Me lo quedé mirando.

—Fuisteis creados para ser nuestra maldición.

Adrian se me quedó mirando y no supe decir qué sentía ante mi comentario. Pero, tras una breve pausa, se humedeció los labios.

—Eso no lo puedo discutir.

El rey vampiro cruzó la estancia hacia la chimenea, hacia la silla donde lo había visto la noche anterior. Cogió una capa ribeteada en piel, se la echó sobre los hombros y la cerró con un broche.

—Báñate —dijo—. No volverás a tener ocasión de hacerlo en una semana.

Le lancé una mirada asesina, pero me levanté porque quería lavarme todo rastro de su poder sobre mi cuerpo. Dejó escapar una risita cuando lo pensé.

—Eso va a ser imposible.

Cogí lo que pillé más a mano, que fue un candelabro pesado de metal, y se lo tiré. Le pasó rozando y se estrelló contra la pared, contra un cuadro que colgaba por encima de su cabeza.

—¡No me leas la mente! —le grité.

—Eso es como si yo te pidiera que dejaras de sentir —replicó.

Solté un bufido de frustración.

—Te detesto.

—Detestas algunas cosas de mí.

—Te detesto entero —dije.

Bajé la vista, pero con aquella ropa no había manera de saber si estaba excitado o no.

—Entonces ¿por qué te preguntas si estoy excitado?

—Porque quiero saber si las discusiones te ponen caliente.

—Sí —dijo—. Eso responde a las dos preguntas.

Fruncí el ceño.

—Deja de leerme la mente —repetí.

Soltó una risita y me di media vuelta. Me dirigí hacia la bañera de cobre moviendo las caderas. Ojalá se le pusiera dura la polla y se le llenaran los huevos de necesidad.

El agua estaba muy caliente y el rostro se me cubrió de sudor nada más acercarme. Me sumergí con un gemido. Adrian se aproximó y recogió unas cuantas cosas de una mesa cercana.

—¿Jabón? —ofreció.

Miré aquellos ojos extraños, luego le miré la mano y titubeé. Podía ser un truco.

—Puedes llamar a Nadia —dije.

—No creo que quieras que te vea en este estado —replicó.

Sabía a qué se refería. Me miré los pechos. Tenía la piel cubierta de magulladuras oscuras, fruto de la boca hambrienta de Adrian. Ya era bastante malo que el Rey de Sangre siguiera vivo. Lo peor era que le había permitido tocarme, entrar dentro de mí, destruirme. Y él lo sabía. Solo que, en lugar de obligarme a hacer frente a mi pueblo en un estado que me expondría a la vergüenza, me estaba protegiendo.

Cogí el jabón y también la esponja que me ofreció a continuación.

—Gracias.

Inclinó la cabeza antes de darse la vuelta para volver hacia la ventana.

—¿Salimos esta noche hacia Revekka?

—Sí.

—Si tu plan es conquistar el resto de Cordova, ¿por qué no me dejas aquí mientras tanto?

—No.

—Así que me vas a dejar en Revekka mientras conquistas mi país.

—Volveré a Revekka contigo y no saldré hasta que hayas ocupado tu lugar como reina.

—¿Te vas a arriesgar a que las Nueve Casas conspiren contra ti mientras tanto?

—La Casas pueden conspirar lo que les dé la gana. Soy inevitable.

No tenía miedo. Se creía invulnerable de verdad.

Y, que supiéramos, lo era. Yo le había dado una puñalada en el costado y se había curado de inmediato. Mi padre debía de pensar lo mismo y por eso me había casado con el rey de Revekka.

Me lo quedé mirando.

—¿Qué quiere decir ocupar mi lugar como reina?

Era lo único que me importaba en ese momento.

—Mi pueblo te tiene que respetar —respondió—. Pero son depredadores y tú… eres un gorrión.

—¿Estás insinuando que soy débil?

La sola idea me hizo estrujar la esponja. Se volvió hacia mí, su mirada era amable y estaba cargada con un extraño orgullo.

—Ambos sabemos que no eres débil. Pero ni siquiera tú puedes sobrevivir en el Palacio Rojo si nadie te enseña nuestras costumbres.

Nunca me había parado a pensar en las costumbres de los vampiros y la idea me pareció intrigante. ¿Qué cultura tenían? ¿Eran tan salvajes entre ellos como con mi gente?

Por lo que decía Adrian, sí.

Alguien llamó a la puerta y los dos giramos la cabeza. Antes de que pudiéramos decir nada, Nadia entró con las toallas dobladas. Se detuvo al ver algo en el suelo y se inclinó para recoger el puñal con el que había atacado a Adrian la noche anterior. Lo cogió por el puño, entre el índice y el pulgar. La hoja estaba manchada con la sangre seca del vampiro.

—Buenos días, Nadia —dije al tiempo que doblaba las rodillas contra el pecho, como si pudiera ocultar los moratones de la piel.

Nadia miró el puñal, luego a mí, luego a Adrian, como si tratara de averiguar cómo había llegado allí el arma y por qué Adrian seguía ileso. Y por qué seguía viva yo. Tardó unos segundos en sacudirse la conmoción y poder hablar.

—Issi —dijo—. Buenos días. —Fue hacia la cama y dejó el puñal en la mesilla—. Te he traído más toallas y la ropa de viaje. —Lo dejó todo en el banco, al pie de la cama—. ¿Te ayudo a vestirte?

Fui a responder, pero titubeé. Miré a Adrian. Me detesté por buscar su consejo. Pareció pensarlo un instante antes de asentir.

—Partiremos dentro de una hora —dijo—. Tienes tiempo para despedirte.

Nadia y yo nos miramos mientras el sonido de las botas de Adrian se dirigía hacia la puerta hasta que se cerró tras él.

—Issi. —Nadia dejó caer los brazos—. ¿Estás bien?

—Estoy perfectamente, Nadia —respondí y volví a frotarme la piel y el pelo.

—Espera, te ayudo.

Me metí bajo el agua y contuve la respiración hasta que me dolieron los pulmones. Luego, volví a la superficie, me puse en pie y salí de la bañera para quedar ante mi doncella.

Me miró boquiabierta.

—Issi —susurró.

—Eres testigo de mi vergüenza, Nadia —dije—. No pude matarlo.

«Y dejé que me follara».

Nadia superó la conmoción lo suficiente para envolverme en la toalla y estrecharme en un fuerte abrazo. Se lo permití. Lo más seguro era que no volvería a verla. Luego, me sujeté la toalla mientras ella me cogía el rostro entre las manos.

—¿Te hizo daño?

—No.

Era verdad. Había sido duro, brutal, pero yo lo había aceptado de buena gana.

—¿Te... atrae?

—¿Qué? ¡No! —exclamé, pero me estaba mirando el cuello y los hombros. Suspiré y la aparté para coger la ropa que me había traído.

—Tienes que entender que te lo pregunte, Issi. Le has dejado...

—Que me folle —la interrumpí—. Eso no quiere decir nada.

Me lanzó una mirada airada.

—En el lugar donde yo nací sí que significaba algo.

—No tiene nada que ver con el lugar donde nacieras. Sabes de sobra que he tenido otros amantes. Si ahora te escandalizas es porque se trata de Adrian.

—¿Adrian? ¿Ya os llamáis por el nombre?

Metí las piernas en las polainas de cuero y me puse el sayo azul que me había traído.

—Seguro que ni siquiera intentaste matarlo.

Me incliné hacia ella y di un puñetazo contra la mesa.

—¿Es que no has visto el cuchillo ensangrentado?

—¿Cuántas veces se lo clavaste?

—¿Qué más da? —le grité—. ¿Sabes lo que pasó nada más apuñalarlo? Que se curó.

No le había quedado ni una marca. Eso quería decir que las que le había visto en la espalda y la de la cara eran de antes de ser inmortal.

Nadia pareció conmocionada, pero insistió.

—Nunca pensé que te ibas a rendir con tanta facilidad.

—¿Rendirme?

—¿Vas a volver a intentar matar al Rey de Sangre?

Me la quedé mirando.

—¿Es que no me has oído? ¡No es posible matarlo, Nadia!

—Todo el mundo puede morir, Isolde. —Atravesó la estancia, cogió el puñal que antes había dejado en la mesilla y me lo tendió—. Podrías salvar a tu pueblo, a todo el país. Cuando acabes con él, volverás a Lara, que es donde debes estar.

Me dolía el pecho y me escocían los ojos. Volver a Lara. Aún no me había marchado y ya extrañaba mi hogar.

—Te llegará la oportunidad, Issi. —Me puso el puñal en la mano—. El Rey de Sangre tiene un punto débil. Búscalo.

Nadia salió tras la regañina y por fin pude terminar de prepararme. Cogí mis armas y me puse en las muñecas los puñales retráctiles. No eran muy largos y hacía tanto que los llevaba sobre la piel que me notaba rara sin ellos. También limpié el puñal que me había dado Nadia y lavé la sangre de Adrian, aunque luego se me ocurrió que tal vez habría debido dejarlo como estaba. Era la prueba de que al menos había intentado matarlo. Cuando terminé, me lo colgué a la cintura. Por último, me puse una capa de cuello vuelto. Era muy útil para las noches frías, pero también me servía para ocultar mi vergüenza al salir de la habitación donde se había consumado mi traición.

Estaba furiosa conmigo misma porque, incluso en aquel momento, lo seguía deseando. Porque la noche anterior no había podido evitar tocarlo, porque lo había montado, porque había dejado que se corriera dentro de mí. Me había jurado que no me estaba controlando mediante la magia y yo lo creía. La noche anterior había experimentado cosas nuevas, me había comportado de maneras que hasta entonces solo había imaginado. Adrian tenía algo que me hacía sentir capaz de ser apasionada, bestial, sensual, sin restricciones.

Y así había sido.

No sabía de dónde venía aquel deseo, pero era algo primigenio y él también lo sentía.

Las diosas eran crueles.

Mi padre estaba en el gran salón donde había comenzado la pesadilla. Aquel día, todo parecía diferente: las mesas de madera estaban dispuestas en un rectángulo largo y los cortesanos, ansiosos de complacer a mi padre y presenciar mi destino, se agolpaban en los bancos. El rey Henri estaba sentado ante una mesa similar, situada más alta, y junto a él se encontraba el comandante Killian. Esquivé su mirada, pero era el menor de mis problemas; cuando entré, se hizo el silencio para subrayar mi vergüenza.

Todos sabían cómo había pasado la noche. Mi padre lo sabía cuando me había enviado a consumar el matrimonio, igual que todo el reino, pese a lo precipitado y deslucido de la ceremonia. Pensaban que iba a matar al Rey de Sangre. ¿Había creído lo mismo mi padre?

Me dirigía hacia él cuando me detuvo Marigold, la hija de lady Crina Eder. A Marigold le gustaba más estar en la corte que en Belice, su provincia natal, y había intentado trabar amistad conmigo, pero no compartía mis gustos. Un día me había seguido por el bosque en una exploración y había bastado con eso para que se rindiera. Comprendí que esperaba cosas muy diferentes de la amistad conmigo: vestidos bonitos, zapatos de seda, los caminos trillados de los jardines reales y chismorreos palaciegos.

Pero yo no era una princesa de esas y tampoco me había convertido en una reina de esas.

—Princesa Isolde —saludó y me hizo una reverencia. Llevaba un vestido de lana rojo. El tejido era de un púrpura intenso, que contrastaba con los ojos verdes y los rizos dorados.

Se me pasó por la cabeza corregir el tratamiento, pero lo descarté. No me disgustaba ser un día más Isolde, princesa de Lara.

—Ayer no tuve ocasión de hablar contigo después del… acuerdo. Quería expresarte mis condolencias.

Su voz resonó en toda la sala, no porque hablara muy alto, sino porque todos se habían quedado en silencio para escuchar la conversación.

—¿Condolencias?

Mi matrimonio con el Rey de Sangre no era ideal, pero al menos podrían dejar de tratarme como si estuvieran en mi funeral.

—Debes de estar destrozada.

Por lo visto, en Lara todos creían saber cómo me sentía. El odio que profesaban hacia Adrian hacía que me comprendieran. Pero al estar allí, el primer día de mi matrimonio con el rey vampiro, ante los ojos críticos de mi pueblo, preferí mostrar valor.

—No estoy muerta, lady Marigold —dije.

Titubeó un instante.

—Tal vez no haya podido elegir a mi compañero, pero sí puedo elegir cómo voy a seguir adelante, y puedes estar segura de que utilizaré mi poder para ayudar a mi gente. Así que lo correcto sería que felicitaras a tu reina.

Las mejillas de Marigold se tiñeron de rosa.

—Por supuesto —tartamudeó—. Perdóname, reina Isolde.

Pasó de largo y se dirigió presurosa hacia la salida. Me encaminé hacia el estrado e hice una reverencia.

—Buenas noches, padre —dije con voz tranquila y ocupé mi sitio a su lado.

La comida servida en la mesa era la tradicional: quesos, carnes curadas y verduras. También había jarras de vino e hidromiel. Absorbí los colores y los aromas, porque sabía que era mi última noche de comidas y bebidas conocidas.

La última hora que iba a pasar en mi hogar.

Después de despedirme, mi padre y mi reino se irían a la cama, y tal vez tendrían un poco menos de miedo de la noche.

—¿Estás bien? —me preguntó mi padre.

—Sí.

Miré el plato vacío. Tenía las mejillas encendidas. No me animaba a coger nada de comer. Se hizo el silencio de nuevo, hasta que Killian lo rompió.

—Come —dijo—. Debes de tener hambre. —Alcé la vista. Debería haberse detenido ahí, pero continuó—. No has dormido nada.

Era su manera de decirme que sabía cómo había pasado la noche. Los celos eran evidentes.

Entrecerré los ojos.

—Comeré cuando tenga hambre, Killian. Lo cierto es que me siento saciada.

El desafío claro hizo que le llamearan los ojos. El comandante soltó el tenedor. Pensé que iba a saltar, que iba a revelarles a todos los presentes algo de mi vida privada, pero en aquel momento intervino mi padre: dejó los cubiertos y se apartó de la mesa. Se levantó y la corte lo imitó.

—Ven, Isolde —dijo con voz tranquila.

El tono me indicó que no iba a reprocharme nada, pero se me aceleró el corazón ante la perspectiva de enfrentarme a él a solas. Pese a todo, me puse en pie y lo seguí a la antesala, donde habíamos aguardado la llegada de Adrian el día anterior. Una vez allí, me volví hacia él.

—Padre...

Antes de que pudiera decir nada, me abrazó con fuerza. En cuanto sentí el peso de sus brazos en torno a mí, me eché a llorar.

—Te he decepcionado —sollocé.

—Tú no me decepcionarás nunca.

Estaba segura de que, si conociera toda la verdad, no habría dicho aquello. Pero me agarró los hombros y me apartó de él. Me miró a los ojos y me cogió por la barbilla.

—No te avergüences, Isolde —dijo—. Eres la víctima.

La víctima.

No había palabra que detestara más. Era la princesa de Lara, ahora era la reina, aunque no sabía muy bien en qué consistía mi reino. ¿Una nación de monstruos? ¿Un país, el mío, conquistado? Pero había mucho poder entre las ruinas de la vida que iba a dejar atrás. Me negaba a desfallecer bajo el peso de las circunstancias, más aún teniendo todo lo que tenía al alcance de la mano.

No regresamos al gran salón, sino que salimos al exterior, a la fría noche, por el camino de guijarros que cruzaba el jardín de mi madre. Los jardineros habían encendido farolillos y las llamas proyectaban una luz danzarina a nuestro paso. No me solté del brazo de mi padre en ningún momento mientras caminamos entre zonas acotadas de tierra yerma, entre árboles desprovistos de hojas, y el aliento se nos condensaba en nubes heladas.

—Intenté matarlo —dije, mi padre aminoró el paso—. Sabía que era difícil matar a un vampiro, pero no que fuera imposible. Pero es imposible matar a Adrian.

—Tal vez no sea Adrian quien tiene que morir.

Fruncí el ceño, no lo entendía.

—¿Qué quieres decir?

—Hay un poder mucho peor que el Rey de Sangre, Issi —dijo mi padre—. El poder que lo creó.

—¿La magia?

Asintió.

Hacía ya doscientos años, antes de que las Nueve Casas se unieran, los países de Cordova estaban asesorados por brujas, mujeres a las que se creía bendecidas con el poder de controlar la magia. Pero las brujas se volvieron contra los reyes y, como castigo por su traición fueron condenadas a la hoguera, en lo que se conoció como la Quema. Se decía que Dis, la diosa responsable de las brujas y de su magia, maldijo a Cordova con una peste de miedos mortales. Poco después, los vampiros se manifestaron de la oscuridad y con ellos llegaron otros monstruos.

—Si Adrian es una maldición…, ¿acaso no es posible romperla?

Mi padre me miró a los ojos.

—Eso solo lo sabe el rey.

Era su manera de decirme que lo averiguara. Se dio la vuelta y cogió una rosa de medianoche de mi madre.

—Eres la única esperanza para el reino —me recordó una vez más.

Me estaba encomendando una misión y, al coger la rosa, la acepté.

Seguimos paseando por el jardín. Al volver al castillo, Adrian nos estaba aguardando con el mismo vampiro de pelo negro que había estado presente durante la boda.

—Mi reina. —Adrian me cogió la mano, se la llevó al pecho e inclinó la cabeza—. Permite que te presente a Daroc Zbirak, mi general.

Lo miré y el general hizo una reverencia, aunque me pareció algo desganada. Por mí, perfecto, porque hice lo mismo.

—General —lo saludé. Me mordí la lengua para no añadir lo que me habría gustado decir. «Así que eres el responsable de todo el fuego, la destrucción y la muerte en Cordova». Dejé que los pensamientos me rondaran por la mente con la esperanza de que fueran tan intensos que Adrian los oyera. ¿Poseería Daroc las mismas habilidades?

—Daroc ha dispuesto tu escolta —dijo Adrian.

—He elegido para tu guardia a los mejores soldados, mi reina —dijo Daroc—. Cabalgarán junto a tu carruaje durante todo el camino hasta Revekka.

—Los carruajes son un blanco fácil —repliqué—. Prefiero cabalgar.

Se hizo el silencio. Miré a Daroc y luego a Adrian. Ninguno de los dos parpadeó. No sé si estaban sorprendidos o molestos.

—Es un viaje muy largo, mi reina —dijo Adrian.

—Soy una princesa de Lara —dije—. Puedo cabalgar muchas horas.

Arqueó una ceja y casi pareció sonreír.

—Muy bien. Te buscaremos un caballo.

Adrian miró a Daroc, que hizo una reverencia y se fue, supuse que a buscarme una montura.

Se hizo un silencio tenso. Me sentía incómoda viendo juntos a mi esposo y a mi padre, y fue un alivio que Adrian tomara la palabra.

—Dentro de dos semanas serás bienvenido al Palacio Rojo —le dijo a mi padre—, cuando la coronación de Isolde como reina sea oficial. Te enviaré una escolta para garantizar tu seguridad en mis tierras.

—Es muy generoso por tu parte, rey Adrian —respondió mi padre con un tono que bordeaba el sarcasmo—. Agradeceré cualquier ocasión de volver a ver a mi hija.

Se me hizo un nudo en la garganta. ¿En qué me habría convertido en ese tiempo? ¿Me reconocería mi propio padre? ¿Me reconocería yo?

—Issi es mi mayor tesoro —añadió. Lo miré. Tenía los ojos clavados en Adrian—. Confío en que pongas su bienestar por encima del tuyo.

Era la segunda vez que le pedía a Adrian que me protegiera. No dejaba de ser irónico. ¿Qué iba a hacer si el rey vampiro me causaba algún daño? ¿Ir a la guerra?

—Sin pensarlo dos veces —respondió Adrian—. Es mi esposa.

Aquellas palabras me golpearon en el pecho. Tendrían que haberme sonado falsas, pero no fue así. No me imaginaba que iba a respetar los votos matrimoniales hasta ese punto, menos sabiendo que yo aún planeaba matarlo.

El pensamiento hizo sonreír a Adrian. Fruncí el ceño. Iba a tener que averiguar qué mecanismo le permitía leerme la mente o dar con la manera de ocultar mis pensamientos. ¿Sería posible sin magia?

—Es la hora, Isolde —dijo Adrian.

Hasta ese momento, había pensado que podría soportar alejarme de mi padre, pero de pronto me di de bruces contra la realidad y el golpe fue tan duro que se me cortó la respiración. Se me cerró la garganta y me escocieron los ojos.

—No tardaremos en vernos, Issi —dijo mi padre y me dio un beso en la frente.

Cerré los ojos para memorizar el momento. Me sentí como si fuera la última vez que me llegaba su olor, que sentía su tacto cálido y oía su voz grave y rota.

Tragué saliva.

—Te quiero —susurré con los labios temblorosos.

—Te quiero —me respondió.

Atesoré en mi corazón esas palabras que tan rara vez había pronunciado y le cogí las manos encallecidas durante lo que me pareció una eternidad. Poco a poco, dedo a dedo, lo fui soltando y me alejé deseando ya volver con él. Me giré hacia Adrian, que nos miraba con una mezcla de curiosidad y remordimientos, y acepté la mano que me tendía. No dijo nada durante el camino que hicimos juntos para salir del castillo, ante el que se había reunido una multitud bajo el cielo nocturno: una mezcla de cortesanos e invitados de Alta Ciudad que acudían a presenciar mi partida.

No pude evitar de nuevo sentir que aquello debería haber sido una celebración. Así habría sido si me hubiera convertido en la reina de cualquier otro rey. Pero lo único que veía en mi pueblo eran expresiones de miedo, decepción y espanto.

Mi padre nos siguió y permaneció en la cima de la escalera mientras yo bajaba. Nadia me estaba esperando al pie. Tenía los ojos hinchados y enrojecidos de tanto llorar, y se secó la cara con un pañuelo blanco.

—Mi niña —dijo y me abrazó con fuerza. Hasta entonces había conseguido contener las emociones, pero en ese momento se me escapó un gemido. Fue solo un segundo, apenas un sollozo estrangulado que conseguí cortar y contener—. Recuerda lo que te dije —me susurró al oído.

Me dio un beso en el pelo y me soltó.

Me aparté de ella para ir a donde me esperaba Adrian con paciencia, junto a dos caballos. Eran corceles majestuosos, de reluciente pelo negro. Me acerqué al que estaba más cerca, una yegua, y le acaricié el morro.

—Se llaman Medianoche y Sombra —dijo—. Sombra es el mío.

—¿Y de quién era Medianoche? —pregunté.

Adrian no había planeado volver a Revekka, menos con una esposa. Una yegua de sobra solía implicar que alguien había muerto. ¿Quién había sido? ¿Un vampiro o un mortal?

Adrian no respondió a la pregunta.

—Vamos. Tenemos que ponernos en marcha.

Le cogí las riendas y, con la misma mano, me agarré a las crines. Con la otra, me cogí al borrén de la silla y puse un pie en el estribo, me di impulso y crucé la pierna por encima. Una vez montada, miré a Adrian.

—¿Qué lugar ocupo en la marcha? —pregunté.

—Cabalgarás a mi lado —respondió—. Ahí estarás más a salvo.

Fruncí el ceño.

—Estoy a salvo con mi pueblo.

—Lo estabas como princesa de Lara —replicó—. Pero ahora eres la reina de Revekka. —Montó a lomos de su caballo—. Cabalgaremos hasta el amanecer —añadió.

Daroc, que al parecer era el único vampiro que había acompañado a Adrian a la ciudad, nos precedió en su caballo. Mientras lo seguíamos, miré hacia atrás por última vez para ver a mi padre, bañado por la luz de los faroles ante el castillo Fiora, sereno, regio y solo.

OCHO

Cuando una mujer recién casada se marchaba con su esposo, la gente se congregaba para hacerle regalos, minucias como flores, piedras pulidas, moneditas de oro y plata.

Para mí no hubo nada. Ni siquiera una multitud en Alta Ciudad, aunque al mirar a derecha e izquierda vi a la gente que observaba con curiosidad por la ventana o desde detrás de las puertas. Les podía la curiosidad, pero también el miedo. De la oscuridad y de Adrian.

Llegamos a la puerta donde Nicolae estaba de servicio con otro guardia que no reconocí. Le sonreí al pasar, porque Nicolae siempre me sonreía a mí, pero en esta ocasión frunció el ceño. Les lanzó una mirada cargada de odio a Daroc y a Adrian, y luego a mí. Aquella expresión fue como un golpe en el pecho y aparté la vista. Sabía que no lo entendía. Al igual que el resto de mi pueblo, no sabía por qué Adrian seguía vivo cuando yo lo había tenido tan cerca.

Al pasar, oí que Nicolae decía algo entre dientes. Tiré de las riendas para detener a Medianoche.

—¿Quieres decirme algo, Nicolae?

El guardia me miró y luego lanzó una mirada hacia su izquierda. Daroc y Adrian habían aminorado la marcha.

—No, majestad —dijo con una inclinación de la cabeza.

—No me gustaría pensar que me faltas al respeto. Porque, entonces, tendría que pedir que te relevasen.

Apretó los dientes y me miró a los ojos.

—Con el debido respeto, princesa, le debo lealtad al rey de Lara.

Me puse rígida. Tras una pausa, bajé del caballo para quedar frente a frente con Nicolae.

—Princesa, no. Reina —dije y sonreí—. Disfruta de tu última noche de guardia, soldado. El comandante Killian recibirá órdenes para que seas relevado de inmediato.

Me di media vuelta, volví a montar y pasé de largo junto a Daroc y Adrian. Los dos me miraron, pero me siguieron hacia los árboles sin decir nada. Una vez en el bosque, aminoré el paso, pues no sabía a dónde íbamos. Adrian había llegado a la frontera con todo un ejército. ¿Dónde estaba?

—Parte del ejército ha seguido adelante para ocupar otros territorios —respondió. ¿Qué quería decir con «otros territorios»? ¿Iba a seguir hacia Thea?—. Un grupo reducido nos espera fuera de la capital para acompañarnos a casa.

—Revekka nunca será mi casa —repliqué.

Adrian no dijo nada.

Seguimos hasta donde aguardaban los vampiros, en un claro cerca de Alta Ciudad. Del ejército de Adrian solo quedaban unos pocos, todos iban ya montados a caballo y con armadura. Reconocí a Sorin, a Isac y a Miha.

Vi que Sorin le daba un codazo a Isac.

—¡Mira, nuestra reina! ¡La que te apuñaló!

Miha se echó a reír e Isac le lanzó una mirada asesina.

—Como si se me fuera a olvidar.

—No le das suficiente valor. ¿Cuántos pueden decir que la reina en persona les ha clavado un puñal?

—Vuestro rey —dije yo.

Los tres intercambiaron miradas de sorpresa. Adrian, a mi lado, me miró.

—He encontrado a mi igual —dijo.

Su comentario me provocó un escalofrío y lo miré a los ojos, que estaban muy serios. No creía ser igual a Adrian en nada excepto en el odio que sentíamos el uno hacia el otro, pero tampoco estaba segura de que me odiara.

—Cabalgaremos hasta el amanecer —ordenó Adrian.

Daroc fue por delante, seguido por Adrian y por mí, mientras Sorin, Isac y Miha iban en fila detrás de nosotros. Los siguió el resto del grupo, entre ellos varios vampiros con la misma armadura dorada ligera, y mortales, hombres y mujeres, vestidos con sedas y pieles, como si no fueran parte de un ejército.

Íbamos a cruzar Lara hacia el norte hasta llegar a la frontera de Revekka. Yo no había llegado tan lejos desde que era una niña; eran territorios más allá del paso montañoso, demasiado cerca del país de los vampiros; y, a medida que el poder de Adrian creía y aparecían nuevos monstruos, dejamos de ir por allí. Ya solo Killian y sus soldados hacían rondas tan cerca de la frontera del Rey de Sangre.

Pese a la compañía de los monstruos, tenía ganas de ver las aldeas del norte. Estaban tan lejos del castillo que tenían sus propias tradiciones y culturas. Lo que no sabía era si me recibirían bien.

El bosque era oscuro, pero las ramas deshojadas permitían ver las estrellas. Las contemplé para bañarme en su luz, con la tristeza de saber que, durante muchos días, no vería la luz del sol.

—¿Echas de menos el sol? —le pregunté a Adrian.

—Es una pregunta extraña. —Me miró.

—¿Por qué?

Guardó silencio un momento. Cuando volvió a hablar fue para responder a la primera pregunta.

—No, no echo de menos el sol. Ya no.

—¿Y si yo lo echo de menos?

¿Sería luminoso el cielo de Revekka? ¿Cómo sería el sol que brillaba tras las nubes rojas? ¿Lo vería siquiera?

—En ese caso, te lo buscaré.

Nos miramos y vi en su expresión una sinceridad humana que me caldeó el pecho y me coloreó las mejillas. Aparté la vista a toda prisa.

El silencio se prolongó hasta que me fijé en que algunos soldados de Adrian rompían filas para desaparecer en la oscuridad. Se me aceleró el corazón. ¿Qué estaban haciendo?

—Van de avanzadilla —dijo Adrian.

—Pero si aún estamos en Lara.

No había necesidad de estar en guardia. Adrian y yo habíamos llegado a un acuerdo. Por mucho que este acuerdo enfadara a mi pueblo, no romperían la promesa de mi padre.

—¿En vuestras sombras no acechan monstruos?

Se refería a los seres que merodeaban en la oscuridad: las estriges, las virikas, los retornados, los kers… Monstruos como Adrian, aunque de aspecto diferente y diferente manera de alimentarse de la vida.

—¿No eres su rey? —repliqué, frustrada ante el sarcasmo.

—Soy el rey de los vampiros, no el rey de los monstruos.

—Son lo mismo.

No conocía bien a Adrian, pero fue obvio que mi comentario le molestó. Se le tensó la mandíbula y aquel pequeño triunfo me alegró. Ya sabía que la verdadera medida del hombre se veía en su capacidad para controlar la ira. ¿Adrian sería como Killian? ¿Respondería con un ataque si lo presionaba demasiado?

—¿Crees que soy el origen de todos los seres oscuros? —respondió con la voz sedosa de siempre, sin rastro de frustración.

Era lo que nos habían dicho, que todos los seres oscuros procedían del Rey de Sangre. Que, cuando bebió de la sagrada vida, la sangre que cayó al suelo engendró monstruos.

Se echó a reír.

—Es mentira.

—Pues edúcame, majestad —dije.

—Yo convierto a humanos en vampiros —dijo—. Pero hasta para mí hay reglas. Los monstruos que conoces, las estriges, las virikas, los retornados, los kers, son creación de Asha.

—No —repliqué de inmediato—. La diosa de la vida nunca la corrompería así.

No adoraba a las diosas, pero ni yo era capaz de concebir que Asha hubiera creado a esos repugnantes seres.

—No olvides que las diosas no son más que humanas con mucho poder, mi reina.

Sin añadir más, se adelantó para cabalgar al lado de Daroc, como si ya no quisiera seguir a mi lado. Lo miré con ganas de clavarle una flecha en la espalda, pero pensé en lo que había dicho de las diosas y me di cuenta de que mi opinión no era muy diferente. Había mucha gente que había sufrido ataques y experiencias peores que yo, y era mucho más devota. Ostentaban el sufrimiento como medalla de honor y la fe como arma, algo que a mí no me entraba en la cabeza.

A mi izquierda, Sorin se había situado a mi lado. Extendió el brazo con un trozo de algo… seco entre los dedos. Lo miré con desconfianza.

—¿Qué es eso? —pregunté.

—Carne curada —dijo con una sonrisa—. ¿Quieres?

—¿Por qué estás comiendo carne curada? ¿Puedes comer carne curada?

Creía que los vampiros solo se alimentaban de sangre. ¿Cuándo iba a ver a un vampiro beber de un mortal? No era una expectativa agradable.

—Por lo visto, a los mortales les encanta —dijo. Soltó un bufido—. Y puedo comer lo que quiera.

—Luego lo vomitará —comento Isac detrás de nosotros.

—Es asqueroso —aportó Miha—. Pero no para de hacerlo.

—Oye, cada uno vive como quiere. —Sorin le lanzó una mirada asesina. Traté de reprimir una sonrisa, pero no lo conseguí. Sorin volvió a mirarme y me agitó la tira de carne curada delante de la cara—. Venga, cógela, que tienes hambre. Se te oye.

Arqueé una ceja.

—¿Es otro poder que tenéis? ¿Oído superior?

—Te diría que sí, pero hasta los mortales del final de la hilera han escuchado cómo te rugen las tripas.

Fruncí el ceño. Sí que tenía hambre y aquella noche no había podido probar bocado, así que cogí la tira de carne curada y la mastiqué con energía. Era dura y correosa, pero no desagradable, y me sentó bien meter algo en el estómago.

—Gracias, Sorin —dije.

—No hay de qué, mi reina.

Seguimos cabalgando unas cuantas horas y solo paramos en una ocasión para abrevar los caballos.

En lugar de llevar a los caballos hasta el agua, los vampiros llenaban cubos y los acarreaban hasta donde estaban los caballos. Me alejé de Medianoche para ir a meter las manos en el agua fresca del río, pero no había hecho más que arrodillarme en la orilla cuando unos dedos me agarraron el hombro.

—No toques el agua.

Alcé la vista y me encontré con el rostro severo de Daroc, y me puse de pie. Una vez expresada la advertencia y sin más explicación, se alejó.

—Ni caso. No es muy educado, pero tiene buena intención —dijo Sorin, que se me había acercado.

—Me parece que me detesta.

—No, pero no descuida su deber. Te han puesto bajo su responsabilidad. Si te pasa algo, se lo tomará como una ofensa personal.

—¿Lo conoces bien?

Sorin arqueó las cejas.

—Sí. Muy bien. —Señaló el agua—. Los animales atraen a los monstruos, igual que los humanos, y hay algunos que viven en el agua. Por ejemplo, los alpes se alimentan de los caballos, pero no hacen ascos a otras presas si tienen hambre.

Los alpes eran seres capaces de transformarse y adquirir un tamaño diferente en función de su presa. Tenían un rostro aterrador, demoniaco, con rasgos enormes que les ocupaban casi toda la cara: sonrisa amplia que mostraba los dientes, nariz grande y bulbosa, ojos oscuros muy grandes y orejas largas y puntiagudas.

—Nunca he oído que hubiera alpes en Lara —dije.

El comandante Killian recorría aquellos senderos con sus soldados. Sin duda habían abrevado allí a los caballos y nunca había informado de ningún ataque.

—No hace falta que lo hayas oído para que existan —respondió Sorin.

—Cierto, cierto.

Era aterrador, pero así era el mundo en que vivíamos. Contemplé el agua oscura a la luz de la luna, que iluminaba las rocas sumergidas, y no pude evitar sentirme traicionada.

—Permíteme —dijo Sorin.

Cogió un cubo y lo llenó de agua.

—¿Cómo es que tú sí puedes acercarte al agua?

Sonrió de mala gana.

—La única sangre que corre por estas venas es la que derramo. —Hice lo posible por ocultar la incomodidad, pero Sorin me vio y se echó a reír—. Con el tiempo lo entenderás.

—Lo dudo —repliqué.

Su sonrisa se hizo más amplia, pero no dijo nada y me acercó el cubo. Metí las manos en el agua fría a pesar de lo mucho que desconfiaba tras oír a Sorin. Me pasé las manos frescas por el rostro acalorado.

—¿Cómo llegaste a ser parte del ejército de Adrian? —pregunté.

—Conozco a Adrian desde el principio —respondió.

¿Qué quería decir con aquello? ¿Se refería al origen de la maldición de Adrian? ¿O a un tiempo anterior, cuando no era más que un hombre?

—No me has respondido —dije.

Volvió a sonreír, pero ya no era una sonrisa tan abierta.

—No se te escapa ni una, ¿eh, mi reina?

Lanzó una mirada hacia donde estaban Daroc y Adrian. Vi que Daroc se ponía tenso al vernos.

—¿Sois… amantes?

—Daroc y yo somos dos almas —dijo—. No hay sitio donde vaya uno al que el otro no lo siga.

—Me da la sensación de que no elegiste esta vida —señalé.

—¡A caballo! —gritó Daroc de repente.

Me sobresaltó el tono brusco y volví a preguntarme si todos los vampiros podían leer la mente.

Sorin me miró.

—Elegí a Daroc y esa elección me hace feliz —dijo.

Reanudamos la marcha. La interrupción me había sacudido el letargo, pero el movimiento constante del caballo hizo que se me empezaran a cerrar los ojos. Antes de que me diera cuenta, una mano me sujetaba por el brazo. Me puse rígida y me erguí, me encontré ante los ojos blanquiazules de Adrian.

—Si quieres dormir, puedo llevarte —dijo.

La sola idea me provocó un estremecimiento demasiado grato que me recorrió la espalda.

—Voy bien —dije, tajante.

Me froté la cara con una mano. No quería ni imaginarme la línea que cruzaría si compartíamos caballo y me dormía entre sus brazos. El sexo era una cosa. Para eso no hacía falta confianza ni afecto. Pero no estaba dispuesta a ir más allá.

No discutió conmigo y, una vez más, cabalgué a solas para seguir luchando contra el sueño. Perdí. Solo me sobresalté cuando Daroc detuvo su montura y alzó una mano para indicarles a los demás que lo imitaran. La adrenalina me corrió por las venas. Tiré de las riendas y escudriñé la oscuridad con un cosquilleo incómodo en la nuca.

—¡Nos atacan! —rugió Daroc.

—¡La reina! —ordenó Adrian.

Hizo dar la vuelta a su caballo para galopar hacia mí. Yo estaba confusa. Todo parecía en orden.

En ese momento, una flecha en llamas surcó el aire para clavar-se en el carruaje, detrás de mí. Entró por las cortinas de la ventanilla y prendió fuego al interior. En pocos segundos, el vehículo estuvo envuelto en llamas.

«Los carruajes son blanco fácil», pensé.

Otra flecha me pasó silbando junto a la cara. Otra acertó a mi montura, cerca de mi pierna.

—¡No!

Medianoche relinchó y bufó de dolor. Corcoveó y trató de avanzar, pero se le doblaron las patas. Cuando cayó, de entre los árboles salió gente, mi gente, vestida de gris y lanzado gritos feroces. Unos iban armados y otros llevaban herramientas de la granja: horcas, hachas, hoces, machetes.

—¡Alto! —ordené, pero el estrépito de las armas ahogó mi voz cuando mi gente chocó contra los vampiros, más preparados y mejor armados.

La sangre corrió y vi con horror que unos seres que se movían más deprisa y golpeaban con más fuerza masacraban a mi pueblo. Me sentí impotente allí, sentada junto a mi caballo, sin saber qué hacer. No podía alzar las armas contra ellos. No podía alzarlas contra el ejército de mi esposo, menos sabiendo que iba a seguir mi viaje hacia Revekka.

Un trío de vampiros formó un arco en torno a mí: Sorin, Isac y Miha. Se movían con control y detenían todos los golpes lanzados contra ellos. Tuve la clara sensación de que iban más despacio de lo que podían. No esperaba aquel comportamiento. Por lo que me habían dicho, los vampiros luchaban con uñas y dientes, se lanzaban a la batalla y volaban por el aire para atacar a sus víctimas con una crueldad que allí no veía por ninguna parte.

¿Estaban tratando de causar los menos daños posibles?

Miré en dirección a Adrian, que se enfrentaba a un hombre que había puesto una flecha en el arco, pero no tuvo ocasión de disparar cuando la hoja de Adrian le atravesó el cuello. La sangre brotó como un surtidor al sacar la espada. Otra flecha voló hacia su espalda, pero se volvió y la desvió en el aire. Entrecerró los ojos y miró a su atacante, un hombre más menudo que retrocedió al verlo acercarse.

Me puse de pie.

—¡Agáchate, mi reina! —ordenó Miha.

Pero no podía obedecer. Quería que cesara aquella carnicería y salí de su círculo protector. No sabía bien qué iba a hacer. Tal vez pensé que, si Adrian dejaba de luchar, los demás lo imitarían. Lo que no me había imaginado era lo decididos a matarme que estaban los míos.

En cuanto escapé del arco defensivo, me convertí en su objetivo.

—¡La reina! —gritó alguien y en ese momento un hombre, uno de los míos, se lanzó contra mí blandiendo la espada.

Me giré, me aparté en el último segundo y desplegué el puñal retráctil para clavárselo en la espalda. Hubo un instante en que quedó paralizado, con el cuerpo en un arco antinatural, y me miró con los ojos muy abiertos. Yo, que había sido su princesa, era ahora su asesina. El arma se le escapó de las manos y cayó al suelo, su cuerpo la siguió.

Cogí la espada a tiempo para hacer frente a otro adversario. La palabra me pareció inimaginable. Era incomprensible ver como enemigo al hombre que tenía enfrente, pero cuando me atacó, hacha en mano, se convirtió exactamente en eso. Golpeó con el arma y me agaché para esquivar el golpe, tracé un arco con la espada y le lancé un tajo contra las piernas. El grito quedó silenciado cuando le clavé el puñal en la barbilla, hacia arriba. Su sangre me manchó la mano y me salpicó la cara, así que lo aparté espantada. Parpadeé para quitarme de los ojos las lágrimas ardientes y, en ese momento, otro me agarró por el pelo y tiró de mí hacia atrás. Tropecé y caí. Solo me salvó el puñal que pude desplegar a tiempo para defenderme de un golpe dirigido a la cabeza.

Un hombre corpulento se alzaba ante mí. Esgrimió la espada como si fuera un hacha, lanzó un golpe y rodé para esquivarlo. Di una patada hacia arriba y le acerté en la cara. Cuando soltó el arma, la cogí, me puse en pie y se la clavé en el estómago.

La pelea siguió de la misma manera, con los míos atacándome y llamándome traidora. Cada vez que mataba a uno, una parte de mí también moría. Me enfrenté a una chica joven y se me llenó el rostro de lágrimas. No era mayor que yo, tenía el mismo pelo negro, los mismos ojos oscuros, la misma piel.

—¿Por qué me obligáis a hacer esto? —grité, desesperada.

—¡Nadie te obliga! —replicó—. ¡Tú has elegido al Rey de Sangre! ¡La traidora eres tú!

Aquellas palabras fueron un golpe aún más duro. Retrocedí un paso.

—¡No sabes nada de mi sacrificio!

La voz me salió visceral, cargada con un dolor tan agudo, con tanta ira, que era como si me ardiera la piel. Estaba haciendo aquello para protegerlos, para que pudieran vivir tras la rendición, y estaban dilapidando la vida que había comprado para ellos.

—No parece mucho sacrificio —replicó—, reina de Revekka.

Alzó la espada y atacó. Yo tenía las manos resbaladizas de sangre y de sudor, casi no podía agarrar el arma. Me costaba sujetarla, paré un golpe, pero al segundo salió despedida. Un brillo triunfal le iluminó los ojos y, en ese momento, proyecté el brazo contra ella y dejé salir el puñal contra la carne tierna del vientre. Abrió mucho los ojos y se desmoronó. La cogí cuando caía.

—Lo siento —dije.

Miró hacia el cielo nocturno, ya sin ver, y consiguió decir unas últimas palabras:

—Si de verdad fueras de los nuestros, lo habrías matado.

La sangre le corrió por la comisura de la boca. Quedó inerte y la deposité en el suelo. Yo estaba temblando de ira. Allí, de rodillas en la tierra, lancé un grito de frustración y clavé el puñal en el suelo.

El sonido de la batalla iba cesando a mi alrededor, pero no me levanté hasta que Adrian no se me acercó.

—De pie —dijo y me ayudó a levantarme.

—Tenemos que enterrarla —dije. Le miré el rostro salpicado de sangre—. Tenemos que enterrarlos a todos.

Yo no cumplía las doctrinas de las diosas, pero ellos sí y se merecían los ritos funerarios por los que habían rezado. Si no los enterrábamos, los animales los devorarían y sus almas no llegarían a la otra vida.

Luego, dejé de mirar a los muertos tirados por el camino y me fijé en un grupito de supervivientes. Estaban arrodillados ante los vampiros, que les apuntaban al cuello con la espada.

—¿Qué hacéis? —grité—. ¡Dejad que se vayan!

—Son culpables de traición —replicó Adrian—. Recibirán su castigo.

Comprendí que quisiera castigarlos porque habían hecho algo malo, pero aquello era diferente. Era mi pueblo. Su rabia estaba justificada.

—Crees que es tu gente, pero no es así.

Se me encogió el corazón.

—He nacido en esta tierra.

—Pronto comprenderás que la sangre no tiene nada que ver con lo que eres.

—Adrian, por favor —supliqué.

Pero me devolvió la mirada, sin conmoverse.

—Ya he perdonado una vida por ti.

Se me fueron los ojos a los pocos que quedaban con vida, que nos estaban mirado. Era obvio que me consideraban su enemiga. ¿Cómo había pasado de salvadora de mi pueblo, de «eres la única esperanza para el reino», a esto?

—Daroc —dijo. Era una orden.

—¡No!

Me lancé hacia ellos, pero Adrian me agarró por los hombros y la cintura. Me hizo dar la vuelta en el último segundo antes de que se diera la orden y oí el golpe húmedo cuando los cuerpos cayeron al unísono.

Todo había terminado.

Adrian tenía la barbilla contra mi cuello. Cuando habló, noté su aliento en la mejilla:

—No se merecen tus lágrimas.

Yo ya no sabía si estaba llorando por ellos o por mí misma. Creía que había perdido mi futuro en el momento en que había accedido a casarme con aquel monstruo. Esa noche, había perdido mi hogar.

Me aparté de él, rabiosa.

—¡No era necesario!

—Si son capaces de atacar a su princesa, ¿qué les impide atacar a su rey?

Aquello me dolió sobre todo porque sabía que era verdad.

—Vamos —dijo y me puso una mano en el hombro.

Me acompañó hasta su caballo. Antes de montar me volví hacia él.

—Los vas a enterrar —dije. No era una pregunta.

—Serán enterrados —respondió. Me cogió el rostro entre las manos—. Pero no lo harás tú.

—Lo prometes.

—Lo prometo.

—¿Por qué tengo que creerte?

Me miró los labios y me pasó el pulgar por la mejilla.

—Porque solo te hago promesas a ti.

«¿Por qué a mí?», pensé, como tantas veces en los dos últimos días. Pero no dije nada. Por el momento, aceptaría sus promesas. Tal vez se agotaran algún día.

—Monta —dijo.

En esta ocasión obedecí. Adrian montó detrás de mí y me recosté contra él, acunada entre sus brazos mientras nos adentrábamos en la oscuridad. Me sentí como si se me rompiera el corazón al dejar las almas de mis muertos en manos de mis enemigos.

Excepto que los vampiros no habían sido mis enemigos durante la pelea.

El enemigo había sido mi propia gente.

Su rabia y su convicción me resonaban por dentro y me desgarraban el corazón, el pecho, el estómago y la garganta. No me esperaba aquel golpe. Creía que habían entendido mi sacrificio. Había elegido casarme con Adrian para garantizar que nada cambiaría para ellos bajo su dominio, pero no había sido suficiente. Lo querían muerto.

Y de pronto también me querían muerta a mí.

Empezaba a pensar que Nadia se equivocaba.

No había manera de volver a Lara.

Adrian marcó un ritmo brutal para atravesar el bosque. Salimos del camino principal y el terreno se volvió más irregular, con lo que las sacudidas me lanzaban contra su cuerpo. No podía abarcar los flancos de Sombra con las piernas. Adrian me rodeó la cintura con el brazo y me estrechó con firmeza contra él. Se inclinó hacia delante con la mejilla contra la mía. Era un abrazo íntimo, pero me evitaba las sacudidas y permitía avanzar a buen paso.

No nos detuvimos hasta que el cielo empezó a teñirse de azul, señal de que se aproximaba el amanecer. Los exploradores nos habían precedido y, para cuando les dimos alcance, ya habían montado un campamento. Las tiendas negras que había visto fuera de Lara estaban ahora dispuestas en un círculo desordenado, en una zona de tierra sin hierba y rodeadas de árboles flacos.

Adrian desmontó junto a su tienda.

—Isolde —me llamó.

Lo miré, aún a caballo. Estaba esperando a que lo siguiera. Se me pasó por la cabeza alejarme al galope, hacia lo que quedaba de noche. ¿Y a dónde podía ir? ¿Volvería a casa, al castillo donde ahora me consideraban una traidora?

La mano de Adrian se cerró sobre la mía para captar de nuevo mi atención.

—Desmonta, Isolde.

Era lo más parecido a una orden que me había dado hasta ese momento. No lo dijo, pero el mensaje estaba claro en sus ojos: «Si intentas huir, te daré alcance». Y sabía que así lo haría. Por un momento me pregunté cómo sería sentir el poder y la ira de Adrian contra mi cuerpo. Pelearíamos igual que follábamos, con brutalidad.

—Isolde.

Repitió mi nombre con un matiz de aspereza que me dijo que me estaba leyendo el pensamiento. Lo miré de nuevo y pasé una pierna por encima de Sombra. Adrian me cogió por la cintura con sus manos grandes y me bajó al suelo. Tardó unos segundos en soltarme y supe que era porque no se fiaba de que no saliera corriendo.

Pero mis pensamientos estaban dejando paso a algo diferente, a un cosquilleo en el pecho que se fue acumulando a medida que crecía la tensión entre nosotros.

—Si huyes, huyes hacia tus enemigos —dijo—. No olvides lo que ha pasado hoy.

Fruncí el ceño.

—No hace falta que me recuerdes mi traición. Pienso en ella cada vez que te miro.

No dijo nada. Habría dado cualquier cosa por ser capaz de enfrentarme a él y provocar su ira, porque estaba furiosa. No me quitó la mano de la espalda y entramos en la tienda. El interior era espacioso, distribuido de manera semejante a como había estado en la frontera de Revekka, pero, en lugar del fuego vivo que tenía la noche en que fui a pedirle que le perdonara la vida a Killian, solo había unas brasas calientes. Intenté no preguntarme si era una concesión hacia mí.

Me detuve en el centro de la tienda.

—Lo siento —dijo.

Fue lo peor que me podía haber dicho. Me giré hacia él y le di un empujón. No se movió, pero el acto en sí me pareció liberador, así que lo repetí una y otra vez. Siguió inmutable y solo sirvió para ponerme más furiosa.

—¿Has terminado? —preguntó.

Retrocedí un paso dispuesta a desplegar el puñal y clavárselo en el corazón. No habría servido de nada, pero Adrian me agarró por la muñeca y me detuvo.

Lo miré a los ojos.

—No.

Desplegué el otro puñal, pero me cogió y esta vez me pegó los brazos a los costados al tiempo que avanzaba hacia mí.

—Ya basta, Isolde. Sé que te duele…

—¿Qué sabrás tú de dolor? —le espeté—. Me has convertido en su enemiga.

—Ellos te han convertido en su enemiga. Tu pueblo podría haber tratado de protegerte.

Me estremecí porque sabía que tenía razón. Aquellas palabras me quitaron todo ánimo de pelea. Me hizo retroceder con delicadeza hasta que choqué contra la cama y me dejé caer sentada, con los ojos a la altura de su estómago. Tras unos segundos, me cogió por la barbilla y me levantó la cara para que lo mirara.

—Tenías derecho a defenderte —dijo—. No te culpes. Si no los hubieras matado tú, los habría matado yo, y no habría sido tan misericordioso.

Tragué saliva con dificultad, no quería saber qué justicia habría aplicado en mi nombre.

—Quiero que sepas que mi padre no ha tenido nada que ver con este ataque.

Adrian me miró sin parpadear, como si no me creyera.

—¿Estás segura?

—Completamente —susurré con rabia.

Durante un breve instante, Adrian me recorrió la barbilla con los dedos y luego subió hasta el pómulo. Fue un movimiento tan delicado que me sorprendió. Sentí un escalofrío y aparté la mano.

—Duerme un poco —dijo y se alejó un paso.

Me sorprendió de nuevo. Había pensado que iba a exigir sexo, o que como mínimo haría alguna burla sobre el tema.

Arqueó una ceja.

—A menos que prefieras otra actividad.

Me miré la ropa sucia de sangre.

—Un baño —dije—. O… lo que se pueda.

Adrian asintió y salió de la tienda.

Volvió poco más tarde con un cubo y un paño. Se había lavado la cara, pero aún llevaba la ropa manchada de la batalla.

—No hay otra cosa —dijo y lo dejó en el centro de la tienda. Luego, se sentó frente a mí y estiró las piernas bien separadas.

—No tengo nada que ponerme —dije.

—No pasa nada —respondió Adrian.

Le lancé una mirada asesina, pero la verdad era que no me importaba. Me gustaba mi cuerpo, me gustaba presentarme sin restricciones, así que me quité la capa y, luego, las botas y el resto de la ropa. Me dolían las piernas y la espalda, hasta ese momento no me había dado cuenta de lo mucho que me había dañado las manos durante la batalla. Me palpitaban, tenía los nudillos desollados y cortes en los dedos. Las metí en el agua y contemplé las cintas rojas de sangre que se diluían, sin hacer caso de la mirada ardiente de Adrian. Esperé unos segundos y, con el paño, empecé a quitarme el resto de la sangre. Parte era mía, pero la mayoría era de mis atacantes.

De mi pueblo, me recordé una vez más. Aún no me lo podía creer.

—¿Qué fue de tu madre?

Me quedé paralizada ante aquella pregunta. No la esperaba y tampoco sabía si quería compartir con él lo poco que me quedaba de ella. Me concentré en limpiarme.

—Murió —dije.

—¿Hace mucho? —insistió.

—Al darme a luz.

Adrian se quedó en silencio. Tras lavarme las manos y los brazos, me pasé el paño por el pecho y el estómago. Sentí su mirada en cada parte de mi cuerpo mientras me hacía preguntas serias.

—¿En qué la echas de menos?

Me sorprendió la pregunta y no me gustaba que me sorprendiera. Era curiosa y sincera a la vez, y yo sabía la respuesta.

—Echo de menos su potencial. —Lo miré—. Echo de menos lo que habría sido de mí si la hubiera tenido.

Se quedó pensativo. Di por hecho que se le habían acabado las preguntas y volví a lavarme, pero siguió.

—¿Quién te enseñó a montar?

Hice una pausa, cada vez estaba más frustrada.

—Mi padre.

—¿Quién te enseñó a pelear?

—Mis comandantes.

—¿Alec Killian?

Me detuve una vez más, pero en esta ocasión me volví para mirarlo frente a frente. Lo recorrí con la mirada, desde el rostro y los anchos hombros a la polla que le tensaba la tela de la ropa.

—¿Estás celoso, rey Adrian?

Inclinó la cabeza con los labios apretados y el cuerpo tenso.

—Solo quiero saber qué me queda por enseñarte.

Sus palabras provocaron que me naciera un nudo cálido en el estómago. Estuve a punto de estremecerme, pero tensé los músculos para no mostrar debilidad.

—No sé si puedes enseñarme algo aparte de a odiar, Adrian.

Sonrió y se levantó. Con el movimiento, me rozó la piel con la ropa y el escalofrío que había tratado de contener me sacudió. Eché la cabeza hacia atrás para mirarlo a los ojos.

—Puede que sea cierto, gorrión —murmuró.

Me cogió por la barbilla y me acarició le mejilla con el pulgar, como había hecho antes. Sentí el roce de sus labios contra los míos y pensé que me iba a besar, pero bajó la mano y salió de la tienda.

En cuanto se marchó, me di cuenta de hasta qué punto había deseado que me besara, de lo mucho que había querido el placer que me prometía. Quería perderme en él para olvidar mi realidad.

Por suerte, me había dejado a solas.

Terminé de lavarme y, luego, me acurruqué entre las pieles de la cama de Adrian. Tardé mucho en conciliar el sueño. Las imágenes del día me galopaban por la mente. A medida que la oscuridad se hacía más densa, lo único que pude oír fue el entrechocar del metal y los gritos de mi gente.

NUEVE

Los gritos no cesaron, pero, cuando desperté, reinaba el silencio. Lo único que me quedaba era una sensación de espanto que se me había anclado en el pecho. A mi lado, Adrian seguía dormido. Estaba desnudo sobre las pieles. La luz escasa del brasero le bailaba sobre los músculos esbeltos y duros. Se me fueron los ojos hacia la curva de su erección. ¿Había algún momento en que no estuviera excitado? Se me pasó por la cabeza que era demasiado confiado al dormirse así, a mi lado, pero lo único que hice fue abandonar la cama y vestirme para salir a las últimas horas del día. A mi alrededor, los bosques parecían incendiados con los rayos del sol poniente.

El campamento estaba en un inquietante silencio. No me sentí tan segura como había esperado, considerando que seguía dentro de las fronteras de mis tierras. Todavía tenía un nudo helado en la boca del estómago y no conseguía quitarme la sensación de que iba a suceder algo espantoso.

Se oyó un gemido agudo y me volví hacia el punto de donde provenía el sonido. Los buitres volaban en círculos bajos entre las ramas muertas de los árboles. El presentimiento ominoso se hizo más intenso. «Buscan comida», pensé. Solo me quedaba la esperanza de que Adrian hubiera cumplido su promesa de enterrar a mi gente.

Un viento frío sopló a mi espalda y me echó el pelo sobre la cara. Traía un claro olor a muerte, pero estábamos muy lejos del lugar de la batalla y aquel hedor delataba días de podredumbre. Los buitres graznaron de nuevo. Uno rompió el círculo y los otros lo siguieron.

Yo también lo seguí.

Me adentré entre los árboles tras las aves, a una luz cada vez más escasa. Al principio iba caminando, pero pronto aceleré el paso. Las ramas de los árboles se me enredaban en el pelo y los espinos en la ropa, me arañaban la piel, pero, a pesar del miedo a lo que podía encontrar, me movía una sensación apremiante de alarma que se me había anudado en el estómago.

Los árboles empezaron a escasear y llegué a una aldea rodeada por una empalizada de madera. En Lara, las aldeas solían llevar el nombre de la familia fundadora. En el caso de aquella, el cartel indicaba que se llamaba Vaida.

La puerta que me encontré estaba cerrada. No era de extrañar, porque casi se había puesto el sol. Lo inusual era el silencio… y el olor.

Allí había muerte.

Los buitres graznaron y los vi bajar en picado hacia la aldea, al otro lado de la empalizada.

—¿Hay alguien? —grité.

Mi voz resonó entre los árboles. Era inquietante. El viento me trajo otra vaharada de olor a podrido y se me erizó el vello.

Empujé la puerta, la sacudí por si alguien me oía, pero no obtuve respuesta.

«Aquí debería de haber un soldado de guardia», pensé. Un hombre de Killian.

Metí como pude las manos entre la empalizada y la puerta para tratar de abrirla. Había una ranura por la que pude mirar hacia dentro y lo que vi me arrancó un grito.

Solté la puerta, me di media vuelta y vomité.

—¡Isolde!

La voz que me llamó por mi nombre me era familiar y no esperaba oírla allí. Alcé la vista entre sollozos y vi a Killian, que se acercaba al galope.

—¡Están muertos! —grité—. ¡Están…!

No pude ni decirlo. Solo había visto en parte dos cadáveres, pero parecía que los habían despellejado estando aún vivos. Al recordar lo que había presenciado, el estómago se me retorció de nuevo.

Killian desmontó y vino hacia mí.

—Tenemos que marcharnos —dijo y me agarró por los hombros para apartarme de la empalizada.

Forcejeé con él.

—¿No me has oído?

—Te he oído —dijo con los dientes apretados—. ¡Y, si no nos damos prisa, seremos los siguientes!

—Suelta a mi esposa, comandante.

La voz de Adrian era fría, pero su presencia sorprendió a Killian lo suficiente para soltarme. Me giré hacia Adrian, que se mantenía un poco alejado. Tenía un rostro tan desalmado como el sonido de su voz, parecía tan blanco con las ropas inmaculadas.

—Están todos muertos —repetí.

—Ya lo sabe —dijo Killian—. Es el responsable.

Si la afirmación enfureció a Adrian, no lo demostró.

—¿Estás seguro, comandante? —preguntó con toda calma.

Negué con la cabeza y tragué saliva al volver a sentir el sabor de la bilis en la garganta.

—No. Esto no lo han hecho vampiros. Esto es...

No sabía lo que era, pero sí conocía los ataques de los vampiros. No dejaban a los humanos de aquella manera..., ¿verdad?

Adrian me sostuvo la mirada y en ese momento llegaron Daroc, Sorin, Isac y Miha. Parpadeé. Su rapidez nunca dejaba de sorprenderme.

—Abrid la puerta —ordenó Adrian.

Vi a Daroc trepar por la empalizada sin el menor esfuerzo.

—No mires —me dijo Adrian cuando la puerta se abrió con un largo gemido.

No apartó los ojos de los míos ni cuando Daroc vino a llamarlo.

—Tienes que ver esto, majestad.

Siguió mirándome, como si me preguntara si estaba bien.

Tragué saliva y asentí, solo entonces me dejó a solas con Killian. Y quería hablar con él. No me volví para ver a Adrian entrar en la aldea porque ya había visto que los cadáveres estaban junto a la puerta. No dije nada hasta que Killian también se volvió hacia mí después de verlos.

—Tus hombres deberían haber patrullado esta zona. ¿Cuánto hace que no llegan tan al norte?

—Me reprochas que no los protegiera, pero confías en el hombre que asesina a los tuyos. Hemos visto las tumbas, Isolde. —Killian se me acercó un paso—. Ven conmigo. A su lado no estás a salvo.

—Aquí es donde no estoy a salvo —repliqué—. Los míos, los de las tumbas. Intentaron matarme.

—Te viste en medio de la batalla...

—No, Alec. No fue así.

Hizo una pausa.

—No se lo puedes reprochar. Ni siquiera te resististe cuando se te llevó.

Apreté los labios y le lancé una mirada asesina. Estaba rabiosa, con una ira que me abrasaba entera. Killian había presenciado la discusión.

—Sabes de sobra por qué no me resistí.

—¿Por qué? ¿Porque temías por tu pueblo? ¿O porque te folla como te gusta?

Entrecerré los ojos. Ya me había imaginado que nos había estado espiando junto a la puerta la noche en que nos casamos y aquello lo confirmaba.

—No intentes humillarme, Killian.

—Me limito a señalar que, pese a decir que lo odias, parece que estás muy a gusto con él.

—Así que justificas el ataque.

—Isolde…

—Soy tu reina —lo interrumpí—. Recuérdalo cuando te dirijas a mí.

Killian apretó los dientes. Echaba chispas por los ojos.

—Así que esto es lo que quieres.

—Si de verdad piensas lo que has dicho, sí.

Parpadeó y por un momento vi que se debatía confuso, entre dudas.

—Si has terminado de intentar convencer a mi esposa para que me abandone, es hora de que informes a tu rey de lo que ha pasado aquí.

Di un respingo al oír a Adrian y me volví hacia él. Al girarme, vi los cadáveres que había al otro lado de la empalizada y me puse pálida. Adrian se movió un paso para ocultar aquel espectáculo de mi vista.

—¿Y qué le voy a decir, exactamente? —preguntó Killian.

—Que han masacrado una aldea entera.

—¿Quién ha sido? —pregunté.

Adrian se volvió hacia mí. Pese a lo fiero de su expresión, la mirada fue amable.

—Diría que la magia.

—No hay más magia que la tuya —lo acusó Killian.

—Es un mito que circula acerca de nosotros —replicó Adrian—. Tengo habilidades, no poderes mágicos.

—Creía que la Quema había erradicado la magia —dije.

—Mientras existan los hechizos, habrá magia. Los humanos provocan el caos cuando recurren a una magia que no pueden controlar.

La magia se consideraba un don, no una capacidad. Ya antes de que el rey Dragos ordenara la Quema, los humanos nacidos sin magia tenían prohibido pronunciar hechizos.

—¿Sugieres que uno de los nuestros pronunció el hechizo que provocó esto? —Killian hizo un ademán hacia la aldea.

—No necesariamente —respondió Adrian—. El hechizo pudo lanzarse desde cualquier lugar.

Aquello me provocó un miedo aún más hondo.

—¿De verdad crees que mi rey se lo va a creer, sabiendo que tú estabas aquí?

—Mi padre te creerá a ti, comandante —intervine—. Adrian ya te ha dicho lo que cree que ha pasado. Transmítelo.

Killian me miró con los dientes apretados, pero, tras una pausa, hizo una reverencia. Una parte de mí habría dado lo que fuera por ir con él, por decirle a mi padre en persona lo que había visto. Sabía que Killian no querría admitir que sus guardias habían dejado de patrullar tan lejos. Y no podía evitar preguntarme si habría pasado lo mismo en otras aldeas.

El comandante se alejó. Pasaron unos momentos y Adrian me apartó un cabello de la cara.

—¿Cómo estás? —preguntó.

Lo miré boquiabierta. No sabía por qué me sorprendía siempre que me preguntara cómo me sentía, pero era ya la tercera vez.

—¿Esto volverá a pasar? —pregunté.

No sabía mucho sobre magia. Una vez lanzado un hechizo, ¿era como la peste? ¿Se seguía extendiendo hasta que ya no le quedaba nada que consumir?

—Sin saber qué hechizo ha sido o quién lo ha lanzado, no se puede saber —respondió.

Me estaba diciendo que no había manera de combatirlo. Tragué saliva para aliviar el nudo de la garganta.

—Tenemos que enterrarlos —dije.

—Tenemos que quemarlos —me corrigió Adrian.

Su tono era amable, pero fue como un golpe. Hasta que los cadáveres empezaron a alzarse de entre los muertos, solo se quemaba a las brujas y a los que utilizaban la magia, no a sus víctimas.

—¿Crees que pueden levantarse?

—No, pero no sabemos qué los mató, así que es mejor quemarlos. Así se limpiará la tierra.

Adrian volvió al campamento conmigo y conseguí contener las lágrimas hasta que estuvimos en la tienda. Me dejó a solas para que llorara, cosa que agradecí, y me dio tiempo para recuperar la compostura antes de regresar. Cabalgamos juntos hasta el claro. El aire fresco me golpeó en el rostro húmedo y, al acercarnos a Vaida, vi por la puerta los cadáveres amontonados en el centro de la aldea, cubiertos con una tela blanca. Los soldados de Adrian habían trabajado mucho durante mi ausencia y no pude evitar admirar el cuidado con que los habían envuelto y colocado, aunque solo fuera para que los consumiera el fuego.

Nos mantuvimos a una distancia respetable de la puerta abierta mientras los vampiros dejaban caer antorchas sobre los cadáveres antes de salir y cerrarla. El humo no tardó en elevarse, cargado con el olor a carne quemada.

—¿Cómo has sabido que era un hechizo? —le pregunté a Adrian sin volverme hacia él, con la vista clavada en el humo.

—Tengo más de doscientos años. —Fue su respuesta.

Así que había vivido en tiempos de la Quema.

Quería hacerle muchas preguntas: sobre la magia, sobre las brujas, sobre el mundo que existió mucho antes de que yo naciera. Pero me contuve, porque una parte de mí no sabía si podía confiar en las respuestas que me diera.

Adrian dejó pasar unos instantes y se volvió hacia mí.

—Voy a dejar a uno de mis hombres para que ayude a tu padre, pero tenemos que seguir el viaje hacia Revekka.

Titubeé. El odio que sentía hacia él sucumbió a la gratitud.

Llamó a un soldado.

—¡Gavriel! —Un vampiro rubio y corpulento se adelantó. Las llamas se reflejaban en su armadura dorada—. Vuelve al castillo Fiora. Llévate a Arith y a Ciprian.

—Sí, mi rey —dijo. Se volvió hacia mí—. Mi reina.

Ninguno de los tres perdió el tiempo; al instante ensillaron y partieron en dirección a mi hogar. Me preocupaba que regresaran, pero al menos esperaba que mi padre aceptara su ayuda.

—Gracias —le dije a Adrian, aunque la palabra sonó extraña entre nosotros.

No sonrió ni reaccionó. Atravesó el campo para dirigirse hacia su montura. Yo tardé más en ponerme en marcha. Me demoré mirando las llamas que consumían ya la empalizada, las cuales estaban borrando la existencia de Vaida. No habría podido explicar el dolor que sentí por mi pueblo ni el peso de la culpa mientras me disponía a dejarlos frente a un enemigo desconocido.

Pero una parte de mí, una parte muy pequeña, sentía que era una especie de venganza.

Arrepentida, fui a donde estaba Adrian y monté en su caballo. Él montó detrás de mí, con su cuerpo contra el mío, y nos adentramos en la oscuridad.

Había dado por hecho que, a medida que pasaran las horas de viaje, me iría relajando poco a poco. Fue al revés: me encontré cada vez más tensa, a la espera de que llegara el siguiente ataque, de que nos encontráramos con la siguiente masacre. Solo hacía un día que había salido de Alta Ciudad, pero fueron horas plagadas de un terror que nunca había imaginado, mucho peor que la llegada de los vampiros a nuestra frontera.

—Estás a salvo —me dijo Adrian.

Fui muy consciente de la presión de su mano contra mi vientre.

—Yo estoy a salvo. ¿Y mi pueblo? Dijiste que los ibas a proteger.

—Te he dado todo lo que he podido contra la magia.

Habría querido enfurecerme con él por no ser más poderoso, pero no tuve fuerzas.

—Creía que no quedaba nadie capaz de pronunciar hechizos.

—¿De verdad te parece que un rey dejará que se le escape tanto poder? —replicó Adrian.

Volví la cabeza hacia él, pero tenía la espalda contra su pecho, así que solo pude sentir el roce de su mandíbula contra la mejilla. Se refería a Dragos, el antiguo rey de Revekka, al que Adrian había matado.

—¿Por eso lo asesinaste? —pregunté—. ¿Porque querías lo que tenía?

No respondió a la pregunta.

—Ya conoces mi historia.

—Todo el mundo conoce tu historia. Tomaste por asalto el Palacio Rojo y mataste al rey Dragos y a su esposa mientras dormían. Su esposa, que estaba embarazada.

—No los maté mientras dormían —replicó—. Los sacaron de la cama. Cuando estuvo ante mí, Dragos me suplicó que le perdonara la vida y me ofreció a su mujer a cambio. Entonces lo maté. A ella, no, pero se tiró por la ventana de la torre. —Hizo una pausa—. No supe que estaba embarazada hasta más tarde —añadió.

—¿Y eso disculpa lo que hiciste?

—No busco perdón.

Esperaba que me diera explicaciones, que me dijera que el asesinato estaba justificado, pero no lo hizo. Nos quedamos en silencio.

No viajamos tanto como la noche anterior y nos detuvimos unas horas antes del amanecer. De nuevo nos encontramos las tiendas ya montadas al llegar al lugar elegido para acampar. Los vampiros que nos habían precedido ya habían encendido hogueras para proporcionarnos calor y comida.

—Mañana llegaremos a Revekka —dijo tras seguirme a la tienda—. ¿Te hace falta algo?

Parecía que tenía prisa, cosa que me pareció extraña. Creía que iba a quedarse conmigo y me molestó reconocer que era lo que había esperado. Quería hacerle más preguntas sobre los hechizos, las brujas y la Quema. Pero, si me leyó la mente, no me respondió. Tal vez porque mis emociones no eran tan intensas como para que percibiera lo que pensaba o porque quería marcharse. Negué con la cabeza.

—No.

Me fijé en que tragaba saliva y cogía aliento.

—Bien. Descansa.

Le habría preguntado a dónde iba, pero no quería que pensara que le estaba pidiendo que se quedara, así que lo observé salir.

Una vez a solas, me quité la ropa y me acurruqué entre las pieles cálidas de Adrian, pero no pude conciliar el sueño. No dejaba de pensar en lo deprisa que se habían vuelto contra mí los cortesanos del castillo, los habitantes de Alta Ciudad, los que acudieron a las puertas y la gente de las aldeas. Hasta Killian parecía convencido de que si había elegido casarme con Adrian era porque había escogido pasarme a su bando. Y, de pronto, me sentía empujada hacia el único bando que me defendía, que había jurado protegerme y que lo estaba haciendo.

¿Por qué tenía que ser Adrian el que cumpliera sus promesas?

Dejé escapar un suspiro y me incorporé. Estaba demasiado nerviosa para dormir, así que bajé de la cama, me puse el sayo y decidí salir a lo que quedaba de la noche. Si hubiera estado en Alta Ciudad, habría ido hasta las puertas del castillo para contemplar las estrellas, pero ya se acercaba el amanecer y apenas se veían en el cielo. Aunque hubiera querido estar sola, no me podía fiar de aquellos bosques ni de los monstruos a los que podría atraer, así que me tendría que conformar con el campamento.

Eché un vistazo por la abertura de la tienda y vi a unos cuantos soldados de Adrian cerca de la hoguera que habían encendido entre nosotros y el resto del campamento. Tuve la sensación de que estaban allí para protegerme hasta que volviera Adrian. ¿Dónde estarían Sorin, Isac y Miha? Les estaba cogiendo cariño, pero quería dar un paseo por el campamento y me costaría más convencerlos a ellos que a aquellos cuatro desconocidos.

Salí de la tienda. Noté el viento frío contra la piel. El sayo era demasiado corto para aquel clima, pero estar al aire libre me hizo sentir que podía respirar otra vez. Los vampiros reunidos en torno a la hoguera se pusieron de pie a toda prisa.

—Mi reina —dijo uno—. ¿Necesitas algo?

—No puedo dormir. Voy a dar un paseo por el perímetro del campamento.

Se miraron entre ellos.

—¿Le está permitido?

—Lo que quieres saber es si Adrian lo aprobará —repliqué—. Y, para que conste, no me importa.

—Al menos permite que te acompañemos —sugirió otro.

—Me sé defender sola.

—Somos conscientes, majestad, pero...

—Os lo agradezco, pero quiero estar a solas.

Me envolví en la capa y eché a andar. Me dieron espacio para que paseara entre las tiendas, pero noté que no me quitaban los ojos de encima. No me iban a perder de vista.

Era la primera vez que me alejaba de la tienda de Adrian, que estaba a cierta distancia de las demás. Al pasar por el lindero del bosque, no estaba preparada para los sonidos que oí: gemidos apasionados, gritos de nombres, anuncios desesperados de «me voy a correr».

Me imagino que debería haberme esperado una exhibición más grotesca de comportamientos sexuales, considerando lo que sabía sobre los vampiros, pero no se me había ocurrido pensar en el tema más allá de mi experiencia con Adrian. Al escuchar los sonidos del placer, me puse tensa y de pronto me preocupó que Adrian hubiera mostrado tanta prisa por marcharse de nuestra tienda.

¿Qué haría si me lo encontraba con otra mujer? La sola idea me provocó una ira salvaje. En parte porque había sacrificado mi vida para estar con él en tierras desconocidas, y también porque le había pedido que no se acostara con otras después de nuestro matrimonio. Si rompía esa promesa, se lo iba a hacer pagar.

Pero no oí su voz, solo los gemidos de su ejército... sobre todo los de Sorin, que gritaba el nombre de Daroc tan alto que me sobresaltó. El lugarteniente de Adrian era extraño: estoico, demasiado serio para sentir pasión alguna..., aunque, a juzgar por los gritos, me había equivocado con respecto a él.

Doblé la esquina, miré hacia la izquierda y vi un haz de luz que salía de una tienda. Me detuve. Allí, por la abertura, vi a Adrian con una mujer entre sus brazos. La mujer tenía la cabeza echada hacia atrás y el pelo claro le caía sobre el regazo del vampiro, que tenía los labios contra su cuello. Parecía un abrazo sensual, pero sabía que no tenía nada que ver con el sexo. Se estaba alimentando de ella. Al fondo había otros vampiros con los labios contra cuellos y muñecas, con la piel y la ropa manchada de rojo.

Comprendí por qué no había visto a ninguno alimentarse por el camino y por qué nos habíamos detenido antes del amanecer. Debería haber dado las gracias por no haber tenido que presenciarlo antes. Pero ya que lo había visto, estaba horrorizada y furiosa a partes iguales. Era un acto despreciable, pero íntimo, y los celos me desgarraron cuando la mujer que Adrian tenía en brazos se arqueó contra él y le clavó los dedos en la piel.

La llamarada de ira hizo que alzara la vista y sus ojos brillantes se encontraron con los míos pese a la distancia. El espanto se impuso a los celos. Me di media vuelta y regresé a la tienda. Casi esperaba que Adrian me siguiera, pero no lo hizo. Me metí entre las pieles y respiré hondo para calmarme. Tuve que cerrar los ojos para contener las lágrimas.

Estaba viviendo en un mundo completamente diferente.

Más tarde, cuando me desperté, me volví en la cama y vi a Adrian recostado en un sillón, al otro lado de la tienda. La luz de la vela que parpadeaba en la mesita, junto a él, le iluminaba los rasgos sombríos. Era tan impecable y tan hermoso que me alegré de haberlo visto con aquella mujer. Había permitido que unos cuantos detalles amables me hicieran olvidar lo que era en realidad: un monstruo.

—¿Te la has follado? —pregunté—. ¿Después de beber su sangre?

Me miró a los ojos.

—No.

Estudié su expresión durante largos momentos para ver si mentía, pero el Rey de Sangre siempre había sido sincero. Hasta el punto de resultar frustrante.

—¿Quién… quién era?

Di por hecho que ya estaba muerta, pero Adrian me corrigió.

—No era, es. Una vasalla —dijo—. Al igual que muchos mortales, ha elegido servirme a mí y a mi corte.

Mi reacción visceral fue de repugnancia.

—¿Servirte?

No sabía a qué se refería. ¿Solo a las sangrías? ¿O había algo más?

—Nos ofrecen su sangre y reciben una recompensa generosa —me explicó.

—Ah, así que los sobornáis.

—Si quieres llamarlo así... —dijo—. El resultado es que yo me alimento y ellos son ricos.

—¿Les pagas por el tesoro que robas?

Se me quedó mirando con la cara apoyada en la mano, los dedos esbeltos abiertos contra la mejilla. Supe que mi comentario no le había gustado, pero eligió no seguir el camino del enfrentamiento.

—Pero les pago.

Me entraron ganas de poner los ojos en blanco, aunque me contuve.

—¿Bebes a menudo?

—Todos los días.

—¿Y si no?

—Es mi alimento —respondió.

—Me dijiste que te suplicaría que bebieras de mí. ¿Por qué iba a querer semejante cosa?

No me cabía en la cabeza que pensara que iba a desear que se alimentara de mi sangre. Sonrió.

—Porque yo extraigo vida, pero tú sentirás un dulce desahogo —respondió. Inclinó la cabeza—. Te gusta el desahogo, ¿verdad, gorrión?

Hice caso omiso de la pregunta.

—No entiendo cómo algo tan vulgar puede proporcionar placer.

—Hay muchas cosas vulgares que proporcionan placer —replicó—. Yo soy una de ellas.

—¿Estás insinuando que esa... sangría... le proporciona placer a tu vasalla?

Eso casi parecía una traición. Adrian volvió a hacer una pausa antes de responder.

—Si quieres ocupar su lugar, serás bien recibida.

—No, muchas gracias —dije.

Ya le había entregado mi cuerpo a aquel hombre. Entregarle mi sangre sería una traición aún mayor. Además, no me atraía la idea de estar unida a él de esa manera, como alimento.

—¿Alguien ha bebido tu sangre? —pregunté.

—No. —Una extraña tristeza le nubló los ojos—. Nadie se alimenta de mí.

—¿Por qué?

—Porque yo no lo permito.

—¿Por qué?

Mi voz era cada vez más baja. Adrian hizo una pausa y me miró antes de levantarse y acercarse a la cama. Tenía la túnica abierta para dejar a la vista el pecho, la polla dura de la que no pude apartar los ojos hasta que me tocó la cara con la mano y me metió los dedos en el pelo.

—Porque solo mi reina puede beber de mí y ella es mortal.

Su boca se cerró sobre la mía. Intenté no tocarlo ni demostrarle cuánto lo deseaba, pero mi cuerpo se arqueó como si fuera una marioneta y él tirase de los hilos. Solté las pieles y le agarré la cabeza. Me levantó, le rodeé la cintura con las piernas y él se sentó conmigo en brazos. Se me subió el sayo y mi carne desnuda quedó contra su erección. Solo con sentirlo se me formó una bola de fuego en el vientre. Apartó los labios de los míos para recorrerme con ellos la barbilla, bajar por el cuello y por el hombro, sin dejar de rozarme con los dientes. Mientras, me apretó el culo con las manos y me guio hacia su polla. Contuve un gemido al sentirlo tan duro entre los muslos.

Luego bajó la cabeza, cerró los labios en torno a un pezón duro de excitación.

—Estás tan húmeda que podría beber de ti —susurró contra mi piel.

A horcajadas sobre él, lo obligué a tumbarse.

—Bebe —lo desafié.

Sonrió y me llevó hacia su boca. Descargué mi peso sobre las rodillas y me quedé paralizada cuando empezó, lamiendo y penetrando con la lengua, succionando y besando con los labios. Luego, empecé a mecerme contra su boca, moví las caderas en círculos. Cuanto más gemía, más me presionaba Adrian con las manos, más fuerte me agarraba los muslos, el culo, los pechos. Estaba en todas partes a la vez y me dejé llevar, adicta a la sensación que me crecía por dentro. La busqué, la perseguí, marqué un ritmo cada vez más frenético que Adrian sostuvo de buena gana. Me corrí con un gemido gutural y me sostuvo unos segundos más para beber entre mis muslos, como había prometido.

Luego, me tumbó y rodó para ponerse sobre mí. Me sujetó contra la cama y me separó las piernas con las suyas, con la polla contra la entrada de mi sexo.

—¿En qué se diferencia beber tus jugos de beber tu sangre? —preguntó.

Lo miré.

—Beber sangre es un sacrilegio.

—Según vuestra diosa —replicó—. No es la primera vez que Asha criminaliza lo que quiere destruir.

Fruncí el ceño, confusa. ¿Qué otras cosas había criminalizado? Y, a la vez, estaba desesperada por que se moviera.

—Eso es blasfemia.

—¿Ahora vas a fingir que eres religiosa? —preguntó con una sonrisa esbozada.

Tenía el rostro sudoroso y el calor entre nosotros no paraba de aumentar.

—¿Cómo que fingir? —repliqué—. Soy una santa.

—No, gorrión, nadie que folle como tú es una santa —dijo.

Con un movimiento brutal, me llenó. Grité al sentirlo dentro, levanté las caderas, alcé las piernas para acomodarlo más en mi interior. Cuando volví a enfocar la vista en sus ojos, se inclinó para besarme los labios, el cuello y la barbilla.

—Canta para mí, gorrión —me ordenó y marcó el ritmo moviéndose dentro de mí.

No fue lento, no fue rápido. Se movió sin dejar de sacudirse, con el pelo acariciándome la piel, e hice lo que me había dicho: canté para él, gemí para él, grité para él.

DIEZ

Cuando el sol se puso, salí de la tienda y me encontré con que ya habían desmontado casi todo el campamento. Estaba agotada y me dolía todo el cuerpo, dos cosas por las que iba a serme muy difícil cabalgar aquella noche. Me invadía una frustración irracional contra mí misma y contra lo que sentía por Adrian. Ni siquiera me gustaba aquella palabra, sentir, pero cada vez me resultaba más difícil detestar a la persona que había tras el monstruo. Eso no me lo había esperado, menos con el poco tiempo que llevábamos juntos. Para mí, la respuesta era sencilla: Adrian había sido bondadoso. Había enterrado a mi gente según nuestras costumbres. Había enviado soldados para ayudar a mi padre contra una amenaza desconocida. Había mantenido todas las promesas que me había hecho.

Pero eran promesas relativas a Lara, no a Cordova. Y la gente de Cordova también era mi gente. Al final, mataría a todo el que no se rindiera a su voluntad.

Y eso no podía olvidarlo.

—Princesa Isolde.

Me volví hacia la voz femenina que me había llamado por mi antiguo título y me encontré con la mirada de los ojos oscuros de la vasalla de Adrian. La examiné y recordé lo que Adrian me había dicho sobre las recompensas generosas. Saltaba a la vista en sus ropas de pieles y seda azul. Llevaba la mitad del cabello rubio recogido y la otra mitad en ondas que le caían sobre los hombros. Tenía unos rasgos atractivos, menudos y afilados, pero en su mirada había algo cruel: una cualidad oscura que habitaba tras la apariencia delicada.

No me importó mostrarle que yo también tenía un lado cruel.

—Estoy casada con tu rey, así que soy tu reina —dije.

Abrió la boca y palideció, pero se recuperó enseguida y soltó una carcajada que me arañó los oídos.

—Claro. Te pido disculpas. Soy Safira, la vasalla favorita de Adrian.

Bajé la vista hacia la mano enguantada que me había tendido. No la acepté. Volví a mirarla.

—Como vasalla favorita del rey Adrian, que ese es su título, es de esperar que estés familiarizada con la etiqueta para dirigirte a nosotros.

La falsa sonrisa de Safira se esfumó.

—Claro que conozco la etiqueta —respondió, pero siguió sin inclinarse—. Pero creo que estamos a un nivel similar, ya que somos las responsables del placer de Adrian.

—Crees mal —repliqué—. Si vuelves a dirigirte a mí, espero antes una reverencia y que me llames por mi título.

Sentí cierto alivio cuando Safira abandonó toda pretensión de calidez. Su expresión se tornó gélida y se le enrojecieron las mejillas.

—Vaya, sí que te has acostumbrado deprisa a tu nueva posición.

—Se me educó para ser reina —dije y di un paso hacia ella—. Y también me enseñaron a librarme de lo que me molesta. ¿Me vas a seguir molestando, Safira?

Apretó los labios, alzó la barbilla y me miró.

—Si me atacas, te enfrentarás a la ira de Adrian.

No llevaba mucho tiempo casada con Adrian, pero la noche anterior me había ofrecido el puesto de aquella mujer. No era tan insustituible como creía. Avancé otro paso.

—No me amenaces con mi esposo. Si voy contra ti, nadie te protegerá. —Me erguí—. Empieza a planear cómo vas a luchar en las batallas que elijas, Safira. Tengo la sensación de que te va a hacer falta.

Se me quedó mirando un momento con la respiración acelerada y supe que, si hubiera tenido un puñal, me lo habría clavado en el corazón. Pero no era tan valiente como para enfrentarse abiertamente a mí, menos después de verme luchar contra mi propia gente.

Hizo una reverencia. Le dirigí una sonrisa fría y triunfal.

—Majestad —se despidió.

Se dio media vuelta y se alejó por el campamento sacudiendo los rizos.

—¿Qué, trabando amistad?

Me volví. Sorin estaba detrás de mí, con una sonrisa pintada en la cara.

—Gestionando sus expectativas, más bien —repliqué.

—Safira está celosa —me dijo, como si no fuera obvio—. Aunque después de lo que oí anoche, hasta yo estoy celoso.

Le lancé una mirada llameante.

—Estabas en la otra punta del campamento.

—Créeme, ya lo sé.

—Sorin… —le advertí.

—Si yo solo digo que tus gritos de placer se escuchaban desde lejos…

—¿Te castiga a menudo Daroc por esa boquita que tienes?

—Constantemente —dijo y me guiñó el ojo.

En ese momento, alguien carraspeó detrás de nosotros. Nos volvimos y nos encontramos ante la presencia imponente de Daroc, que no parecía tan divertido como Sorin ante mi sentido del humor. El lugarteniente de Adrian me lanzó una mirada dura antes de volverse hacia su amante.

—El rey Adrian quiere encomendarte una misión, Sorin.

—Buenas tardes a ti también —replicó el aludido.

Era obvio que estaba bromeando, pero Daroc abrió mucho los ojos y titubeó.

—Lo siento —farfulló—. Buenas tardes.

Los miré intrigada. Me parecía extraño que se comportaran de manera tan tímida… tras cientos de años.

Sorin puso los ojos en blanco.

—Con lo poco que cuesta… —Se volvió hacia mí e hizo una reverencia—. Ya seguiremos hablando, mi reina.

Se alejó y me concentré en Daroc, que me miraba con el ceño fruncido y los labios apretados. Tuve la sensación de que no se fiaba de mí. Bien, porque yo tampoco me fiaba de él.

—¿Hay noticias de Lara? —pregunté.

No sabía qué había pasado desde que el comandante Killian había vuelto a Alta Ciudad con Gavriel. ¿Cómo había recibido mi padre la noticia de la masacre de Vaida? También me daban miedo los rumores que sin duda iban a correr, que había sido cosa de los vampiros. Por lo general, no me habría importado, pero de pronto ya no era así. No tenía nada que ver con la gentileza de Adrian y sí con todo lo que mi pueblo había empezado a pensar de mí tras nuestro matrimonio.

No quería que el abismo que se había formado entre mi pueblo y yo se ensanchara aún más.

—Todavía no —dijo—. Puede que lleguen hoy.

Daroc se despidió y volví a mirar hacia el cielo. Las nubes eran blancas y ligeras, pero los tentáculos de luz roja se adentraban ya como rastros de sangre en el agua. Seguí esos hilos hacia el horizonte, donde el rojo teñía ya el cielo. En pocas horas estaría bajo ese mismo cielo, en Revekka, rodeada de un enemigo cuya vida se alimentaba de la mía. No conocía las costumbres en la corte de Adrian ni sabía si los vampiros iban a respetar a una reina mortal, pero haría todo lo posible por sobrevivir.

«No, no solo por sobrevivir —pensé—. Por conquistar».

—¿Ya echas de menos el sol?

Me volví hacia Adrian, que se había situado junto a mí. Me pareció una pregunta extraña, sobre todo por la dirección en la que iban mis pensamientos.

—Un poco menos —reconocí. Y añadí algo que me sorprendió hasta a mí—. Visto que parece que cumples tus promesas.

Le estaba ofreciendo todo lo que le podía dar: una miga de confianza que, en nuestro mundo, era tan valiosa como un arma. Y, a la vez, le estaba recordando su juramento.

Le brillaron los ojos un instante ante el cumplido. Yo, en cambio, fruncí el ceño. ¿Cuánto tardaría en sentirme idiota por haber confiado en un monstruo?

Adrian me tendió la mano.

—Vamos —dijo—, tengo ganas de partir. Pronto estaremos en Revekka.

Cogerle la mano me resultaba cada vez más fácil. Sus dedos se cerraron en torno a los míos y, cuando montó detrás de mí, la calidez que me recorrió el pecho me hizo sonrojar. Me alegré de estar de espaldas a él para que no viera cuánto me afectaba su contacto. Era normal, el recuerdo de la noche anterior aún estaba muy fresco. Al pensar en la pasión, un escalofrío de placer me recorrió el cuerpo entero y me estremecí.

Adrian me puso una mano en el vientre y me presionó contra él, luego me acercó la boca a la oreja.

—Por mucho que desee volver a mi reino, si sigues con esos pensamientos, voy a tener que demorar la marcha.

Giré un poco la cabeza. Mis labios quedaron cerca de los suyos.

—¿Debo entender que no me deseas tanto a mí?

Su risa me hizo vibrar. Bajó la mano hasta meterla entre mis muslos y me puso la boca en el hombro. Noté los dientes a través de la ropa.

—Adrian. —El nombre se me escapó como un gemido. Cogí aire.

—¿Sí, mi reina?

—¿Se puede saber qué haces?

—Demostrártelo —replicó.

Atrajo mi rostro hacia el suyo y me clavó los dedos en la piel al tiempo que me separaba los labios con la lengua. Tenía un sabor frío pero dulce. Me besó con hambre mientras me cerraba la otra mano sobre el sexo. Era indecente. Era carnal. Era pura lujuria. No quería que acabara nunca, pero, en cuanto la idea se me pasó por la cabeza, me soltó de golpe. Me quedé mareada y excitada mientras él espoleaba a Sombra hacia el bosque, hacia Revekka, para poner distancia entre su ejército y nosotros. Yo solo podía concentrarme en el vacío que sentía en el estómago. Me clavé las uñas en las palmas de las manos. Lo único que quería era estar llena de él.

—Sigue pensando en eso, gorrión. Pronto te haré cantar otra vez.

Eso hice. Me estrechó contra él y recosté la cabeza en su hombro. Cruzó la capa de manera que nos envolviera, me levantó el sayo y me metió la mano en las polainas hasta acariciarme el clítoris con el pulgar. Dejé escapar un suspiro que me estremeció los huesos.

—¿Siempre eres así de insaciable? —me susurró al oído.

Tragué saliva y le dije la verdad. No había motivo para limitarme a pensarlo. Lo iba a oír, aunque tratara de que la respuesta fuera breve y entrecortada. Se me escapó entre los dientes casi con furia.

—Desde que te conozco —dije.

Aun así, me recompensó entrando dentro de mí al tiempo que describía círculos con el pulgar. Cuanto más me acercaba al desahogo, más fuerte era su respiración, más besos me depositaba en la cara y en el cuello. Me penetró, curvó los dedos dentro de mí, mis manos se aferraron a él mientras bombeaba placer hasta que me corrí.

Una vez terminó, me besó en la sien y sentí que me recorría una ola cálida. Era la primera vez que me besaba así, pero también era como si hubiera estado antes en aquella misma situación, en sus brazos, acariciada por él de esa manera. No era solo el acto, sino la manera de hacerlo, delicada y segura, como si me preguntara si estaba bien.

Me aferré a aquellos pensamientos mientras aminorábamos el paso para que los soldados y los vasallos nos dieran alcance, luego me quedé dormida entre sus brazos.

Más tarde, cuando desperté, estábamos bajo el cielo rojo. De lejos siempre me había parecido del mismo color, un carmesí semejante a la sangre fresca, pero en aquel momento, ya allí, vi que había tonos y matices que iban del rojo al negro. Era ominoso y representaba la amenaza de los vampiros durante los últimos doscientos años. ¿Qué más cambios habían tenido lugar en aquel paisaje a lo largo del tiempo? ¿La lluvia caía en gotas rojas? ¿Bajaban rojas las aguas de los ríos?

Adrian, detrás de mí, soltó una risita.

—Vivís bajo un cielo rojo y extendéis la peste a voluntad. ¿Qué tienen de ridículos mis pensamientos?

No respondió. Me erguí en la silla.

El cielo no era lo único inquietante de Revekka. A nuestro alrededor, los árboles crecían altos y sin hojas. Era invierno, pero saltaba a la vista que allí no iba a crecer nada en primavera. La corteza estaba calcinada y ennegrecida, y la tierra por la que pasábamos era yerma hasta donde alcanzaba la vista.

Nunca me había sentido tan nerviosa en medio de la naturaleza, pero aquel lugar tenía algo malo. La única descripción que se me ocurría era que parecía que algo espantoso había sucedido allí. Lo notaba como un manto de terror, denso y tan presente como la ropa que llevaba puesta.

—Esto es el Bosque sin Estrellas —dijo Adrian—. Los árboles… brotaron de la sangre.

—¿Qué pasó aquí?

—Durante el reinado de Dragos, colgaron a las brujas de estos árboles.

Me estremecí. Revekka había pertenecido a Dragos hasta hacía doscientos años, hasta que comenzó la era Oscura y Dragos había condenado al fuego a todos los que poseyeran magia. La turba se armó, empezaron las persecuciones; personas que jamás se habrían creído capaces de matar estuvieron encantadas de asesinar a todo sospechoso de poseer la capacidad de hacer magia, aunque no hubiera ninguna prueba.

Dragos dijo que había que destruir el mal, que era la voluntad de Asha.

—¿Crees que sentirías ese espanto si los que aquí murieron hubieran sido malvados de verdad? —me preguntó Adrian.

Me encogí, tanto porque me había leído el pensamiento como por su tono de voz.

—Hasta el peor ser humano teme a la muerte —dije.

Me habría gustado ver su cara cuando hablé. ¿Temía él a la muerte? ¿O sentía que su existencia ya era una especie de final? Pero aquello no solo era el horror de quienes lo habían merecido, era el horror de los inocentes que habían muerto durante la Quema.

—Si no eran malvados, ¿qué eran? —pregunté en voz baja.

—Poderosos —respondió.

—Esa es la costumbre de los reyes, ¿no? Destruir a los que los hacen débiles.

—Es la costumbre de los cobardes —replicó Adrian.

—Pero tú atacas a los que no pueden defenderse de ti. ¿En qué te convierte eso?

—En un monstruo —respondió sin vacilar.

—¿De verdad lo crees? —pregunté, curiosa.

No era lo mismo un monstruo que alguien capaz de hacer monstruosidades. Por mucho que me pareciera mal pensarlo siquiera, tal vez yo había confundido las dos cosas. De nuevo me adentraba por territorio peligroso. En el instante en que empezara a ver la humanidad de Adrian sería el momento en que traicionaría de verdad a mi pueblo.

—Puedo ser cualquier cosa. Tu carcelero, tu salvador, tu amante. —Me acercó mucho la boca a la oreja—. Tu monstruo —añadió.

Seguimos en silencio unos momentos mientras pensaba en lo que había dicho Adrian. Cuanto más analizaba lo que me habían enseñado desde siempre sobre el pasado, más preguntas se me ocurrían.

—Si las brujas eran tan poderosas, ¿por qué no se defendieron?

—¿Qué sabes de las brujas?

Dudé un instante. Sabía lo que me habían dicho. Desde pequeños se nos enseñaba a temer a las brujas. «Calla o vendrán las brujas, te llevarán y te comerán entera», me solía decir Nadia. A medida que me fui haciendo mayor, se convirtieron en algo mucho más maligno. Sus atrocidades se transmitían en las historias transcritas por los bibliotecarios de las cortes y los eruditos de Cordova. Hablaban de un grupo de mujeres que conspiraban para matar de hambre a los reinos, que hechizaban a los reyes para que subieran los impuestos y fueran a la guerra, y así la gente de Cordova se volviera hacia ellas en busca de apoyo.

Era una ruta muy retorcida hacia el poder.

Pero Dragos había descubierto su plan y decretó la caza. Los años siguientes fueron años de fuego y miedo a la magia.

—Todo eso es falso —dijo Adrian.

—¿Y tengo que creerte a ti en lugar de a la historia? —repliqué.

Sentí que se encogía de hombros.

—La historia no es más que perspectiva. Cambia dependiendo de dónde te encuentres.

—Pues cuéntame la tuya.

Hizo una pausa antes de seguir y me pregunté en qué estaba pensando.

—Hace doscientos años —dijo al fin—, un aquelarre dirigía la magia en Cordova. Era el Aquelarre Supremo y tenía como objetivo garantizar que la magia se practicara de manera pacífica. Esas brujas que tú crees que eran malvadas solo querían proteger a la humanidad y a toda la Tierra.

«Pero su líder vio la posibilidad de crecer y de cultivar la paz, así que asignó una bruja a cada reino. Serían como un puente entre el rey, su pueblo y las tierras. Nunca iban a servir como armas, pero eso es lo que Dragos quería. Y, cuando se negaron, las hizo matar, a ellas y a miles de inocentes. Ya ves, tu héroe en realidad es el malvado de la historia».

—No hay nadie tan bondadoso —repliqué. Me negaba a creer que los motivos de las brujas fueran tan puros.

—Nadie debería serlo.

No deseaba cambiar de opinión sobre las brujas y la brujería, y me parecía increíble que Dragos no hubiera hecho lo mismo que Adrian haría como rey. ¿No había elegido él también ejecutar a los que consideró traidores?

—¿Y tú? ¿Quién eras tú hace todos estos años? —pregunté.

Adrian me quería enseñar sobre el pasado, pero nunca hablaba del suyo y yo necesitaba saberlo. ¿Quién había sido antes de la maldición?

Sentí que su cuerpo se tensaba contra el mío.

—Una persona diferente —respondió.

No añadió nada y seguimos avanzando durante unas pocas horas antes de montar el campamento. Adrian me llevó a la tienda un cubo de agua caliente de un manantial cercano y me lavé. Cuando llegáramos al Palacio Rojo, lo primero que iba a hacer era ordenar que me prepararan un baño. Mi cuerpo y mis huesos lo estaban pidiendo a gritos.

Desde que habíamos iniciado el viaje, me había acostumbrado a ir directa a la tienda para dormir. Pero, a medida que se acercaba el amanecer, me sentí inquieta. Salí afuera y recorrí el campamento con la mirada en busca de Adrian, pero no estaba por ninguna parte. A pocos metros de mí había una hoguera. Sorin, Isac y Miha estaban allí sentados. Cuando me vieron, me llamaron con ademanes.

—¡Ven con nosotros, mi reina! —dijo Sorin al tiempo que alzaba un vaso de madera.

Me acerqué con curiosidad, aunque mantuve cierta distancia, porque no me gustaba lo cerca que estaban de las llamas ni cómo las agitaba el viento. Era un temor irracional, pero era mi temor.

—¿Qué estás bebiendo? —pregunté.

—Hidromiel —respondió.

—¿Lo vas a vomitar luego?

Se encogió de hombros.

—Ya veremos.

Isac soltó una carcajada y Miha puso los ojos en blanco.

—¿Dónde está Adrian?

—El rey se está alimentando —dijo Isac.

Tenía el pelo largo recogido en la nuca y estaba sentado en el suelo, con la espalda contra una roca.

Se me pasó el buen humor de inmediato. Si se estaba alimentando, estaba con Safira.

Miha, que estaba haciendo una especie de talla en madera, se detuvo.

—¿Lo necesitas? Le podemos hacer llegar un mensaje.

—No —dije, apretando los dientes.

Me daba cuenta de que no podía pedirle a Adrian que no se alimentara, y menos dado que yo no quería darle mi sangre. Pero no se me olvidaba lo que había visto en aquella tienda, cómo la había tenido en sus brazos, cómo se había agarrado ella a él. La boca de Adrian, su piel y su cuerpo eran míos. No quería que Safira pensara que tenía algún derecho sobre mi marido solo porque se alimentaba de ella.

Me senté al lado de Sorin, de espaldas a la hoguera.

—Si tanto te molesta, solo tienes que ofrecerle tus venas —dijo.

Lo miré, airada.

—Eso jamás.

Esbozó una sonrisa irónica e intercambió miradas con Isac y con Miha. Yo también los miré. Quería hacerles preguntas.

—Contadme más sobre eso —pedí.

—¿Qué quieres saber?

—No lo sé. La sangre es vuestro alimento, ¿no? ¿Todos os alimentáis de vasallos?

—No, no todos. Los amantes se alimentan el uno del otro.

Me sonrojé.

—¿A diario?

Sorin e Isac soltaron una risita, pero Miha no dijo nada.

—Casi —respondió Isac al final—. Pero el hambre la sentimos sobre todo después del sexo.

—¿Por qué?

Isac se encogió de hombros.

—No lo sé. Es una necesidad, un impulso. Cuando lo satisfacemos, se parece a lo que sientes tú en el clímax del desahogo.

Notaba la piel tan caliente como si me estuviera quemando. Pensé en todas las veces que me había acostado con Adrian. ¿Siempre había ido luego a alimentarse de Safira? O tal vez se alimentaba antes para no morderme. Me daba igual, no me gustaba ninguna de las dos opciones.

—Para vivir entre nosotros tienes que comprender el ansia de sangre —me dijo Sorin—. Nos alimenta, pero también nos une. Dar acceso a Adrian a tu sangre es la máxima demostración de confianza.

—Pero la decisión la tomas tú —intervino Miha, apartando por un momento la vista de lo que estaba haciendo.

Sentí un nudo en la garganta. Tanto hablar de amantes, de sexo y de sangre me hacía sentir mareada y acalorada. Pero la descripción que hacía Sorin era muy diferente. Parecía que para ellos era un vínculo sagrado, así que el hecho de que Adrian se alimentara cada noche de Safira era aún peor.

—Pero… ¿cómo puedo estar segura de que no irá más allá de la sangría?

Sorin frunció el ceño.

—¿A qué te refieres?

—Bueno, de alguna manera te conviertes en vampiro —señalé—. ¿Cómo es?

—Un mordisco más profundo —dijo.

—Es insultante que otro hombre le hable a la esposa de uno sobre el ansia de sangre —intervino Adrian, que había aparecido detrás de nosotros.

Lo miré a los ojos y me puse de pie.

—Le he pedido a Sorin que me lo explicara. —Me apresuré a decir—. ¿Qué querías, que no obedeciera a su reina?

Adrian echaba chispas por los ojos. Apretó los dientes, se dio la vuelta y entró en la tienda. Les pedí perdón a Sorin y a los demás con una mirada antes de seguirlo, y casi tropecé cuando se giró hacia mí, airado.

—Me lo tendrías que haber preguntado a mí. —Se señaló el pecho con un dedo—. Te lo habría explicado. Te lo quería explicar.

Me sorprendió la intensidad de su reacción.

—¿Cómo iba a saber que lo de chupar sangre era un acto sagrado? ¡Si os alimentáis de cualquiera!

—Yo no me alimento de cualquiera —replicó.

—Vaya, perdona —me burlé—. Te alimentas de tu vasalla, que se siente responsable de tu placer. ¿Esperas que crea en la santidad de algo que le das también a ella?

—No es lo mismo —replicó.

—Te la follas y te bebes su sangre. ¿Dónde está la diferencia?

—¡Nunca me la he follado! —rugió.

Sentí que el pecho me iba a estallar. Tras un momento de silencio, Adrian echó la cabeza hacia atrás y las sombras acentuaron los ángulos de sus pómulos.

—Si compartiera tu sangre, no la necesitaría a ella —dijo.

Estaba apelando a mis celos, como si me dijera que solo tenía que entregárselo todo si quería poner fin a aquello.

—Y si te la follaras a ella no me necesitarías a mí —repliqué.

—Lo dices como si no te importara. —Me echó en cara y se me acercó.

No debería importarme, pero él sabía bien que no era así. Maldita fuera la diosa, ¿por qué me importaba?

—Recuerda cómo te toqué anoche. —Me pasó lo dedos por el rostro—. Imagina que tocara así a otra mujer.

Lo agarré por la muñeca para detenerlo, pero no pude romper el contacto con él.

—No quiero que me importe —dije.

Lo deseaba de todo corazón. Dentro de mí no hacía más que crecer el resentimiento hacia Adrian y hacia Safira.

—No te avergüences del deseo que sientes, aunque sea hacia mí. El sexo es una necesidad primigenia. Tienes derecho a satisfacerlo.

Al escucharlo, no habría sabido decir cuándo me había olvidado de mi propósito original, de lo que tenía que ser el sexo entre nosotros: un desahogo apasionado, no una inversión emocional. De pronto me veía enfrentada a los celos, pensando incluso en la sangría.

Estábamos juntos, pecho contra pecho. Eché la cabeza hacia atrás para mirarlo a los ojos. No sabía si me gustaba la persona que me devolvía la mirada: un hombre de ojos amables y expresión dulce, un hombre que anhelaba una conexión que yo no le podía dar.

Me puso la mano en la mejilla. Acercó los labios a los míos:

—Algún día te voy a hacer el amor. Espero que ese día llegue pronto.

—No sabía que eras un soñador.

Esbozó una sonrisa.

—No soy un soñador —dijo y su aliento me acarició la boca—. Soy un conquistador.

Luego, Adrian me besó, me levantó y me puso las piernas en torno a su cintura. Le metí los dedos en el pelo y eché la cabeza hacia atrás para mirar aquellos ojos extraños y hambrientos.

—Quiero que dejes de alimentarte de Safira —dijo—. Búscate otra vasalla.

Pensé que iba a negarse, pero no discutió. Me agarró con más fuerza y presionó la erección contra mí.

—Haré lo que desees —dijo.

Luego, me consumió.

ONCE

Aquel día íbamos a llegar al Palacio Rojo.

Mi mente era un caos y estaba confusa. Me había pasado las tres últimas noches de viaje hacia el hogar de mi nuevo esposo y apenas sabía más de él que cuando habíamos partido de Lara. Nadie me quería dar información, ni sobre él ni sobre ellos mismos. Ni siquiera podía preguntarles por sus poderes. No querían mostrar ningún punto débil.

Temía el momento de llegar a mi nuevo hogar, pero estaba deseosa de poner distancia entre Adrian y yo. Debería haber fomentado su traición para sentirme justificada cuando escapara de él, y en lugar de eso le había dicho que se buscara otra vasalla. Me había involucrado demasiado, sin duda porque habíamos estado juntos desde que nos habíamos conocido en el bosque. En el palacio, Adrian tendría que ocuparse de sus asuntos y yo podría meditar sobre mi futuro, procesar la traición de mi pueblo y decidir cómo iba a gobernar o destruir un reino de monstruos.

—Estás muy callada —comentó Sorin, que se me había acercado.

Me encontraba ante la entrada de mi tienda, a suficiente distancia del fuego para recibir cierto calor. Aquella noche hacía más frío y la perspectiva de montar a caballo con aquella temperatura no era grata.

—Estoy a punto de entrar en la guarida del lobo —dije.

—No somos tan malos.

Le lancé una mirada.

—Vale —se corrigió—, puede que sí. Pero no es nada con lo que no puedas.

—¿Cómo sabes con qué puedo y con qué no?

Sorin dejó escapar una carcajada que le marcó más los hoyuelos.

—Me ha bastado con pasar unos días contigo para saber que sobrevivirás en nuestra corte.

Eso mismo esperaba yo.

Fui a buscar a Adrian y lo encontré al lado de Sombra. Llevaba por las riendas una yegua de color blanco. Titubeé antes de acercarme, sin saber por qué de repente había otra montura para mí.

—Te presento a Nieve —dijo—. He pensado que te gustaría entrar en Cel Ceredi montando en ella.

Cel Ceredi era el equivalente a Alta Ciudad en Lara, el pueblo que se había formado en torno al palacio.

Cogí las riendas de Nieve.

—¿De quién era? —pregunté.

Adrian hizo una pausa. No le gustaba tener que decírmelo.

—Su jinete era una mortal —dijo al final—. Murió anoche.

Palidecí. Se me pasaron por la cabeza todas las posibilidades, como que le hubieran chupado demasiada sangre, pero Adrian se apresuró a cortar ese hilo de pensamiento.

—Se alejó del campamento y la atacó un tumulario.

—¿Un tumulario?

Era un tipo de monstruo que no conocía, pero estaba segura de que iba a haber muchos de esos, sobre todo en Revekka.

—Son seres que nacen de la muerte. Los atrae la vida, el latido de vuestro corazón.

Lo miré un instante y se me fueron los ojos hacia su pecho. Tuve que controlarme para no ponerle la mano sobre el lugar donde en el pasado había latido su corazón. Por mucho que quisiera distanciarme de mi esposo, no me gustaba lo que estaba surgiendo entre nosotros. No era hostilidad, sino más bien incertidumbre. Siempre había estado segura de que detestaba a Adrian, pero aquellos sentimientos nuevos, la atención que me prestaba y cómo se preocupaba por mí me daban miedo.

—¡A caballo! —ordenó y el campamento entero se puso en marcha.

Cruzamos lo que quedaba del Bosque sin Estrellas. Al llegar a los últimos árboles, noté que el lugar me iba soltando, dedo a dedo. Recordé lo que me había dicho Adrian sobre las brujas que habían muerto allí. No me había dado cuenta de la carga que suponía estar bajo las ramas del bosque hasta que me encontré fuera y pude volver a respirar hondo.

Se me fueron los ojos hacia Adrian, que cabalgaba un poco por delante, junto a Daroc. Tenía un aspecto tan ominoso como el cielo rojo que nos cubría. Era un hombre poderoso con una larga historia y yo quería saber qué lo había hecho ser así. ¿Cómo lo había convertido en el Rey de Sangre esa historia que contaba con tanta pasión, la de Dragos, la de las brujas, la de la Quema?

Lo sabría una vez llegara al Palacio Rojo.

El paisaje de Revekka era muy semejante al de Lara: llanuras ondulantes casi sin árboles, aparte de unos pocos pinares. Todo lo que había bajo el cielo tenía matices rojizos que iban del rosa al escarlata. Era muy bello, pero también extraño. ¿Cuánto tardaría en cansarme de aquel color?

—Vamos a llegar a la primera aldea —me dijo Sorin, que se había adelantado para cabalgar a mi lado—. Se llama Sadovea.

—¿Quién vive ahí? —pregunté.

No sabía cómo era la población de Revekka. ¿Cuántos eran humanos y cuántos vampiros?

—Revekkios —respondió.

—¿Humanos o vampiros?

—No sabes gran cosa de nosotros, ¿eh?

Le parecía tan obvio que no me digné a responderle.

—Adrian solo concede el privilegio de convertirse en vampiro a unos pocos elegidos —me explicó. Tuve que contenerme para no hacer una mueca al oír lo del «privilegio»—. Quienes se saltan las normas y atacan a alguien o son transformados sin su permiso acaban destruidos.

En el caso de los vampiros, la palabra «destrucción» no era ninguna exageración. Era muy difícil matarlos. Pero, dicha por Sorin, sonaba aún más ominosa.

—¿Qué criterio sigue? —pregunté.

—Para que Adrian te conceda la transformación, tienes que ser de utilidad para él. Muchos se lo solicitan cuando se reúne la corte. Ni te imaginas las ofertas que le hacen.

Estaba intrigada, pero sobre todo sentía curiosidad por Sorin.

—¿Por qué te eligió a ti?

Esbozó una sonrisa. No me miró, pero me di cuenta de que estaba triste, cosa que me hizo tener aún más ganas de oír la respuesta.

Pero, cuando me miró, lo que dijo me sorprendió:

—Porque soy útil.

—¿Nunca das una respuesta completa? —dije—. ¿Por qué? ¿Te da miedo ser sincero conmigo?

—No me da miedo, pero no estás preparada para escuchar lo que te podría decir.

—Si no estuviera preparada, no te lo habría preguntado.

Negó con la cabeza.

—Eso es mentira. Sigues pensando que somos monstruos.

—¿Y qué?

Nada que Sorin me fuera a decir sobre su pasado me convencería de lo contrario.

—Los humanos sois mucho más crueles, Isolde. Sois los únicos responsables de nuestra existencia. Temo el día en que lo descubras.

Parpadeé, confusa ante lo que me decía. Pero antes de que pudiera responder, se oyó un grito espantoso que me hizo estremecer. La rutina ya conocida entró en acción: Adrian se volvió para mirarme antes de doblar un recodo del camino con Daroc.

Pensé que iban a ordenar el alto, pero lo que sucedió fue que mi trío de guardianes se dispuso en torno a mí: Sorin e Isac a los lados, y Miha por detrás.

—Vamos —dijo Sorin y seguimos el paso de Adrian y Daroc hacia el origen del sonido.

El sendero se ensanchó para pasar de ser un camino de tierra a un puente de piedra. Más allá del arroyo había una aldea. Los tejados puntiagudos y el humo de las chimeneas asomaban sobre el muro que rodeaba las casas, pero lo pintoresco y encantador del paisaje acababa ahí: vimos a un hombre que salía corriendo de entre la densa niebla por las puertas abiertas de la empalizada, estaba aterrado. Cuando ya no pudo correr más, cayó de rodillas y, cuando ya no pudo arrastrarse más, quedó tendido de bruces. No me hizo falta acercarme para saber que estaba muerto y que lo había matado la misma magia que a mi gente; tenía la piel como si se la hubieran devorado, como si lo acabaran de desollar.

Se hizo el silencio.

—Bienvenida a Sadovea —dijo Sorin al final.

Unos cuantos soldados de Adrian entraron en la aldea y regresaron para informar de que, fuera lo que fuera lo que los había atacado, ya no estaba allí. Adrian dio orden de buscar a los muertos. Se detuvo en la entrada y, cuando me aproximé, me puso una mano en el hombro para hacerme parar.

—¿Puedes enfrentarte a esto? —me dijo, mirándome a los ojos.

—No me pasa nada.

Su intención era buena, pero aquella pregunta me hizo sentir débil. No, no había sido capaz de mirar a mi propia gente en aquella misma situación, pero porque me había pillado por sorpresa. En cambio, en esta ocasión sabía qué esperar... o eso creía.

Además, quería ayudar tanto como fuera posible.

Una vez entre los muros de la aldea, desmonté mientras los vampiros empezaban a derribar puertas para sacar cadáveres como los que habíamos encontrado en Vaida. Me alejé por una callejuela y pasé ante una tienda, una taberna y una posada, también por lo que me parecieron casas, aunque eran muy diferentes a las de Lara. Estas eran de tablones de pino, no de juncos entretejidos, y los tejados eran de tejas de barro, no de paja.

Los cadáveres de la calle estaban vestidos con ropas abrigadas y contorsionados de una manera que indicaba que habían intentado huir de lo que los había atacado. Me detuve para mirar la forma caída de una joven. Tenía el pelo oscuro, como el mío, y la mano curvada bajo la cabeza como si se hubiera echado a dormir, nada más. ¿Cómo se llamaba? ¿Vivían su padre y su madre o estaban entre los muertos?

Miré hacia la izquierda y me encontré con unos ojos que me observaban desde dentro de una casa. Era una mujer de pelo largo, rojizo, y mirada viva.

«Una superviviente», pensé, pero desapareció al instante. Me acerqué, confusa, y a través de una ventana sucia vi el interior de una cocina, pero no había ni rastro de la mujer. Solo los cadáveres de una madre y sus dos hijos. Sentí un escalofrío que me recorrió la espalda y me aparté de la casa.

En ese momento, vi un movimiento por el rabillo del ojo y me volví a tiempo de ver un pie descalzo y sucio. Alguien se había metido corriendo por un callejón.

—¡Espera! —grité y corrí hacia allí.

Al doblar la esquina, vi a una niña pequeña que corría. Se volvió para mirarme con los ojos azules muy abiertos. Tenía la cara sucia y el pelo muy rubio. Iba vestida con unas polainas, un sayo y una bufanda gruesa de lana.

—¡Te quiero ayudar! —grité, pero volvió a salir corriendo.

En esta ocasión, al doblar la siguiente esquina, no vi ni rastro de ella. Seguí avanzando con la esperanza de hacerla salir de su escondite.

—¡No tengas miedo! —grité—. Sé que estás aquí. Por favor, quiero ayudarte.

Pasé junto a varias casas y tiendas construidas juntas, todas en silencio. En la calle había unas cuantas personas, todas sin piel, todas muertas. Me cerré más la capa. Si no hubiera visto lo mismo en Lara, habría pensado que eran víctimas de una peste, pero ¿cómo había afectado a tantos a la vez? Era como si un manto de muerte hubiera cubierto la aldea.

Me llamó la atención un crujido y me volví. Había una botica con la puerta entreabierta. La empujé para abrirla del todo y vi en un rincón a la niña, acurrucada y temblorosa.

—Hola —dije sin alzar la voz. Entré en la tienda—. Me llamo Isolde.

La niña siguió temblando.

—No te voy a hacer daño —dije desde la puerta—. ¿Estás herida?

Negó con la cabeza.

—¿Puedes hablar?

No dijo nada y siguió en silencio.

—¿Has visto lo que ha atacado a tu aldea?

La niña asintió. Me acerqué un paso.

—¿Me puedes decir qué ha sido?

Negó con la cabeza. No supe si era porque no quería hablar o porque no lo sabía. Tenía lógica. Al parecer, era la única persona que quedaba con vida.

—Y... tus padres... ¿Sabes dónde están?

No quería preguntarle si estaban muertos. Negó con la cabeza.

—Aquí no estás a salvo —le dije. Llegué delante de ella—. ¿Quieres venir conmigo?

Me incliné y le tendí la mano con la esperanza de que la cogiera. Me miró un momento antes de tenderme la suya. La manita menuda tocó la mía... y me agarró con una fuerza asombrosa. Cuando la miré, tenía los ojos rojos y los labios retraídos para mostrar unos dientes afilados. Lanzó un grito espeluznante.

Aparté la mano de golpe y retrocedí hasta tropezar contra los estantes de tarros de cristal. El olor a pino y a menta impregnó el aire cuando los tiré y se rompieron a mi alrededor. La niña aulló y cargó contra mí a cuatro patas. Apenas tuve tiempo de sacar el puñal, pero, antes de que llegara hasta donde estaba, algo la atrapó en el aire y la lanzó hacia el otro lado de la habitación. Cayó como había caído yo, contra una pared de tarros. El ruido del cristal al romperse no tapó sus gritos rabiosos cuando se levantó entre los destrozos y se volvió con el cuerpo sacudido de ira hacia Daroc, que se había situado delante de mí.

La niña siseó, mostró unos dientes que no parecían humanos y volvió a atacar. Daroc se movió a tal velocidad que pareció tele-transportarse: estaba delante del ser y al instante estaba detrás, aga-rrándole la cabeza con las manos. Se la retorció con un movimiento brusco, se oyó un chasquido y la mató al instante. Los ojos grandes se clavaron en los míos cuando cayó de rodillas. El monstruo volvía a ser una niña.

Daroc la soltó y me miró.

—¿Estás bien, mi reina? —preguntó.

No pude responder, porque no lo sabía. Me dolía todo el cuer-po, me ardía el brazo allí donde la niña me había tocado y acababa de ver a Daroc matar a un ser que parecía una chiquilla. El vampiro se puso de pie, arrancó una cortina de la ventana y la tapó con ella.

—¿Qué le ha pasado? —pregunté.

No podía apartar la vista del cuerpo inerte.

—No lo sabemos —dijo—. Hay que llevarla al Palacio Rojo para que le hagan una autopsia.

Daroc se acercó y me ayudó a levantarme, pero me temblaban las piernas.

—Estás herida —dijo al verme el brazo.

Bajé la vista. Tenía una quemadura en la piel, con la forma de la mano de la niña.

—Ah. —Tragué saliva—. No me duele. No me duele mucho.

Frunció el ceño.

—Vamos.

Salí con Daroc de la botica y recorrimos el laberinto de edifica-ciones. Cuando aparecimos de entre las casas, Adrian se volvió hacia mí y frunció el ceño. Le brillaban los extraños ojos en la penumbra del día. Se dirigió hacia mí y me cogió el rostro entre las manos.

—Estás pálida. ¿Qué ha pasado?

—Ha encontrado... algo —dijo Daroc—. Una humana poseí-da por una especie de magia.

La mirada severa de Adrian se posó sobre mí.

—Parecía una niña —dije. Me empezaron a temblar los la-bios—. Una niña pequeña.

La había visto morir.

—Está herida —señaló Daroc.

Adrian me miró el brazo, que yo me estaba sujetando con la otra mano. Frunció el ceño al estudiar la lesión.

—¿Te lo hizo ese ser?

—Con solo tocarme —confirmé mirándome la herida casi sin verla.

Tenía la piel casi como la de los muertos, roja y desollada.

Adrian me cogió la mano para examinármela y no me resistí. Pensé que me la iba a curar, pero negó con la cabeza.

—No puedo curar esto —dijo—. Es magia.

Miró a Daroc con la preocupación reflejada en el rostro severo.

—Pronto llegaremos al Palacio Rojo —dijo Daroc—. Ana Ma-ria le puede echar un vistazo.

No sabía quién era Ana Maria y me extrañó que pudiera hacer algo de lo que él no era capaz. Adrian apretó los dientes, pero a mí no me preocupaba tanto la herida como lo que había pasado allí.

—No lo entiendo. ¿Esa niña... ha hecho todo esto?

—No, ella no. Lo que la ha poseído —respondió Adrian.

Miró a Daroc para darle una orden muda. El vampiro se inclinó y se alejó por donde habíamos llegado, supuse que para recoger el cadáver de la niña.

Una vez a solas, Adrian me levantó el rostro para mirarme. Tuve la impresión de que se quería asegurar de que lo que había consumido a la niña no me estaba consumiendo a mí. Pero en sus ojos no pude evitar ver los de la pequeña, muy abiertos ante la conmoción repentina de la muerte. Cerré los ojos para borrar la imagen.

—¿Quién ha podido hacer esto?

Adrian no me respondió. Abrí los ojos de nuevo y vi que tenía la mirada perdida en la distancia y los dientes apretados.

—¿Adrian?

Reaccionó al oír su nombre y me miró.

—No estoy seguro —dijo.

—Pero tienes una idea, ¿no?

De pronto, todo lo que me había dicho sobre brujas buenas y magia amable me pareció mentira. Si la magia de una bruja era capaz de crear algo así, ¿cómo había podido ser buena en algún momento?

—Todo puede ser malvado si cae en las manos erróneas, gorrión.

Los vampiros juntaron los cuerpos para quemarlos y otro me puso una cura en el brazo. Lo había visto por el campamento, pero no le había preguntado su nombre. Me fijé mejor en él. Era un hombre atractivo, de pómulos afilados, ojos negros y piel oscura. Tenía el pelo recogido en trenzas y me trató el brazo con manos delicadas.

—¿Cómo te llamas? —pregunté.

—Euric —respondió.

—¿Eres un sanador?

—No, o no en el sentido en que lo eran antes.

—¿A qué te refieres?

—Un verdadero sanador cura con el simple contacto —dijo—. Tu gente dijo que eran brujos y los quemaron.

—Curaban con solo tocar. Eso es magia.

—Es un milagro, no magia —replicó—. Piensa en las muchas maneras en que no podéis hacernos frente. Pues, si tuvierais sanadores, al menos podríais combatir nuestras pestes.

Lo miré, pensando en lo que había dicho y en las palabras de Adrian el día anterior, cuando había señalado que la historia era cuestión de perspectiva.

Euric se puso de pie e hizo una reverencia.

—Mi reina —se despidió.

Lo vi alejarse y no me moví hasta que Sorin, Daroc e Isac encendieron antorchas para quemar los cadáveres. Me puse de pie y me dirigí hacia Nieve. Iba a cogerla por las riendas, pero Adrian me detuvo.

—No voy a permitir que montes sola —dijo—. El dolor irá en aumento y te resultará muy difícil. No dejaré que te hagas más daño.

—De acuerdo.

No discutí porque ya me dolía mucho y no quería que fuera a peor. Se relajó un poco cuando accedí, montamos en Sombra y los demás nos siguieron.

La manera en que Adrian me llevó no fueron imaginaciones mías. Me presionó los muslos entre los suyos y me rodeó la cintura con un brazo. Durante todo el viaje, me estuvo dando besos en el cuello. Contuve el aliento, porque cada uno era más prolongado que el anterior.

—¿Qué haces? —pregunté con voz jadeante, traicionando lo que me hacía sentir.

—Distraerte —dijo.

Daba resultado. El calor me invadió y la tensión se me acumuló en el vientre, pero, cuanto más duraba el viaje, menos resultado daban las distracciones de Adrian y el dolor me subió hasta la cabeza. Empecé a sentir náuseas.

—Pronto estaremos en casa —me dijo al oído.

Aquello contribuyó a relajarme. La cabeza me pesaba tanto que no podía mantenerme erguida y me recosté contra su hombro.

Solo me enderecé al ver la ciudad. Pasamos por las puertas de madera y vimos ante nosotros el camino serpenteante que subía por la colina, atravesando la ciudad, hacia un castillo que se alzaba hermoso y aterrador a la vez. La muralla del castillo parecía extenderse durante kilómetros y kilómetros en una serie de arcos imponentes. Al otro lado se divisaba la fortaleza, una serie de torres altas y puntiagudas con delicados labrados florales en la piedra. En algunos momentos el castillo parecía negro, pero, cuando la luz incidía en el ángulo preciso contra la superficie pulida, en su interior se veía un brillo rojizo.

—Bienvenida al Palacio Rojo —dijo Adrian.

Atravesamos la ciudad y por el camino los habitantes salieron a recibirnos. Unos saludaban desde las ventanas y otros tiraban flores, trigo o monedas a los pies de los caballos. Era un recibimiento mucho mejor que la despedida que me habían dedicado en casa y solo de pensarlo se me encogió el corazón.

—¿Esto lo hacen porque se lo han ordenado? —pregunté ante lo inesperado de la acogida.

—Qué mala opinión tienes de mí.

No era eso. Me había imaginado que los revekkios rechazaban el dominio del Rey de Sangre, igual que los habitantes de Lara.

—Cuido de mi pueblo —añadió—. Igual que cuidaré del tuyo.

—¿Eras revekkio antes de que te maldijeran?

—Era revekkio. Y no estoy maldito.

El comentario hizo que se me acelerara el corazón en el pecho. Si no estaba maldito, ¿qué era? ¿Cómo había llegado a serlo?

Adrian no dijo nada y seguimos subiendo por la pendiente empinada que llevaba al Palacio Rojo. Al llegar a la puerta, que era enorme y con barrotes de hierro negro, me di cuenta de que los árboles no me dejaban ver la muralla que rodeaba los edificios. La cruzamos y Adrian cabalgó directamente hacia un ancho tramo de peldaños. A diferencia de los muros del castillo, estos sí eran negros y una multitud se había congregado en ellos.

Desmontó y me tendió la mano para ayudarme a bajar. Acepté, agotada por el dolor que al principio solo había sentido en el brazo, pero que en aquel momento me reverberaba por todo el cuerpo. Pese a todo, me recompuse y me erguí para ver cómo se nos acercaba un hombre. Era mayor y las entradas en el pelo le llegaban hasta la mitad de la cabeza, pero aun así lo llevaba largo. Vestía una túnica color azul oscuro con bordados de plata y, a diferencia de los vampiros que había conocido hasta entonces, tenía la piel fina y arrugada.

—Majestad —saludó.

—Tanaka —saludó a su vez Adrian.

Me pareció que el otro iba a decir algo, pero Adrian me cogió de la mano y pasamos de largo. La gente se apartó. A diferencia de Tanaka, parecían saber que el rey no estaba de humor para charlar.

—¿Quién es ese hombre? —pregunté.

—Mi virrey —respondió Adrian y no añadió más.

Entramos en el palacio por unas puertas enormes de madera y nos encontramos ante una escalinata impresionante, adornada con tallas de las antiguas diosas que yo solo conocía por los mitos: Rae, diosa del sol y las estrellas; Yara, diosa del bosque y la verdad;

y Kismet, diosa del destino y la fortuna. El mundo ya no las adoraba. Tal vez Adrian las había adorado hacía doscientos años, cuando todo Cordova tenía un panteón de diosas, en vez de solo dos.

Las paredes y los techos del castillo eran del mismo color rojo oscuro, con intricados diseños: bóvedas, arcos entrelazados, ventanas altas rematadas en punta... En Lara, esas mismas ventanas habrían llenado de luz las estancias, pero estábamos en Revekka, donde todo estaba envuelto en aquella extraña neblina roja.

—Vamos. Te llevaré a tus habitaciones y haré que llamen a Ana —dijo Adrian.

No discutí. Me palpitaba la cabeza y me quemaba el brazo donde me había tocado la niña. Subimos despacio por la escalera. Justo cuando iba a reconocer que Adrian estaba siendo paciente, se detuvo y se volvió hacia mí.

—Permite que te lleve.

—No es como quiero que me presentes ante tu pueblo.

Ser humana en un castillo lleno de vampiros ya iba a ser bastante difícil sin que Adrian me presentara como a un ser débil.

—No te creerán débil —replicó.

Pero no insistió y seguimos subiendo hasta la cima de las escaleras. A la izquierda, otro tramo de peldaños llevaba a un pasillo más oscuro. Mis habitaciones estaban al final. El dormitorio era grande, tenía una cama con dosel, cobertores y cortinajes de terciopelo, y alfombras mullidas que cubrían cada centímetro de piedra fría. La chimenea estaba a buena distancia de la cama. Por suerte, ya que en ella ardía un fuego vivo.

Pensé que Adrian me iba a dejar en la puerta, pero me siguió al interior.

—Ana necesitará fuego cuando venga a tratarte la herida. Después, solo habrá brasas, te lo prometo.

—Gracias.

—Cuando se vaya, descansa.

Sonó como una orden y arqueé las cejas, aunque la idea de dormir en una cama de verdad resultaba tentadora.

—Tienes que estar bien para los festejos de esta noche —dijo como respuesta a la mirada interrogadora que le lancé.

—¿Qué pasa esta noche?

—Vamos a celebrar mi regreso y nuestro matrimonio —dijo—. Será tu presentación ante mi pueblo. Ya sé que no estás deseosa de conocerlos, pero los dos sabemos que la primera impresión es importante.

—¿Nuestra entrada apresurada en el castillo no cuenta como primera impresión?

Sonrió.

—Mi gente dará por hecho que estaba deseoso de encontrarme a solas contigo.

—Y ahora me dejas en la habitación al cuidado de otros.

¿Por qué dije aquello? Adrian arqueó las cejas y me miró con los ojos brillantes.

—¿Ya me echas de menos? —preguntó.

La sonrisa le bailaba en los labios cuando me cogió por la barbilla y me acarició el cuello como para tomarme el pulso mientras hablaba.

—De ninguna manera —repliqué.

Apreté los dientes y aparté la mirada.

Se echó a reír, sin inmutarse ante mi brusquedad.

—Todo sería mucho más fácil si reconocieras que, pese a lo que esperabas, te gusto.

Se me quedó mirando, inmóvil, con el rostro próximo al mío y los labios muy cerca. Tenía la mano en mi cuello, los dedos tensos con una presión delicada que me aceleró el pulso contra su piel.

—Detestas lo que soy —dijo—. ¿Sentirías lo mismo si fuera humano, como tu comandante?

Le lancé una mirada asesina.

—Seguirías siendo el enemigo.

—Ni siquiera sabes por qué soy tu enemigo —replicó.

—Eres una amenaza contra la humanidad —contesté—. ¡Has matado a reyes, has conquistado países! Ninguno de nosotros, ni el más fuerte, puede hacer nada contra ti.

—Es una manera muy larga de decir que tienes miedo de lo diferente.

—¡No reduzcas el odio que siento a la diferencia! Eres más que diferente. Has quemado aldeas, has propagado la peste, has matado a cientos de personas. Eres un asesino cobarde...

Adrian se me acercó más, me agarró la cabeza, me metió los dedos en el pelo y pegó el cuerpo contra el mío. Ni siquiera cuando se inclinó sobre mí, cuando su aliento me acarició los labios, supe qué pretendía, porque tenía un brillo afilado de frustración e ira en los ojos.

—Sé muy bien lo que soy —dijo con voz tranquila—. ¿Puedes decir lo mismo?

En otros tiempos habría podido.

En otros tiempos, hasta hacía una semana, habría dicho que sí, que era Isolde, princesa de Lara. Pero luego conocí a Adrian y, tras aquel primer encuentro en el bosque, me quedó muy claro que no me conocía a mí misma.

—Dices que esto es traición —susurró. Me pasó los dedos por el rostro en una caricia delicada y dulce—. Pero esto... nosotros... no tenemos elección.

—Es verdad —repliqué con los dientes apretados. Sabía que se refería a algo mucho más profundo que había entre nosotros, pero no hice caso—. Yo no tuve elección.

Me soltó y tuve que reconocer que la distancia que se abrió entre nosotros me pesó en el corazón. Tal vez por su expresión de dolor y derrota.

—Tengo que ocuparme de varios asuntos —dijo. Se dirigió hacia la puerta, donde se detuvo—. Me imagino que tienes ganas de explorar el castillo, pero no vayas sola. Pronto verás que no es fácil contener a los que viven aquí y no quiero tener que matar a mis consejeros por convertirte antes de que tenga yo la ocasión.

Y, sin decir más, se marchó.

DOCE

Cuando salió, perdí las fuerzas y me dejé caer en la cama.

¿Convertirme?

Habíamos hablado mucho sobre sangrías, pero solo había mencionado la conversión en una ocasión, como amenaza.

«Me parece que lo que quieres es matarme. Y, si es el caso, te advierto desde ahora que te enfrentarás a mi ira».

Hasta el momento no había cumplido su amenaza, pero me pregunté si de verdad me convertiría contra mi voluntad o si daba por hecho que se lo iba a suplicar, igual que había dado por hecho que le suplicaría que bebiera de mi sangre.

Estaba agotada. Adrian acababa con mis energías. Cada encuentro con él me llevaba al límite, me dejaba el cuerpo tenso y alerta, a la espera de su siguiente movimiento. ¿Luchar o follar? ¿Siempre me iba a sentir así de dividida entre mi pueblo y él? Allí sentada, en aquel lecho extravagante, mucho más regio que el de mi pequeño dormitorio en Lara, me di cuenta de que en ningún momento había planeado nada más allá de mi llegada al Palacio Rojo, aparte de que quería derrotar a Adrian. Y seguía firme en mi misión, pero también debía empezar a pensar en cómo iba a gobernar.

Tal vez, si me adaptaba a lo que se esperaba de mí y asumía mi posición, Adrian estaría más dispuesto a hablarme sobre su pasado. Y en ese pasado podría encontrar la clave de alguna debilidad.

Un golpe en la puerta me arrancó de mis pensamientos.

—Mi reina, soy Ana Maria —dijo una voz—. Adrian me ha dicho que venga a ocuparme de ti.

Me levanté y abrí la puerta, me encontré ante un par de ojos extraordinarios, sombreados por largas pestañas. Eran del color del cielo en verano. Tenía una espesa melena que parecía casi plateada y los labios gruesos y rosados. Ana Maria era tan hermosa que, por un instante, me quedé boquiabierta. Llevaba un vestido color esmeralda que me recordó a Lara, a los días de primavera cuando los árboles florecían y más brillaba el sol, y me invadió la nostalgia.

No sabía qué estaba pensando ella, pero me miró casi tan desconcertada como yo, aunque sin duda no por mi belleza. Vi un brillo en sus ojos que se pareció mucho a una expresión de decepción y la sonrisa que me había dedicado vaciló un poco. Tal vez se había esperado a alguien diferente. Tal vez tenía otras expectativas acerca de la esposa de Adrian. O tal vez nunca había conocido a una persona de origen isleño.

Pero recuperó la compostura a una velocidad admirable.

—Mi reina —repitió e hizo una reverencia—, me han dicho que estás herida.

—Sí, pasa —dije y me hice a un lado.

Nada más cerrar la puerta, tuve miedo de cometer alguna torpeza. No conocía el entorno ni las costumbres al recibir a alguien y las únicas sillas estaban cerca del fuego, al que no pensaba acercarme. Pero Ana Maria tomó la iniciativa.

—¿Me permites que te vea el brazo?

Se lo tendí y retiró las vendas que me había puesto Euric. Fue como si me quitara una capa de piel y apreté los dientes.

Ana Maria frunció el ceño. La herida parecía mucho más irritada que antes.

—Adrian no me la pudo curar —expliqué—. Dijo que la causa era mágica. ¿Sabes por qué?

Me lanzó una mirada.

—No sabemos ni por qué puede curar heridas normales.

Eso me sorprendió. Pensaba que todos los vampiros tenían el poder de curar a los demás, pero por lo visto era un don exclusivo del Rey de Sangre.

—Si no me ha podido curar él, ¿qué puedes hacer tú?

—Yo he estudiado medicina.

—Ah.

Me sentí muy tonta y me puse roja.

Me dedicó una sonrisa rápida y se dirigió hacia la chimenea.

—Espero que no te importe. Me he tomado la libertad de hacer preparativos antes de que llegaras.

—No, claro que no. —Titubeé un momento—. ¿Cómo has sabido que estaba herida?

—Adrian mandó a Sorin por delante.

No me había dado cuenta. Comprendí que no sabía hasta qué punto podían viajar deprisa los vampiros cuando no tenían que cargar con mortales. Lo más cerca que había estado de presenciar su velocidad fue cuando Daroc mató a... la niña. Hice una mueca ante el recuerdo de lo rápido que había actuado el vampiro. Y lo humana que había parecido la niña muerta.

Ana Maria colgó un hervidor de hierro sobre el fuego y dispuso su instrumental. Me admiró lo cómoda que estaba junto a las llamas mientras yo me mantenía a cierta distancia, sentada en la cama.

—¿Conoces bien a Adrian?

Se echó a reír y el sonido me caldeó el corazón.

—Bastante bien, sí. Es mi primo.

—¿Tu... primo? —pregunté, sorprendida. Aunque entonces lo veía, sí, se parecían. Pero no se me había ocurrido que Adrian tuviera familia—. ¿Él te... convirtió?

—Sí —dijo Ana Maria, sin añadir más.

—¿Es de mala educación preguntarlo?

—Para algunos, sí —dijo—. Depende de las circunstancias de la conversión. Los más antiguos no tuvimos elección. No... no teníamos control.

Tragué saliva. Lo entendía.

—¿Y... Adrian? ¿Tuvo elección?

Ana Maria no respondió. Cogió el hervidor y lo puso sobre un salvamanteles de hierro. Solo entonces me miró.

—Me imagino que depende de a quién se lo preguntes.

Puso unas hierbas en una bolsita de gasa y la sumergió en el agua caliente antes de colocármela sobre la piel. Olía a menta y a gaulteria. Cuando el agua perdió temperatura, me resultó fresca y calmante. Mientras la medicina hacía efecto, Ana Maria preparó una infusión con otras cosas que traía en sus bolsas. Vertió agua sobre la mezcla y me llegó una vaharada de olor fuerte y mentolado.

Arrugué la nariz.

—Es corteza de sauce —dijo—. Te aliviará el dolor.

No estaba tan segura, pero notaba mejor el brazo y eso me animó. Bebí unos sorbos y dejé el vaso a un lado.

—No sé qué hago aquí —dije casi sin pensar.

—Estás aquí porque Adrian te quería a ti —respondió Ana Maria.

—Pero… ¿por qué? —La miré a los ojos—. Pudo haber elegido a cualquiera, pudo haberse llevado a cualquiera.

Se podría haber casado con su vasalla y a nadie le habría extrañado, pues no le hacía falta una unión matrimonial para conquistar.

Ana Maria me miró y juntó las manos.

—No es cierto —dijo. Le temblaba la voz, pero no era por nervios. Casi parecía frustrada—. Solo podías ser tú. No hay nadie más.

La miré, tan confusa por su reacción como por sus palabras. Respiró hondo y tragó saliva, me pareció que intentaba contener las lágrimas.

—Lo siento, majestad. Solo digo tonterías. Tienes que descansar. Tu dama de compañía vendrá pronto para ayudarte a prepararte para el banquete de esta noche.

Hizo una reverencia y salió tan deprisa que casi pareció que huía.

«Qué extraño», pensé y me dejé caer sobre las mantas de la cama. No me di cuenta de que había cerrado los ojos hasta que otro golpe en la puerta me despertó.

—¿Majestad? Soy Violeta. Vengo a ayudarte a prepararte para esta noche.

Me levanté de la sorprendente calidez de la cama y, todavía aturdida, fui hacia la puerta. Al otro lado había una joven menuda y delgada, tenía brazos muy blancos y pelo castaño sin brillo. Tenía rasgos delicados: ojos redondos, nariz pequeña, labios finos. La única nota de color en su rostro eran las mejillas sonrosadas. No supe si era su color natural o si se debía al frío, o tal vez a que estaba nerviosa por conocerme.

—Eres humana —dije, sorprendida.

Se sonrojó aún más e inclinó la cabeza, pero luego convirtió el movimiento en una leve reverencia.

—Sí —dijo—. El rey Adrian me ha elegido para ser tu dama de compañía. También me ha dicho que querrás bañarte.

Detrás de ella venía un grupo de criados que transportaban una gran bañera de cobre.

—Sí, gracias —dije y me hice a un lado.

Violeta titubeó, probablemente por mi expresión de gratitud, pero entró en la habitación y les ordenó a los criados que pusieran la bañera ante la chimenea.

—No, no, ahí no.

Se detuvieron en seco y me miraron sorprendidos.

—Ponedla cerca de la ventana —dije y me pareció que tenía que dar explicaciones—. Me gusta ver el paisaje mientras me baño.

Ni siquiera sabía qué se veía por las ventanas paneladas, pero cualquier cosa era mejor que estar cerca del fuego.

Violeta no vaciló ni un instante.

—Por supuesto, mi reina —dijo.

Los criados hicieron unos cuantos viajes y, al final, la bañera quedó llena de agua humeante.

Me quité la ropa y me metí en la bañera, gemí de alivio al relajarme y cerrar los ojos. Pasó un momento, y un aroma rico y sensual impregnó el aire. Miré a Violeta, que se quedó paralizada, con la mano en el aire, mientras echaba algo en el agua.

—¿Qué es eso? —pregunté.

—J-jazmín —respondió—. Lady Ana Maria dijo que te ayudaría a relajarte. Lo siento, tendría que haberte preguntado...

—No, no, es perfecto.

Solo se lo había preguntado porque el aroma me resultaba conocido, pero no caía. Violeta echó las últimas gotas y cogió un paño.

—¿Quieres que te frote la espalda y el pelo?

La dejé hacer y, cuando terminó, salí de la bañera, encantada de sentirme limpia. Me sequé y Violeta me ayudó a ponerme una túnica de seda. Temía que me iba a pedir que me sentara junto a la chimenea para que se me secara el pelo mientras me lo cepillaba, pero se dirigió hacia el tocador, un mueble dorado muy ornamentado que tenía un espejo en forma de óvalo.

No parecía preocupada por que llevara el pelo aún mojado al banquete. Se limitó a cepillármelo.

—¿Qué quieres ponerte esta noche?

Se dirigió hacia el armario y abrió las puertas para mostrar una serie de vestidos maravillosos. Me levanté y me acerqué muy despacio. Acaricié una de las faldas de tejido suave.

—¿De quién son? —pregunté.

—El rey Adrian los mandó hacer antes de que llegaras —explicó.

Me pareció extraño, pero tampoco podía negar que era muy agradable.

—Son todos preciosos —dije.

—¿Quieres que te elija uno? —se ofreció Violeta. La miré y vaciló un instante—. Si te cuesta decidirte.

Sonreí.

—Claro, adelante.

Sonrió y cogió de inmediato un vestido rojo. Era obvio que había pensado de antemano lo que tenía que llevar. La falda era de tantas capas que me costó un rato ponérmela por la cabeza, y las lazadas de la espalda del corpiño hicieron que me arrepintiera de haberla dejado elegir, hasta que me volví hacia el espejo.

El vestido era maravilloso y acentuaba cada curva exuberante de mi cuerpo, desde el escote bajo que mostraba el nacimiento de los pechos hasta la falda que se abría en las caderas y llegaba hasta el suelo. Las mangas largas eran de encaje, pero me permitían llevar los puñales, cosa que era un alivio. No había tenido ningún problema con el ejército de Adrian en el viaje hasta Revekka, pero no confiaba en el castillo. Adrian tampoco, o no me habría dicho que no saliera a solas de la habitación.

—Las joyas, majestad —dijo Violeta.

Se acercó con una caja de madera con forro de terciopelo rojo. Dentro había unos pendientes largos de oro y rubíes, y un collar a juego. Eran mucho más extravagantes que todo lo que había tenido como princesa de Lara. Traté de no pensar en que, una vez puestos, recordaban a la sangre. Me miré al espejo y casi no reconocí a la mujer que había sido hacía tan solo una semana.

Un golpe en la puerta anunció el regreso de Ana Maria. Se había cambiado y llevaba un vestido negro abrochado al cuello que le dejaba al descubierto los brazos y la espalda, hacía que su pelo fuera como un halo luminoso. La falda de capas y capas de tul susurraba contra el suelo cuando se movía.

—¡Mi reina, estás preciosa!

—Gracias, Ana Maria —dijo.

—Ana, solo Ana —dijo y me tendió una cajita—. Te he traído una cosa. Un regalo de Adrian.

La cogí y fruncí el ceño.

—¿No me lo podía dar él?

—Creo que quiere que lo sorprendas cuando te vea esta noche.

Resultaba irónico, considerando cómo me había visitado el día de nuestra boda, pero era mejor que mis razonamientos. Me había parecido que me estaba evitando tras la conversación anterior...

Pero desde que lo había conocido, el Rey de Sangre rara vez había esquivado la confrontación conmigo.

Dentro de la caja había una tiara. Era asombrosa, de apariencia sencilla, pero cargada de diamantes.

—¿Te gusta? —preguntó Ana.

—Claro —dije.

En cuanto me la puse en la cabeza, supe que era su lugar.

—Adrian no te podrá quitar los ojos de encima —dijo Ana.

—Depende de si su vasalla favorita está presente —respondí.

Me imaginaba que Safira asistiría al banquete, aunque le hubiera pedido a Adrian que no bebiera de ella.

Ana me miró, extrañada.

—No conoces muy bien a Adrian —señaló.

—Es verdad.

Ana frunció el ceño y, por primera vez, me paré a pensar que tal vez esperaba verme más contenta por el matrimonio.

—¿Estás lista? —preguntó—. Te acompañaré al gran salón.

Estaba tan lista como era posible, aunque no me gustaba la aprensión que sentía. No quería tener miedo de mi enemigo, pero no podía evitarlo. Aquello era diferente de la boda, diferente incluso del pequeño ejército con el que había viajado a Revekka. Me iba a ver rodeada por el reino de Adrian.

Era un gorrión en la guarida de los lobos.

Salimos de mis habitaciones, tras dejar a Violeta con instrucciones de no atizar el fuego. Esperaba que, cuando volviera más tarde aquella noche, no quedaran más que brasas, como había prometido Adrian.

Los pasillos del Palacio Rojo, a diferencia de los del castillo Fiora, eran más anchos y cálidos, así que Ana y yo podíamos caminar juntas sin problema. Ya me encontraba mejor y pude valorar la decoración del castillo: candelabros negros con sartas de cristales y coronados por largas velas, enormes cuadros de paisajes con gruesos marcos dorados, espléndidas alfombras tejidas... ¿Cuántos cambios habría introducido Adrian después de matar a Dragos?

¿Y qué parte de aquello era el botín saqueado de pueblos conquistados?

Subimos por las escaleras y vi la entrada al salón de baile, con las puertas doradas abiertas que invitaban a entrar.

—¿Qué va a pasar esta noche? —pregunté a Ana.

—Adrian y tú bailareis —dijo—. Luego, permanecerás cerca de él.

—Perfecto —dije.

Tomé aliento y no lo solté mientras nos aproximábamos al salón. «Haré lo contrario».

La estancia era un mar de risas y jolgorio. Los humanos disfrutaban de la comida expuesta en una mesa, mientras que los vampiros se llevaban aparte a esos mismos humanos para beber su sangre. Había baile, bebida y música. Dominándolo todo, a cierta altura, estaba Adrian, en su trono. Parecía aburrido... hasta que me vio y me recorrió entera con la mirada. Se irguió y aquel movimiento atrajo la atención de todos los presentes, primero hacia él y luego hacia mí. De pronto, la caótica fiesta se interrumpió y todos me miraron. Se inclinaron y se apartaron para abrirme camino hacia Adrian.

Pero yo había localizado con los ojos a Safira, que estaba cerca del trono vestida de azul celeste y plata. Nunca los había visto así, juntos, y me di cuenta de que combinaban de maravilla. La mujer tenía la expresión tensa, con los labios apretados. Tal vez Adrian ya le había dicho que no iba a alimentarse de ella. Entonces ¿qué hacía allí? ¿Por qué estaba en un lugar de honor, por encima de los demás? Ni siquiera Tanaka estaba en el estrado, tan cerca del rey.

No seguí el camino que me habían abierto. Me aparté, me metí entre la gente y me fijé en un humano de aspecto enclenque. Me volví hacia él.

—Tú —llamé.

Abrió mucho los ojos.

—¿Y-yo?

—Ven aquí —dijo.

Titubeó.

—No me hagas pedírtelo dos veces.

Tragó saliva, pero obedeció y se me acercó. El silencio de la sala me retumbó en los oídos y sentí la mirada llameante de Adrian cuando el humano se dirigió hacia mí.

—Majestad —me dijo e hizo una reverencia.

—Baila conmigo.

—Majestad, no puedo...

—No ha sido una petición —repliqué.

No creía que pudiera ponerse más blanco, pero se le quitó el poco color que tenía. Alcé la mano hacia él.

—Tienes permiso para tocarme —dije y lancé una mirada hacia Adrian, que echaba chispas por los ojos.

Me contuve para no sonreír, pero provocar su furia era un verdadero placer.

Noté la mano del hombre fría y pegajosa contra la mía.

—¿Cómo te llamas?

—Lothian —dijo.

—Lothian. Para de temblar. Es humillante.

—Lo siento, mi reina. Es que no tenía pensado perder los huevos esta noche.

Me eché a reír.

—Tus huevos están bajo mi protección, Lothian. Ahora, al menos finge que disfrutas con mi presencia.

La música empezó a sonar. Fue una canción aburrida y tediosa que convirtió el baile con Lothian en un castigo. Que lo era por desobedecer las reglas. Estaba segura. Traté de concentrarme en el mortal.

—¿A qué te dedicas, Lothian? —pregunté, decidida a disfrutar de la ira que le estaba provocando a Adrian.

—¿Perdón, majestad? —preguntó, confuso.

—Que en qué trabajas. Qué haces aquí.

—Soy bibliotecario —dijo.

—Ah, bibliotecario. —Sonreí. Pensé que me iba a decir que era vasallo—. Me tienes que enseñar la biblioteca.

—Claro —dijo. De pronto, parecía mucho más seguro—. ¿Te interesa algo en concreto?

—Todo, todo. Soy una lectora voraz.

—Haré lo posible por complacerte —dijo con una sonrisa.

El nervioso Lothian me caía muy bien.

—Excelente. Empezaremos esta misma semana —dije, sin saber qué planes tenía Adrian para mí—. Tengo ganas de aprender la historia de mi nuevo hogar.

La canción terminó y Lothian hizo una reverencia.

—Por supuesto, majestad —dijo—. No quedarás decepcionada.

Se dio media vuelta y se alejó prácticamente flotando. Una vez terminado el baile, pensé en ir a por una copa de vino o a por algo que contribuyera a mi disfrute de la velada, pero un hombre corpulento me bloqueó el paso. Tenía el pelo largo y oscuro, y una barba rematada en punta. Algo en él me hizo sentir incómoda y su sonrisa solo contribuyó a empeorarlo.

—Majestad —dijo. Se inclinó y me tendió la mano—. ¿Un baile?

—Prefiero ir a beber algo —dije y pasé de largo junto a él.

Si Nadia hubiera estado allí, me habría echado la bronca.

«¡Una dama no rechaza nunca a un caballero!».

«¿De qué me sirve ser princesa si no puedo decirle que no a un hombre?».

«¡Se trata de dar ejemplo!».

Y vaya si había dado ejemplo, aunque no el que ella hubiera querido.

Alguien me puso una mano en el hombro. Me sobresalté y me volví de golpe. El vampiro de pelo negro me había seguido.

—No me toques —dije. Cada palabra fue una amenaza.

El vampiro soltó una risita.

—Adrian se ha buscado una mortal con espíritu —dijo. Me recorrió el cuerpo con la mirada—. Baila conmigo —insistió.

Entrecerré los ojos para mirarlo. Él tenía la mirada turbia y perdida. ¿Qué habría consumido antes de llegar a la fiesta?

—Así que eres de esos —dije.

—¿De cuáles?

—De los que no escuchan.

Sonrió aún más y se me acercó otro paso.

—Es mejor que me presente. Soy el noble Zakharov.

—No me importa quién seas, noble Zakharov. No voy a bailar contigo.

No esperé a conocer su reacción y me di media vuelta, pero Zakharov volvió a agarrarme; me cogió por el brazo y me obligó a volverme. En esta ocasión, saqué el puñal de la muñeca, lo cogí en la mano y se lo clavé entre las clavículas.

El único sonido que emitió fue un gorgoteo ahogado. Cayó de rodillas mientras la sangre le manaba de la herida. Los vampiros podían curarse solos, pero eso no quitaba que sintieran dolor, y tal ver fuera peor, porque Zakharov no iba a contraatacar. Se hizo el silencio en la sala. Nadie se movió y seguí junto al vampiro que me había abordado.

El sonido de unas botas contra el suelo de mármol rompió el silencio y todos se apartaron para dejar paso a Adrian. Parecía imponerse con su sola presencia, acaparar la atención de todos. La mía, desde luego. Cuando se aproximó, su rostro era una máscara fría de indiferencia.

—Me ha tocado —expliqué.

Adrian apartó los ojos de mí para mirar a Zakharov, que tenía la mano en torno a mi puñal mientras la sangre le manaba entre los dedos. Justo cuando se lo iba a arrancar, alzó la vista hacia Adrian.

—M-mi señor —consiguió decir.

Adrian no dijo nada. Le arrancó el puñal de la carne, lo limpió de sangre con un pañuelo que se sacó de la chaqueta y me lo devolvió.

—Gracias —susurré.

Me dedicó una sonrisa tierna, desenvainó la espada que su guardia llevaba al costado y describió un arco. Nadie dijo nada. La cabeza de Zakharov rodó por el suelo del salón de baile mientras su cuerpo se derrumbaba sobre el mármol con un golpe húmedo.

Adrian le devolvió al guardia la espada ensangrentada, me miró y me tendió la mano. Cuando se la cogí, se dirigió hacia los reunidos.

—Vuestra reina es primero guerrera y luego, noble. Os recomiendo que lo recordéis antes de poner vuestro destino en sus manos. —Me miró—. Y, si por casualidad ella os perdonara, sabed que yo no lo haré.

Le sostuve la mirada mientras la promesa de sus palabras me reverberaba por dentro.

—Limpiad esto —ordenó y me apartó del cadáver. Nos detuvimos en el centro de la estancia y me quitó un mechón de pelo de la cara—. ¿Estás bien?

—Sí —dije—. ¿Por qué ha dicho que era noble?

—Es un título que denota origen real —respondió—. Zakharov siempre ha sido una molestia. Ya no lo es.

Miré hacia donde había quedado su cuerpo. Ya lo habían sacado. Otro vampiro se llevó la cabeza, agarrada por el largo pelo negro.

—Baila conmigo —dijo Adrian.

Incliné la cabeza para aceptar su invitación. Me sonrió y se llevó la mano a los labios. Me rozó los nudillos en una caricia delicada que me recordó a los besos que me había dado durante el trayecto por Cel Ceredi hasta el Palacio Rojo. Luego, me atrajo hacia él y empezó a moverse. Su cuerpo era una guía sólida que seguí sin esfuerzo por toda la sala.

—Eres preciosa —me dijo y bajó la vista hacia mis pechos.

—Pensé que lo desaprobarías —respondí.

Pero solo lo había creído porque Killian me habría criticado por enseñar tanta piel.

—Lo que siento no se parece en nada a la desaprobación —dijo. Para dejármelo claro, me atrajo hacia él de manera que sintiera su erección contra el vientre.

Le sostuve la mirada. Un incendio se me había declarado en las entrañas.

—¿No estás enfadado conmigo?

—¿Por qué iba a estar enfadado?

—Porque he bailado con Lothian —dije—. Y tenía que bailar contigo.

—Ah —asintió—. Tienes suerte de que me caiga bien Lothian.

—Le he prometido que protegería sus huevos.

—De repente, Lothian ya no me cae tan bien.

—Yo sí estoy enfadada contigo —dije.

Adrian arqueó las cejas.

—Me ha parecido notarlo por lo que has hecho. ¿Safira?

—Me dijiste que ibas a dejar de alimentarte de ella.

—Y lo he hecho —respondió.

Hubo un momento de silencio mientras seguíamos bailando, despacio, controlando los movimientos, con la falda de mi vestido envolviéndome las piernas y las de Adrian.

—Se lo dije antes de entrar en el gran salón. Puede que no fuera el mejor momento, pero ya está. Tal como querías.

—¡No intentes hacer que me sienta culpable!

—No era mi intención —dijo—. Haré cualquier cosa que me pidas si sirve para que me veas como algo más que un monstruo.

No habría sabido decir cómo me hicieron sentir sus palabras, pero fue algo muy parecido a la conmoción.

—Entonces ¿has bailado con Lothian por lo de Safira? —quiso saber.

Me encogí de hombros.

—No me gusta que me digan lo que tengo que hacer.

Una sonrisa cruel le iluminó la cara.

—Me parece que querías ponerme furioso.

—¿Ha dado resultado?

—Has hecho que quiera follarte —dijo—. Aquí mismo, delante de todo el reino.

—Qué primario —dije, aunque aquellas palabras me habían abierto un precipicio en el vientre, un abismo que ardía más que una llama.

No lo negó.

—Primario, posesivo. Está en mi naturaleza.

También estaba en la mía. Lo sentía cada vez que pensaba en la vasalla de Adrian. Al menos podíamos ser sinceros.

—Harás bien en recordarlo —siguió.

—Y, si no, ¿qué? —Lo desafié.

Me besó.

Aquel beso no tuvo nada de dulce. Me agarró la cabeza con ambas manos, se inclinó sobre mí y me obligó a separar los labios. Me aferré a él, recibí las embestidas de su lengua y respondí con la mía, desesperada y temeraria a la vez. Nuestros cuerpos estaban unidos, teníamos los dedos clavados en la piel del otro. Lo deseaba, quería que me llenara, que me invadiera, que me poseyera. Quería que escuchara todos y cada uno de aquellos pensamientos.

Adrian rugió y se apartó de mi boca con los ojos brillantes clavados en los míos. Pero, antes de que pudiera cumplir mis deseos, se me fueron los ojos hacia las puertas, detrás de él, por las que acababa de entrar un hombre, un vampiro, acompañado por otros dos. Llevaba en la mano la cabeza de Zakharov.

Adrian se volvió hacia los recién llegados.

—Vengaré la muerte de mi hijo, rey Adrian.

Traté de no reaccionar a la presencia del recién llegado, pero el corazón me iba a toda velocidad. Agarré a Adrian por el brazo con más fuerza. No se apartó, sino que me cogió por la cintura, con los labios aún brillantes de nuestro beso. Lo miré y no parecía preocupado.

—Tu hijo le puso la mano encima a mi esposa, tu reina, noble Gesalac, y ha sido castigado. Ahora te toca a ti elegir si quieres matarlo. Quémalo o no, tú decides.

—No hay nada que decidir —le espetó Gesalac.

Era cierto. Si no se quemaba el cuerpo de un vampiro decapitado, se reanimaba, pero no tal como había sido, sino en forma de retornado, de vampiro sin rastro de humanidad. Los retornados atacaban a humanos y a animales por igual, eternamente sedientos de sangre. Lo habíamos aprendido desde pequeños, en el entrenamiento, pero nunca se me había pasado por la cabeza que los vampiros tuvieran las mismas prácticas, sobre todo porque no me imaginaba que contaran con un sistema de justicia.

—Pues ya tienes la respuesta —dijo Adrian.

Gesalac tiró la cabeza de su hijo, que rodó hasta nuestros pies y acabó boca arriba, con los ojos entreabiertos dirigidos a mí.

—¿Arriesgas mi adhesión por una mujer? ¿Por una mujer mortal?

—Mide lo que dices, noble —replicó Adrian—. No hay nadie insustituible.

—Lo mismo te puedo decir a ti, mi rey —respondió Gesalac.

Se hizo un silencio tenso y, durante unos segundos, no habría sabido decir si Gesalac iba a marcharse o no. Al final, hizo una inclinación, se dio media vuelta y salió con sus hombres.

La fiesta se reanudó y tuve la sensación de que no había pasado nada fuera de lo común. Me levanté el vestido para que el dobladillo no se manchara de sangre y le di una patada a la cabeza de Zakharov para que dejara de mirarme.

Adrian me observó con una mirada que ya conocía de sobra. Me estaba preguntando si me encontraba bien. Me encogí de hombros.

—No sería un baile si no me granjeara enemigos.

Poco después de la salida de Gesalac, un vampiro recogió la cabeza de su hijo y anunció que iban a quemar el cadáver en el patio, por si alguien quería verlo. La sala se vació y, en aquel momento, llegó Daroc con el rostro tenso. Se acercó a nosotros e hizo una reverencia.

—Majestades, tengo noticias de Gavriel.

El corazón se me aceleró.

—¿Ha habido otro ataque? —pregunté a toda prisa, pálida de miedo.

—En cierto modo —dijo—. Un grupo de tu gente ha intentado dar un golpe de Estado. Trataron de irrumpir en el castillo, pero no pasaron del patio. Tu padre está a salvo y no ha habido muertos.

—¿Un golpe de Estado? ¿Porque mi padre se rindió a Adrian?

—Sí —dijo—, y porque creen que somos responsables de lo que pasó en Vaida.

No me sentí tan sorprendida como decepcionada, pero tampoco culpaba a mi pueblo por pensar así. No habían visto los cadáveres. Solo sabían que una aldea entera había muerto y que la habíamos quemado, cosa que iba contra nuestras costumbres. Parecía un intento de ocultar la verdad.

Miré a Adrian.

—¿Qué quieres que haga? —me preguntó—. Puedo mandar más guardias a tu padre.

—Eso solo servirá para empeorar las cosas.

—Puede, pero ¿qué importa, mientras tu padre esté a salvo?

Tenía razón. No importaba.

—Gavriel y sus hombres valen cada uno por diez hombres de mi padre —dije.

Además, cada vez me costaba más confiar en sus allegados. Al menos los soldados de Adrian estaban obligados a mí por nuestro matrimonio. Me dolía ver la dirección que tomaban mis pensamientos, pero tenían buena base.

Adrian me cogió por la barbilla y me pasó el pulgar por los labios. Solo entonces me di cuenta de que me los había estado mordiendo.

—Solo tienes que decirlo.

Por fin, asentí.

—Manda a tus mejores hombres —dije—. Y manda a más antes de que mi padre venga a la coronación.

—Así será.

Lo creí.

Tenía que creerlo.

Porque, si a mi padre le pasaba algo, yo no podría vivir.

Violeta me estaba esperando para ayudarme a desvestir.

Se había tomado la libertad de prepararme otro baño. Le di las gracias y le dije que podía retirarse, porque quería estar a solas. Me dejó junto a la bañera una mesita con jabón, paños y el aceite de jazmín. Añadí unas gotas al agua con la esperanza de que el aroma me aliviara el dolor de cabeza y la tensión acumulada en la frente, donde las ideas, las palabras y las emociones se me estaban amontonando. Me parecía que estaba a punto de quebrarme, estaba a un paso. Tenía un nudo en el pecho y la presión que se me acumulaba tras los ojos amenazaba con lágrimas, pero no lloré.

Me metí en la bañera, apoyé la cabeza en el borde y cerré los ojos.

Una brisa suave me acarició y me encontré en un lago oscuro, rodeada de sauces y árboles con flores blancas que olían igual que el jazmín de la bañera. La luz de la luna me teñía de plata la piel desnuda y el agua era fresca. Ya no estaba en mi habitación, pero el lugar me seguía resultando familiar.

Enseguida noté otra presencia detrás de mí. Me volví y vi a Adrian en la orilla. Me miró con los ojos llenos de ese hambre que conocía bien. Percibí algo diferente en él, aunque no sabía qué era.

Era un recuerdo remoto, algo que se escondía en un rincón de mi mente, fuera de mi alcance.

—Esta noche estabas preciosa —me dijo.

—¿Estaba? —pregunté, arqueando una ceja.

Sonrió, y era tan atractivo que se me cortó la respiración. Nunca lo había visto sonreír así y quería seguir viéndolo. Pero cuanto más lo miraba, más dudas sentía. Su expresión tenía algo diferente, mucho más desenfadado. Le faltaba el filo que había llegado a conocer tan bien. Los extraños ojos no tenían la habitual profundidad.

Entró en el agua completamente vestido y me puso la mano en la mejilla.

—Sí —dijo y me deslizó la mano hasta el cuello—. Ahora mismo estás radiante.

Sus labios buscaron los míos y suspiré al contacto con su boca. Bajé las manos hasta su cintura y me dejé hundir en él, reconfortada por su presencia.

—Te he echado de menos —le dije cuando apartó la boca de la mía para besarme el cuello—. Has estado lejos mucho tiempo.

No entendía las palabras que me salían de la boca ni el contexto, pero las pronuncié con tanta pasión que me dolieron.

—Lo siento —dijo—. No volverá a pasar.

Sabía que era mentira, pero seguí albergando esperanzas.

Me aparté, separé mi carne desnuda de su cuerpo vestido. Me moría por sentirlo piel contra piel, por tenerlo dentro, pero no podía quitarme de encima aquel extraño miedo a que alguien nos encontrara juntos. Aquel miedo me atenazaba el corazón y me recorría la columna.

—Prométemelo —dije... No, supliqué.

Adrian frunció el ceño y volvió a cogerme la cara entre las manos.

—¿Ha pasado algo durante mi ausencia?

La pregunta hizo que se me llenaran los ojos de lágrimas. Lo besé para ocultarlas.

—No —dije con los labios contra los suyos. Mis manos descendieron para sacarle el miembro de los pantalones. Me cogió entre sus brazos—. Pero prométeme...

No me dio tiempo ni a terminar la frase.

—Te lo prometo —dijo, su carne abrió la mía y entró en mí.

Abrí los ojos con un grito ahogado cuando algo me sacó del agua. El rostro de Adrian estaba suspendido sobre el mío. Por un momento, pensé que seguía en el lago, pero la luz del fuego se reflejó en su rostro y era más severo que a la luz de la luna.

Había sido un sueño.

—Te vas a ahogar —dijo y las notas de su voz me resonaron en el pecho.

—Estaba muy cansada —susurré.

No podía dejar de mirarlo, de pensar en lo diferente que había sido en mi sueño. Aquel Adrian parecía más joven, más despreocupado, más enamorado. El Adrian que me tenía en brazos mostraba la edad en sus ojos, cargados de dolor y experiencia. Tal vez eso era lo que lo había convertido en un monstruo.

—Estás empapado —dije.

—¿Es tu manera de decirme que me desnude?

—Entrarías en calor —respondí.

Me depositó en la cama y se irguió. Todo el cuerpo se me caldeó bajo su mirada. Se me endurecieron los pezones y fui consciente de lo vacía que estaba, de la humedad que se me acumulaba entre los muslos.

Adrian se quitó la ropa. Sus movimientos eran elegantes y mi hambre fue en aumento a medida que la luz acariciaba cada parte de su cuerpo.

Tragué saliva.

—Gracias por proteger a mi padre —dije.

—Hice una promesa —se limitó a responder.

—¿Siempre has cumplido tus promesas? —pregunté.

Sentía curiosidad por ver qué me respondía, después de lo que había soñado.

La última prenda de ropa cayó al suelo y se alzó junto a la cama, desnudo, sin apartar los ojos de los míos.

—No.

Puso las manos sobre la cama, a ambos lados de mi rostro, y se colocó sobre mí para besarme en los labios con delicadeza. Sus movimientos eran pausados, familiares, como si hubiéramos sido amantes desde siempre.

Se apartó un instante.

—Pero, por ti, haré lo que sea —dijo con voz ronca y rota.

Era la segunda vez que me hablaba así aquella noche.

Fruncí el ceño y lo examiné. La cabeza de su polla me rozó el vientre y sentirla entre nuestros cuerpos me hizo ser consciente de lo vacía que estaba. Pero, por mucho que lo quisiera dentro de mí, me resistí, pues estaba inquieta.

—Aunque sea tu enemiga.

Sus ojos azules y blancos se ensombrecieron al mirarme el rostro. Me apartó unos cabellos de la mejilla.

—Nunca has sido mi enemiga —dijo y presionó los labios contra los míos.

Me quedé sin aliento y suspiré en su boca al tiempo que me abría a él y levantaba las piernas para aferrarme a su cuerpo. Le clavé los dedos en la espalda con tanta fuerza que su pecho duro quedó contra el mío. Cuando la lengua de Adrian entró entre mis labios y se enredó con la mía, arqueé la espalda para acoplarme a él.

El toque especiado en el dulzor de su boca me dijo que había bebido vino. Por lo general, no me gustaba ese sabor, pero en aquel momento habría querido empaparme de él. Sus caricias eran largas, me saboreó, me besó la barbilla y bajó por el cuello, entre mis pechos. Se echó hacia atrás para besarme la cara interna de la rodilla, luego el muslo, luego la cadera. Solté el aliento contenido y me agarré a las sábanas. Era pura expectación y permitió que creciera dentro de mí mientras me seguía salpicando la piel de besos.

Me retorcí debajo de él, desesperada por el desahogo que llegaría cuando me cogiera el clítoris hinchado entre los labios y me metiera los dedos. Pero, en lugar de eso, me bajó las manos por las piernas y me presionó las rodillas contra la cama. El aire fresco me inflamó, enloquecí de frustración al verlo allí, tan cerca de mi sexo.

Clavó los ojos en los rizos de mi entrepierna.

—Qué belleza —dijo y bajó la cabeza para lamerme el clítoris.

Me tensé cuando me lo acarició de nuevo, antes de saborear mi cálida humedad.

—Sí —jadeé.

Oí la risa de Adrian, que incrementó la presión de la lengua. Cuando me metió los dedos, me arqueé sobre la cama, con los hombros contra el colchón y las caderas en el aire para recibirlos. Mi reacción le provocó un gemido y cerró los labios en torno a los nervios más sensibles. Lamió y acarició hasta que fui incapaz de controlar los sonidos que me salían de la boca. Me había entregado a él, era su arma, podía esgrimirme. Mantuvo la presión, me siguió penetrando, acumulando y acumulando la tensión. Subí con él mientras mis entrañas vibraban y se enroscaban, mientras se me retorcían los músculos. Y, cuando llegó el desahogo, grité en la cúspide. Fue como si se alimentara de mi esencia y, al hacerlo, me diera más y me hiciera mejor.

Aún no había recuperado el aliento cuando volvió a ascender por mi cuerpo y me besó en la boca, de un modo apasionado. Aunque me sentía liviana y ligera, me dejé llevar cuando me movió. Se colocó detrás de mí, con el pecho contra mi espalda. Me puso una mano tras la rodilla y me abrió para entrar dentro de mí. Con un brazo, me acunó la cabeza y con la otra mano me agarró la pierna antes de empezar a moverse en embestidas lentas y sensuales. Lo miré a los ojos. No podía apartar la vista. Estudié cada parte de su rostro, el pelo que se le pegaba al sudor de la mejilla, el azul del iris de los ojos que parecía consumir el blanco cuando estaba dentro de mí, su manera de apretar los dientes con cada empujón.

Luego, me volvió a besar.

Fue un beso lacerante que se prolongó mientras se seguía moviendo y me dejó sintiendo los efectos de algo que no terminaba de entender. Una oleada de emoción creció en mi interior y me abrasó los ojos. Me di cuenta de que había traspasado la línea, de que estaba haciendo algo demasiado parecido al amor. Me había dejado llevar por las sensaciones, por todo lo que Adrian hacía aflorar en mi piel, y no lo había impedido.

No podía aceptarlo. Éramos enemigos. Teníamos que estar furiosos. La intimidad era una lucha, una batalla ganada o un cuerpo conquistado. Aquello, en cambio... Aquello era ternura. Era dulce, era exuberante y era... intenso.

Me quedé paralizada y Adrian también se detuvo con mi barbilla en una mano y la otra sobre mi vientre.

—¿Isolde?

Jamás habría imaginado que hubiera dado cualquier cosa por que me llamara gorrión, pero oírle decir mi nombre con la voz cargada de deseo, con afecto... me asustó.

No podía seguir. Ya había traicionado a mi pueblo. Si permitía que aquello continuara, no sería nada. Nada.

—¡Para! —dije y lo aparté de mí.

—¿He hecho algo mal? —preguntó Adrian.

—Tienes que marcharte —dije.

No me volví hacia él. No lo podía mirar, o habría visto que tenía los ojos llenos de lágrimas... Unas lágrimas causadas por emociones que no podía explicar.

Hubo una larga pausa. Luego, la cama crujió cuando se levantó para vestirse.

—Al menos, dime que no te he hecho daño —dijo antes de salir.

No tendría que haberlo mirado, pero había una carga tal de desesperación en su voz que me pilló desprevenida. Por aterrador que fuera el caos de mis emociones, no podía permitir que creyera que me había hecho daño.

Lo miré a los ojos y se me hizo un nudo en la garganta. No pude aclararlo antes de responder:

—No.

Apartó la vista de inmediato. Tal vez fuera por vergüenza. Hizo una reverencia.

—Buenas noches, reina Isolde.

Con aquellas palabras, obtuve lo que había querido, un abismo entre nosotros. Y, cuando cerró la puerta de mi dormitorio, me dejé caer al suelo.

TRECE

A la mañana siguiente, me levanté temprano y me vestí. Solo podía elegir entre los vestidos que me había proporcionado Adrian, todos ceñidos y ornamentados. Tenía que hablar con él para que me facilitara ropa adecuada para entrenarme con regularidad, aunque por el momento la sola idea de verlo me hacía entrar en una espiral de sentimientos confusos. Tal vez podría hablar con Ana para que le transmitiera que necesitaba ropa que me permitiera llevar el puñal, aunque por el momento me lo puse en el corpiño. Dejé los de las muñecas en la mesilla, junto a la cama. Aquel vestido, cerrado en el cuello, sin mangas y con poco vuelo, era inútil a la hora de llevar armas.

Violeta y Ana habían llegado. Violeta trajo una bandeja con pan, mantequilla, mermelada y té. Ana entró tras ella, llevaba un vestido plateado con varillas que se movía como plata líquida con cada paso que daba.

—Hemos pensado que preferirías desayunar en tu habitación —dijo Ana.

—¿No hay desayuno formal?

En Lara, mi padre comía con la corte todas las mañanas y todas las noches; únicamente estaba a solas o solo conmigo durante el almuerzo. Era casi un ritual: se levantaba, se vestía y desayunaba. Luego, íbamos a dar un paseo por el jardín.

—Para los vasallos, sí —explicó Ana—. Pero Adrian y los nobles no suelen participar.

No hacía falta que me explicara por qué. Me imaginaba los motivos de sus visitas esporádicas.

—Me gustaría salir a caminar esta mañana —dije—. ¿Hay algún jardín?

—Sí, y es muy hermoso. Adrian me ha contado que te gustan las rosas de medianoche.

Fui a decir algo, pero titubeé. ¿Me preguntaba cuándo habían hablado de mí?

—Sí. Me recuerdan a mi madre.

Ana se limitó a asentir y me imaginé que Adrian también le había contado eso.

—En ese caso, empezaremos por los jardines.

Los jardines del Palacio Rojo eran muy diferentes de la imagen que me había hecho. Había pensado que serían un poco más grandes que el que había creado mi madre y luego mi padre había mantenido en el castillo Fiora. Pero eran magníficos. Aparte de las flores, árboles y plantas exuberantes, había estatuas, fuentes y piedras decorativas que creaban un laberinto de jardines bien diferenciados, cada uno con su propio tema y estilo. Decir que estaba encantada habría sido quedarme muy corta.

—Esto es maravilloso —dije cuando me adelanté a Ana para bajar por unos peldaños de mármol blanco que llevaban a un jardín de disposición simétrica, delimitado por setos bien recortados. La zona central, un diseño de plantas y flores aromáticas, me recordó a las vidrieras del palacio—. ¿Es de tiempos del rey Dragos?

—Era muy pequeño —respondió Ana, que iba unos pasos por detrás de mí—. Adrian se empeñó en ampliarlo.

Aquello me sorprendió y me intrigó.

—¿Por qué?

—Pensó que era importante —respondió.

Tuve la sensación de que era una evasiva, igual que cuando Sorin me respondía a preguntas sobre Adrian. Pero fue aún más raro porque estábamos hablando del diseño de un jardín.

Alcé la vista hacia el cielo rojo. ¿Cómo sobrevivían las plantas allí, sin recibir nunca el sol directo? Pero era obvio que las flores crecían sin problemas. Había muchas variedades: magnolias y dedaleras, adelfas y lirios, narcisos y delfinias. Me alejé de Ana para deslizarme por una abertura que había en el muro de piedra. Cada jardín tenía una zona central diferente: un estanque en uno, una fuente en otro… En aquel había una pérgola con un delicado tejado de filigrana. Subí por los peldaños y me quedé unos minutos allí para disfrutar del silencio del jardín.

—Reina Isolde.

Me di la vuelta y vi a una mujer que estaba ante la pérgola. Iba cogida del brazo de otra más joven. Una vestía de color lila y la otra, de gris. Ni las reconocí ni sabía cómo se llamaban, pero eran vampiras, no humanas. ¿Cómo habían llegado a existir? ¿Qué utilidad les había encontrado Adrian?

—¿Sí? —dije.

Las dos se inclinaron.

—Queríamos darte la bienvenida a Revekka —dijo la mujer de gris.

—Gracias —dije y aparté la vista.

En Lara, eso habría marcado el final de la conversación y les habría indicado que podían retirarse. Allí fue como si les diera pie a continuar.

—Tienes muy intrigado a todo el reino —siguió—. Eres la mortal que ha cazado a nuestro rey.

«Qué coincidencia, yo tampoco me imaginaba que me iban a cazar», pensé sin mirarlas.

—Nosotras pensábamos que, si se casaba, sería con alguna mujer de la corte —añadió—. Pero por lo visto solo quería catarlas.

—¿Has venido a alardear de haberte follado a mi marido antes que yo? —respondí.

Me volví por fin hacia la mujer. Abrió mucho los ojos antes de entrecerrarlos otra vez y apretar los labios. No hacía falta que me dijera que lo había hecho. Aquellos celos salían de alguna parte.

—No es un hombre al que puedas satisfacer sola —dijo—. Necesita más. Harás bien en recordarlo.

—¿Insinúas que puedes aportar lo que a mí me falta?

La mujer de gris se irguió y levantó la cabeza.

—Todo el mundo sabe que no dejas que se alimente de ti —dijo—. De alguna parte tiene que conseguir la sangre. Ahora que has hecho que rechace a Safira… Bueno, una de nosotras ocupará su lugar.

Debería haberme imaginado que Safira no iba a mantener en secreto su situación y mucho menos que había sido por orden mía. Pero eso no me sorprendía tanto como que aquella mujer insinuara que tenía otras maneras de satisfacer las necesidades de mi marido.

—Adrian no se folla a las que lo alimentan —dije.

Las dos se echaron a reír.

—¿Eso te ha dicho? —preguntó la mujer de gris entre risas—. ¡Y tú te lo has creído!

—Adrian le debe de tener cierto afecto —aportó la mujer de lila—. De lo contrario, no le habría ahorrado los detalles.

Se siguieron riendo, pero se callaron de repente cuando me giré hacia ellas.

—¿Estáis insinuando que mi marido, el rey de Revekka, es un mentiroso? —pregunté. Se les borró hasta la sonrisa y di un paso hacia ellas—. Porque, si es así, se enterará de lo que pensáis de él.

Intercambiaron una mirada.

—Solo queríamos informarte...

—Solo queríais burlaros de mí —la interrumpí—, pero no voy a tomar parte en este juego. Podéis elegir entre respetarme o desaparecer de esta corte. ¿Entendido?

—¡Ah, estás ahí! —dijo Ana, que había llegado a la pérgola. Miró a las dos mujeres que se alejaban ya por el césped—. ¿Todo bien?

—¿Quiénes son esas dos? —pregunté.

—Lady Bella y lady Mila. Son primas. Lady Bella es hija del noble Anatoly. —Hizo una pausa—. ¿Te han dicho algo?

—Me han dicho mucho —respondí. La miré a los ojos—. ¿Me quieres enseñar algo más?

No volví a alejarme de Ana mientras recorríamos los jardines. Me parecía imposible que fueran todavía más hermosos, pero lo eran. Cada distribución era diferente, cada sendero presentaba una ruta distinta por los jardines de rosas, ciceras y amarilis, y junto a obras de arte de gran tamaño: prismas de cristal que parecían rubíes bajo el cielo, estatuas de vidrio volcánico que representaban a diosas menores...

—¿Adrian adora a los antiguos dioses? —pregunté.

—Adrian no adora a ningún dios —replicó Ana—. Eso no quiere decir que no crea en ellos.

—Entonces ¿por qué les da un lugar en sus jardines reales?

—Se puede respetar a alguien sin adorarlo. Rae, Yara y Kismet son diosas pacíficas.

De su afirmación se deducía que Asha y Dis no lo eran. Me habría gustado saber qué más pensaba, pero en aquel momento pasamos por unos setos altos tras los que se alzaba una hilera de árboles y me distraje.

—Esto es la gruta —me dijo Ana.

Aquel lugar me pilló por sorpresa, porque había estado allí la noche anterior; parecía diferente a la escasa luz del cielo rojizo, pero el olor era inconfundible, igual que los jazmines.

El estanque, que en mis sueños parecía negro, estaba lleno de un agua clara y transparente de la que se alzaba vapor cuando su calor se encontraba con el aire frío de la mañana. Parte del estanque estaba bajo el castillo, lo que creaba la gruta. Bajo la edificación, las paredes estaban pintadas con volutas relajantes de colores suaves.

Me acerqué al borde del agua y me di la vuelta muy despacio mientras recordaba el extraño sueño. Lo que había sentido cuando Adrian se me acercó, lo desesperada que estaba por que no volviera a marcharse de mi lado y, al mismo tiempo, el miedo a que nos vieran. Y pese a todo lo había aceptado en mi cuerpo. Mis pensamientos eran una tormenta caótica, una mezcla de la Isolde que había amado a Adrian en el sueño y la que se preguntaba cómo había imaginado un lugar que no había visto nunca. ¿Era cosa de magia? ¿Tal vez algo residual que me había seguido desde Sadovea?

—¿Isolde? —me llamó Ana con cierta preocupación.

Me volví hacia ella.

—¿Estás bien? —insistió.

Caí en la cuenta de la cantidad de veces que me habían hecho la misma pregunta desde que había partido de Lara…

—Es…

Antes de que pudiera decir nada, empezó a sonar una campana. Miré a Ana para que me lo explicara.

—Mediodía —me dijo—. Se abren las puertas del castillo para recibir a la corte. Tengo que llevarte con Adrian.

—¿La corte?

—Adrian lleva mucho tiempo fuera. Cuando está aquí, sus súbditos le piden que dirima sus pleitos, que envíe ayuda o que los convierta.

—¿Que los convierta? ¿En vampiros?

Me lo habían dicho ya, pero no me entraba en la cabeza que nadie quisiera la conversión.

—Hay muchos que desean la inmortalidad, Isolde —respondió Ana—. Lo que importa es quién le resultará útil a Adrian y, ahora, a ti.

¿A mí? ¿Yo también iba a tener que conceder la inmortalidad?

Volvimos al castillo por una entrada diferente. Los pasillos eran más estrechos y fríos, pero Ana me aseguró que era la mejor manera de recorrer el edificio sin cruzarnos con nadie.

—Hay mapas —me explicó—. Puedes llegar a cualquier parte menos a la biblioteca.

Fruncí el ceño.

—¿Por qué?

—Porque se añadió ya durante el reinado de Adrian y los pasadizos son de los tiempos de Dragos.

Salimos del pasillo a un armario que daba a un vestíbulo; luego, Ana me acompañó hasta una habitación, junto al gran salón. Se detuvo en la puerta.

—Solo tienes que llamar —dijo—. Te está esperando.

Esperé hasta que se alejara e hice lo que me había dicho. Me abrió Daroc.

—Mi reina —saludó e hizo una reverencia.

¿Detestaba inclinarse ante mí? ¿Me detestaba a mí? Si era así, al menos no se le notaba, cosa que no se podía decir de otros en el castillo.

—Comandante —saludé al entrar en la habitación.

—Me retiro —dijo él y me dejó a solas con Adrian.

Estaba al fondo, vestido de negro y con un librito en la mano. Llevaba una sobreveste muy ornamentada, con complejos bordados en hilo de oro. Por encima llevaba un chaleco de piel negro y un collar de oro. Se había echado hacia atrás la mitad del pelo, le caía en ondas que le enmarcaban el rostro. La corona negra le daba un aspecto imponente.

Había temido aquel momento, el de enfrentarme de nuevo a él tras haberle dicho que se marchara la noche anterior. Tenía un nudo en el pecho que se iba endureciendo cuanto más nos observábamos. Pero le sostuve la mirada, porque no quería que supiera cómo me sentía. Ni siquiera yo lo sabía.

—Isolde.

—Adrian.

Nos miramos.

—¿Qué esperas de mí? —me apresuré a añadir antes de que le diera tiempo a mencionar lo sucedido la noche anterior.

Adrian frunció el ceño.

—¿A qué te refieres?

—En la corte. ¿Solo voy a ser un adorno junto a tu trono? Porque, si es así, declino la invitación.

Adrian dejó el libro que había estado leyendo y se enfrentó a mí.

—Supones demasiado, esposa. Tu presencia a mi lado no está

abierta a negociación y no es decorativa. Eres mi reina. Espero de ti que gobiernes conmigo, así que estarás en la corte.

Parpadeé.

—¿Gobernar contigo quiere decir que me escucharás si te digo que detengas la invasión de las Nueve Casas?

Adrian guardó silencio.

—Ya me parecía a mí.

—Isolde.

Había vuelto a pronunciar mi nombre en voz baja, casi desesperada. No me gustaba. «Cariño mío» o «gorrión» no eran tan personales como mi nombre.

—No digas que quieres que gobierne contigo si solo te refieres a la política de la corte.

Me di media vuelta para marcharme, pero no había hecho más que tocar el pestillo de la puerta cuando la mano de Adrian cubrió la mía. Volví la cabeza y me encontré sus labios muy cerca. No se movió, pero su cuerpo tampoco rozó el mío. En el espacio que nos separaba se estableció algo parecido a una corriente. Tuve que controlarme para no pegarme a él.

—Eres exasperante —dijo.

—Tú eres el que quiso casarse conmigo por capricho.

—No fue un capricho. Fue con toda la intención.

—Pues se te olvidó informarme.

Una parte de mí sabía cómo iba a responder. Entre nosotros había algo innegable, algo electrizante que ni el odio podía borrar. Ese algo me mantuvo clavada en el sitio, cuando en otras circunstancias habría forcejeado para escapar.

Me volví hacia él, que me siguió reteniendo contra la puerta.

—Dame tiempo —me dijo—. Pronto me suplicarás que conquiste las tierras que ahora quieres salvar.

—Ahora eres tú el que supone demasiado.

—Te estoy ofreciendo la verdad —dijo.

Le lancé una mirada asesina y en ese momento llamaron a la puerta del otro lado de la habitación, la que daba al gran salón.

Adrian no respondió de inmediato, sino que me miró un momento más con una expresión que era mezcla de ira y pesar. Quería hablar de lo de la noche anterior, pero yo tenía más interés en hablar sobre vampiras como lady Bella y lady Mila. Y, más importante aún, ¿a quién iba a elegir para ser su próxima vasalla?

Volvieron a llamar. Lo empujé.

—Nos reclaman —dije.

Me cogió por la muñeca y me dio un beso en los dedos.

—Lo digo de verdad, Isolde. Quiero que tomes decisiones.

Lo creí.

No me soltó la mano, sino que me la guio para que lo cogiera del brazo y salimos al gran salón. Se había congregado mucha gente y abundaban las diferentes versiones del collar de oro de Adrian. Supuse que eran los nobles nada más ver entre los presentes a Gesalac, ataviado de plata y esmeralda. Tenía la mirada torva y sentí miedo. Pero su lealtad a Adrian y a la corte eran innegables, porque había acudido a pesar de la muerte de su hijo.

O tal vez lo innegable era el temor que inspiraba Adrian.

—¿Quién es el noble Anatoly? —pregunté.

Adrian me miró y luego hizo un ademán hacia el fondo de la estancia.

—Aquel, el de aspecto lúgubre —dijo.

No me hizo falta más descripción. El noble Anatoly se mantenía aparte, vestido de negro y plata. Tenía unos ojos grandes, redondos y entrecerrados, lo que le daba una expresión casi adormilada.

—Más tarde quiero que me hables de tu relación con su hija, lady Bella —dije.

Adrian arqueó una ceja.

—Te lo contaré todo ahora mismo. No hay ninguna.

—¿De veras? Pues parece que ella sabe mucho sobre tus hazañas sexuales —dije—. Y tu ansia de sangre.

Adrian me sostuvo la mano en alto para subir al estrado donde había dos tronos idénticos. Se detuvo un instante y me tocó la barbilla, un gesto amable que me hizo enrojecer.

—No tardarás en descubrir que aquí hay muchos que aseguran conocerme —dijo—. Tienes que confiar en lo que conoces tú.

—Me estás pidiendo que confíe en ti —dije.

Adrian me acompañó hasta los asientos y así terminó nuestra conversación privada. Me soltó la mano y se volvió.

—Que se abran las puertas —dijo y se acomodó en el trono.

La corte de Adrian ya se había agrupado contra las paredes del gran salón para dejar el espacio central libre para los peticionarios. No sabía bien qué esperar, pero la fila parecía eterna, llegaba desde la entrada del salón hasta las puertas de entrada del castillo.

La primera aldeana entró arrastrando los pies.

—Majestades. —Hizo una reverencia—. Me llamo Andrada. Soy de Sosara. Un ser que aún no ha sido capturado destruyó nuestras cosechas y mató a nuestros animales. Estamos en medio del invierno y no tenemos comida para resistir hasta el verano. Suplicamos humildemente protección y alimentos. Nos estamos muriendo.

Miré a Adrian, cuya postura parecía indicar aburrimiento, pero tenía la expresión muy seria. Había muchos seres capaces de matar al ganado y destruir las cosechas: las rusalkas, los koldunos, los leyah, y no eran los únicos.

—Vienes de muy lejos, Andrada —dijo Adrian—. Dime, ¿has expuesto este problema a tu noble?

De modo que los nobles de Revekka eran como los señores de Lara: representaban a los diferentes territorios y eran los intermediarios entre el pueblo y el rey.

La mujer tragó saliva.

—Sí, majestad. Nuestras súplicas… no han tenido respuesta. Pero seguro que el noble Ciro está muy ocupado.

—¿Es así, noble Ciro? ¿Estás tan ocupado que no puedes prestar atención a tu pueblo? —preguntó Adrian a un hombre que se encontraba entre los congregados, tenía pelo corto y rubio con unas cejas a juego. Llevaba ropas de lujo, mucho más extravagantes que las de Adrian. Su collar era de plata y gemas color púrpura.

—Por supuesto que no, majestad —dijo el noble Ciro y le lanzó una mirada asesina a Andrada—. Es la primera noticia que tengo de los problemas en Sosara.

—En ese caso, tal vez deberías pasar más tiempo con tu pueblo.

—Me ocuparé de todo —respondió Ciro.

Se me aceleró el pulso.

—Por supuesto —siguió Adrian—. Ciro te acompañará en el camino de vuelta a tu aldea. También enviaré a la guardia real con provisiones y se quedarán hasta que acaben con el monstruo que destruye las cosechas y mata al ganado. ¿Responde esto a tu petición?

—S-sobradamente —tartamudeó Andrada al tiempo que miraba a Ciro de reojo.

Le tenía miedo. Yo iba a intervenir para hablar sobre el regreso del noble a Sosara, pero Adrian se me adelantó.

—No temas al noble Ciro —le dijo Adrian—. Ya ha fracasado en su misión de protegerte a ti y a tu pueblo. Otro error y será ejecutado.

Era una promesa y una amenaza. Ciro palideció, pero yo me alegré de ver que los nobles omisos pagaban las consecuencias. No soportaba a los que descuidaban a su pueblo, como ya me habían recordado cuando mi padre había negociado con Adrian.

—Que la salud y la abundancia bendigan vuestro matrimonio, majestades —dijo Andrada e hizo una profunda reverencia.

Salió del gran salón acompañada por tres soldados de Adrian, que la escoltaron como para crear una barrera entre ella y el noble Ciro, que se demoró entre la gente y salió de mala gana.

Hubo varias peticiones similares, aunque vinieron de nobles más solícitos. Un caso espantoso hablaba de una lamia que había conseguido meterse en una casa y se había llevado a un niño. Nunca dieron con ella, pero sí encontraron un rastro de sangre que llevaba al agua. Otro relato de la zona occidental nos informó de que una yara atraía a los hombres: los hipnotizaba y los dejaba secos de sangre y semen.

Me sorprendió la cantidad de monstruos que asolaban Revekka, a pesar de estar dominada por los vampiros, pero las quejas y los problemas me hicieron darme cuenta de que eran iguales que en las Nueve Casas. Solo tenían la ventaja de contar con un ejército mucho más poderoso.

Se acercó el siguiente aldeano, un hombre anciano de barba gris y pelo corto que se cubría con una gorra. Sus ropas eran andrajos, aunque la mujer que caminaba tras él, rubia y atractiva, llevaba un vestido de buena calidad. Me imaginé que habían invertido en él sus últimas monedas para presentarse ante el rey.

—Majestad —dijo el hombre, que se dirigió solo a Adrian con una exagerada reverencia—, soy Cain, un granjero de Jovea. Mi mujer y yo tenemos tres hijas. Vesna es la más hermosa, ¿no estás de acuerdo?

Al momento me repelió la capacidad de aquel hombre para elegir a la más hermosa de sus hijas y su manera de interpelar a mi marido. Miré a Adrian, que tenía los labios apretados.

—Mi aldea depende de mí para sembrar y cosechar todos los años, pero me estoy haciendo viejo y pierdo la salud. Con los años, me será cada vez más difícil proveerlos de alimentos. Vengo a suplicarte que me hagas inmortal. A cambio, te ofrezco a mi hija como concubina para que te sirva.

La sorpresa me reverberó por dentro y me puse tensa. Vi por el rabillo del ojo que Adrian me estaba mirando. ¿Cómo habrían recibido mi asombro los congregados en el gran salón? Cain no me prestó atención, porque tenía los ojos clavados en Adrian. Imaginé que era porque la petición era para él. Yo no podía convertirlo en vampiro.

Miré a la chica, que tenía la cabeza gacha. El pelo lacio le ocultaba el rostro juvenil. Aún no había alzado la vista y noté que iba encorvada, como si quisiera replegarse sobre sí misma. No le gustaba estar allí.

—Dices que eres granjero e imprescindible para tu aldea —respondió Adrian—. Las noticias que me han llegado son diferentes. He oído que solo entregas cosechas a cambio de dinero y favores. No me parece que seas necesario, en absoluto.

El hombre abrió mucho los ojos. Tuve que reconocer que me impresionaba lo bien que Adrian conocía su reino.

—Majestad. —Cain dejó escapar una risa intranquila—. ¿Por qué vas a prestar oídos a esas mentiras?

—¿Dices que tu noble miente? —preguntó Adrian.

—No, pero sin duda alguien ha inducido a error al noble Dracul.

Mientras hablaban, yo no podía apartar la vista de la mujer. Se le estaban poniendo los dedos blancos de tanto apretar las manos y yo solo quería evitarle todo aquello.

Me puse en pie bruscamente. No sé qué estaba diciendo el hombre en ese momento, pero se paró en seco cuando lo miré a los ojos. Me contuve para no fruncir el ceño y mantuve una expresión plácida. El hombre parecía hambriento y no habría sabido decir si era de poder o de mí.

—Cain, ¿verdad? —dije.

—Sí —respondió. Se inclinó como si me viera por primera vez—. Majestad.

Miré a Vesna.

—¿Cuántos años tiene tu hija?

—Ha cumplido dieciséis, mi reina.

—Dieciséis —repetí y bajé por los peldaños hasta quedar ante ellos—. Adelántate.

La chica miró a su padre, que le hizo gestos para que avanzara. Lo hizo, pero describiendo un círculo para mantenerse lejos de él, como si tuviera miedo de que la cogiera. Al acercarse, hizo una reverencia sin levantar la vista. Hice que me mirara a los ojos.

—¿Qué habilidades tienes, Vesna?

—Sé cocinar, limpiar y coser —dijo con voz suave, casi musical.

—¿Sabes cantar? —pregunté y aguardé su respuesta anhelante.

Por un momento me imaginé que le enseñaba canciones de la tierra natal de mi madre y sentí una caricia de felicidad.

—Sí —respondió.

—Entonces, te quedarás conmigo en el castillo. Me vendrá bien una compañera mortal.

Antes de que la chica tuviera ocasión de decir nada, su padre palmoteó encantado.

—¡Eres muy generosa, mi reina!

Le lancé una mirada de repugnancia, pero no se le borró la expresión entusiasmada. Me volví de nuevo hacia Vesna.

—Mi reina, es muy generoso por tu parte. Tengo miedo... Tengo miedo de dejar allí a mis hermanas.

—Habrá que hacer algo con esos temores —respondí y le hice un ademán a Ana para que se acercara—. Lleva a Vesna a mis habitaciones. Iré cuando acabemos.

Cuando la puerta de la habitación adyacente se cerró tras ellas, saqué el puñal de entre mis pechos y lo oculté tras la falda antes de volverme hacia su padre. Di dos pasos y me situé ante él.

—¡No lamentarás la decisión que has tomado, mi reina!

—Es cierto —dije—. No lo lamentaré.

Le clavé el puñal entre las costillas y, mientras el hombre abría mucho los ojos, lo saqué de golpe, de modo que cayó, pesado y muerto a mis pies, echando sangre por la boca. Miré a los que se habían reunido ante mí y a los que aún esperaban audiencia.

—¿Alguien más quiere ofrecer a su hija como concubina a mi esposo? —pregunté.

La única respuesta fue el silencio.

Me di la vuelta y volví al estrado.

Adrian tendió la mano hacia mí.

—El puñal.

Titubeé, pero se lo di, porque parecía más satisfecho que decepcionado. Lo cogió, lo limpió igual que había hecho la noche anterior y me lo devolvió de inmediato. Los guardias ya se estaban llevando el cadáver de Cain de la estancia, dejando un rastro de sangre a su paso.

Después de aquello, nadie se olvidó de incluirme en el saludo, pero no fue el último en pedir la inmortalidad, aunque tampoco hubo más ofertas de esclavas sexuales. Lo que más me sorprendió fue que Adrian rechazó todas las peticiones de los mortales que querían que los convirtieran. ¿Qué hacía falta para convencerlo?

El último peticionario era alguien a quien conocía y fue una sorpresa verlo en el gran salón del Palacio Rojo.

—Rey Gheroghe.

Vela, su reino, aún no estaba bajo el poder del rey Adrian.

—Prin... reina Isolde —saludó e hizo una reverencia—. Es un placer. Ha pasado mucho tiempo desde la última vez que estuve en presencia de tu belleza.

Sentí los ojos de Adrian clavados en mí.

—Ha pasado mucho tiempo desde que le puse un puñal contra el cuello a tu hijo —respondí—. ¿Cómo está el príncipe Horatiu?

Era uno de los muchos que habían sugerido que eran capaces de satisfacerme a mí y de gobernar a mi pueblo, como si yo no supiera hacerlo sola. Se había atrevido a arrinconarme en un lugar oscuro para besarme y mi reacción había sido derramar su sangre.

—Muy recuperado —respondió Gheroghe.

—¿A qué se debe tu visita, rey Gheroghe? —preguntó Adrian con cierta irritación.

—He venido a rendirme —dijo. Un silencio sorprendido se hizo en el salón—. A cambio —añadió—, solo pido convertirme en inmortal.

—Cuando se trata de mí, en la rendición no hay negociaciones, rey Gheroghe —replicó Adrian—. Te rindes, conservas el título y garantizas la seguridad de tu pueblo. No hay más opciones.

—Vela tiene mucho que ofrecer, mi rey. No solo conseguirías abundante mineral de hierro, sino el paso para lanzar un ataque contra el Atolón de Nalani, un reino rico en perlas y piedras preciosas.

Me puse rígida y apreté los puños al oír nombrar la tierra natal de mi madre como objetivo de conquista.

—Lo que te ofrezco es mucho más que una esposa aficionada a los puñales —siguió.

—Me gusta mi esposa y me gustan sus puñales. Y prefiero la rendición a la batalla, pero no me importa ir a la guerra.

El rey Gheroghe abrió mucho los ojos. Adrian se puso de pie y yo lo imité.

—I-Isolde —dijo el rey, como si me suplicara que acudiera en su defensa.

—Has perdido mi apoyo cuando le has sugerido a Adrian que invada la tierra natal de mi madre —dije—. Vuelve a tu reino y prepárate para la guerra.

El recuerdo de las palabras de Adrian no se me iba de la cabeza. Yo misma acababa de aprobar la invasión de las Nueve Casas.

Adrian me cogió la mano y volvimos a la habitación adyacente. Allí, me empujó contra la puerta, pegó sus caderas a las mías y me besó.

Le agarré la cabeza con las dos manos y lo aparté de mí.

—¿A cuántas mujeres has aceptado como concubinas? —pregunté.

—A ninguna —dijo—. Pero tampoco he ejecutado a ningún hombre por ofrecérmelas.

—Era una rata —bufé.

—No digo yo que no y tampoco lo desapruebo. —Se pegó más a mí y sentí su erección contra el vientre. Su voz se convirtió en un rugido quedo, como si confesara un pecado—. Eres todo lo que siempre he querido.

Lo miré y vi en él la misma ternura, la misma emoción pura de la noche anterior. No podía permitirme eso.

Lo aparté de mí y salí de entre su cuerpo y la puerta. Me agarró por la muñeca y lo miré a los ojos.

—Dime qué he hecho mal, Isolde.

—¿No lees la mente? —repliqué frustrada, aunque en aquel momento no quería que me la leyera, no quería que supiera la verdad: que no soportaba el afecto con el que me miraba, que al mirarlo yo a él sentía más emociones de las que podía controlar.

—Estoy intentando respetar tu intimidad —dijo, fue la primera vez que lo percibí exasperado conmigo.

—Es que... no sabía que ibas a venir cada noche a mi cama. No es que vayamos a tener un heredero, así que no hace ninguna falta.

Me soltó, pero se volvió hacia mí, imponente en toda su altura, con los ojos entrecerrados.

—¿Quieres decir que estás cansada de mí, mi reina?

No pude soportar el daño que me hicieron sus palabras, ni lo insegura y jadeante que sonó mi respuesta.

—Sí.

Adrian me miró un momento más como si pensara que iba a cambiar de opinión bajo su escrutinio. Pero no lo hice. No podía hacerlo. Si me leía el pensamiento, esperaba que viera eso mismo. Adrian y yo teníamos que ser enemigos, solo podía tolerar su proximidad si sentía ira hacia él.

Por fin, con apenas una breve inclinación, se marchó. ¿Cuánto tiempo podría mantener la distancia antes de que esa inexplicable necesidad de él que sentía escapara a mi control?

Volví a mis habitaciones, donde me encontré a Ana sentada con Vesna. Las dos alzaron la vista al verme entrar, se levantaron e hicieron una reverencia.

—Mi reina —dijo Vesna sin dejar de mirarse los pies.

—Si vas a trabajar para mí, vas a tener que aprender a mirarme a la cara, Vesna —dije.

Lo hizo. Se había puesto muy roja.

—Lo siento, mi reina.

—No te disculpes. Ana, ¿te importa llamar a Violeta?

Ana asintió y salió de la habitación. Una vez a solas con Vesna, le indiqué que se sentara en la cama, a mi lado, de nuevo más bien lejos de la chimenea.

—Siento informarte de que tu padre ha muerto —dije—. Lo... No supe qué añadir.

«Lo he matado», pensé, pero no tuve ocasión de agregar nada. Vesna se echó a llorar. Fue una explosión de emociones que solo duró unos segundos antes de que se recompusiera.

—Lo siento —le dije.

No le pedía perdón por haber matado a su padre, sino por causarle dolor.

—No, por favor. No te disculpes. Es que... No sé qué sentir. Era terrible, era un verdadero monstruo con mis hermanas y conmigo, también con nuestra madre y la gente del pueblo. La verdad es que no sé cómo ha sobrevivido hasta ahora.

Me contó las ocasiones en que habían intentado matar a su padre con comida o bebida envenenada, pero él lo había impedido echándoles los alimentos contaminados a los animales. Solo de pensarlo sentí náuseas.

—Pero, pese a todo, era mi padre —dijo.

—No tienes que decidir cómo te sientes ni hoy ni mañana. Ni nunca, si no quieres —le dije—. Pero no permitiré que ningún hombre venda a su hija sin sufrir las consecuencias.

—Lo comprendo —susurró—. Me alegro de poder proteger a mis hermanas de él.

—Háblame de ellas —le dije.

Vesna sonrió. Tenían nueve y once años, y se llamaban Jasenka y Kseniya. Me contó que les gustaban las flores, que gritaban de alegría cuando veían mariposas blancas posadas en los pétalos, que las seguían saltando y bailando cuando echaban a volar.

—Decíamos que era el baile de la mariposa —dijo con una sonrisa, aunque le corrían las lágrimas por la cara—. Creo que recuerdo esos momentos tan bien porque se veía el sol más allá de la frontera y a veces íbamos corriendo a que nos acariciara.

El sol.

Sentí una añoranza extraña al recordar que había ido a las colinas más altas de Lara para tenderme más cerca de sus rayos. Sentí una oleada de nostalgia. Tragué saliva para ahogar las lágrimas.

—¿Y tu madre?

A Vesna le temblaron los labios.

—No sé qué va a ser de ella. No... —Se puso la cara entre las manos, sacudida por los sollozos, y solo se me ocurrió abrazarla. Tras un rato, consiguió hablarme de su madre—. Le gustaba mucho cantar —dijo—, pero mi padre le gritaba, así que solo cantaba cuando no estaba él. Luego empezó a darle palizas y ya no cantó más.

La mandé con Violeta, no sin antes hacerle una promesa.

—Podrás ir a ver a tu familia tanto como quieras.

Me sonrió.

—Gracias, mi reina.

Una vez a solas, me tumbé en la cama y contemplé el dosel, el dibujo se volvió borroso con las lágrimas. Echaba tanto de menos a mi padre y la presencia de mi madre que me dolía el pecho. Cerré los ojos para protegerme del dolor y me puse de lado. Tarareé la nana de mi madre, la que sonaba en la caja de música que me había regalado mi padre. La que él mismo me iba a traer en menos de dos semanas.

«Todavía lo tienes a él», me recordé.

Pero sentía su ausencia clavada muy honda y, por primera vez desde que habíamos partido de Lara, me sentí muy sola.

CATORCE

No podía controlarme.

Adrian no vino a mi cama esa noche y, aunque sabía que estaba haciendo lo que le había pedido, nunca había deseado tanto que fuera contra mis deseos. No es exagerado decir que me retorcí. Me picaba la piel entera. Cada roce en los pezones y en el clítoris hinchado me recordaba su ausencia. Aparté las mantas para dejar mi cuerpo expuesto a la noche. El aire gélido me envolvió entera. Cerré los ojos y me metí los dedos, en ese momento oí la voz de Adrian.

—¿Estás soñando conmigo, gorrión?

Abrí los ojos y estaba a mi lado, mirándome. Era el mismo Adrian que había visto en la gruta, relajado y más joven, rodeado de jazmines y oscuridad. Era igual de atractivo, pero me di cuenta de que me gustaba la severidad de su rostro actual, la manera en que la vida le había grabado la ira en los ojos y en la tensión de la mandíbula.

—Siempre sueño contigo —dije, avergonzada por lo que estaba confesando.

Las palabras eran ciertas, pero no tenía que decirlas en voz alta. Fui a apartar la mano, pero Adrian me la sujetó contra el sexo y me guio los dedos.

—No, quiero mirar —me suplicó. El cuerpo entero se me incendió con aquella petición.

Se arrodilló entre mis piernas mientras yo me acariciaba y no tardó en acompañarme, con la polla en la mano. No nos tocamos entre nosotros, pero nos miramos mientras se nos aceleraba la respiración y los gemidos eran cada vez más incontrolables. Lo miré hasta que no pude enfocar más los ojos y llegó el momento del desahogo. Me quedé allí tumbada unos momentos. Quería sentir su cuerpo contra el mío, pero la sensación no llegó y, cuando abrí los ojos, estaba sola.

A la mañana siguiente, me levanté temprano. No podía seguir en la cama. Bajé al jardín pese a que Adrian me había dicho que no saliera sola de la habitación. Eso había sido cuando había llegado, pero desde entonces era responsable de la muerte de un vampiro y de un mortal.

Así que me sentía segura.

No sabía cuánto tardaría en acostumbrarme a las mañanas de Revekka, pero no eran claras y doradas como las de Lara. El horizonte tenía un fulgor escarlata y los rayos de esa misma luz cruzaban el jardín al tiempo que dejaban otras zonas entre las sombras. No era un momento alegre. Era pura sangre.

Caminé por los senderos bien abrigada en la capa para combatir el frío. En Revekka, la temperatura no era más baja que en Lara, cosa que me alegraba; me habían dicho que allí los inviernos eran largos y crudos, con varios palmos de nieve sobre el suelo. Yo prefería el verano, el momento de más calor, cuando más brillaba el sol. Miré el cielo ensangrentado y pensé que no volvería a sentir esos rayos en mucho tiempo.

El paseo sin rumbo me llevó hasta la gruta y me quedé al borde del estanque para disfrutar del calor que ascendía del agua. Luego, me quité la capa y el resto de la ropa.

El estanque era poco profundo en la orilla, pero más hacia el centro. De pronto, deseé con todas mis fuerzas que Adrian estuviera allí, con su cuerpo húmedo y caliente. Le pondría la polla dura y lo metería entre mis muslos. Me montaría sobre su cuerpo hasta que encajara en el mío y lo cabalgaría hasta que se corriera dentro de mí. Los pensamientos desencadenaron una cascada de imágenes y tuve que apretar las piernas para combatir la necesidad de volver a darme placer.

Aquella conexión con Adrian no era normal.

Me sumergí bajo la superficie del agua para dejar de pensar así y aguanté tanto como pude. Cuando volví a salir para respirar, me encontré cara a cara con Gesalac.

En el movimiento precipitado para salir del agua, había subido demasiado, y la mitad superior de mi cuerpo quedó expuesta ante el noble. Gesalac no apartó los ojos y bajé hasta que el agua me llegó a los hombros.

—No salías a coger aire y me estaba preocupando —me dijo.

—¿Cuánto tiempo llevas mirándome, noble?

—No te estaba mirando —replicó, pero tampoco dio más explicaciones—. Yo que tú tendría más cuidado al elegir dónde nado, mi reina. La ira del rey no suele ser racional.

No me gustó su advertencia ni el comentario acerca de Adrian.

Tal vez fuera irracional, pero en aquel momento su ira hubiera estado justificada.

—Nadie ha solicitado tu atención, noble —dije a modo de despedida.

Estaba demasiado expuesta y sin armas, no me fiaba de sus intenciones.

El vampiro se me quedó mirando un momento más. Luego, hizo una inclinación con la cabeza y se alejó. No salí del estanque de inmediato por miedo a que Gesalac rondara aún por allí. Cuando pensé que había pasado el tiempo suficiente, me vestí y me cubrí la cabeza con la capucha de la capa para protegerme del frío.

Volví al castillo y me metí por un pasadizo de los que me había enseñado Ana en lugar de cruzar el jardín. Una vez en el dormitorio, me puse ropa seca y me recogí el pelo todavía húmedo. Violeta y Vesna llegaron con el desayuno.

Vesna llevaba la bandeja entre las manos. Parecía mucho más tranquila que el día anterior, pero su rostro denotaba tristeza. No me imaginaba cómo era llorar a quien te había maltratado, pero el mundo nos había educado para querer a nuestros padres, por mucho daño que nos hicieran.

Cuando depositó la bandeja a mi lado, me fijé en que llevaba la misma ropa que el día anterior.

—¿No tienes más ropa, Vesna? —pregunté.

—Aquí, no, mi reina, pero la he mandado a buscar —dijo—. No sé cuándo llegará.

—Habría que hacerte algo —sugerí.

—Mañana es día de mercado en Cel Ceredi —comentó Violeta—. Iba a ir con Vesna.

—Bien —asentí—. De paso, traedme tela.

—¿Necesitas algo específico, mi reina?

La pregunta me pilló por sorpresa, porque no sabía cuáles iban a ser mis circunstancias en el futuro en aquel castillo.

—Será mejor que vaya con vosotras —dije—. Así me haré una idea.

Vi que Violeta dudaba.

—¿Hay algún problema?

—No, mi reina. Pero me sorprende. Los reyes nunca han ido al mercado.

—Entonces, seré la primera —dije. Bajé la vista hacia la bandeja para mirar por fin la comida—. ¿Qué es esto?

—Ah, es yetta —me explicó Violeta—. Es el desayuno típico revekkio, aunque ya descubrirás que cada uno tiene su receta.

—¿Qué lleva la yetta?

Parecía un guiso. El olor no era malo, pero el aspecto era como mínimo cuestionable.

—Pues muchas cosas —dijo—. Salchichas, beicon, espinacas, tomates, especias diferentes… Lo de encima es un huevo de ganso, por si te lo estabas preguntando.

Me lo estaba preguntando.

Metí la cuchara en el caldo espeso y me la llevé a la boca con desconfianza, pero me sorprendió lo sabroso que era. En la bandeja venía también un trozo de pan que, según me explicó Violeta, era para limpiar el plato al final.

—No se desperdicia nada —dijo.

Me lo comí todo, en parte porque me di cuenta de que quería complacer a Violeta, que parecía muy orgullosa de aquel plato. Más tarde, se llevó la bandeja y salió, seguida por Vesna. No estuve mucho tiempo sola. Volvieron a llamar a la puerta y pensé que sería Ana, que venía a curarme la herida.

Pero era Adrian.

No habría podido describir los sentimientos que me provocó su presencia, pero fueron como un terremoto. El corazón me latió a un ritmo frenético que me hizo enrojecer. Cuando me miraba, no sabía cómo mostrarme; era muy consciente de sus ojos en cada parte de mi cuerpo y de lo que le había dicho para echarlo de mi cama, de cómo nos habíamos despedido el día anterior.

—Adrian —dije y el nombre sonó como una pregunta.

Siguió pasivo, frío.

—He venido a invitarte al Consejo Superior. Me voy a reunir con los nobles —dijo—. Hablaremos de los ataques a Vaida y a Sadovea. He pensado que querrías estar presente.

—Por supuesto —respondí con una voz que esperaba que sonara tan imperiosa y controlada como la suya.

Se hizo un silencio tenso, como si quisiera añadir algo, pero no dijo nada más. Al cabo de unos segundos, tomó aliento.

—Ana te traerá. También asiste al Consejo.

Se dirigió hacia la puerta y me resistí para no llamarlo. Su frialdad me hacía daño y sabía que era por lo que le había dicho. ¿Por qué me hacía sentir así aquella distancia? ¿No era lo que había deseado desde que habíamos llegado al Palacio Rojo? Tendría que alegrarme de que todo hubiera salido bien.

—Adrian.

El nombre se me escapó y habría dado cualquier cosa por borrar la palabra del aire. Se detuvo y me miró. Entreabrí los labios mientras buscaba qué decir.

—Yo… —¿Qué quería decirle? ¿«Lo siento»? ¿«Vuelve»? Solo de imaginarlo se me erizaba el vello—. Violeta va a ir mañana al mercado. Me gustaría acompañarla.

—No me opongo —dijo—. Pero tendré que mandar a Isac y a Miha contigo.

—¿A Sorin no? —pregunté.

Estaba acostumbrada a que me defendieran los tres juntos.

—Sorin está en una misión.

—Ah.

Pese a la curiosidad, no pedí más información y me limité a darle las gracias. Por su manera de mirarme, me di cuenta de que no estaba acostumbrado a que le expresaran gratitud. Sin duda era adecuado, ya que se trataba del Rey de Sangre.

Ya se iba a dar la vuelta cuando dije su nombre otra vez.

—Adrian.

En esta ocasión, vi con claridad que la frustración se reflejaba en la tensión de su rostro.

—¿Sí? —me respondió cortante, con un siseo.

Yo también tuve que reprimir la irritación.

—Me gustaría traer a la familia de Vesna. A su madre y a sus dos hermanas.

—¿Quieres que las reubiquen?

Titubeé un instante.

—¿Es posible?

—Tendré que hablarlo con Tanaka.

—Por favor.

Asintió y, sin más, salió por la puerta.

Ana llegó poco más tarde para vendarme la herida. Aquel día iba de blanco, lo que la hacía parecer más pálida, con la piel casi translúcida y los labios de un rojo más intenso. El color me recordó a la sangre fresca y de pronto sentí curiosidad por saber quién era el vasallo de Ana. No sabía si preguntarlo, porque ya la había insultado cuando nos habíamos conocido al querer saber si Adrian la había convertido, pero beber sangre me pareció mucho más corriente que dar origen a otro vampiro, así que me animé.

Me sorprendió que se sonrojara.

—Se llama Isla —dijo.

La curiosidad se hizo más intensa.

—¿La he visto? ¿Estaba la otra noche en el gran salón?

—No, ha ido a visitar a su familia a Cel Cera.

—Si no está, ¿de quién bebes?

Mi curiosidad se debía sobre todo a Adrian. ¿Tenía una lista de mortales para cuando no contaba con Safira? Safira había dicho que era su vasalla favorita, lo que implicaba que había otras. Y, dado que le había pedido que no se alimentara de ella, ¿a cuál había elegido?

Ana titubeó antes de responder.

—De nadie.

Fruncí el ceño.

—¿No te morirás de hambre?

—No me moriré de hambre. —Ana esbozó una sonrisa de diversión. Se concentró en el ungüento con el que me estaba cubriendo el brazo—. Solo va a estar fuera cuatro días.

—¿Por qué no bebes de otra persona?

—Porque no quiero —respondió Ana.

Hasta que no me miró, no caí en la cuenta. Isla no era solo su vasalla. Era su amante.

—Ah —dije—. ¿Y ella lo sabe?

La risa de Ana me pareció lírica. Luego, me vendó el brazo.

—Sabe que solo beberé de ella. Por eso no se ausenta más de lo que puedo abstenerme.

Me hizo pensar de nuevo en Adrian y Safira. ¿Él también había sido así de leal? Se me hizo un nudo de celos en el estómago. La relación entre un vampiro y su vasallo debía de ser muy íntima.

—¿La quieres? —pregunté mientras me ataba la venda.

Tardó un momento en responder. Antes, se puso de pie y se estiró la falda con las palmas de las manos.

—Sí —respondió en voz baja.

—¿La vas a convertir?

—No quiere ser como yo —dijo y en su voz había dolor.

—Pero si es tu vasalla. Creía...

Creía que todos los vasallos ofrecían su sangre con la esperanza de obtener la inmortalidad algún día.

—Me ofreció su sangre como prueba de que me amaba —dijo Ana—. Para mí, es suficiente.

Tuve la sensación de que no lo era.

—¿Estás segura?

—La decisión la tiene que tomar ella —dijo—. No puedo decidir en su lugar.

Me asombraba ver que toda su sociedad giraba en torno al consentimiento. Los vampiros necesitaban tener permiso para beber de sus vasallos o para convertirlos.

—¿Eso fue lo que le pasó a Sorin? ¿No tuvo ocasión de elegir?

—No puedo hablar por Sorin —dijo—. Lo que sé es que muchos no pudimos elegir al principio y por eso ahora existe la elección.

Fruncí el ceño y traté de recordar lo que sabía de la era Oscura. Se nos había enseñado que hubo un momento de pánico, cuando los nuevos vampiros nacían a una velocidad alarmante. En los primeros tiempos carecían de control y el hambre dominaba cualquier rastro de humanidad. No sabía cómo habían llegado a controlar el ansia de sangre, pero al final el número de vampiros había empezado a decrecer. Fue el momento en que Adrian Vasiliev se hizo con el poder.

Nunca me había parado a pensar en los horrores que habían sufrido aquellos vampiros.

Adrian tenía razón. La historia era cuestión de perspectiva.

No seguimos hablando del tema y salimos para asistir al Consejo Superior. La reunión se iba a celebrar en el ala oeste del castillo, que era donde estaban las habitaciones de Adrian. Entonces ¿por qué me había instalado a mí en el ala sur? ¿Para proporcionarme la distancia que le había pedido? ¿O para seguir manteniendo las mismas relaciones que tenía antes?

Ana me señaló la puerta de las estancias de Adrian al pasar.

—Por si… deseas su presencia —dijo.

Aquello me sugirió que sabía que no había venido a mi cama la noche anterior. Tuve que reconocer que me habría gustado saber lo que había tras aquellas puertas negras talladas. ¿Eran habitaciones simples o reflejaban la misma extravagancia que se dejaba ver en cada detalle del castillo?

Subimos un tramo de escaleras para llegar al tercer piso, que era la estancia más hermosa de todo el palacio. Era un salón largo que formaba un puente entre una torre y la siguiente. En las paredes se alternaban las ventanas grandes y redondas con los espejos de oro. La alfombra sobre la que caminábamos era de color escarlata y parecía aún más oscura gracias a la luz rojiza que entraba por las ventanas. Una hilera de candelabros con cientos de velas altas encendidas colgaba en el centro y caminé bajo ellos para absorber hasta el último detalle, desde los cuadros sombríos con escenas de la Quema hasta estatuas de las diosas Asha y Dis.

—¿Esto ya estaba aquí antes del reinado de Adrian? —pregunté.

No me imaginaba que hubiera encargado aquellas obras de arte para decorar el palacio, pero tampoco podía estar segura.

—Sí —asintió Ana—. Lo conserva como recordatorio.

Fruncí el ceño.

—¿Recordatorio de qué?

—De por qué conquista.

Seguimos caminando y vi de reojo un espejo que estaba a mi derecha. Ya iba a pasar de largo cuando algo me llamó la atención: un reflejo que no era el mío. Se trataba de una mujer de pelo rojizo, la misma que había visto en el reflejo de la ventana en Sadovea.

Me paré en seco, di un paso atrás y me miró a los ojos.

En esta ocasión, vi mejor sus rasgos: piel olivácea clara, pecas en las mejillas y en la nariz, labios gruesos, ojos verdes. Era muy hermosa y, al mirarme, sonrió.

—¿Eres un fantasma? —susurré.

—¿Con quién hablas? —quiso saber Ana.

Giré la cabeza hacia la izquierda. Me estaba esperando al final de la sala.

—Hay una mujer… —Me volví hacia el espejo, pero solo me vi a mí misma—. En el espejo…

Me interrumpí y Ana vino a mi lado. Parpadeé y sacudí la cabeza, confusa.

—Me… me lo debo de haber imaginado —admití.

Tal vez fuera otra extraña visión, como la que había tenido de Adrian en la gruta. Ana frunció el ceño.

—Vamos. Llegamos tarde.

La sala de los espejos daba a un pasillo amplio. Un tramo de peldaños subía hacia los pisos superiores. A la izquierda, la sala se curvaba hasta perderse de vista, y a la derecha había una serie de puertas que llegaban al techo. Cruzamos las puertas para entrar en una habitación llena de hombres.

Me sentí incómoda de inmediato cuando se volvieron para mirarnos. Al menos, se inclinaron ante mi presencia. La estancia donde se reunía el consejo de Adrian era mucho más ancha que larga.

El Rey de Sangre estaba de pie, ante una mesa redonda, con una chimenea de mármol a la espalda y Daroc se encontraba a poca distancia de él. Me fijé en que no había llamas en la chimenea, solo brasas, y me pregunté si lo habría hecho por mí. El resto de la sala era tan extravagante como la que acabábamos de dejar, estaba llena de imponentes espejos dorados y candelabros con lágrimas de cristal. En el techo había un fresco que describía con detalle la creación del mundo. Me fijé en Asha y en Dis, una en blanco y la otra en negro, una con un halo de sol y la otra, de estrellas, rodeadas por las diosas menores, las que ya nadie adoraba en Cordova.

No tuve tiempo de seguir inspeccionando la sala antes de fijarme en los nobles presentes. Solo reconocí a unos pocos: Tanaka, Gesalac, Dracul y Anatoly. Ciro no estaba presente. Mejor que mejor, había servido mal a su pueblo y tenía que reparar los daños. Vi a otros cinco hombres que no reconocí, pero ninguno me miró con tanta desconfianza como Gesalac, cuyos ojos me revolvieron el estómago. Tal vez estuviera pensando en nuestro encuentro de aquella mañana en la gruta.

Me fijé en Adrian, que parecía airado, con los ojos llameantes de fuego infernal. ¿Estaría escuchando mis pensamientos en aquel momento? ¿Le intrigaría saber qué había pasado en la gruta?

—Es una lástima que ninguna mujer te asesore —dije.

—Tú me asesoras, mi reina —respondió.

—Una mujer y nueve hombres. Qué revolucionario por tu parte.

Le aguanté la mirada al tiempo que me dirigía a mi puesto, junto a él. Parte de su frialdad se derritió.

—Tomo nota de tu inquietud, mi reina —dijo.

Tanaka carraspeó y Adrian se volvió hacia el anciano vampiro.

—¿Quieres decirnos algo, virrey?

Tanaka abrió la boca y la volvió a cerrar. Era obvio que la interrupción no había surtido el efecto deseado.

—Eh... No, majestad.

Se hizo un silencio extraño y me fijé en el mapa que estaba extendido sobre la mesa. Vi que había tres chinchetas rojas: una en Vaida, una en Sadovea y otra en un lugar llamado Cel Cioran. El corazón me dio un vuelco.

—¿Ha habido otro ataque? —pregunté.

—Sí, pero no ha sido reciente —dijo—. Lo hemos descubierto tarde, como el de Vaida.

Tal vez fuera otro territorio de Ciro. No pregunté nada y Adrian pasó a explicar lo que habíamos descubierto en el viaje de regreso al Palacio Rojo. Mis temores fueron en aumento a medida que hablaba del estado de los cadáveres, de los gritos del hombre y de la niña que me había atacado.

—¿Una niña? —intervino uno de los nobles, que parecía tan devastado como yo.

Se llamaba Iosif, era alto, tenía pelo rubio que le caía hasta los hombros y un atisbo de vello facial.

—Estaba poseída por la magia que actuaba en el lugar —dijo Adrian—. La transformó en un monstruo. La trajimos aquí y Ana le hizo la autopsia.

Abrí mucho los ojos y miré a Ana, que se había quedado en la entrada. No tenía ni idea de que había sido la encargada de la tarea.

—Tras examinarla, solo descubrí una cosa digna de mención —dijo—. Tenía la sangre cristalizada. Tras una investigación exhaustiva, he llegado a la conclusión de que fue víctima de un hechizo, concretamente el denominado niebla escarlata.

Una niebla.

Tenía lógica: todo el mundo había muerto, como si algo hubiera cubierto la ciudad entera y se hubiera colado bajo las puertas y ventanas. Pero... ¿por qué estaba tan segura de que se trataba de un hechizo? ¿Los vampiros no tenían el mismo poder?

—Pero quienquiera que haya lanzado el hechizo no es una bruja ni tiene el don de la magia de sangre —siguió—. Si el hechizo hubiera dado resultado, todos los aldeanos habrían quedado poseídos por la niebla escarlata, igual que la niña.

—Creía que todas las brujas habían muerto —dije.

Se hizo un silencio tenso. Adrian lo rompió para responderme.

—Es muy probable que algunas sobrevivieran. Y luego, tras la Quema, nacieron más. Las brujas no se crean, nacen. Lo llevan en la sangre.

No supe qué decir. Me habían educado en el convencimiento de que las brujas eran parte del pasado, de que no quedaba ninguna en el mundo. Y de pronto Adrian me decía que no era así. Entonces ¿dónde estaban? ¿La niebla era su manera de vengarse?

—¿Puede haber sido Ravena? —preguntó Tanaka.

Noté que Adrian se ponía tenso.

—¿Quién es Ravena?

Lo miré y él me devolvió la mirada unos segundos como si no quisiera decírmelo, pero al final cedió.

—Era la bruja de Dragos —dijo—. Cuando Dragos murió, escapó y nunca la encontramos.

Para mí, aquello era nuevo. No tenía ni idea de que una bruja había servido a Dragos. ¿No era eso lo opuesto a su misión? Pero tendría que reservarme las preguntas para otro momento. Lo urgente era averiguar por qué alguien del pasado de Adrian, alguien que se había escondido hasta entonces, salía a la luz de una manera tan evidente.

—Si es tu enemiga, ¿por qué atacó Vaida? —pregunté.

—No sabemos si fue Ravena la que conjuró el hechizo.

—Fuera quien fuera, seguramente no quería que la niebla cayera sobre Vaida —intervino Ana—. Creo que perdió el control de la magia. Por eso también el hechizo solo funcionó con una persona y mató a las demás.

—Entonces ¿el objetivo del hechizo es crear monstruos? —pregunté.

Sentí un escalofrío. Si hubiera salido bien, el peligro habría sido inimaginable. La niña de Sadovea parecía tan inocente...

—Creo que el objetivo era crear un ejército.

Se hizo el silencio.

—¿Esa niebla nos puede afectar a nosotros? —preguntó un noble, un tal Julian.

—Si la niebla ataca a la sangre en las venas, me imagino que sí —respondió Ana.

Más miedo.

Si la niebla podía poseer a los vampiros, el terror que infligiría no tendría límites. Y lo peor era que no sabíamos quién era el enemigo.

—Tenemos que redoblar los esfuerzos para dar con Ravena —dijo Julian.

Adrian apretó los dientes, una reacción que me extrañó.

—¿Te parece que no lo he intentado, noble?

—No sugiero lo contrario, mi rey —replicó Julian—. Pero has estado distraído.

No debió haber dicho aquello. Lo supe al instante por cómo cambió la atmósfera en la sala. Se hizo densa y pesada. Adrian, a mi lado, inclinó la cabeza.

—Por favor, noble, ten a bien informarme sobre lo que me ha tenido distraído.

Julian tragó saliva y me miró de reojo. No supe si me estaba pidiendo ayuda o insinuando que el problema era yo.

—La conquista de Cordova te ha tenido muy ocupado, majestad. Por no mencionar a... tu nueva esposa.

Se hizo una pausa.

—¿Crees que no tengo capacidad para conquistar el mundo, follarme a mi esposa y buscar a una bruja fugitiva, noble? —le preguntó a Julian al fin.

Fruncí el ceño. Julian no respondió.

—¿Alguien apoya al noble Julian? —preguntó Adrian.

Paseó la mirada por los presentes, se apartó de mí y fue al otro extremo de la mesa mientras le daba vueltas al anillo de oro que llevaba en el dedo. Nadie dijo nada y sentí un picor por todo el cuello. Me fijé en que Daroc se había acercado un paso a mí, como si se dispusiera a sacarme de allí si sucedía algo terrible. Tanaka se puso tenso y se apoyó en el mapa como para sostenerse.

Adrian se puso delante de Julian, dominándolo con su altura.

—Por lo visto eres el único que piensa que no soy digno de esta corona que llevo —dijo. Se inclinó hacia delante, le puso las manos en los hombros y se los apretó—. ¿La quieres?

—N-no, majestad —se apresuró a responder Julian en voz baja, con la vista clavada en el suelo.

—Mírame a los ojos cuando me mientas, Julian —dijo Adrian—. Así lo siguiente resultará más sencillo.

¿Qué era lo siguiente?

Lo descubrí enseguida: cuando Julian alzó la cabeza, Adrian le agarró la cara entre las manos. El anillo al que le había estado dando vueltas era una hoja curva y afilada que se clavó en el ojo derecho de Julian. El vampiro gritó y yo me hinqué las uñas en las palmas de las manos. Adrian le dio vueltas a la hoja, apartó el pulgar y el ojo salió, cayó al suelo con un golpe húmedo.

Julian se dejó caer de rodillas con la mano en la cuenca del ojo. Yo me estremecí, pero conseguí mantenerme impasible mientras Adrian, con la sangre de Julian chorreando por la mano, se dirigía a él.

—No vuelvas a dar por hecho que entiendes mis motivos. —Se volvió hacia la multitud—. Dad instrucciones en vuestros territorios para que todo el mundo encienda hogueras ante la entrada de los pueblos para mantener a raya la niebla. Se hará hasta que demos con Ravena o con la persona responsable del hechizo. Podéis retiraros.

Los nobles fueron saliendo en silencio, pasando de largo junto a Julian. Adrian le puso la bota contra el costado y le dio una patada. El vampiro cayó al suelo con un gemido.

—¡Largo de aquí!

Contuve un escalofrío mientras Julian se levantaba como podía.

—Quiero estar a solas con mi esposa —les dijo Adrian a Daroc y a Ana, que no se habían movido.

Los miré con un atisbo de pánico en la garganta, pero ya se dirigían hacia la puerta. Una vez la cerraron, Adrian y yo nos miramos.

—Supongo que ahora más que nunca crees que soy un monstruo —dijo tras un largo silencio.

—Eso ha sido monstruoso, desde luego —dije—. Y todo porque ha dicho que no se te da bien la multitarea.

—No ha sido por lo que ha dicho. Ha sido por lo que estaba pensando —replicó.

Me puse rígida. A veces se me olvidaba que Adrian era capaz de leer la mente. Y, por lo visto, no solo a mí.

—¿Qué estaba pensando?

—Dijo que eras una puta.

—Ah. Ya.

De pronto, el noble ya no me daba tanta pena. Miré las manos de Adrian, que tenía los puños apretados. Me aparté de la mesa para acercarme a él.

—Tiene suerte de conservar la cabeza.

—¿Por qué has sido tan generoso?

Adrian esbozó una sonrisa.

—¿Disfrutas con las decapitaciones, cariño mío?

—No, pero me gustaría saber por qué Julian es tan valioso en tu consejo.

—Es un cazador excelente —respondió—. Y le enseña a su gente a vivir de lo que les da la tierra. Es una habilidad importante.

—¿Nadie más la puede enseñar?

—No tan bien como él. O todavía no.

Así que, tarde o temprano, podría prescindir de él. Nos quedamos un momento en silencio.

—¿Crees que Ravena es la causante de la niebla?

—Es muy probable —dijo—. Si el único ataque fuera el de Vaida, habría seguido pensando que se trataba de un mortal que había dado con un hechizo suelto. Pero, después de lo de Sadovea, todo apuntaba hacia otra cosa.

—¿Por qué no me lo dijiste entonces?

Creía saber por qué y tenía que ver con su pasado. Un pasado que no deseaba compartir conmigo. Y yo quería saber cómo se había convertido Adrian en el primer vampiro; quería saber por qué tenía tanto interés en el Aquelarre Supremo. Y quería saber para qué quería esa bruja un ejército.

Me miró antes de responder.

—Necesitaba estar seguro.

De pronto, me recordó a mi padre, en el peor sentido.

«Quiero protegerte», decía mi padre cuando me impedía asistir a las reuniones del consejo. En realidad, era una manera de impedir que supiera con precisión lo que estaba pasando mientras los hombres hablaban de cosas como prohibir el comercio de cohosh azul y de silfio, dos métodos anticonceptivos que utilizaban las mujeres de Lara. Me enfadé tanto que estuve dos semanas sin hablarle y solo cedí cuando me prometió levantar la prohibición a cambio de que los sanadores fueran los encargados de administrar las hierbas. No era lo ideal. Los sanadores eran susceptibles de recibir sobornos y algunos no creían en el control de la natalidad, pero era mejor que nada.

—Eso no es más que una excusa. —Recordé el momento en que sospeché que Adrian sabía algo, cuando apretó los dientes con la mirada perdida en la distancia. Había estado encajando las piezas—. Me lo podrías haber dicho, pero para eso me tendrías que haber hablado de tu pasado y, por lo visto, ese secreto vale más que ganarte la confianza de tu esposa.

—Isolde... —empezó. Tenía un brillo de dolor y frustración en los ojos.

—Deja de decir mi nombre —repliqué y cerré los ojos para no oírlo, para no notar cómo se me metía bajo la piel—. Dime la verdad y ya está.

Dio un paso hacia mí.

—¿Quieres la verdad? —preguntó—. Es posible que Ravena esté reuniendo un ejército para atacarme a mí, pero su objetivo eres tú.

—¿Qué?

—Tu padre te dijo que encontraras mi punto débil —respondió y me apartó un mechón de la cara. Abrí mucho los ojos. Aquello había sido algo que habíamos hablado mi padre y yo estando a solas. Mi reacción lo hizo sonreír—. Lo que no sabe es que mi punto débil… eres tú.

QUINCE

No me sorprendió que Adrian no fuera a mi cama por segunda noche seguida. Me había pasado casi toda la tarde dándoles vueltas a sus palabras.

«Es posible que Ravena esté reuniendo un ejército para atacarme a mí, pero su objetivo eres tú».

No me gustaba reconocer que tenía miedo, pero aquellas palabras me afectaron. Quería saber más sobre la bruja de Dragos. ¿Por qué salía de su escondrijo después de tanto tiempo para crear un ejército y qué tenía que ver conmigo?

«Tu padre te dijo que encontraras mi punto débil. Lo que no sabe es que mi punto débil… eres tú».

¿En qué sentido era el punto débil de Adrian? Solo me conocía desde hacía unos días, pero la conexión que había entre nosotros era, para mí, inexplicable. A veces era como si nuestros cuerpos ya se conocieran, pero las mentes aún estuvieran a la zaga. Era una situación desconcertante.

Así pasé la noche, hasta que me levanté por la mañana agotada y con dolor de cabeza. La cosa empeoró cuando fui a Cel Ceredi con Violeta y Vesna mientras Isac y Miha nos seguían de cerca. Vesna empezó a cantar. No me sabía la letra, pero era divertida y el ritmo era pegadizo.

Y cuando lleguen los días de nieve,
vendré, mi amor, con paso leve.
Vendré del monte con el albor,
al pueblo donde nació el amor.

Al principio fue solo nuestro grupo: Miha cantaba con ella e Isac marcaba el ritmo con palmadas. Pero, cuando llegamos al pueblo, más gente se unió y Vesna se convirtió en el centro de atención con su canción, sus saltos y sus palmas. Cuando terminó, se oyeron aplausos.

Me gustó verla sonreír. Cuanto más tiempo pasara, más feliz sería. Tal vez la llegada de su madre y de sus hermanas a Cel Ceredi le serviría de ayuda, aunque Adrian todavía no me lo había asegurado.

—Tienes una voz preciosa, Vesna —dijo Miha cuando la chica volvió con Violeta y conmigo.

—Gracias —dijo, sonrojada. Luego suspiró—. Cel Ceredi es mucho más bonito que Jovea.

No supe si se refería a la gente o al entorno. A mí también me gustó mucho aquel peculiar pueblo. Unas zonas eran mucho más antiguas que otras. Se notaba en que las casas y las tiendas eran de construcción muy diferente: unas tenían paredes de pino y tejado de barro, mientras que otras eran de junco tejido y tejado de paja, y algunas tenían un revestimiento de yeso. Recorrimos una calle empedrada y pasamos junto a carros de verduras, carne fresca, lino y lana, en medio del olor a cerdo y carnero asado, a hojas y a tabaco. Aquellos aromas me recordaron al invierno en Lara y una oleada de nostalgia me invadió.

Pero los mercados eran mucho menos interesantes que los de Lara. Tal vez porque el de Lara tenía lugar una vez al mes y el de Cel Ceredi era semanal, pero nuestros aldeanos siempre aprovechaban la ocasión para organizar celebraciones. Había malabaristas y bailarines para entretener a la gente, y algunos dueños de tiendas organizaban juegos y competiciones. Era festivo, lleno de color y alegría. En cambio, en Cel Ceredi había una extraña melancolía en el ambiente. Solo lo comprendí cuando vi que estaban amontonando madera en cuadrados perfectos.

—¿Eso son… piras? —pregunté. La sola idea me incomodaba.

—Sí —respondió Violeta—. Los Ritos de la Quema son dentro de una semana.

—Es el aniversario de la noche de la ejecución del Aquelarre Supremo. El rey Adrian ordena que haya fuegos en todas las aldeas durante una semana para conmemorar sus muertes. Los fuegos empiezan esta noche y habrá actividades todas las noches. La más esperada es la Gran Cacería.

—¿Qué es la Gran Cacería?

—Lo que su nombre indica —me explicó—. Es la noche en que cazamos monstruos.

—¿Para qué?

La mayoría no cazábamos monstruos por decisión propia, sino por supervivencia. Me imaginé que, para los vampiros, la cosa era diferente.

Se encogió de hombros.

—Es un deporte —dijo—. Y hay un premio.

—¿Y cuál es el premio? —pregunté.

—Un asiento junto al rey en el banquete de la última noche de los Ritos.

No habría sabido decir si me incomodaba más la celebración de las brujas o las hogueras, pero comprendía el horror de la Quema y la necesidad de conmemorar a los inocentes que habían muerto durante las cacerías de Dragos.

—¿Qué piensa aquí la gente del Aquelarre Supremo? —pregunté.

No sabía qué opinaban los revekkios sobre los vampiros, las brujas y todo lo relativo al reinado de Dragos. ¿Lo veían igual que las Nueve Casas, como un héroe asesinado por un monstruo? ¿Pensaban que las brujas eran crueles y corruptas? ¿O creían lo mismo que Adrian, que las brujas eran inocentes?

—Como pronto verás, la mayoría de nosotros no pensamos lo mismo que tú acerca del Aquelarre Supremo, mi reina —dijo Violeta, eligiendo las palabras con cautela.

Aún así, percibí en su voz un matiz que no pudo ocultar.

—¿En qué sentido? —dije. Me fijé en que titubeaba, así que la animé—. Nunca temas decir la verdad, Violeta.

Apretó los labios y cogió aire.

—Algunos somos descendientes de los que murieron durante la Quema y las historias que se cuentan en nuestras familias no se parecen en nada a las que se comparten fuera de Revekka.

—Háblame de tu antepasada —pedí—. ¿Quién era?

Esbozó una sonrisa, pero no me miró, sino que clavó la vista en el empedrado del suelo mientras caminábamos.

—Se llamaba Evanora y era miembro del Aquelarre Supremo. La mandaron desde su pueblo a Keziah para servir al rey Jirecek. Solía escribir mucho a casa, eran unas cartas preciosas. Aún cuando las leo ahora, se ve en ellas toda la esperanza que albergaba. No sé si creía de verdad en el futuro que pensaba que estaba cultivando o si quería proteger a su madre de la verdad. El caso es que, la noche de la Quema, la sacaron de la cama, igual que a otras doce integrantes del Aquelarre Supremo en todo Cordova, y la quemaron.

Me estremecí. No me podía imaginar una muerte peor.

Violeta alzó la vista hacia mí.

—¿Sabes cómo informaron a mi familia de su muerte? Se despertaron porque habían pegado fuego a su casa. El rey Dragos había decretado que había que dar caza y matar a todos los parientes de las brujas. La llegada al poder del rey Adrian fue un alivio. Ya no tuvimos que escondernos.

Nunca me habían contado ese lado de la historia y me quedé sin palabras.

—Lo siento mucho.

Eso fue lo único que le pude decir. Por dentro sentía un torbellino de emociones: estaba confusa, avergonzada y furiosa, pero una parte de mí no podía rechazar por completo lo que me habían enseñado toda la vida. Me recordé atrapada en las historias, en el miedo a la magia. Y lo había visto en persona: Vaida y Sadovea eran un recuerdo espantoso que siempre estaría presente.

Pero había monstruos entre nosotros, entre todos nosotros, y de pronto no podía dejar de preguntarme cuánta gente podía contar historias como la de Violeta.

—No lo sientas —dijo—. Ahora estás aquí y eres nuestra reina. Lo aprenderás todo.

Fuimos a varios puestos del mercado y muchos saludaron por su nombre a Violeta, incluso a Isac y Miha. Así supe que Violeta había trabajado en las cocinas del Palacio Rojo antes de pasar a ser mi dama de compañía. Por eso sabía con precisión los ingredientes del guiso del desayuno y también por eso me insistió en que probara todos los manjares que nos ofrecieron en el mercado.

—Nunca se sabe qué te va a gustar —dijo.

Pese a su entusiasmo, saltaba a la vista que los tenderos y los granjeros no tenían muchas ganas de servirme. Todos eran corteses, me hacían reverencias y me llamaban «majestad», pero parecían reservados y más de uno me lanzó una mirada aviesa. No habría sabido decir si era por ser forastera o porque sabían que mis creencias chocaban con las suyas. Al final, acabé dándole una propina a todo el que me ofreció probar algo y compramos telas para la ropa de Vesna.

Volvimos al castillo. Violeta se llevó a Vesna para seguir enseñándole todo lo necesario y yo me fui a la biblioteca. Me encantaba la idea de tener tanta historia al alcance de la mano. La biblioteca de Lara era mínima: unos cuantos tomos escritos por los historiadores locales y un libro que me aportó algunos detalles sobre la tierra natal de mi madre. Era una muestra muy reducida de un mundo con siglos de historia. Si iba a ser la reina de Cordova, quería saber más. Tenía que saber más.

Miha me acompañó a la biblioteca, cosa que agradecí, porque me libraba de que algún noble me saliera al paso.

—¿Qué te parece el palacio? —me preguntó—. ¿Y Cel Ceredi?

—El palacio es maravilloso —dije—. Cel Ceredi es pintoresco. Lo único que me temo es que este pueblo nunca me va a considerar su reina de verdad.

—Ya verás como sí —dijo Miha—. Pero puedes empezar por llamarlos «mi pueblo».

Me dieron ganas de replicar, pero sabía que tenía razón. Estaba tratando de mantener la distancia con todo el mundo porque me daba miedo encontrarme con algo que me gustara.

La frase de Miha hizo que me fijara más en lo que me rodeaba y empecé a apreciar la actividad palaciega, en lugar de esquivarla. Los criados llevaban bandejas de plata cargadas con platos y cálices de metal, mientras que otros encendían los complejos candelabros y colgaban guirnaldas que olían a salvia y a romero. Me imaginé que eran preparativos para los Ritos de la Quema.

—Mi reina —fueron diciendo los criados a mi paso, al tiempo que se inclinaban o hacían una reverencia.

Acepté cada saludo con un ademán o con una sonrisa, aunque lo que más me apetecía era escapar a su escrutinio, así que fue un alivio llegar a un pasillo desierto y alfombrado. Al fondo, tras unas puertas enormes de ébano con incrustaciones de cristales de colores, estaba la biblioteca. Miha se quedó fuera cuando entré en una sala atestada de estanterías negras, repletas de libros con encuadernación en relieve. Miré hacia arriba, hacia el techo de cristal por el que entraba la luz roja e iluminaba pisos y pisos de estantes atestados.

En el centro había un escritorio circular, sin nadie, y tampoco vi ni un alma en el primer piso. Recorrí las primeras estanterías y traté de descifrar el idioma en el que estaban escritos los títulos de los libros. En unos casos era revekkio antiguo, que no entendía, pero lo identifiqué por los caracteres y los acentos sobre algunas letras. Me pasé un buen rato buscando palabras conocidas en los títulos y llegué a la conclusión de que muchos versaban sobre mitos e historia.

Un sonido repentino me hizo mirar hacia arriba. Era como si se hubiera caído al suelo un libro o varios. Lo seguí hasta una media-luna de peldaños que llevaban al segundo piso.

—¿Lothian? —llamé.

Subí al segundo piso mientras se oían quejidos, gemidos y un golpe. Doblé la esquina y me encontré ante la fuente del ruido:

un hombre tenía a Lothian contra una estantería y lo estaba penetrando, los gemidos de ambos resonaban por toda la biblioteca. Por un momento, la sorpresa me paralizó. El otro hombre era apenas un poco más alto e igual de delgado que Lothian. De pronto, le agarró un mechón de pelo oscuro, le echó la cabeza hacia atrás y le mordió el cuello.

Bajé corriendo sin saber qué hacer. No quería marcharme, así que seguí explorando al tiempo que trataba de no oír los sonidos del segundo piso. Encontré entre las estanterías una hilera de vitrinas de cristal, cada una con un artefacto diferente. En una había dos cuchillos distintos, uno blanco y otro negro, con las fases de la luna grabadas en ambos. En otro vi un cáliz de oro con incrustaciones de filigrana y rubíes diminutos. En la tercera vi un bastón, más bien un arma, con un trozo de hueso puntiagudo atado a un extremo. En la última había un libro tan manoseado que las letras eran casi ilegibles, pero al moverme un tenue fulgor plateado resaltó el título: *El libro de Dis*.

Era un libro de hechizos.

Tal vez la proximidad de aquel libro fue lo que me aceleró el corazón, pero de pronto tuve miedo. Pensé en la niebla escarlata y en Ravena. ¿Por qué exhibir de manera pública un libro del que podía surgir alto tan espantoso?

—¿Qué te parece mi biblioteca? —preguntó Lothian.

Alcé la vista y vi que se acercaba. Estaba muy tranquilo y compuesto, considerando lo que acababa de ver en el piso de arriba. Llevaba el pelo oscuro peinado hacia atrás y el cuello alto de la túnica negra y blanca ocultaba el mordisco que acababa de recibir.

—Es maravillosa —dije.

—Ya veo que has encontrado parte de las reliquias —dijo.

—¿Todas pertenecieron a brujas?

—Pertenecieron a miembros del Aquelarre Supremo —dijo, e hizo un ademán hacia el volumen de hechizos—. Creemos que *El libro de Dis* era de Karmina, su líder. Está en blanco.

—¿En blanco?

Asintió.

—Debía de ser una copia o bien un libro de hechizos que pensaba escribir.

—Aunque esté en blanco, ¿no es peligroso exhibir una cosa así?

Lothian titubeó, pero se ahorró tener que responder gracias a la llegada de otro hombre, el vampiro que se acababa de alimentar de él. Iba vestido de manera semejante, de color negro. Tenía el pelo rizado y pegado a la frente, y el rostro pálido y enjuto hacía que los ojos oscuros parecieran más hundidos.

—Estas reliquias nos dan acceso a nuestra historia —explicó—. Las exhibimos por lo que nos pueden enseñar a nosotros y a otras personas.

Yo aún no estaba convencida de que la magia fuera algo que se debiera aprender.

—Los secretos solo excitan la curiosidad —añadió como si me leyera la mente—. Es mejor tenerlas a la vista que esconderlas.

—Majestad —intervino Lothian—. Permíteme que te presente a Zann.

El vampiro me hizo una reverencia. Cuando se irguió, tenía las mejillas sonrosadas.

—Es un placer —dije.

—Zann es documentalista —me explicó Lothian—. Hace poco ha estado supervisando la recopilación y mantenimiento de los objetos extraídos de las ruinas de Jola y Siva.

Sentí un escalofrío.

—¿Qué hacéis con esos objetos?

—El rey Adrian está manteniendo conversaciones con embajadores de todas las Casas. Él quiere conservar la historia, claro. No como los reyes anteriores.

Supe que se refería a Dragos, pero también a lo que él consideraba la historia errónea de las Nueve Casas.

—¿Qué nos queda de la antigua historia? —quise saber.

—Nada —respondió Lothian—. Todo lo que tenemos ha sido escrito en los doscientos últimos años. Lo anterior ardió junto con las brujas, incluyendo los libros de hechizos... Menos este, claro, que ni siquiera es un libro de hechizos. Más bien es un... diario.

—Una farsa —dijo Zann.

Lo miré, inquisitiva.

—¿Por qué una farsa? ¿No son peligrosos si caen en malas manos?

Recordé los ataques contra las aldeas, a los mortales convertidos en asesinos gracias a unas pocas palabras que encerraban poder. Era aterrador.

—Claro —dijo—. Pero en malas manos, cualquier cosa se puede convertir en un arma. Hasta la gente. Lo cierto es que, cuando había magia, el mundo sufría menos que ahora. Había menos sequías, menos hambrunas y más paz.

Entrecerré los ojos.

—¿Ya vivías entonces, cuando el Aquelarre Supremo supervisaba la magia?

—No —respondió Zann—. Nací mucho más adelante, pero soy documentalista, así que he leído muchos documentos de esa época.

—¿Puedo leerlos yo?

—Claro —dijo Zann.

—Busca esos volúmenes para la reina, yo le enseñaré la biblioteca —dijo Lothian.

—Perfecto. Nos vemos en la sala grande —dijo y vimos su silueta esbelta cuando se perdió entre las estanterías.

Cuando se alejó, miré a Lothian.

—¿Eres su... vasallo?

Carraspeó para aclararse la garganta.

—Sí. El vínculo es... bastante nuevo. Creo que va bien.

Me contuve para no sonreír y empezó a hablarme de la primera planta.

—Esta es la biblioteca original. El primer rey de Revekka solo tenía unos cuantos tomos polvorientos, básicamente un diario y un libro de contabilidad. Su hermano fue quien creó la primera colección.

—¿Quién amplió la biblioteca a las otras plantas?

—El rey Adrian —respondió Lothian.

—Claro, para hacer sitio para lo que saqueaba.

—Si lo quieres decir así... Pero tenemos la misión de preservarlos. Cuando se reconstruyan los países, iremos a crear sus bibliotecas.

Qué interesante.

El segundo piso estaba dedicado a biografías, poesía, teatro e historias de ficción recogidas en todos los países de Cordova y las islas.

—¿Tienes algo del Atolón de Nalani? —pregunté, esperanzada.

Apenas sabía nada del país natal de mi madre, solo que la gente se daba cuenta de que tenía sangre isleña cuando veía el color de mi piel. Una de las cosas que más me dolían era haber perdido su cultura. Lamentaba no saber nada de sus tradiciones y siempre me había preguntado si el gusto por el sol me venía de ella. Mi padre se negaba a hablar del tema porque decía que le resultaba demasiado doloroso.

—Te lo buscaré —prometió Lothian—. Y, si no tenemos nada, te conseguiré todo lo posible.

El tercer piso fue el que me pareció más interesante, porque estaba dedicado a la historia de Revekka.

Había hileras de libros encuadernados en negro e hileras de libros encuadernados en rojo.

—Los negros son historia de la era Oscura. Los rojos, de otros países.

Lothian me llevó a la sala grande. La pared más distante era todo ventanales. Los techos eran altos con vigas talladas, y había apliques de candelabros a lo largo de toda la sala. Una mesa larga y rectangular ocupaba casi todo el suelo y allí estaba Zann, con un montón de libros y papeles sueltos.

—Buena parte de esto son diarios de gente del pueblo que vivió en tiempos de la Quema —me explicó—. Es una perspectiva muy especial. Me imagino que los que viven al sur no la conocen.

—¿Cómo han llegado a vuestras manos? —pregunté al tiempo que cogía un pergamino.

La letra era fina e insegura, con trazos alargados y picudos.

—Cuando empezó la Quema, todo lo que implicara una crítica contra Dragos pasó a ser considerado propaganda. Si encontraban a alguien con propaganda, lo acusaban de hechicería y lo mataban, así que los revekkios empezaron a esconder los diarios como mejor supieron: detrás de algún ladrillo en la chimenea, enterrados en el jardín…

—La campaña de Dragos contra las brujas era solo una excusa para matar a sus enemigos —apuntó Lothian.

Tardé un poco en entender la letra de la página que había cogido, pero pronto me acostumbré y pude leer.

«La bruja de Dragos ha hecho otro barrido hoy. Dice que no posee magia, pero que puede percibir quién la tiene. Hoy ha señalado a todos los que la acusaron de brujería y los han quemado en la plaza. Corren tiempos terribles».

Miré a Lothian y a Zann.

—¿La bruja de Dragos? —pregunté—. ¿Ravena?

—Sí —asintió Zann—. El Aquelarre Supremo la excomulgó por apoyar los planes de Dragos. Y, claro, el rey la protegió cuando llegó la Quema.

No me extrañaba que Adrian estuviera empeñado en dar con ella.

Zann me explicó todos los volúmenes y documentos que había sacado de los archivos, organizados por clases. Muchos era anotaciones de diarios y cartas, y también había bocetos que ilustraban momentos importantes, como la primera noche de la Quema. Me pareció espantoso, tal vez porque el fuego me daba mucho miedo. En aquella serie de imágenes se palpaba el terror cuando, una tras otra, las mujeres atadas ardían en la estaca. Por lo que había leído, sabía que el Aquelarre Supremo estaba compuesto de trece miembros, pero solo vi doce dibujos.

—Falta uno —señalé.

Lothian miró la serie de ilustraciones.

—Ah, sí. Yesenia de Aroth. Dragos la culpó de la insubordinación del Aquelarre Supremo, así que la obligó a ver morir a todo su grupo. Ella fue la última.

—¿Era la líder?

—No, pero el Aquelarre la había designado como asesora para su corte —explicó Lothian.

—¿La asesora no era Ravena? —pregunté, confusa.

—Ravena llegó después de que encerraran a Yesenia. A la gente le decía que tenía el poder de identificar a las brujas a simple vista y así condenaba a todos los que no le gustaban. Era un ser malvado.

—¿Por qué encerraron a Yesenia? —pregunté.

—Se decía que era una vidente muy poderosa, pero a Dragos no le gustaban sus predicciones.

—¿Qué predijo?

—Su caída —respondió—. Mira, es esta.

Lothian me pasó otro dibujo y me sorprendió la belleza de la mujer y el realismo de la imagen. Tenía rasgos prominentes y la piel más oscura. El pelo largo era muy negro y tenía ojos del mismo color. En ellos se veía un brillo vivaz, cosa desconcertante en un dibujo hecho a carbón.

No parecía malvada y, al centrarme en la descripción de la primera noche de la Quema, solo pude imaginar el terror que debió de sentir al ver morir a sus doce compañeras, sabiendo que iba a correr la misma suerte.

Descubrí más cosas sobre el Aquelarre Supremo, en particular los nombres de las otras doce mujeres. Todas tenían un poder especial que iba desde el don de la profecía de Yesenia a la aparición, pasando por la comunicación con los espíritus, la sanación o el poder de cambiar de forma. Y había poderes de los que nunca había oído hablar, como el sometimiento, que era la capacidad de arrebatarle la magia a otra persona; la bilocación, que consistía en estar en dos lugares a la vez; o el portal, el poder de crear entradas a otros lugares a partir de un objeto o incluso en el aire. Aparte de sus especialidades, cada miembro del Aquelarre Supremo era responsable de su aquelarre menor.

Entre los documentos que Zann había traído se encontraban notas detalladas de las reuniones del Aquelarre Supremo, que enumeraban los problemas que se les presentaban. En un caso concreto, hubo una epidemia de peste en el norte de Revekka. Ginerva, la sanadora, presentó una propuesta para enviar a sus aquelarres a la zona para que lanzaran hechizos que previnieran el contagio y curaran a los afectados; pero, antes de considerarlo siquiera, Yesenia tuvo que leer las diferentes líneas temporales y decir si el Aquelarre debía intervenir. Algunas cosas sucedían por designio divino. Yesenia aprobó la medida y el aquelarre marcó las normas, por ejemplo, que Odessa, la nigromante, no podía despertar a nadie que hubiera muerto ya, y Ginerva, la sanadora, no podía curar a nadie que estuviera destinado a morir, para lo que hacían falta los poderes del aquelarre de Yesenia.

Empecé a comprender cómo trabajaban para cuidar de la gente y me quedé allí para seguir leyendo hasta que se me cansó la vista.

—¿Cuándo puedo volver? —pregunté antes de salir.

—Cuando quieras, mi reina —dijo Lothian—. Esta es tu biblioteca, yo soy tu bibliotecario.

—Sabía que no me arrepentiría de bailar contigo —respondí con una sonrisa.

—Lamento no poder decir lo mismo.

Los dos nos echamos a reír y caí en la cuenta de las pocas veces en que me había reído después de llegar al Palacio Rojo.

No pude dormir.

Al salir de la biblioteca tenía los ojos cansados, pero de pronto me sentía muy despierta... o más bien mi cuerpo se sentía muy despierto. Era algo que había en aquella habitación, o en aquella cama, o en la persona en que me había convertido desde que había conocido a Adrian, pero no me lo podía quitar de la cabeza. Y no era solo pensar en su cuerpo contra el mío. Eran todas las sutilezas de las horas que habíamos pasado juntos. Era su manera de pronunciar mi nombre. Era el hecho mismo de que pronunciara mi nombre, con desesperación, como si quisiera que oyera lo que no me estaba diciendo.

Era cómo me besaba.

Como si sintiera hacia mí una pasión verdadera, más allá de lo natural, una pasión que, sin saber por qué, yo compartía. Quise pensar que estaba sintiendo todo aquello por lo que había sucedido desde que habíamos salido de Lara. Mi pueblo me había traicionado, habían tratado de derrocar a mi padre. Yo comprendía el miedo, la rabia que sentían…, pero cuanto más sabía sobre la Quema, más me costaba disculpar su comportamiento. Y no es que antes de eso me hubiera resultado fácil perdonarlos. Habían dejado mi sacrificio en nada, igual que había hecho Killian. «¿Te folla como te gusta?», me había preguntado.

En su momento, la vergüenza me dominó. Pero ya no.

Me había sacrificado y no lamentaba que mi pueblo fuera a vivir en un mundo gobernado por Adrian y por mí.

Aparté las mantas de una patada y me puse la túnica. Si no podía dormir, iría a la biblioteca. Abrí una rendija de la puerta y miré por el pasillo. Estaba desierto, aparte de las sombras que bailaban con la llama de las velas. Pasaron unos segundos sin rastro de actividad, así que me até la túnica y salí por la puerta.

Me detuve en la cima de las escaleras al oír los sonidos inconfundibles de la fiesta: canciones, gruñidos extraños, gemidos. Los Ritos de la Quema habían empezado y por lo visto la celebración se prolongaba hasta las primeras horas de la mañana. Di unos pasos, me detuve y me agaché para sopesar los riesgos. Abajo, el fuego se veía por las ventanas altas, más rojo que anaranjado a través del cristal tintado. Las puertas de entrada del castillo estaban abiertas de par en par, y se veía el patio y la gente que bailaba en torno a la hoguera. El aire estaba impregnado del olor a carne y a sangre, a especias y a resina.

Pese a la distancia, alcancé a ver cuerpos ante el fuego: una mujer con el miembro de un hombre en la boca, un hombre que hacía lo mismo con otro. Y había más, enzarzados en diversos actos sexuales, algunos abrazados en la misma postura en que había visto a Adrian y a Safira, así que supe que estaban bebiendo sangre.

Si era un acto tan sagrado, ¿por qué lo hacían en público? Pero, claro, el sexo también me había parecido siempre algo privado y aquella gente lo hacía en público, como si fuera un pasatiempo.

En aquel momento, vi a Adrian con Safira del brazo.

La oleada de celos me corrió por las venas. ¿Había vuelto con su vasalla después de que yo lo había rechazado? ¿Había bebido su sangre pese a mi deseo expreso? Por debajo de los celos había otra sensación, un sentimiento extraño que me atenazaba el corazón. No quería ponerle nombre, porque reconocer la existencia de aquel... aquel dolor... era ridículo. ¿Por qué iba a sentir dolor yo, una princesa de las Nueve Casas, por la traición de un vampiro?

Apreté los dientes y me tragué mis sentimientos. No iba a permitir que tuviera ese control sobre mí. Me levanté para seguir adelante con mi intención de explorar la biblioteca y averiguar más sobre el pasado de Adrian. Bajé por la escalera y me metí corriendo por el pasillo antes de que nadie me viera desde el otro lado de las puertas abiertas, pero, justo cuando estaba a punto de doblar la esquina, vi a Daroc y a Sorin. No sabía qué estaba pasando, pero ninguno de los dos estaba contento. Daroc agitaba un dedo ante la cara de Sorin, que tenía los dientes tan apretados que parecía que la mandíbula se le iba a desencajar. No sabía qué se estaban diciendo, pero tuve la sensación de que había presenciado una pelea.

Aproveché la oportunidad y crucé la sala a toda prisa para ir por el mismo camino que había seguido horas antes con Miha, pero los pasillos se bifurcaban en todas direcciones y no sabía si iba por donde debía. Llegué hasta la mitad de una sala y me di la vuelta, segura de que me había equivocado.

Elegí otra ruta que resultó aún peor. En algunas zonas, el pasillo se ensanchaba para crear recovecos y algunos estaban ocupados. Vi a un hombre que tenía a una mujer contra la pared. Le cogía el cuello con una mano y también con la boca. La sangre corría por la piel de la mujer. Me la quedé mirando un momento: tenía los ojos cerrados, los labios entreabiertos y el cuerpo arqueado contra el del hombre, estaba perdida en él. Más allá, una mujer follaba a otra con los dedos sin el menor disimulo. Más que escandalizada, me sentí incómoda. ¿A qué venía tanto exhibicionismo? ¿Qué se suponía que teníamos que hacer los demás? ¿Mirar o meternos en nuestros asuntos?

Elegí lo segundo y doblé otra esquina, me encontré ante una serie de retratos. Eran cuadros de mujeres muy hermosas vestidas de negro. Llevaban una insignia sobre el pecho: una rueda de doce puntas coronada por una imagen diferente. Al examinar los retratos, me di cuenta de que las ruedas giraban, así que cada una tenía en la parte superior un símbolo distinto.

Comprendí que eran el Aquelarre Supremo y que los símbolos identificaban su poder.

Me detuve ante cada cuadro más tiempo del debido, considerando que Adrian me había dicho que no saliera de mis habitaciones, pero la curiosidad era irresistible. Unas eran jóvenes; otras, viejas; la mayoría, mujeres maduras. Las había que eran como yo, así que tal vez tenían antepasados isleños. Otras eran muy blancas, como las gentes de las montañas, pero la que más me interesó fue la del retrato colgado al final del corredor, donde el pasillo se dividía en dos. La reconocí por los ojos: era Yesenia.

Tenía los ojos de un color extraño, mezcla de violeta y azul, sombreados de pestañas tan densas que proyectaban sombra sobre los pómulos. El pelo era espeso y oscuro, lo llevaba peinado hacia atrás y recogido, lo que destacaba la forma del rostro. En sus labios asomaba una sonrisa y tenía la piel de un marrón tan cálido que me hizo pensar que había vivido bajo el sol. Era muy hermosa y tenía una expresión tranquila. Yo conocía aquel sentimiento y quería recuperarlo; era lo que había sentido antes de descubrir lo duro que era este mundo.

Me fijé en el símbolo que se veía en su túnica: la rueda estaba coronada por un ojo, que se asociaba con la profecía. ¿Había sabido siempre que iba a morir entre el humo y las llamas? Qué don tan espantoso, saber cómo vas a morir…

Me di la vuelta, recorrí las paredes con la mirada y recordé los nombres que había aprendido unas horas antes. Nunca había visto como personas a las mujeres del Aquelarre Supremo, pero lo eran: hermosas, serenas, reales, no violentas y salvajes, como me las había imaginado. Eran… como yo.

—Ah, has encontrado los retratos del Aquelarre Supremo —dijo una voz.

Me giré en redondo. Gesalac me estaba mirando desde lejos. ¿Cuánto tiempo llevaba observándome? Lo miré con la esperanza de que siguiera su camino. ¿O me había estado buscando?

Dejó pasar un momento antes de inclinar la cabeza.

—Reina Isolde —saludó y volvió a alzar hacia mí los ojos oscuros—. Es muy tarde para estar fuera de tus habitaciones.

—Las salas están llenas de gente —repliqué.

—De vampiros —me corrigió.

«De depredadores» fue lo que quería decir.

—Que ya saben las consecuencias de molestarme.

Mi intención era que Gesalac mostrara la rabia que sentía, pero su expresión permaneció inmutable, cosa que no era mucho mejor.

—Tal vez te pueda ayudar a encontrar lo que buscas —me ofreció.

Titubeé.

—Lo encontraré sola.

—Es comprensible que tengas miedo…

—No te tengo miedo —repliqué—. Pero no confío en ti.

—El sentimiento es mutuo, pero mi rey ha matado a uno de los suyos por ti, por una mortal a la que conoció la semana pasada. ¿Es de extrañar que esté furioso por la muerte de mi hijo?

—Tal vez le deberías haber enseñado que un no es un no, pero ya veo de quién heredó la incapacidad para escuchar.

Gesalac apretó los labios.

—No quiero que seamos enemigos, reina Isolde —dijo—. En realidad, pensé que podíamos ser aliados.

—Si eres aliado de mi esposo, eres aliado mío.

Pero no estaba nada convencida de que lo fuera.

Arqueó una ceja y, cuando habló, lo hizo con voz muy pausada y deliberada:

—¿Eres aliada de tu esposo, reina Isolde?

—¿Qué insinúas?

Se encogió de hombros.

—No es ningún secreto que sois enemigos. A menos que le hayas cobrado afecto, claro.

—Di con claridad lo que quieres, noble —repliqué, cada vez más impaciente e incómoda.

—Solo te estoy advirtiendo sobre la niebla escarlata.

—¿Cómo dices?

Me miró fijamente.

—Es extraño que la niebla apareciera nada más casaros. Yo que tú, desconfiaría. Tal vez Adrian esté buscando tu simpatía.

—¿Qué insinúas?

—Bueno, ¿qué mejor manera de ganarte la confianza de tu enemigo que salvar a su pueblo?

Fui a replicar que la niebla escarlata solo incrementaría el odio que sentía hacia él, pero Gesalac tenía razón. La niebla me había predispuesto a favor de Adrian por lo que había hecho tras los acontecimientos de Vaida. Había enviado a Gavriel, Arith y Ciprian al castillo Fiora, y, cuando mi pueblo se rebeló, mandó a más soldados. Pero no me interesaba que Gesalac supiera que estaba sopesando lo que me había dicho.

—Es una afirmación muy atrevida, noble —dije.

Se encogió de hombros.

—No sabemos hasta dónde llegan los poderes de Adrian. ¿Quién puede decir que no es el responsable?

Me lo quedé mirando. No confiaba en él, pero tal vez había algo de cierto en sus palabras.

—¡Ah, por fin te encuentro! —dijo Sorin—. Estaba seguro de que te había visto escabullirte.

Gesalac se volvió y se apartó de mi camino mientras Sorin se acercaba a nosotros. Lucía una sonrisa en el atractivo rostro, pero percibí también cierta tensión.

—Ya me encargo yo, noble Gesalac.

Gesalac miró a Sorin y luego a mí como si quisiera protestar, pero al final se limitó a hacer una reverencia.

—Cuida por dónde andas, mi reina —me avisó antes de marcharse.

Me lo quedé mirando hasta que desapareció tras doblar la esquina.

—Por la diosa, cómo detesto a ese hombre —dijo Sorin.

Miré al vampiro.

—¿Dónde has estado?

Alzó las manos como para protegerse de mi tono.

—Calma —dijo—. Muy ajetreado. Adrian me mandó de caza.

«¿De caza?»

—¿En busca de Ravena?

—Sí, pero he perdido todos los rastros —dijo—. Es como si se esfumara en el aire.

Arqueé las cejas.

—¿Ese es tu poder especial? ¿Rastrear?

—Una cosa así —dijo con una risita—. ¿Qué haces fuera de tus habitaciones?

—Quería ir a la biblioteca, pero me parece que me he perdido.

—Qué sorpresa. —La sonrisa se acentuó y le marcó más los hoyuelos. Me gustaba la sonrisa de Sorin—. Vamos, te acompaño.

Con él me sentía mucho más cómoda, así que accedí.

—¿Cómo has sabido dónde estaba? —le pregunté.

—¿Tú qué crees que significa lo de «rastreador»?

Lo miré de reojo y sonrió.

—Te vi pasar corriendo por el pasillo —añadió—. Tienes suerte de que distrajera a Daroc o te habría mandado de vuelta a tus habitaciones.

—¿Estás… en un lío?

—Y de los gordos. —Su tono de voz había cambiado y detecté una nota de frustración.

—¿Qué has hecho? —pregunté.

Acabábamos de doblar una esquina y por fin vi las conocidas puertas de ébano de la biblioteca al final del pasillo.

—Es más bien lo que no he hecho —respondió y se detuvo—. O que no estuve donde tenía que estar.

No me dio más explicaciones y pensé que tal vez estuviera avergonzado. Miré las puertas.

—¿Quieres entrar?

—No, gracias, mi reina. —Sonrió—. Leer no es lo mío.

Arqueé una ceja.

—Es broma. —Se apresuró a añadir—. Tengo que dar caza a una bruja.

Lo detuve cuando ya se alejaba.

—Sorin.

Se volvió hacia mí.

—Si averiguas algo sobre Ravena, quiero saberlo.

—Estoy seguro de que Adrian te lo contará.

—Te lo he pedido a ti.

Hizo una inclinación.

—Por supuesto, mi reina.

No estaba preparada para volver a la sala grande, donde aún me esperaban la mayor parte de los documentos para la investigación. Subí al tercer piso, donde estaban las historias del mundo. Acaricié los lomos grabados de los libros y leí los títulos escritos con letra ornamentada. Había varios tomos de la *Historia de Cordova*, uno por cada año desde la encarnación de los vampiros a manos de la diosa Dis.

Estaba a punto de coger un libro sobre la Quema cuando me fijé en el símbolo que se veía en el lomo de otro diferente. Era la misma rueda de doce puntas que había visto en los retratos de las brujas. Se titulaba *Aquelarre Supremo*. Cogí el libro del estante y, al abrirlo, me encontré con que alguien había hecho un hueco entre las páginas, y dentro había un puñal.

«Qué extraño», pensé y lo cogí. No tenía nada de extraordinario. Todo lo contrario, era rudimentario con la hoja torcida y el puño demasiado pequeño, pero tenía buen peso. Como arma no sería gran cosa. ¿Quién lo habría escondido allí?

En aquel momento, me puse rígida y me di media vuelta justo cuando dos manos me cogían la cara. Un hombre alto y fuerte me bloqueaba el paso. Me pareció familiar: tenía el pelo corto y oscuro, y la barba y el bigote bien recortados. Sus rasgos no eran llamativos, pero lo compensaba con unas ropas ricas, con forro de terciopelo, broches de oro y una corona incrustada de piedras preciosas en la cabeza.

—Chis —dijo y me agarró la barbilla. Me tapó la boca con dos dedos cargados de anillos para que no pudiera hablar—. Presta atención. Tu aquelarre va a obedecer mis órdenes y tú las convencerás, ¿entendido?

No sabía de qué hablaba. ¿Mi aquelarre? Pero lo miré.

—Si no lo haces, os mataré a todas, de la primera a la última. ¿Entendido? No solo a tu aquelarre. A todas las brujas de esta tierra.

Se hizo el silencio mientras el hombre me miraba. Tras un momento, se inclinó más hacia mí, hasta que sus labios estuvieron muy cerca de mi cara.

—Pero, para ti, el final será diferente.

Me apartó los dedos de la boca y pegó los labios contra los míos. Fue un beso rabioso y amargo. Presionó su cuerpo contra el mío y trató de separarme los labios con la lengua, pero forcejeé y lancé un golpe con el puñal. Retrocedió, tambaleante, y se llevó una mano al pecho. La apartó llena de sangre.

—¡Serás zorra...! —Me agarró por el pelo—. Te voy a matar —amenazó.

—Pues mátame —dije.

Pronunciar aquellas palabras me llenó de alivio. Si me mataba, no tendría que traicionarme a mí misma ni a mi aquelarre. Pero lo vio en mis ojos y me soltó el pelo.

—No —dijo—. La vida será un castigo mucho peor para ti.

Me empujó hacia atrás y me soltó. Choqué contra la estantería aún con el puñal ensangrentado en la mano. Le echó un vistazo y soltó una carcajada.

—Recuerda lo que te he dicho.

Y desapareció. Parpadeé y comprendí que estaba sola, con el libro y el puñal limpio en la mano. Miré a mi alrededor con el corazón acelerado en busca del hombre, pero no había nadie.

Estaba completamente sola.

Apreté el puñal. Tal vez estuviera encantado, pero ¿con qué objetivo? No sabía a ciencia cierta en qué mente había entrado, pero para mis adentros estaba segura de que era la de Yesenia. Era la misma sensación que había tenido con Adrian, una conexión extraña pero innegable. Y acababa de ver a Dragos, el antiguo rey de Revekka, amenazarla de muerte.

Si no hubiera sido por cómo me latía el corazón, si no hubiera sido por el dolor que sentía en la mano, habría pensado que todo eran imaginaciones mías.

De pronto tuve dudas sobre cuánto quería saber del pasado, porque era obvio que lo ignoraba todo sobre el mundo en el que había vivido. Aquello me ponía furiosa. Furiosa por no haberlo sabido y furiosa porque la única persona que me estaba diciendo toda la verdad era también mi peor enemigo.

DIECISÉIS

Al día siguiente me sorprendí al recibir una carta de Nadia.

—¿Cuándo ha llegado? —le pregunté a Vesna, que se había quedado sola porque Violeta tenía que ayudar en la cocina con los preparativos para el banquete de los Ritos de la Quema.

Vesna iba a ayudarme a prepararme para la cacería de aquella noche, un acontecimiento al que Adrian aún no sabía que pensaba asistir. El atuendo era mucho más cómodo que todo lo que había llevado desde que había llegado a Revekka: un sayo negro y unas polainas también negras, metidas en las botas del mismo color que me llegaban hasta la rodilla. Por encima llevaba una chaqueta cómoda, corta por delante y más larga por detrás.

—Esta misma mañana, mi reina —dijo—. La ha traído Sorin.

¿Sorin? ¿Había llegado hasta Lara buscando a Ravena? No tenía ni idea.

—¿Quieres que te deje a solas para leerla?

Sonreí.

—Sí, por favor. Gracias, Vesna.

No sabía cómo iba a reaccionar a la carta. Había llegado a tener miedo de mis propias emociones. Ya sentía un peso terrible en el pecho por la ausencia de mi padre y la de Nadia, así que no sabía qué iba a pasar cuando viera su caligrafía o leyera sus palabras. Pero otra parte de mí tenía miedo. ¿Me culparía por el intento de golpe de Estado? ¿Insistiría en preguntarme por qué Adrian no había muerto todavía?

Vesna salió, abrí el sobre y desdoblé la gruesa hoja de pergamino. Me encontré con la letra de Nadia, que tan bien conocía.

«Issi», empezaba y me tapé la boca con la mano para ahogar un sollozo. Nadie me había llamado Issi desde que había salido de Lara.

He de reconocer que me sorprendió que un soldado del Rey de Sangre accediera a llevarte esta carta. En fin, tendré que esperar hasta que me confirmes que la has recibido antes de apreciar el gesto. Sea como sea, te echo de menos. Tu padre te echa de menos. Nunca lo había visto tan triste. Me hace desear aún más tu regreso. El comandante Killian nos dijo lo del ataque y no lo habría creído si no hubiera sido por la revuelta que tuvo lugar aquí. Pero no toda Lara se siente traicionada, Issi, cariño. Somos muchos los que confiamos en tu plan y sabemos que no has olvidado la causa que defiendes. Piensa en nosotros a menudo, por favor, sobre todo, en tu padre. Sin ti está perdido.

Sé que te lo estarás preguntando, así que te lo diré: desde que te marchaste, he leído cuatro libros. Cada página ha sido maravillosa, pero no son nada comparados con tenerte aquí, en casa.

Te echo de menos.

NADIA

Leí la carta dos veces más, desgarrada por un torrente de emociones. Me sentía atrapada entre una culpa abrumadora y un extraño dolor, fruto de la tristeza de mi padre. No había abandonado por completo mi misión. Aún estaba tratando de descubrir el pasado de Adrian con la esperanza de que en él hubiera algo importante, una revelación, pero por primera vez tuve que reconocer que no lo hacía con el objetivo de derrotarlo. Quería conocerlo y eso era aún más ridículo, considerando lo que Gesalac había dado a entender la noche anterior. ¿Y si Adrian estaba manipulando la niebla escarlata para ganarse mi lealtad? ¿No me había dicho más de una vez que era un monstruo?

Lo peor era que casi había dado resultado. Había empezado a dejar que su amabilidad y lo que había descubierto sobre el Aquelarre Supremo y Dragos me distrajeran de la realidad: que Adrian era quien había conquistado mis tierras y mi pueblo.

Doblé la carta y la escondí debajo del libro que había sacado la noche anterior de la biblioteca. Luego, me eché la capa sobre los hombros y me puse los guantes de montar.

Esa noche iba a salir de caza.

Encontré a Adrian y a su consejo de nobles en el patio, en torno a la pira encendida. Me mantuve a buena distancia, al pie de la escalera, y aun así sentí en el rostro el calor de las llamas. Cuando los nobles se inclinaron, Adrian se volvió y me vio, le brillaron los ojos.

—Mi reina —dijo—. ¿Qué haces?

—Quiero tomar parte en la caza.

Unos cuantos nobles se echaron a reír detrás de él.

—¿Qué os hace tanta gracia? —pregunté.

Se les pasó el humor al momento.

—Va a ser una noche larga —dijo Adrian.

—No será la primera vez.

Esbozó una sonrisa y me entregó las riendas de Sombra.

—Monta, mi reina.

Una vez a caballo, Adrian montó detrás de mí y sentí todo su cuerpo contra el mío. No habría sabido decir si fue intencionado o si era porque su presencia tenía más fuerza después de estar lejos de él tres noches seguidas. Dejé escapar el aliento que había contenido para liberar la tensión que sentía en el vientre.

No dio resultado.

—¿Estás cómoda? —me preguntó con la boca muy cerca de la oreja.

Me volví hacia él. El nudo de calor ya se me estaba tensando en la cabeza y en la garganta.

—No es la palabra más adecuada.

—Mmm. —Lo sentí susurrar contra mi espalda.

Dio la orden a Sombra para que se pusiera en marcha y salimos por las puertas del Palacio Rojo a la aldea de Cel Ceredi, seguidos de cerca por Daroc y por los nobles.

La noche empezaba a perder su color y vimos los fuegos que ardían en la aldea. Unos eran las piras, pero también había otros más pequeños salpicados por toda la zona. Cuando nos acercamos, vi que eran los aldeanos, que llevaban antorchas.

—¿Van a participar en la caza? —pregunté al recordar que Adrian les había ordenado a los nobles que encendieran hogueras en torno a los pueblos para mantener a raya la niebla.

—Lo verán todo desde la entrada —dijo.

Pasamos junto a ellos y se incorporaron al grupo. Al llegar a los límites de Cel Ceredi, las puertas se abrieron con un crujido para darnos acceso a los bosques oscuros. Cuando nos aproximamos, Adrian me apretó la cintura con el brazo y me di cuenta de que me había recostado contra él.

—No es propio de ti tener miedo —dijo.

—No tengo miedo.

—Entonces ¿he de deducir que te encuentras bien entre mis brazos?

Tenía una nota de diversión en la voz. Se me pasó por la cabeza restregar el culo contra su erección para dejar claras las cosas. Aquello no era por encontrarme bien o no. Era porque llevábamos tres días sin follar y yo estaba desesperada y rabiosa. Quería descargar la rabia en su cuerpo, como habíamos hecho de camino a Cel Ceredi.

Eso deseaba ser, una roca firme de odio hacia mi enemigo, no sentirme en ese espacio nuevo donde solo quería que fuera... sincero.

—¿Qué vamos a cazar? —pregunté para cambiar de tema.

—Ahora que estás aquí, la pregunta es qué nos va a cazar a nosotros.

Claro. Yo era la que tenía sangre buena para beber, carne buena para devorar.

Adrian abrió la marcha para adentrarnos en el bosque. Había poca luz, apenas era una claridad rojiza e inquietante que le daba al cielo aspecto de tormenta. Pero Sombra y Adrian se orientaban bien. Detrás de nosotros, los nobles se dispersaron en abanico, cada uno por un camino del bosque.

—Sorin dice que ha estado buscando a Ravena —dije—. ¿Eso también lo ordenaste después de lo de Sadovea?

—¿Has venido para cazar o para pelearte conmigo?

—Puedo hacer las dos cosas.

—No, Isolde, es una u otra. Pero, si quieres pelear, te llevaré a palacio ahora mismo. No puedo permitir que me distraigas aquí, donde más peligro corres.

—De acuerdo —dije y me sentí un poco tonta—. Nada de pelear.

Nos quedamos en silencio.

—Sorin lleva mucho tiempo tras la pista de Ravena, desde mucho antes de los ataques de Vaida y Sadovea.

—Ah.

Volví a sentirme tonta. Habría querido desviar el golpe, buscar la manera de justificar la rabia que sentía, pese a lo que había dicho Adrian sobre no pelear. Pero en aquel momento, me cogió la cara y sus labios encontraron los míos. Gemí al sentir el hambre con la que me devoraba y devolví cada acometida de la lengua con la misma ansia.

«Sí —pensé—. Esto. Esto es lo que quiero. Esto es lo que necesito».

No soportaba necesitar algo, pero era innegable y no me habría detenido de no ser porque un grito agudo me heló la sangre en las venas.

—¿Qué ha sido eso? —pregunté tras apartarme de la boca de Adrian.

Sentía los labios en carne viva. Pero Adrian dejó escapar una risita.

—Un búho, nada más.

—Tenemos que irnos de aquí.

Los búhos eran un presagio de muerte.

Era una de las pocas creencias que mi padre había adquirido de la cultura de mi madre, porque había visto sus efectos: carros volcados o víctimas de ataques, escuadrones enteros aniquilados. Todo ello un momento después de que un búho se cruzara en su camino.

Los nervios se me debían de notar en la voz, porque se puso rígido contra mí.

—De acuerdo.

Pero, apenas lo había dicho, Sombra empezó a relinchar y a sacudirse. Adrian sujetó las riendas con fuerza y, en aquel momento, el ser salió de entre los árboles. Era alto y flaco, tenía unas uñas largas y afiladas llenas de sangre. Tenía el pelo húmedo y greñudo que le ocultaba un rostro de rasgos grandes, entre ellos una boca llena de dientes afilados.

Era un alpe. Sombra, que sentía el peligro, lo había atraído.

—Isolde —dijo Adrian—, coge las riendas y vuelve al castillo.

Hice lo que me ordenaba y salté de Sombra para caer sin ruido al suelo. Adrian dio unos pasos hacia el monstruo, pero el ser no apartaba los ojos de mí.

—Esto no va a terminar bien para ti —le dijo Adrian al tiempo que desenvainaba.

El alpe lanzó un siseo, agitó las zarpas afiladas y, sin previo aviso, se lanzó contra mí.

Sombra corcoveó, lanzó un relincho de terror y salió disparado hacia la oscuridad de los árboles, espoleado por el miedo. Las ramas me azotaron la cara, los brazos y las piernas. Apreté los muslos contra los flancos y tiré de las riendas, pero nada era capaz de detenerlo, así que solté una rienda, agarré la otra con las manos y tiré hacia la cadera. Justo cuando empezó a ir más despacio, Sombra corcoveó y, cuando caí al suelo, salió disparado. El impacto de la caída me dejó sin aliento y me quedé tirada un instante para combatir el mareo y el dolor repentino que sentía en las costillas. Y, de pronto, por el rabillo del ojo, vi algo.

Rodé por el suelo y alcé la vista hacia el rostro de una mujer de pelo rojizo. Era la misma que había visto en el reflejo de la ventana y en la sala de los espejos.

—Eres tú —dije. Respiré hondo y sentí un dolor punzante. Me puse de pie—. Eres Ravena, ¿verdad?

Me sujeté la cintura con una mano, pero ya estaba pensando cómo derribarla. Solo contaba con los puñales, así que tenía que acercarme a ella. Tenía que acercarme demasiado.

—Qué pajarito tan listo —respondió—. Pero siempre has sido así.

Fruncí el ceño, confusa. Ella entrecerró los ojos, lo que le dio un aspecto severo y frío.

—Así que aún no lo ha hecho.

Hablaba más con ella misma que conmigo, pero aun así no pude evitar la pregunta.

—¿Qué quieres decir?

—Adrian —respondió—. Aún no ha bebido de tu sangre.

No le respondí. No sabía qué tenía que ver eso con ella y tampoco quería preguntárselo. Era un tipo de enemiga al que no estaba acostumbrada y cualquier información que me sacara podría tener consecuencias devastadoras.

De pronto, se echó a reír.

—Me alegro de que no hayas cambiado gran cosa —dijo—. La misma expresión testaruda, las mismas debilidades evidentes.

—¿Qué sabes tú de mis debilidades? —pregunté.

Aproveché para sacar uno de los puñales de las muñecas. Habría preferido atacar desde lejos porque no sabía qué daños podía causarme si me ponía las manos encima.

—Sé muchas cosas de ti, Issi —me dijo y las palabras me provocaron un escalofrío—. Háblame de tu lucha interna, de lo dividida que estás entre el amor que sientes por tu padre y el amor que sientes por Adrian.

De nuevo no respondió y, cuando me saqué el cuchillo a la palma de la mano, se me clavó en la piel.

Mierda.

Hice una mueca y Ravena me miró la mano. Se le dibujó en el rostro una sonrisa cruel.

—Ah, muy bien —dijo—. Vas armada. Te va a hacer falta.

Di un paso atrás y lancé el puñal. Voló hacia ella y, justo cuando iba a dar en el blanco, en el centro mismo de su pecho, Ravena desapareció. En su lugar vi un rostro conocido, un noble.

—¡Ciro! —grité espantada cuando el cuchillo se le clavó en el pecho.

¿De dónde había salido? Pensaba que seguía en Zenovia, pero enseguida vi que había algo extraño en él. El noble tenía el pelo alborotado, iba muy sucio, tenía la boca, la barbilla y la parte delantera de la ropa cubiertas de espesa sangre escarlata. Se había estado alimentando.

—Ciro —repetí.

Tenía la vista perdida y estaba inmóvil, con el puñal clavado en el pecho. Pero giró la cabeza al oír mi voz, y en ese momento habría dado lo que fuera por no haber hablado.

En cuanto le vi los ojos, supe que estaba en peligro. El noble se acuclilló en el suelo y saltó.

Mierda, mierda, mierda.

Estaba poseído por la niebla. No cabía duda.

Conseguí esquivar la primera acometida, pero solo para sentir que me clavaba las uñas en la nuca y el contacto fue como el fuego. No podía hacer nada contra su fuerza bruta. Me alzó en vilo y me lanzó por los aires. Caí al suelo y choqué con la espalda contra un árbol

Lancé un grito y noté al momento que las mejillas se me llenaban de lágrimas. En mi vida había sentido tanto dolor, pero me moví. No tenía elección. Rodé para ponerme sobre las manos y las rodillas. Cuando conseguí ponerme en pie, Ciro me agarró por el cuello y me levantó por los aires. Su contacto era abrasador y yo casi no podía ver, pero logré clavarle el otro puñal en el cuello. Intenté que el tajo llegara al hueso, cortarle la cabeza, pero me soltó demasiado pronto y volví a caer al suelo casi sin poder respirar.

Tomé aire a bocanadas entrecortadas y volví a levantarme temblorosa. Ciro se arrancó el puñal del pecho. Creo que le enseñé al poder que lo poseía a utilizar las armas, porque me miró y alzó el puñal. Pero, antes de que descargara el golpe fatal, algo bajó en picado entre nosotros: un pájaro que se convirtió en un hombre.

—Sorin —jadeé cuando el vampiro se manifestó de espaldas a mí.

Solo pude ver sus músculos poderosos cuando blandió la espada y decapitó al noble que había estado a punto de matarme. El cuerpo de Ciro cayó al suelo y en ese momento me fallaron las piernas.

—Ah, no, ni hablar —dijo Sorin y me cogió antes de que me desplomara.

Lo miré, pero el mareo me hizo cerrar los ojos y gemí.

—Por favor, no me digas que te puedes transformar en búho —dije.

Oí que se reía, pero fue un sonido lejano, como si estuviéramos en una cueva.

—En búho, no, mi reina —dijo—. En halcón.

Después de eso, ya no recordé más.

Me desperté con la cara hinchada contra el suelo de piedra fría de una celda.

Tardé un momento en juntar fuerzas para incorporarme y sentarme. Cuando lo logré, el dolor en la mandíbula hizo que la cabeza me diera vueltas y me entraran ganas de vomitar. Me contuve, porque abrir la boca era aún peor.

Entrecerré los ojos en la oscuridad y vi el cuerpo de Adrian.

—No —susurré.

Estaba de bruces, con las manos atadas a la espalda, fuera de mi alcance, en otra celda. Me arrastré hacia él, temblorosa. No tenía energía para respirar y mucho menos para moverme, pero conseguí llegar a los barrotes y me agarré a ellos para acercarme todo lo posible. Metí la mano y le acaricié un mechón de pelo.

—Adrian.

Susurre su nombre, rota, con la boca llena de sangre.

Tardó mucho en despertarse, pero seguí allí sentada, acariciando el mechón de pelo que quedaba a mi alcance. Cuando por fin se movió, me eché a llorar. Traté de repetir su nombre, pero me detuvo.

—Chis —me tranquilizó—. Lo sé, cariño mío. No puedes evitar ser quien eres, y yo no puedo evitar amar a quien amo.

Me desperté sobresaltada y cogí aire como si acabara de salir de debajo del agua. Tenía la piel cubierta de sudor, con lo que la ropa se me pegaba al cuerpo. Aparté las mantas de golpe y volví a dejarme caer sobre la almohada.

—Estoy a salvo —me dije—. Era un sueño. Solo un sueño.

Pero había parecido tan real... el frío, la piedra dura bajo la piel, el dolor, la sangre en la boca, el tacto del pelo de Adrian entre mis dedos magullados.

Y seguía sintiendo el zarpazo de la culpa que me desgarraba el pecho: sin saber por qué, estaba segura de que Adrian se encontraba en aquella celda por mi culpa.

Ya despierta, me di cuenta de que estaba sola.

Me senté en la cama de nuevo y puse los pies en el suelo para hacer inventario de mi cuerpo. Me había hecho daño en las costillas al caerme de Sombra, pero estaba segura de que se me habían roto cuando Ciro me tiró contra el árbol. Y sí, sentía cierto dolor, pero nada más. Me llevé la mano al cuello, donde el noble me había herido, y tragué saliva, incómoda.

Lo tenía curado.

Debía de haber sido Adrian, ya que Ana utilizaba técnicas de curación tradicionales. Entonces ¿dónde se había metido? ¿Y Ana? Lo normal habría sido que estuviera velándome, aunque tal vez Isla hubiera vuelto ya. ¿Y habían encontrado a Sombra después de que huyera en espantada por el bosque?

Tenía muchas preguntas.

Me puse de pie y me eché la túnica por encima. Traté de no pensar en el dolor que me había causado despertar a solas, de descubrir que Sorin era un metamorfo. ¿Es que a Adrian no le importaba? ¿Y Sorin no confiaba en mí? Paseé por la habitación con la conciencia de que era ridículo que me sintiera así. Adrian no se había quedado para ver cómo estaba porque estaba bien, y Sorin no tenía motivos para confiar en mí porque yo no confiaba en él..., ¿verdad?

Dejé escapar un gruñido de frustración, y en ese momento alguien llamó a la puerta. El corazón se me aceleró.

«Adrian», pensé y corrí a la puerta. Pero al otro lado estaba Lothian.

—¿Te encuentras bien, mi reina? —preguntó y supe que había visto a Sorin cuando me había traído inconsciente.

—Estoy... tan bien como cabría esperar —respondí—. ¿En qué puedo ayudarte?

—Te traigo noticias de la tierra natal de tu madre —dijo—. ¿Puedo pasar?

—Claro.

Me hice a un lado y cerré la puerta cuando entró. Lothian fue hasta el centro de la estancia y se volvió hacia mí.

—No son buenas. Lo siento.

«Dímelo de una vez», habría querido gritar. Se me estaba abriendo en el corazón una herida mucho peor que la que me había causado la ausencia de Adrian.

—Dime —supliqué.

—No encontré ningún texto sobre el pueblo de tu madre porque su historia es sobre todo oral. Se me ocurrió recurrir a algún anciano de allí, pero...

—Lothian, al grano.

—Han sido esclavizados. Todos. Por el rey Gheroghe de Vela.

DIECISIETE

No supe si Lothian había añadido algo más. Desde luego, yo no lo oí.

La adrenalina me empezó a correr por las venas y al mismo tiempo sentí náuseas.

Y pensar que el rey Gheroghe había estado en Revekka, había intentado negociar con Adrian para obtener la inmortalidad, prometiéndole a cambio a mi pueblo. Lo podría haber matado en aquel momento. Podría haberlos liberado.

Estaba temblando de rabia.

¿Lo había sabido Adrian? ¿Y no había dicho nada?

Me aparté de Lothian, abrí la puerta de golpe y corrí a las habitaciones de Adrian.

—¡Fuera de mi camino! —rugí al atravesar las habitaciones atestadas de criados, vampiros y vasallos.

No quería ni imaginarme qué aspecto tenía, pero me sentía rabiosa y airada. Al llegar a la puerta de Adrian, la abrí de golpe... Me encontré a Safira en su cama, en la cama donde yo aún no me había acostado.

Estaba sentada y desnuda, con el cuerpo arqueado de modo que sus pechos se alzaban en el aire. Se había apoyado sobre un brazo para recorrerse con la otra mano la pierna que tenía levantada. Llevaba el pelo rubio suelto y le caía sobre el brazo en ondas delicadas. Era obvio que esperaba otra visita.

—¿Dónde está mi esposo? —grité, rabiosa.

Se encogió, pero disimuló el miedo.

—¿No lo sabes tú, que eres su mujer? —me replicó.

Apreté los puños y deseé haber cogido el puñal. Pero, cuando di un paso hacia ella, se pegó a la cabecera de la cama. Sentí cierta satisfacción al saber que me tenía miedo.

—Sí, soy su mujer, así que te preguntaré otra cosa. ¿Qué haces tú en su cama?

Había sido otra bofetada: despertarme sola tras estar a un paso de la muerte… ¿y ahora esto? Si de verdad sabía lo del pueblo de mi madre, no se lo perdonaría jamás.

Se echó a reír con un sonido altanero que me dio ganas de romperle los dientes.

—Hace tres noches que le caliento las sábanas —dijo con petulancia, como si fuera un chismorreo que valía la pena contar.

Una parte de mí no la creyó porque quería creer a Adrian. Quería confiar en él. Pero no era ninguna idiota. Pocos hombres rechazarían lo que Safira podía ofrecerles. Pero a mí solo me importaba lo que hiciera mi esposo.

—No te lo tomes así, mi reina. Una sola mujer no puede satisfacer los deseos de Adrian. Por suerte, muchas estamos a la altura del desafío.

—Me subestimas, Safira. Mucho. Y lo peor es que has convertido a Adrian en algo que no es.

—¿En qué?

—En un dios —repliqué y salí de allí.

Me imaginé que Adrian estaría con sus consejeros, hablando de que Ravena había conseguido corromper a Ciro. Mi presencia iba a molestar a los nobles, pero no me importaba. Corrí por los pasillos. Los pies me llevaban como si no fueran míos. Al llegar a la sala del consejo de Adrian, abrí las puertas de golpe.

Estaba presidiendo la mesa redonda, con Daroc a su derecha y rodeado de lo que quedaba de la nobleza. Lo miré a los ojos y entré en la estancia.

—Marchaos. Quiero hablar con mi esposo.

Se hizo el silencio. Nadie se movió y por un momento pensé que iba a tener que repetirlo, o, aún peor, que Adrian no me iba a dar su apoyo interrumpiendo la reunión, que me diría que me fuera... cosa que no le convenía en absoluto. Pero todos se levantaron. Mientras los nobles salían, no dejé de mirar a Adrian. Ni siquiera Daroc se enfrentó a mí.

Por fin, nos quedamos a solas.

—¿A qué debo el placer de tu visita?

No sabía ni por dónde empezar.

—¿Estabas informado de que el rey Gheroghe ha esclavizado al pueblo de mi madre? —Casi no pude terminar la frase, invadida por la angustia—. Son mis tíos, mis primos... Puede que incluso mis abuelos.

Llevaba toda la vida pensando que tal vez mi madre no les importaba, que no les importaba yo. Pero tal vez ni siquiera sabían que yo existía o que mi madre había muerto.

—Isolde...

—¿Lo sabías? —grité con tanta fuerza que me quedé ronca.

Su silencio me lo dijo todo.

—¡Hijo de puta!

Apreté los dientes tan fuerte que me dolió la mandíbula. Las lágrimas me cegaron.

—¿Qué quieres que haga? —replicó.

—¡Libéralos! —grité—. ¡Mata al rey Gheroghe! ¿No ibas a conquistar Vela de todos modos?

—Está en la lista, Isolde, pero no es la prioridad.

Fue como un golpe.

—¿Estás diciendo que yo no soy una prioridad?

—No, todo lo contrario. —Habló con tanta veneración que se me heló la sangre—. Para mí eres más importante de lo que te podrás imaginar en la vida, pero tengo límites. No dispongo de tantos hombres. Por no mencionar que me preocupa que la niebla escarlata ataque a nuestro pueblo.

Cuando dijo aquello, me quedé sin fuerzas para luchar, pero insistí.

—Recluta a más hombres —dijo.

Inclinó la cabeza y esbozó una sonrisa.

—¿Me estás diciendo que convierta a más gente?

Tragué saliva. Iba contra todos mis principios. Acababa de pedirle a Adrian que atacara a un reino de las Nueve Casas y que convirtiera a más mortales en vampiros. Había caído muy bajo y no me importaba.

—Comprendo tu ira —dijo—. Yo también estoy furioso con el rey Gheroghe. Aunque tuviera algo que yo quisiera, no le ofrecería la inmortalidad. Es un canalla. Llegará su hora y tú te encargarás de él… si decides actuar como una reina.

—¿Y cómo actúa una reina? —pregunté, aún rabiosa.

—Con sentido estratégico, dejando de lado lo personal hasta que consiga la victoria. ¿Lo entiendes?

Me estaba diciendo que tenía un plan. Me estaba diciendo que debía esperar para liberar al pueblo de mi madre, a mi pueblo. ¿Era capaz de soportar la culpa de ser libre? ¿De ser una privilegiada?

—Todo el mundo querrá que te sacrifiques por ellos, Isolde. Piensa bien a quién complaces.

—¿Por quién te sacrificas tú?

—¿De verdad no lo sabes? —dijo en voz baja.

No, no lo sabía, porque había permitido que me despertara sola; porque, cuando había ido a buscarlo, me había encontrado con Safira.

—Vengo de tus habitaciones —dije.

Adrian arqueó las cejas con más curiosidad que alarma.

—¿Qué hacías allí?

—Te buscaba —respondí—. Pero ¿sabes a quién me he encontrado? —Ni siquiera pude esperar a que respondiera. Volvía a estar rabiosa—. A Safira. Desnuda. En tu cama. Dice que lleva ahí tres noches.

Adrian se puso rígido.

—¿Y tú la has creído?

—No es el momento de preguntarme qué creo o qué no, majestad. Es el momento de dar explicaciones.

Pedirle explicaciones no quería decir que no confiara en él. Las necesitaba, sobre todo porque me había ocultado muchas cosas. Me miró durante largos momentos y me pregunté si me estaría leyendo la mente. ¿Tenían suficiente fuerza mis emociones? ¿Eran tan caóticas que no sabía cómo interpretarlas? Tras unos instantes, salió de detrás de la mesa y pasó de largo junto a mí para ir hacia las puertas.

—Haré mucho más que dar explicaciones.

Abrió las puertas de un empujón y salió de la sala del consejo con los hombros tensos y los puños apretados. Lo seguí con paso decidido.

—Daroc, ven conmigo —dijo sin detenerse.

Su segundo había estado esperando a la puerta de la sala. ¿Lo había oído todo? Me lanzó una mirada y nos siguió.

Adrian iba tan deprisa que casi no podía mantener su paso. Los consejeros a los que yo había mandado salir se apartaron para abrirle camino, no habría sabido decir si por miedo o por respeto. Me daba igual. Aquello me resultaba tan hiriente que le habría pegado fuego al castillo entero.

Llegamos ante sus habitaciones y, antes de abrir las puertas de golpe, Adrian le ordenó a Daroc que permaneciera afuera.

—¡Levántate! —ordenó al entrar.

Lo seguí y vi a Safira ponerse de pie a toda prisa al tiempo que tiraba de las sábanas de Adrian para cubrirse el pecho.

—Mi señor... yo solo pensaba que...

—Silencio —ordenó.

La mujer cerró la boca y se puso pálida.

Adrian se volvió hacia mí y me tendió la mano. Solo tardé un segundo en cogerla.

—Me han informado de que dices que le he sido infiel a mi esposa —dijo Adrian.

Safira dejó escapar una risita nerviosa.

—Su majestad, la reina no me interpretó bien. Yo solo me refería al pasado...

Me puse rígida y furiosa ante la sugerencia de que aquello solo era un malentendido. Pero Adrian me apretó la mano con un movimiento que me resultó extrañamente tranquilizador. Me decía que creía en mí y parte de la ira que sentía se disolvió.

—¿Insinúas que mi esposa miente? —preguntó Adrian con un tono de voz que hasta a mí me alarmó.

Safira abrió mucho los ojos.

—Claro que no, majestad. Solo digo que se trata de una exageración.

—Entiendo. En ese caso, el castigo te va a parecer demasiado severo. ¡Daroc! —llamó Adrian y el comandante entró de inmediato—. Lleva a Safira a las mazmorras.

Safira retrocedió hasta la pared cuando Daroc se le acercó.

—¡Por favor, Adrian! —suplicó.

—Será por poco tiempo. Un día por cada noche que dices que has pasado conmigo.

Daroc le arrancó la sábana de las manos, la agarró por el brazo y la sacó a rastras de la habitación, desnuda.

—¡No tenía mala intención! —chilló mientras forcejeaba con Daroc—. ¡Por favor! —Ninguno de los dos dijimos nada mientras se la llevaban y las puertas se cerraron para ahogar su último grito desesperado—. ¡Te lo suplico!

Adrian se volvió hacia mí.

—¿Te confirma eso mi fidelidad? —preguntó.

Me puse roja. Me sentía muy tonta por necesitar aquella certidumbre y más segura que nunca de que me era fiel.

—Siento que me hiciera falta —dije—. Es otro tema en el que no me comporto como una reina, pero por lo visto en este castillo todo el mundo quiere que no olvide que no he sido la primera o que tal vez no esté a la altura de ser la última.

—Eso lo decidiré yo —dijo Adrian y me apartó un mechón de la frente—. No quería que te despertaras sola.

De pronto, me sentí avergonzada.

—Ha sido muy egoísta por mi parte —dije—. Lo entiendo, había cosas más importantes…

—Para mí no hay nada más importante que tú.

Me pasó el pulgar por los labios, lo que me provocó una oleada de deseo. Llevábamos cuatro días separados, cuatro días en los que mi cuerpo había buscado el suyo con desesperación. Era la primera vez que me permitía reconocerlo, que aceptaba cuánto lo deseaba, cuánto quería su cuerpo, su mente y su seguridad.

Me miró con una cierta admiración en los ojos.

—¿Te hace falta algo, gorrión? —preguntó al tiempo que arqueaba una ceja.

—¿No lees la mente? —respondí en voz baja.

—No funciona así —dijo y retrocedió hasta sentarse en la silla que había junto a su escritorio.

Me moría por seguir cerca de su calidez, pero me quedé donde estaba.

—¿Qué haces? —pregunté.

Se encogió de hombros.

—Coge lo que quieras.

Me estremecí entera. Apreté los puños y los volví a abrir.

—No te puedo follar vestido.

—Eso es más que discutible —dijo y me dedicó una sonrisa fría.

—A veces te detesto de verdad.

—¿Solo a veces? —preguntó con voz tranquila. Inclinó la cabeza hacia un lado—. ¿Y ahora mismo? ¿Me detestas?

Me quité la túnica, me saqué la camisa de dormir por la cabeza y quedé desnuda ante él. Le brillaron los ojos, pero no se adelantó para tocarme.

—No —dije.

Le puse las manos en los hombros, me senté a horcajadas sobre él y pegué la boca a la suya. De pronto, mi cuerpo entero era un nervio sensible. Era una corriente que me recorría las venas y la piel. Le metí los dedos en el pelo y me froté contra su erección, enterrada bajo capas y capas de ropa.

—Te diré una verdad —me susurró contra los labios—. Te he echado de menos.

Me clavó los dedos en las caderas. Metió una mano entre nosotros para cogerme un pecho y me apartó los labios de la boca para recorrerme con ellos la mandíbula y luego el cuello antes de cerrarse sobre el pezón. Cogí aire bruscamente y le agarré la cara para mantenerlo allí mientras me recorría la piel. Era maravilloso sentirse acariciada... por él.

Le eché hacia atrás el chaleco para quitárselo y luego le tiré de la sobreveste.

—¡Quítate esto! —exigí y se echó a reír.

—Un momento, gorrión —dijo y me quité de encima de él.

Se levantó y lo ayudé a desnudarse, le desaté las lazadas mientras él se quitaba la sobreveste y el jubón. En cuanto su miembro quedó libre, lo agarré sin importarme que aún no se hubiera quitado las polainas. Gimió y me atrajo hacia él, me devoró con la lengua mientras yo le arrancaba perlas de semen de la polla con la mano. Luego, me aparté y me arrodillé en el suelo.

Me lo llevé a la boca sin dejar de mirarlo a los ojos y probé su carne tierna, la noté salada contra mi lengua. No me dio tiempo a cerrar los labios en torno a él. Se sentó, con las manos sobre los brazos de la silla.

—He pensado mucho en tu boca —dijo—. En las cosas que dices y en las cosas que haces con ella.

—No hay muchos que me valoren por lo que digo —repliqué.

—Porque no les interesa la verdad. —Se inclinó hacia delante, solo un poco, con la mano en mi pelo—. Así que dime una verdad tú a mí... Tienes miedo de lo que sientes cuando estás conmigo.

Lo miré.

—Tú primero —susurré.

Sonrió.

—Yo nunca he tenido miedo de lo que siento por ti.

Lo cogí en la boca. Era la única respuesta que estaba dispuesta a proporcionarle en aquel momento y Adrian me dejó hacer. Lo toqué entero, le recorrí con la lengua la cabeza de la polla y las venas abultadas. Le acaricié los testículos cargados de necesidad. Seguí un ritmo lento, constante y creciente, incluso cuando gimió y rugió. Cuando se corrió, tardé unos momentos en apartarme, dejando que la presión de mis labios lo recorriera hasta que salió de mi boca.

Me miró allí donde estaba, sentada entre sus rodillas, con los labios húmedos de su placer.

—¿Puedes conmigo? —pregunté.

Sonrió.

—Puedo con lo que me eches, gorrión.

Me puse de pie, me di la vuelta para quedar de espaldas a Adrian y me incliné sobre su escritorio. Entendió la invitación muda y sus dedos me abrieron la carne sedosa, cálida y húmeda. Solo sentirlo dentro ya fue un clímax y dejé escapar un sonido gutural. Busqué su carne con las manos y le agarré un muslo. A él no pareció importarle. Se quedó dentro de mí unos momentos más antes de sacar los dedos y sentarse, y guiarme hacia su polla. Estaba duro otra vez y, cuando se deslizó dentro de mí, noté cada vena y cada valle.

—Sí —susurró, y me atrajo hacia él hasta que tuvo mi espalda contra el pecho y yo empecé a moverme.

Me exploró los pechos con las manos, me los apretó y me los acarició. Cuando las bajó para centrarse en el clítoris, necesité anclarme y le puse una pierna a cada lado. Así tenía más capacidad de movimiento y pude moverme más rápido, con más fuerza, al tiempo que giraba la cabeza hacia la suya. Nuestras bocas se chocaron en un beso voraz. Estábamos cubiertos de sudor y el calor que había entre nosotros me caldeó las mejillas y me estalló en el vientre. Cuando ya no pude moverme más, Adrian me cogió en brazos y me depositó en la cama. Quedó suspendido sobre mí, jadeante, con los mechones de cabello rubio húmedos de sudor.

—¿Estás bien? —preguntó.

—Mejor que bien —respondí, tranquila y saciada.

Me miró desde arriba y me apartó el pelo de la cara.

—Y yo que pensaba que ya no podías estar más hermosa.

Me pareció que iba a decir algo más, pero se calló y se limitó a recorrerme el rostro con la yema de un dedo.

Estábamos en la misma postura que la noche en la que le había pedido que se fuera, cuando me había sentido demasiado cerca de él y había necesitado distancia. Yo tenía las piernas flexionadas y su erección contra el trasero. Le había permitido que nos pusiera en aquella posición, pero sentía que yo tenía el control.

Le puse las manos en los antebrazos y lo tendí de espaldas, debajo de mí. Estaba cansada, pero me gustaba sentirlo bajo mi cuerpo, me gustaba ponerle las manos sobre el pecho. Adrian me clavó una mirada ardiente.

—¿Qué quieres, esposa? —preguntó.

—A las mujeres de tu corte les encanta contarme cómo follas —dije y metí la mano entre nosotros para guiar su polla hacia mi sexo—. Como si no lo supiera. —Me empalé en él y arqueé la espalda hacia atrás hasta que estuve llena. Solo entonces lo miré a los ojos y me incliné para besarle el pecho—. La próxima vez que te miren, quiero que vean en tus ojos cuánto me deseas.

Nos movimos juntos hasta que ya no pude moverme, hasta que no pude hacer más que aferrarme a Adrian mientras él se movía por los dos. Nos miramos a los ojos, nuestro aliento se mezcló hasta que cruzó el espacio que nos separaba y me dio un beso largo, profundo y lacerante.

—Córrete —me susurró con la respiración entrecortada.

Sus embestidas se volvieron más rápidas, más apremiantes, hasta que estallé y, poco después, él me siguió.

Nos quedamos tumbados, en silencio durante largo rato.

—Tenía miedo de haberte hecho daño de verdad —dijo Adrian al final.

No tuvo que darme más explicaciones. Sabía que se refería a la noche en que le había pedido que se fuera de mi dormitorio sin más explicaciones.

—No —dije, sin añadir nada.

Le pasé los dedos por el pecho, por las cicatrices de los costados.

—Lothian me ha dicho que te ha gustado mucho la biblioteca.

—Sí.

—¿Qué has descubierto?

—Cosas que me han dado miedo —respondí.

—¿Quieres decir que has descubierto la verdad?

Seguí acariciándole la piel y al final lo miré con la barbilla apoyada en una mano.

—Lothian y Zann me enseñaron las cartas y los diarios de gente que vivió en tiempos de Dragos. No lo sabía.

Los ojos de Adrian estaban llenos de esperanza. Me acarició la mejilla con un pulgar.

—Ahora lo sabes.

—Ravena no ayuda a que me resulte fácil confiar en la magia —dije. Hice una pausa—. La vi en el bosque.

Adrian se puso rígido debajo de mí.

—¿Qué te dijo?

—Tonterías sin sentido. —Traté de recordar las palabras exactas, pero no lo logré. Había estado tan concentrada en planear cómo matarla que se me habían escapado—. ¿Qué le hiciste?

—Le quité lo mismo que ella me había robado —dijo.

—¿Qué te robó?

—Un futuro.

Quería hacerle más preguntas y contarle más cosas, como que también había visto a Ravena en la ventana de Sadovea y en la sala de los espejos, pero nos interrumpió un golpe en la puerta.

—¡Ahora no! —gritó Adrian.

—Es urgente, majestad —dijo Daroc desde el otro lado.

Intercambiamos una mirada, me bajé de él y me subí la manta hasta el pecho.

—¡Entra!

La puerta se abrió y Daroc entró en la habitación. Habló con el rostro impasible.

—Ha habido otro ataque —dijo—. En Cel Cera.

DIECIOCHO

El miedo me desgarró el pecho. El nombre de Cel Cera me resultaba conocido. Era el pueblo de la vasalla de Ana.

—Adrian —dije—, Isla iba a venir de ahí.

Adrian miró a Daroc.

—¿Ha habido supervivientes?

—No hemos encontrado a todos los habitantes —respondió, pero eso tampoco era prometedor. Tal vez estuvieran vivos o peor, poseídos y vagando por los bosques en busca de alguna presa—. Sorin aún está buscando.

Tragué saliva.

—Envía más soldados —dijo Adrian—. Pero solo a soldados que puedan volar. Tienen más posibilidades de escapar de la niebla.

Lo miré, sorprendida.

—¿Cuántos pueden volar?

Se encogió de hombros.

—Unos treinta.

—¿Todos son halcones?

—No —respondió.

Empecé a pensar en todas las veces que había visto un halcón o un murciélago surcar el cielo, y en realidad podría haber sido un vampiro.

—¿Y si encontramos a algún infectado? —preguntó Daroc.

—Hay que matarlo de inmediato —respondió Adrian.

Se me revolvió el estómago, pero sabía que tenía razón. Daroc hizo una reverencia y salió.

—Hay que contárselo a Ana —dije en cuanto estuvimos a solas.

—Yo me encargo —se ofreció Adrian.

—Voy contigo.

No protestó, así que nos levantamos y nos vestimos a toda prisa. Nunca había ido a las habitaciones de Ana, que se encontraban en el piso más alto de la torre oeste. Llamamos a la puerta y nos abrió con una sonrisa, que se le borró de inmediato.

—No —dijo y negó con la cabeza. Se imaginaba las noticias.

Fue Adrian quien la cogió cuando se desplomó.

—Ana —le dijo. Le explicó lo del ataque mientras le acariciaba el pelo—. Puede que siga con vida —añadió al final.

Ana, entre sus brazos, lloró con sollozos que le sacudían todo el cuerpo.

—No la mates, Adrian, por favor.

—Estás impresionante —dijo Vesna.

Violeta estaba terminando de atarme las lazadas del vestido para el banquete de aquella noche, la última de los Ritos de la Quema. El vestido me recordaba al agua, con ondas de blanco y plata que bajaban por el corpiño y llegaban hasta el suelo. Las mangas eran largas, pero el escote, que me dejaba los hombros al descubierto, estaba adornado con flores níveas de encaje, a juego con la corona floral que llevaba en la cabeza. Tenía el pelo peinado hacia un lado y me caía sobre el hombro en ondas. Me había puesto unos pendientes largos de plata y los contemplé sin dejar de pensar en Ana.

Nos habíamos pasado el resto de la noche con ella. No había dejado de llorar en ningún momento ni de pedirle a Adrian que no matara a Isla.

«Si está poseída, permite que se quede conmigo. Encontraré la cura».

«Puede que no haya muerto, Ana», le decía él.

La habíamos dejado durmiendo, sin noticias de su amada.

Los ojos aún me escocían de su dolor.

Al mirarla, me di cuenta de que estaba viviendo mi miedo más acendrado: perder a aquellos a los que amaba. No paraba de pensar en la seguridad de mi padre durante el viaje de Lara al Palacio Rojo para mi coronación. Adrian había mandado a más guardias, pero eso incrementaba la posibilidad de vampiros infectados.

—¿Isolde?

Violeta me estaba hablando y la miré.

—¿Eh?

—Te he preguntado que si estabas bien. Pareces un poco… triste.

Carraspeé para aclararme la garganta y conseguí retener las lágrimas que se me habían acumulado en los ojos.

—Estoy bien, gracias.

No me creyó, pero tampoco importaba. No había nada que pudiera hacer para calmar mis temores.

—Tenemos que bajar ya —dijo—. Vamos a llegar tarde.

Justo cuando se estaba poniendo de pie, llamaron a la puerta.

—¿Esperas visita? —me preguntó Vesna.

Negué con la cabeza, pero la puerta se abrió y Adrian apareció como una sombra oscura recortada contra el fuego. No se me escapaba el contraste que había entre nosotros; él encarnaba la visión que tenía del Rey de Sangre: una oscuridad imponente, hermoso y temible a la vez. Lo miré y el pecho se me llenó de una extraña ansiedad que no quise reconocer. Era el deseo del contacto con él, de las palabras que me iba a susurrar al oído más tarde, cuando estuviéramos a solas.

—Mi rey —dijeron a la vez Violeta y Vesna.

—Quiero estar un momento a solas con mi reina —dijo.

—Claro —respondió Violeta—. Nosotras ya nos íbamos.

Cogió a Vesna del brazo y se marcharon. No pude contener una sonrisa al ver lo rápido que se había acostumbrado a su posición como dama de compañía.

La puerta se cerró y Adrian entornó los ojos.

—Estás preciosa, gorrión —dijo con una voz que me caldeó el vientre.

Me cogió la mano y me besó los dedos.

—Te has excedido con los vestidos —respondí—. Jamás había tenido nada tan bello.

—Lo único que quiero es malcriarte —dijo—. Y me parece que estás preciosa siempre, cubierta de sangre o retorciéndote debajo de mí.

No soportaba ponerme roja, pero no pude evitarlo de nuevo. Tragué saliva a toda prisa.

—¿Cómo está Ana?

La expresión de Adrian cambió por completo.

—Mal —dijo—, pero asistirá al banquete. Tiene que distraerse.

Se me hizo un nudo en la garganta.

—Violeta estaba diciendo que íbamos a llegar tarde. Tenemos que salir ya.

Adrian arqueó una ceja.

—¿Tienes ganas de librarte de mí, mi reina?

—No, no. Quiero decir… —La lengua se me trabó y me sentí irritada ante mi propia confusión. Fue peor todavía cuando Adrian me sonrió, amable y delicado. Cuando sonreía, se le formaban arrugas en torno a los ojos y a mí me daba un vuelco el corazón. Carraspeé para aclararme la garganta—. ¿Querías estar un momento a solas conmigo?

—Te quiero mil vidas conmigo. —Me pasó los nudillos por la mejilla—. Pero me conformaré por el momento.

Contuve la respiración, pero al final apartó la mano y retrocedió un paso.

—Quiero enseñarte una cosa. ¿Vienes?

—Claro —dije y salimos juntos al pasillo.

Me cogió de la mano y entrelazamos los dedos. No era como solíamos caminar y una parte de mí pensó que, si alguien de Lara nos veía, si mi padre presenciaba aquello, se llevaría una decepción terrible.

Adrian me llevó al ala este. Era la zona más alta del castillo, donde estaba la biblioteca, pero pasamos de largo ante las puertas y seguimos recorriendo salas oscuras con ornamentos dorados. Subimos varios tramos de escaleras hasta llegar al tejado.

En la cima del castillo, el viento me azotó. Estábamos a tanta altura que casi me pareció que podía tocar con las manos aquellas nubes ribeteadas de luz roja que sumergían Revekka en una extraña penumbra teñida de escarlata, una oscuridad hermosa e inquietante a la vez. El horizonte se perdía en la distancia, más allá de Cel Ceredi y del Bosque sin Estrellas, hasta el mar Dorado.

—Hasta el borde —dijo. Titubeé sin saber por qué, tal vez porque no había una baranda para agarrarme. Adrian bajó la vista y frunció el ceño—. No te dejaré caer.

¿Había interpretado la vacilación como una señal de que no confiaba en él? Pero eso me hizo pensar en algo que me resultó aún más desconcertante. ¿Cuándo había empezado a confiar en Adrian Aleksandr Vasiliev?

Lo cogí del brazo y nos acercamos al borde. Contemplé nuestro reino, donde cientos de hogueras ardían por doquier. No tenía ni idea de que eran tantas. Era un espectáculo ominoso, como si estuviéramos en lo peor de una batalla y los fuegos indicaran hasta qué punto el enemigo nos superaba en número.

—La noche en que el Aquelarre Supremo fue asesinado, el mundo estaba así —dijo Adrian.

Lo miré mientras él contemplaba las llamas que devoraban la noche. Sus ojos parecían negros y tenía la expresión tensa. Todo en él era gélido en aquel momento, lo contrario de cómo había sido minutos antes en mi habitación. Fuera lo que fuera lo que le pasaba por la cabeza, lo había cambiado.

—¿Por qué haces esto? —susurré.

—¿El qué?

—Torturarte con lo que sea que revives ahora mismo. Adrian…

—Me preguntaste qué me impulsa a conquistar el mundo —dijo. Me miró—. Es esto. Hace doscientos años, en esta noche, lo perdí todo.

No me dijo nada más, pero lo comprendí. Lo que sucedió la noche de la Quema lo había llevado a conquistar mis tierras. En cualquier otro momento, le habría exigido más, pero no quería que siguiera experimentando aquello, fuera lo que fuera. Porque, por lo que me habían dicho Lothian y Zann, era espantoso.

—Adrian —dije y le cogí la mano para apartarlo de la cornisa.

Dentro, la escalera estaba oscura. Antes de que pudiéramos bajar, me detuvo y me empujó contra la pared. Por un momento no supe qué pretendía, pero luego apoyó la frente contra la mía.

—Te echo de menos —susurró.

O eso me pareció oír, aunque aquellas palabras no tenían sentido. Yo estaba allí mismo. No le pedí que lo repitiera y bajamos por los peldaños en silencio.

Entramos en el gran salón y todos aplaudieron. Pese al sonido de la aprobación, no pude evitar sentir que no iba dirigido a mí. La multitud que nos miró estaba compuesta de nobles y sus vasallos, de los guardias y el personal de palacio, todos vestidos con las mejores ropas que les había visto. Las mujeres iban ataviadas en satén, seda y terciopelo, con encajes, perlas, cintas y escarapelas. Los hombres llevaban cuello alto y gorgueras, guantes y mucho oro. Todos me miraban con una mezcla de aprobación, añoranza y odio poco disimulado. Permití que me observaran y les devolví la mirada, de Sorin, Lothian y Zann a Gesalac, Julian y lady Bella.

—¿Te estás pavoneando, mi reina? —preguntó Adrian y me miró con un atisbo de sonrisa.

—¿Me estás regañando? —pregunté.

—De ninguna manera. Sigue, por favor.

Me dio un beso en la sien y me acompañó a la mesa del estrado, donde ya nos esperaban de pie Ana y Daroc.

Le cogí la mano a Ana.

—¿Cómo estás?

Sabía que era una pregunta horrible y sabía que solo había una respuesta.

—Aterrada —dijo y se le escapó un suspiro entrecortado.

Miró a Adrian y luego a mí. Sabía lo que quería: suplicar de nuevo que no mataran a Isla para tratar de encontrar una cura. Y sabía lo que Adrian le diría: «Puede que siga con vida».

Ojalá fuera así.

Nos sentamos y me fijé en la cantidad de comida que había en la mesa: fiambres y embutidos, pan, fruta, quesos… Miré a Adrian, desconcertada.

—Es para ti y para los vasallos —dijo. Cogió una botella de boca ancha—. ¿Vino?

Me llenó la copa y bebí para disfrutar del sabor en la lengua, amargo, con apenas un toque de dulzor. Bebí otro sorbo y dejé la copa para fijarme en la multitud, entregada a la locura embriagadora de la música, el baile y la sangre. Las puertas del gran salón y las del castillo estaban abiertas, así que se veía el patio, donde ardía otra hoguera y había más gente bailando. Todo era alegría, en contraste con lo que había sentido en el tejado del castillo con Adrian. Pensé que era un día extraño en el que se mezclaban la celebración y el luto.

De pronto, la música alcanzó un crescendo y bajó para convertirse en una melodía evocadora. La multitud se apartó para dejar paso a una fila de mujeres vestidas de negro y tocadas con un velo. Me incorporé, alarmada.

—¿Qué pasa?

—Es la danza del duelo —dijo Ana—. Son trece mujeres. Una por cada miembro del Aquelarre Supremo.

Todo el mundo se apartó y las mujeres se abrieron en círculo. Se dieron las manos y tiraron, adelante y atrás, los cuerpos ondulantes. Una daba vueltas en el centro del círculo. Su baile era salvaje, bellísimo, y luego salió del centro para dejar paso a otra.

Observé el espectáculo, asombrada.

Se movían como sombras largas, como humo en el cielo, girando y contorsionándose al ritmo violento de la música. Nunca había visto nada igual. Era maravilloso y espantoso a la vez, se me clavaba en el pecho y me arrancaba emociones a zarpazos para llevarlas a la superficie. Sentí mil cosas al mismo tiempo: confusión, vergüenza y tristeza. Cuando todo terminó, los aplausos repentinos me sobresaltaron y tardé unos segundos en levantarme como los demás.

Adrian me miró y me acarició el pómulo con las yemas de los dedos.

—¿Quieres bailar conmigo? —preguntó.

—Sí —susurré.

Me cogió la mano y la sostuvo en alto mientras nos dirigíamos al centro de la sala. Luego, me atrajo hacia él y giramos en círculos. No aparté los ojos de los suyos, concentrada en la sensación de nuestro movimiento al unísono.

—¿Te ha gustado el espectáculo? —preguntó.

—Sí.

Nos seguimos mirando. Me hizo dar una vuelta y, cuando volví a sus brazos, me estrechó con más fuerza que antes. Nunca me habría imaginado bailar así con él o sentir lo que sentía en aquel momento: calidez y seguridad. Entonces recordé algunas palabras que me había dicho Ravena.

«Háblame de tu lucha interna, de lo dividida que estás entre el amor que sientes por tu padre y el amor que sientes por Adrian».

Yo no habría dicho que fuera amor, pero sí, mis sentimientos se habían vuelto mucho más complejos. Y, en apenas seis días, mi padre los iba a presenciar.

De pronto, me sentí mal.

Terminamos el baile en silencio. Sonó un aplauso y, cuando volvimos a nuestros asientos, bebí un trago de la copa. En cuanto saboreé el líquido, supe que aquel amargor era fatal. Escupí, pero ya era tarde. Fuera lo que fuera lo que había en la copa, estaba surtiendo efecto. Me empezó a dar vueltas la cabeza, se me cerró la garganta, se me hizo un nudo en el estómago.

—¿Isolde?

Oí a Adrian gritar mi nombre, pero no conseguí enfocar la mirada y me sentí caer.

—¡Isolde!

Me agarró por el brazo y me sujetó. Acabé con la cabeza en su brazo. No podía erguir el cuello y, cuando su rostro se cernió sobre mí, solo pude fijarme en las llamas de sus ojos mientras repetía mi nombre.

—Veneno —conseguí decir.

El rostro de Adrian empezó a mutar. El mundo entero se estaba derritiendo. Yo también.

—No, no, no —le oí decir, y pensé que me había depositado en el suelo, pero no estaba segura y no veía nada—. ¿Isolde? ¡Isolde! —Luego, la voz se transformó en un eco firme y frenético—. ¡Daroc! ¡Que cierren las puertas! ¡Que no salga nadie hasta que sepamos quién ha envenenado a la reina!

Seguí consciente el tiempo suficiente para sentir que el aire se agitaba a mi alrededor. Pareció espesarse y oscurecerse, como si hubiera tentáculos de humo. Y la voz de Adrian me llegó una vez más.

—No me dejes.

Hacía calor, mucho calor.

Un calor abrasador.

El sudor se me acumulaba en cada hoyuelo de la piel, en cada pliegue. Me agité, asfixiada por el aire y por el calor.

«Calma, calma, cariño mío».

Una mano fresca me tocó la frente.

Adrian.

«Agárrate a mí. Yo te ayudaré a pasar esto».

Me desperté empapada, con la visión borrosa. Giré la cabeza. Adrian estaba a mi lado.

Por un momento, pensé que estaba enfadado conmigo. Nunca había visto una expresión tan dura en su rostro. Lo miré a los ojos y traté de decir su nombre, pero noté la lengua hinchada y amarga en la boca.

—Chis —dijo. Se inclinó hacia delante con un gesto de pronto más suave. Me puso una mano fría por la frente—. Bébete esto.

Levanté la cabeza y bebí a tragos.

—Poco a poco —me dijo—. Te vas a poner mala.

Volví a dejarme caer sobre las almohadas, muy débil. Sentía los párpados como si fueran de plomo y se me cerraron los ojos.

—Duerme —susurró—. Cuando despiertes, estaré aquí.

Me dio un beso en la frente.

Cuando volví a abrir los ojos, me encontré con Ana.

—Estás despierta —dijo y el alivio se le reflejó en el rostro.

—Ya era hora —aportó Sorin.

—Ojo con lo que dices, a ver si te va a clavar un puñal —dijo Isac.

—Nos alegra que estés de vuelta, mi reina —dijo Miha.

Parpadeé para despejarme la vista y ver dónde me encontraba. Me habían llevado a la habitación de Adrian. Ana estaba sentada al lado de la cama, mientras que Sorin, Isac y Miha se encontraban junto a las puertas, como si montaran guardia.

—¿Dónde está Adrian? —pregunté.

—Enseguida vuelve —se apresuró a explicar Ana—. Espera, te ayudo a incorporarte.

Me senté en la cama y ella me puso almohadas tras la espalda. Estaba mareada, con náuseas, y entonces recordé lo que había pasado: me habían puesto veneno en el vino.

—Bébete esto —dijo Ana. Mi titubeo me sorprendió a mí misma—. No, tranquila. Mira.

Bebió un sorbo de la copa y, al ver que no pasaba nada, asentí. Luego me la acercó a los labios. No era más que agua, pero, en cuanto me llegó a la boca, fui más consciente del sabor metálico e hice una mueca.

—¿Han envenenado a alguien más?

—No, solo estaba en tu vaso —dijo Sorin.

Así que el objetivo era yo. No me sorprendió.

—Ahora que estás despierta, averiguaremos más —dijo Ana.

—¿Cuánto tiempo he…?

—Tres días —dijo Ana. Titubeó un instante—. Nadie ha salido del salón del banquete desde que Adrian te trajo. Ha tenido encerrado a todo el mundo, desde los guardias hasta los nobles.

¿Tres días?

—¿Qué?

En ese momento, se abrió la puerta y Adrian entró, sus ojos buscaron los míos al momento. No comprendí la expresión que tenía en el rostro. Era una mezcla desgarradora de rabia, preocupación y alivio. Cuando se dirigió hacia mí, me incorporé más, como si quisiera ir hacia él. Se inclinó sobre mí y me dio un beso en la frente.

—Mi reina —dijo—. ¿Cómo te encuentras?

—Muerta —dijo.

Adrian frunció el ceño. No dijo nada y me pregunté qué palabras habrían salido de sus labios si no hubiera optado por callar. Tenía tal carga de dolor y miedo en el rostro que me quedé asombrada.

—¿Adrian? —susurré.

—¿Estás en condiciones de levantarte?

Fruncí el ceño.

—Creo que sí.

—Tenemos que volver al salón del banquete —dijo.

Abrí mucho los ojos.

—¿Ahora? ¿Por qué?

—Porque nuestro pueblo tiene que saber que estás bien.

—¿Cómo sabes que me quieren viva?

—Porque yo te quiero viva y mi pueblo quiere lo que quiero yo —replicó—. Y los que no lo quieran serán eliminados.

No lo dudé ni por un momento, pero me preocupaba que Adrian se granjeara más enemigos por defenderme. Ana apartó las mantas, salí de la cama y me puse de pie pese al temblor de las piernas. Solo llevaba una camisa, pero Ana me ayudó a ponerme una túnica estampada de Adrian. Él me sujetó con fuerza y me rodeó la cintura con un brazo.

—Apóyate en mí hasta que lleguemos al gran salón. Una vez estemos allí, necesito que vayas con la cabeza alta, tanto como te sea posible. ¿Podrás?

Asentí. Sabía lo que quería: demostrarle a aquella gente que no podían conmigo, que era más fuerte que el veneno que me corría por las venas.

Volvimos al gran salón. Ana caminaba junto a mí, detrás de Daroc y Sorin, mientras Isac y Miha iban detrás. Cuando se abrieron las puertas, me aparté de Adrian y le di la mano, que me apretó con fuerza. Me temblaban las piernas y el hedor a orina y a heces era tal que estuve a punto de vomitar, pero conseguí seguir su paso entre las mujeres y los hombres demacrados que tan alegres habían estado hacía tres noches. No eran más que sombras de ellos mismos. Algunos se habían quitado las ropas de lujo y llevaban lo mínimo para resistir en el calor de aquella estancia. Otros estaban cubiertos de sangre, señal de que al menos los vampiros se habían alimentado mientras estaban allí.

Adrian me llevó hasta el trono y me senté sin ayuda, tratando de no tambalearme, aunque lo que más deseaba en el mundo era tumbarme de nuevo. Pese a todo, miré a los reunidos. ¿Quién había considerado que era necesario matarme?

Adrian se volvió y desenvainó la espada.

Me di cuenta de que solo lo había visto esgrimir el arma en unas pocas ocasiones: una vez contra mi pueblo y otra cuando había decapitado a Zakharov. No habría sabido decir por qué me pareció diferente en aquella ocasión. Tal vez por su manera de moverse, con una determinación depredadora que transmitía lo furioso y lo traicionado que se sentía.

—Uno de vosotros ha intentado matar a mi reina, a vuestra reina —les dijo a los reunidos—. Esa persona ha cometido un crimen de traición contra el rey y contra el país. Nadie saldrá de aquí hasta que no sepa quién ha sido.

Se hizo el silencio.

—¡Te has vuelto loco, Adrian! —gritó alguien al final. Era el noble Anatoly—. Al menos, permite que salga el consejo. Nosotros nunca le haríamos daño a la reina.

No le creí. Sabía cuánto detestaba a Adrian y que mi presencia lo había empeorado.

—No sois mi consejo porque confíe en vosotros —replicó Adrian—. Sois mi consejo porque me resultáis útiles. Pero no sois insustituibles.

Anatoly frunció el ceño.

—¿Y esta mujer es insustituible? ¿Vale la pena perder alianzas por ella? No es más que una mujer. Hay cientos dispuestas a acudir en cuanto chasquees los dedos...

«Como su hija, lady Bella», pensé y me agarré con más fuerza al brazo del trono.

Pensé que Adrian iba a decir algo, a transmitir que el noble lo había ofendido, pero se limitó a trazar un arco con la espada. La cabeza de Anatoly se separó del cuello y fue a caer a sus pies mientras los gritos de su hija resonaban en la estancia.

—¿Qué has hecho? —chilló lady Bella.

Extendió los brazos hacia su padre con las manos abiertas, pero no lo tocó. Parecía que no sabía qué hacer. Mientras gritaba, otro hombre desenvainó y se lanzó contra Adrian. Era un vampiro al que no conocía, pero di por hecho que estaba relacionado con lady Bella.

Sus golpes fueron poderosos, pero no tanto como para rivalizar con la fuerza y la velocidad de Adrian. Las espadas chocaron unas pocas veces antes de que el vampiro cayera junto a Anatoly.

Lady Bella siguió chillando.

—Limpiad esto —ordenó Adrian. Miró a su alrededor—. Una última advertencia antes de que se abran las puertas: estáis aquí porque yo lo permito. Puedo acabar con cualquiera de vosotros.

Mientras lo decía, se volvió para mirarme y vi en sus ojos la promesa.

Y comprendí lo mucho que me había equivocado con respecto a Adrian.

Sí que era un dios.

DIECINUEVE

Pasaron tres días hasta que me sentí casi recuperada. Adrian me asignó un catador, un hombre al que llevaban a la cocina encadenado y le hacían probar la comida y la bebida antes de servírmela, bajo la supervisión directa de Daroc. Todo parecía muy surrealista, pero también lo había sido mi matrimonio y luego el ataque de mi gente.

Comprendí que mi vida era ya así.

Que mi vida iba a ser así para siempre.

No me disgustaba, pero cada vez se acercaba más el día de la llegada de mi padre y, con él, el de mi coronación, cosa que me estaba poniendo más y más nerviosa. Por primera vez en mi vida no sabía qué hacer. Me había acostumbrado a Adrian. Me gustaba pese a ser lo que era. Había aprendido a valorar su pasado, incluso a comprender al Aquelarre Supremo y a despreciar al rey Dragos.

Había cambiado.

Pero no estaba segura de cómo ser la persona en la que me había convertido delante de mi padre. Ni siquiera sabía si podría serlo.

Me enfrentaba a la posibilidad de distanciarme de mi padre o de Adrian, y la sola idea era insoportable. Pero, en este mundo en que vivíamos, no podía tenerlos a ambos, aunque mi padre se hubiera rendido al Rey de Sangre, aunque yo me hubiera casado con él.

Me encontraba en la entrada del castillo, en la cima de las escaleras, a la espera de ver el azul de la capa de mi padre y a Elli, su caballo moteado. Podría haber esperado en la parte de arriba de las murallas para ver más lejos, al menos hasta los límites del Bosque sin Estrellas, pero no quería tener que bajar corriendo por las escaleras para llegar a su lado. Cambié el peso de una pierna a otra, inquieta, sin saber a qué se habría enfrentado en su viaje al Palacio Rojo.

—¿Por qué estás preocupada?

Miré a Adrian, que estaba a mi lado con una túnica negra regia. Se había recogido parte del pelo, con lo que la parte superior de su rostro quedaba expuesta a la luz. Era impresionante, una visión de oscuridad en el patio luminoso.

—Por mi padre —dije.

—Gavriel cuidará bien de él —me aseguró.

—Ya lo sé, pero hasta que no lo vea en persona...

Alcé la vista hacia Sorin, que voló sobre nosotros y se transformó al posarse en el patio. Di un paso hacia él, ansiosa de escuchar la información.

—Tu padre está bien —dijo—. Enseguida lo verás.

Me adelanté hasta el final del patio, donde el sendero bajaba serpenteante por la colina para atravesar Cel Ceredi. Pasaron unos segundos en los que el latido del corazón me retumbó por todo el cuerpo. Entonces vi a mi padre y fue como una inundación. No me había imaginado que fuera posible sentir tanta felicidad y tanto alivio.

Eché a correr, aunque las piernas me temblaban. Él también debió de verme, porque emprendió el galope. Desmontó antes de llegar, salvó corriendo el resto de la distancia y, cuando nos abrazamos, no pude contener los sollozos.

Lo había echado tanto de menos como no me imaginaba hasta ese momento.

—Isolde, Isolde, mi niña —dijo.

Me apartó de él y me sujetó por las mejillas para mirarme la cara. Tuve la sensación de que buscaba cicatrices, físicas o mentales. La culpa me dio una nueva punzada, pero me la quité de la cabeza y lo atraje hacia mí para darle otro abrazo.

—Te he echado mucho de menos —dijo.

—No te imaginas hasta dónde llegaba mi tristeza, joya mía —respondió él.

Cada palabra me arrancaba un pedazo del corazón, me destrozó por dentro antes de que nos soltáramos.

Solo entonces me fijé en el comandante Killian, que aguardaba paciente, un poco alejado, con la delegación.

—Comandante —saludé.

—Mi reina —respondió con una inclinación de la cabeza.

Me esperaba de él una mirada severa, pero parecía cordial. ¿Qué pensaría ahora de los vampiros, después de que acudieran en ayuda de Lara como había prometido Adrian?

Miré hacia atrás, hacia el edificio.

—Ven. Te quiero enseñar el Palacio Rojo.

Mi padre no volvió a montar, sino que caminamos juntos hacia el castillo, seguidos de cerca por el resto de la delegación.

—¿Qué tal el viaje? —pregunté.

Quería que la conversación fuera distendida, pero también sentía curiosidad. ¿Se habían encontrado con algo fuera de lo normal?

—Sin contratiempos, por suerte.

—¿Cómo van las cosas por Lara?

Preguntar por mi tierra natal me produjo ansiedad. No estaba segura de si quería saber la verdad. Entre la rebelión y la carta de Nadia, no sabía qué esperar, y lo único que me venían a la cabeza eran las palabras de mi padre: «Eres la única esperanza para el reino».

Pero, desde entonces, habían cambiado muchas cosas. Cuando lo había dicho, mi pueblo aún no me había atacado. Y yo aún no conocía la verdad acerca de Dragos y el Aquelarre Supremo, ni que el pueblo de mi madre estaba esclavizado.

De pronto, me pregunté si mi padre había sabido lo del rey Gheroghe y Nalani.

«Seguro que no», pensé. O eso esperaba.

Iba a tener que preguntárselo.

—Agitadas —dijo—. No me sorprende. Sabía que rendirme al… —Se detuvo y carraspeó para corregirse—. Sabía que rendirme al rey Adrian iba a provocar malestar.

Mi padre no me miraba y su interpretación de la revuelta me pareció inquietante. Pero no insistí y seguimos hablando de temas generales hasta que llegamos al patio y mi padre se quedó en silencio. Seguí la dirección de su mirada y llegué hasta Adrian.

Bajó por la escalera, tranquilo y relajado.

—Bienvenido al palacio, rey Henri.

Mi padre echó la cabeza hacia atrás para observar la gigantesca estructura.

—Agradezco la oportunidad de ver a mi hija y la escolta para llegar a Revekka, rey Adrian —dijo—. Me alegro de que estés bien.

No creía que mi padre fuera sincero, pero era un maestro a la hora de ocultar sus sentimientos. En el pasado siempre había pensado que eso lo hacía mejor rey, pero ya no estaba tan convencida.

—Por supuesto —respondió Adrian. Se apartó a un lado al tiempo que hacía un ademán para que entráramos en el castillo.

Pedí que nos llevaran un refrigerio y acompañé a mi padre a sus habitaciones mientras Adrian se encargaba del resto del grupo.

Llevaba tanto tiempo imaginando cómo sería volver a ver a mi padre que nunca se me había ocurrido que no íbamos a tener nada que decirnos. Pero una vez sentada ante él en sus estancias, separados por una mesa llena de fruta fresca, pan e infusiones, me di cuenta de que no sabía de qué hablar.

—¿Cómo está Nadia? —pregunté al final.

—Muy bien, muy bien —respondió mi padre—. Te echa de menos.

—Yo también la echo de menos a ella —respondí y volvimos a quedarnos en silencio.

Mi padre bebió un sorbo de té para llenar el silencio. Luego, dejó la taza y el plato en la mesa con estrépito.

—¿Te trata bien el Rey de Sangre? —preguntó.

—Sí —respondí sin titubear—. Sí, claro.

Se me quedó mirando unos instantes. No habría sabido decir si era porque pensaba que mentía o porque no le gustaba mi respuesta. Al final, bajó la vista.

—Bueno —dijo. Respiró hondo—. Voy a descansar un rato.

—¿Sabías lo de Nalani? —pregunté.

Las palabras se me habían amontonado en la garganta y al final no pude evitar que me salieran. Mi padre parpadeó y bajó la vista.

—Issi…

—No —lo interrumpí—. ¿Cómo has podido mirarme día tras día sin pensar en el destino de mi gente? ¿No te imaginabas que habría querido hacer algo?

—No es tu gente, Isolde. Tú te has criado en Lara.

Fue como si me diera una bofetada.

—Pero tú te casaste con mi madre. ¿No juraste también proteger a su pueblo?

—Juré protegerla a ella y lo hice.

—¿Y mi madre sabía lo que había hecho el rey Gheroghe?

No respondió.

—No la protegiste. Le mentiste.

Me lo quedé mirando y comprendí qué era lo que me había pesado sobre los hombros desde que había llegado: ya no lo conocía. Y él ya no me conocía a mí.

«Pronto comprenderás que la sangre no tiene nada que ver con lo que eres», me había dicho Adrian. Y era verdad.

Salí de las habitaciones de mi padre como aturdida, con una dolorosa sensación de decepción y tristeza. No sabía qué sentir acerca de su decisión. Traté de racionalizarla, de pensar que tal vez se había sentido igual que Adrian. Tal vez la amenaza de los vampiros y los monstruos, la necesidad de proteger a su pueblo, había pesado mucho más que la de liberar al pueblo de mi madre.

Pero ¿por qué nunca en mi vida me había dicho que estaban esclavizados? Eso ya por sí solo era una traición.

Se me pasó por la cabeza volver al dormitorio y descansar, pero opté por salir al jardín. Se había convertido en mi lugar de solaz, igual que el de Lara, y en aquel momento necesitaba el consuelo que me proporcionaba. Vagué por los caminos entre las plantas y vi a Adrian ante un estanque. No sabía a dónde iba a retirarse mientras mi padre estuviera en Revekka, y era la primera vez que me lo encontraba en el jardín, aunque también era cierto que yo solía pasear por la mañana temprano.

Estaba de pie, entre los árboles y un muro cubierto de hiedra, magnífico bajo el cielo rojo. Me detuve junto a él.

—¿Qué haces aquí? —pregunté.

—Mirar a mis peces.

No me miró. Siguió con la vista clavada en el estanque.

—¿Tus... peces?

No dijo nada y tampoco hizo falta que me lo repitiera, porque yo también los vi. Había peces grandes y pequeños, unos anaranjados y otros blancos, y algunos color plata y negro. Se juntaban y se separaban en una danza hipnótica.

—¿Son como tus mascotas?

Esbozó una sonrisa.

—En cierto modo, sí. Me dan serenidad.

¿Qué había roto su calma? ¿Había sido la llegada de mi padre? ¿O el hecho de que Isla siguiera desaparecida y Ravena, libre?

—¿Y tú? —me preguntó él a mí—. ¿Por qué vienes al jardín?

Mis pensamientos eran mucho más íntimos que mi respuesta. Iba a los jardines porque no había conocido a mi madre, pero las flores eran como abrazos suyos y eso era lo que me hacía falta en aquel momento.

—Por lo mismo —dije.

Nos quedamos en silencio un momento. Luego, Adrian dijo mi nombre, alcé la vista hacia él y me derrumbé.

Me eché a llorar. Me cogió entre sus brazos y me besó. Busqué su boca con la mía y, antes de darme cuenta, estaba de espaldas contra el muro de hiedra, con las piernas en torno a la cintura de Adrian. Nos movimos con frenesí. Me clavó los dedos en los muslos mientras yo le metía los míos en el pelo. Mis jadeos eran gritos, lamentos desesperados, mientras Adrian se movía dentro de mí en un ángulo extraño.

—Gorrión —jadeó y apoyó la frente contra mi cuello.

En ese momento, vi que no estábamos solos en el jardín y me tragué un gemido.

—¡Killian!

Adrian se puso rígido contra mí y, muy despacio, me bajó al suelo.

Yo no podía ni mirar a Killian. Tenía el rostro rojo. Me había angustiado pensando cómo interactuar con Adrian mientras mi padre y el comandante estaban cerca, y me había visto follar con él. Lo conocía bien y sabía que se lo diría a mi padre. ¿Y qué pasaría entonces? La relación entre mi padre y yo ya era bastante tensa.

—Comandante Killian —dijo Adrian con un deje de frustración en la voz—. ¿Te podemos ayudar en algo?

—La estás deshonrando.

Adrian sonrió con ironía.

—¿Por qué? ¿Por follármela contra una pared? A mí me parece que la estoy venerando.

Killian apretó los dientes. Miré al vacío entre los dos hombres, tan avergonzada por las palabras de Adrian como por que nos hubieran pillado, y encima, Killian. Salí corriendo del jardín hacia el pasadizo secreto que me permitiría llegar a mi habitación, pero Adrian me dio alcance justo cuando alcanzaba la puerta.

—¡Isolde!

Fue a cogerme el brazo, pero me revolví contra él.

—¿Lo has hecho a propósito? —le grité.

Adrian retrocedió como si le hubiera dado una bofetada y me miró con los ojos entrecerrados.

—¿Qué más da que nos haya visto?

Le lancé una mirada llameante, pero al final cedí.

—No sé cómo hacerlo. Cómo estar contigo y quererlos a ellos a la vez.

—¿Quién dice que no es posible?

—En el mundo en que vivimos, no, Adrian.

—Eres la reina de Revekka y pronto serás la reina de todo Cordova. Tú decides en qué mundo vivimos.

Le devolví la mirada con un nudo en el pecho. Si eso era verdad, ¿por qué me sentía tan impotente? Lo vi respirar hondo y retroceder un paso más.

—Cuando estés preparada, aquí estoy.

Y me dejó a solas en el pasillo.

Cuando empezó a atardecer, les pedí a Violeta y a Vesna que me ayudaran a vestirme pronto con un vestido que Violeta me había hecho con las telas que habíamos comprado en el mercado de Cel Ceredi. Era un traje sin mangas, llevaba corpiño negro con apliques que me resaltaban los pechos y me bajaban por el vientre hasta una falda amplia de seda rosa claro con capas y capas de tul negro.

«A Adrian le va a encantar», pensé y, cuando las zarpas familiares de la culpa intentaron clavárseme en el pecho, las aparté de un plumazo.

Se había terminado sentirme culpable por lo que Adrian significaba para mí.

Eran sentimientos complejos, sin duda, pero no más que los que tenía hacia el pueblo de Lara que había intentado matarme, o hacia mi padre, que me había ocultado lo que sabía sobre la esclavitud del pueblo de mi madre.

—Te he visto cuando has recibido a tu padre —dijo Violeta—. Parecías muy contenta.

Había estado muy contenta. Me sentía confusa y, en cierto modo, enfadada. ¿Y qué sentiría ella con mi padre allí? Era el rey de un país enemigo que había apoyado a Dragos y Dragos había matado a su familia.

—Me he alegrado mucho de verlo. Durante mucho tiempo, desde que murió mi madre al darme a luz, ha sido todo lo que he tenido.

Mi padre había sido mi mundo entero. Nada existía aparte de él.

Pero eso había cambiado. Tenía a Adrian y pronto tendría a toda una nación.

—Entonces, me alegro de que haya venido a ver cómo te coronan reina de Revekka —dijo. Pese a mis sentimientos encontrados acerca de mi padre y mi tierra, agradecí las palabras de Violeta.

El atuendo se completaba con una diadema negra. Era más pesada de lo que me había esperado, con incrustaciones de obsidiana negra. Me la puse, sin saber si aquella imagen de reina iba a complacer a mi padre.

—¿Ordenas alguna otra cosa, mi reina?

—No, nada más —dije—. Muchas gracias, Violeta, Vesna.

Las dos salieron. Me alejé del espejo para ir a guardar mis puñales en un cajón, ya que con aquel vestido no había manera de llevarlos escondidos. Pero, cuando los estaba dejando, me fijé en el libro que había sacado de la biblioteca, el que tenía escondido dentro el puñal. No lo había vuelto a abrir para no tocar el puñal, por miedo a revivir el encuentro con Dragos, pero algo me atrajo hacia el libro. Cuando pasé las páginas, vi que de hecho no era un libro, sino un diario. La caligrafía era tan precisa que parecía letra de imprenta.

Yo me daría por satisfecha si pudiera limitarme a conjurar hechizos y a enseñar, pero Vada dice que mi don es tan poderoso que no puedo desperdiciarlo. Tiene demasiada fe en estos aspirantes a reyes, en hombres que dicen que merecen un reino porque su sangre es diferente. Pero, cuando se derrama, mana roja, igual que la de cualquiera. Cree que utilizarán nuestra magia para prevenir las sequías y las hambrunas, pero... mi rey tiene alma de conquistador.

Leí otra anotación:

Hoy el rey ha preguntado si el Aquelarre Supremo apoyaría la invasión de Zenovia. Le he dicho que en qué iba a beneficiar eso a su pueblo y él me ha replicado que me estaba pidiendo una profecía, no una opinión.

No se da cuenta de que son lo mismo.

El Aquelarre Supremo no va a dar su apoyo al rey para la invasión. Creo que es lo correcto, pero temo el presente y el futuro. El rey Dragos me va a matar. Lo he visto.

Compartía el temor de aquella mujer y seguí pasando páginas.

Mi vida toca a su fin. No tengo valor para decírselo a Adrian.

Nuestro amor será la perdición de este mundo.

La conmoción me dejó paralizada. Comprendí de golpe todo lo que Adrian me había dicho sobre las brujas, cómo había defendido su magia y su búsqueda de la paz. Hablaba con tanta admiración y respeto que nunca pensé que había sido porque amaba a una de ellas.

Había estado enamorado de Yesenia.

No era que no creyese lo que me había contado sobre el Aquelarre Supremo. Aquello no cambiaba nada de lo que había descubierto, lo que Violeta me había dicho o lo que había averiguado en la biblioteca sobre el reinado de Dragos, pero me dolió saber que tenía entre las manos el diario de la amante de Adrian. Que Yesenia había escrito aquellas páginas, que lo había amado, y que todo lo que Adrian estaba haciendo ahora, la conquista de mi mundo, era todavía por ella.

Porque ella era su mundo.

Y, si ella era su mundo, ¿qué era yo?

Volví a plantearme la pregunta que me había hecho hacía ya tiempo: ¿Por qué yo?

El libro se me cayó de las manos y palidecí mientras trataba de reconciliar lo que sabía ahora con la manera en que me miraba Adrian, con lo que me había dicho. Tenía que asumir que podía apreciarme a mí y a la vez amarla a ella. Pero de pronto no me parecía suficiente.

Creía que me conocía a mí misma, pero no era así. Había sido Isolde, princesa de Lara, una mujer a la que no se podía manipular con unas palabras bonitas o un rostro atractivo. Una mujer que no se iba a casar, que iba a reinar sola. Pero luego mi pueblo me había traicionado y había acabado como reina de una tierra de monstruos. Era un gorrión entre lobos.

Esta Isolde, la reina de Revekka, había estado cegada.

—¿Lista, Isolde? —preguntó Ana tras abrir la puerta. Se detuvo al instante—. ¿Qué pasa?

No me había repuesto lo suficiente como para mentir.

—Sé lo de Yesenia —dije, porque estaba segura de que ella también lo sabía. Era la prima de Adrian, había existido tanto tiempo como él.

—Isolde…

—¿Por qué no me lo dijisteis?

Se me quedó mirando y volví a meter el libro en el cajón con mis puñales. Lo cerré con tanta violencia que las patas del mueble temblaron.

—No es lo que crees, Isolde.

—Entonces ¿qué es? —le grité.

La miré. Estaba muy pálida y por un momento me sentí fatal por tratarla así cuando ella solo podía pensar en Isla.

—Adrian te quiere.

Fue mi turno de recibir un golpe.

—No, quiere a Yesenia.

—No puedes reprocharle que tratara de vengar su muerte —dijo Ana—. Vio cómo la quemaban en la estaca y, cuando intentó defenderla, lo azotaron. Estuvo a punto de morir.

Se me hizo un nudo en la garganta. Yo había acariciado aquellas cicatrices, las había recorrido con los dedos. Eran violentas y rabiosas, le cubrían el cuerpo entero.

—Aquella noche perdió al amor de su vida, pero también perdió a su rey. Adrian siempre le había sido leal a Dragos. Era miembro de su guardia de élite.

—Pues tendría que haberlo pensado mejor —repliqué.

Mi comentario hizo daño a Ana y su sufrimiento me dolió a mí.

—No te imaginas cómo fue aquello —dijo con la voz entrecortada—. Todos estábamos… no lo vimos venir.

Pero Yesenia sí lo había visto venir, así que debió de ocultárselo a todo el mundo, incluido Adrian.

Me tragué la angustia y la rabia.

—Ana… —empecé.

Negó con la cabeza para hacerme callar.

—Vamos a llegar tarde.

No me esperó y lo entendí. Me había mostrado insensible. Ella tenía razón. No sabía cómo habían sido las cosas durante la Quema, o en la era Oscura, y no tenía ninguna relación personal con los que habían muerto en aquellos días. No podía juzgar cómo deberían haberse comportado o qué secretos compartieron en un momento tan traumático.

Pero estaba dolida. Eso sí lo tenía que reconocer, aunque solo fuera para mí misma. Y, cuando yo me sentía dolida, buscaba pelea.

El gran salón volvía a estar abarrotado de vampiros y mortales, en torno a las mesas o en grupos que dejaban sitio a los que querían bailar.

—¡Larga vida a la reina! —empezaron a entonar cuando hice mi entrada.

Las aclamaciones continuaron y la gente se inclinó, aunque no pude evitar la sensación de estar rodeada de enemigos: de los que creían que era una distracción para Adrian, de los que tenían expectativas que no podía satisfacer. Yo era una amenaza contra los planes de todos.

Tal vez ese fuera mi poder y tenía que sobrevivir el tiempo necesario para utilizarlo.

En el salón ya hacía mucho calor y se me empezó a acumular el sudor entre los muslos y entre los pechos. Iba a ser una velada incómoda en más de un sentido. Lo supe en cuanto llegué al estrado donde ya me aguardaba Adrian. Su presencia fue para mí como un golpe físico. Iba vestido con un sayo negro sobre el que llevaba una sobreveste de terciopelo negro. Era como la noche y tenía el rostro iluminado como una estrella, con un halo de pelo rubio.

Lo miré a los ojos, me pareció sincero y tierno. No supe qué hacer, si olvidarme de la ira o apuñalarlo cuando me saludó.

—Mi reina —dijo, y me tendió la mano.

La acepté. No quería que supiera que había descubierto su secreto. Todavía no. Pero sentí alivio por no haberme puesto en ridículo. Un momento antes de encontrar el diario de Yesenia, iba a correr hacia él, iba a decirle que estaba preparada para decidir en qué mundo quería vivir.

«Y aún puedo hacerlo», me recordé. Adrian no era más que una herramienta para conseguir mi objetivo.

Me tragué el dolor y erguí la cabeza. Iba a disfrutar de aquella noche, pues al día siguiente sería coronada reina y buscaría la manera de vengarme. Tal vez al final podría reinar como siempre había querido: sola.

—Mi rey —saludé, cortante.

Adrian arqueó una ceja.

—¿Te encuentras bien?

—Inmejorable —respondí.

Traté de calmarme para que no pudiera leerme la mente. Era difícil dejar traslucir algo que no fuera desdén en la voz. Pasé de largo junto a él y me dirigí hacia la mesa del estrado donde estaba mi padre. En circunstancias normales, le habría dado un abrazo y un beso en la mejilla, pero me limité a saludarlo.

—Padre —dije.

—Isolde —dijo con voz más afectuosa, como si quisiera añadir algo.

Pero no lo miré y ni siquiera saludé a Killian, que estaba frente a él.

Adrian vino a mi lado, con Daroc y Ana a su derecha. Se sentó y todos lo imitamos. Cogí la copa de vino. Aunque sabía que lo habían probado en la cocina, no pude evitar un momento de vacilación.

—¿Quieres que lo pruebe? —preguntó Adrian.

Tragué saliva. No esperó mi respuesta, sino que bebió un sorbo.

No pude evitar mirar que el vino le mojaba los labios, hasta que por fin se los lamió y puso la copa en la mesa, ante mi mano.

—Perfecto —dijo.

—Gracias —respondí y bebí un trago.

No tardé en empezar a abanicarme. El calor me abrasaba la piel.

—¿Tienes calor, cariño mío? —preguntó.

Noté que el sudor me perlaba la frente. A él no parecía afectarle.

—Mucho —dije.

—Un poco de movimiento te vendría bien —sugirió Adrian—. ¿Qué tal si bailamos?

—No —repliqué—. Mejor no.

Nada más decirlo, me di cuenta de cómo podía tomarse el rechazo. Pensaría que me había negado porque mi padre y Killian nos estaban mirando, cuando lo cierto era que, en ese momento, no podía enfrentarme a él. No podía estar tan cerca de él. Necesitaba distanciarme, pero no podía retirarme del banquete.

Comimos, bebimos y contemplamos a la multitud bulliciosa, que no había cambiado de comportamiento por la presencia de mi padre. Los vampiros se alimentaron de sus vasallos y mantuvieron relaciones sexuales, hubo peleas y, cuando un vampiro o un mortal hizo brotar la sangre, la pelea por probarla fue aún mayor.

—Es repugnante —dijo mi padre entre dientes.

—Si es demasiado para ti, puedes retirarte, rey Henri —respondió Adrian.

No me gustaba estar sentada entre ellos.

—¿Así cuidas de mi hija? ¿Exponiéndola a esta… basura?

Por un momento, me temí que Adrian iba a responderle algo como «Tu hija no es ninguna santa».

—Puede elegir, igual que tú.

—Te has burlado de la historia de este castillo.

—¿De qué historia, rey Henri? ¿De los asesinatos y de la persecución de inocentes?

Aparté la silla de la mesa y me levanté. Era incapaz de soportar estar entre ellos y no tenía ningún deseo de mediar.

—Disculpadme —dije.

Salí del gran salón. En el pasillo hacía más fresco y me quedé ante las puertas abiertas para contemplar la hoguera que rugía en el centro del patio. No se había apagado en ningún momento desde que habían comenzado los Ritos de la Quema. En torno a ella bailaban mujeres con coronas de flores en la cabeza. Las observé un momento, como hipnotizada por el movimiento y por las sombras que proyectaban. ¿No tenían miedo de las llamas como lo tenía yo?

—Isolde.

No había oído acercarse a nadie y me di la vuelta sobresaltada para encontrarme delante de Killian.

—Perdón, reina Isolde. —Se corrigió con cierto sarcasmo—. ¿Te encuentras bien? —preguntó.

La pregunta me hizo desconfiar, pero respondí:

—Sí, perfectamente. ¿Necesitas algo?

Titubeó y lanzó una mirada hacia la izquierda antes de responder.

—En primer lugar, me gustaría disculparme por cómo nos separamos.

—Pero no por lo que me dijiste.

Me miró con cara de «¿Nunca voy a ser suficiente, hacer suficiente?».

—¿Qué estás haciendo, Isolde?

Fruncí el ceño, confusa.

—No sé a qué te refieres.

—Ese monstruo está enamorado de ti.

—¿Qué?

La observación me dejó sin aliento. La sola idea de que entre Adrian y yo hubiera amor era ridícula, sobre todo desde que sabía lo de Yesenia. Me sorprendió lo mucho que me hirió aquella sugerencia.

—Isolde...

—Comandante...

—¿Has vuelto a intentar matarlo desde que salisteis de Lara?

—¿Qué quieres de mí, exactamente? —repliqué—. Me he casado con él para proteger a nuestro pueblo, un pueblo que luego intentó matarme. Lo he apuñalado dos veces. Me...

«Me he acostado con él. He encontrado consuelo en sus brazos. He sufrido por él».

—Estás enamorada de él —dijo Killian y me miró igual que miraba a Adrian.

Negué con la cabeza.

—Eres incapaz de reconocer el amor aunque lo tengas delante, Killian.

—Yo creía que lo conocía.

—Te equivocabas.

Pasé de largo junto a él y volví al gran salón. Contemplé a la multitud y por último miré a Adrian, que estaba sentado, reclinado, con una mano en la boca, observándome. Clavé la vista en él, en el hombre que había amado a Yesenia, que había matado a un rey por ella, que había conquistado un reino por ella.

Y Yesenia nunca había muerto para él. Yo nunca sería su reina, su igual.

De pronto, el batir de los tambores se aceleró y casi hizo vibrar el suelo. Miré a mi alrededor y vi a una procesión de mujeres ataviadas con velos etéreos, tan transparentes que se les veían los pechos y los rizos entre los muslos. Llevaban flores trenzadas en el pelo. Pasaron dando vueltas entre la multitud, pero luego formaron un círculo en torno a mí. La mujer que iba la primera en la fila me puso en la cabeza una corona de flores mientras otra me agarraba de las manos para levantarme y llevarme con ellas. Al principio me resistí a su contacto y sus tirones, pero no tardé en rendirme al movimiento y seguí el batir de los tambores y los pasos de las bailarinas. Permití que me hicieran dar vueltas y más vueltas. No era un baile violento ni furioso, sino delicado y jovial.

Antes de que pudiera darme cuenta estábamos fuera, bailando ante la hoguera del centro del patio, y su calor me hizo sudar. Alcé las manos en el aire y bailé bajo el cielo estrellado mientras, a mi alrededor, todos reían, bailaban, se besaban y follaban. Me deleité en aquel frenesí, desesperada por olvidar todo lo relativo a Adrian, a mi padre y a mi futuro… hasta que se oyó el primer grito.

El ritmo se interrumpió y la euforia quedó ahogada por el miedo cuando una fila de caballeros de otra época entró en el patio. Entre cada dos de ellos iba una mujer. La primera tenía el pelo negro y, no sé cómo, supe que normalmente sus mejillas eran sonrosadas y sus ojos de un azul vivo, aunque en aquel momento estuviera pálida y sin luz en la mirada.

Llevaba las manos atadas a la espalda y los soldados la tenían agarrada por los brazos, marcándole los dedos en la piel. Solo la soltaron para lanzarla al fuego.

—¡Evanora! —grité y traté de forcejear, pero me di cuenta de que yo también estaba atada.

Cayó entre las llamas de la pira y sus gritos espantosos borraron todos los demás sonidos. Se debatió, los leños se derrumbaron, saltaron chispas y rodó envuelta en fuego entre la multitud hasta que se detuvo, muerta.

Eso no fue el final.

La siguiente fue Odessa. Trató de resistirse, pero le dieron un golpe en la cabeza y la tiraron a las llamas. No se movió más.

No dejé de gritar ni cuando me quedé sin voz ni cuando me sangró la garganta. Grité mientras mi aquelarre, mis hermanas, las mujeres cuyas almas le hablaban a la mía, morían ante mis ojos. No habría sabido decir cuánto duró aquello, pero la hoguera empezó a perder furor y, sobre las llamas moribundas, vi unos ojos oscuros: era el rey Dragos. A su lado estaba la mujer cuya magia me había perseguido desde Lara, Ravena, con la inconfundible cabellera rojiza aún más radiante a la luz del fuego.

Los ojos del rey se clavaron en los míos. Y sonrió.

—Traedlo —ordenó, y vi un rostro conocido enmarcado en pelo tan dorado que casi parecía blanco.

—Adrian. —El nombre me desgarró la boca y el corazón se me aceleró—. ¡Adrian!

Lo pusieron de rodillas delante de mí y vi que tenía sangre en la cabeza, los labios partidos y magulladuras en la mejilla.

—¡Yesenia! —Alzó la vista, desesperado.

—Adrian —repetí.

Y, por primera vez aquella noche, sentí una calma especial, porque sabía una cosa.

Él iba a vivir.

Él iba a vivir y el mundo llegaría a lamentarlo.

La voz de Dragos retumbó en el patio:

—¡Y pensar que mi mejor caballero ha elegido a una bruja por encima de su reino! Pues esta noche la verás arder y mañana recogerás sus cenizas. Encended el fuego.

—¡Yesenia!

Adrian se debatió contra sus guardias, pero lo golpearon hasta que casi no pudo tenerse de rodillas.

Los soldados se adelantaron para ponerme las antorchas a los pies. El humo se alzó, me nubló la vista y me arañó la garganta.

—No luches, mi amor —dije—. Estás destinado a seguir en este mundo.

—Yesenia —susurró Adrian—. Por favor. Por favor. Por favor —suplicó.

Negué con la cabeza y pronuncié unas palabras que me partieron en dos el corazón.

—Ni todas las estrellas del cielo brillan tanto como el amor que siento por ti.

Las llamas me lamieron la piel. Cerré los ojos y apreté los dientes. No le iba a dar a Dragos la satisfacción de oírme gritar.

Y, al final, no sentí dolor.

VEINTE

Desperté sobresaltada en la habitación de Adrian. Solo llevaba la camisa, el pelo me olía a humo y tenía la garganta irritada. Me toqué el cuello e hice una mueca al tragar saliva. Me incorporé para sentarme y vi a Adrian a unos metros. Estaba mirando por las ventanas oscuras.

No pareció darse cuenta de que me había despertado y yo estaba demasiado inmersa en las emociones como para tratar de ocultarlas. Había estado en la cabeza de Yesenia. Había visto morir a las personas que amaba. Había visto a Adrian, a mis pies, suplicar que no la mataran. Lo había oído gritar por ella. Había presenciado su espanto y su dolor.

—Sé lo de Yesenia —dije.

Adrian se volvió hacia mí. Seguía vestido como si viniera de la fiesta en el gran salón, pero se había quitado la sobreveste.

—Todo lo que haces es por ella.

No dijo nada.

—Pero no entiendo una cosa. ¿Por qué yo? ¿Por qué quieres que sea tu reina?

—Isolde...

Pronunció mi nombre como si necesitara desesperadamente que lo comprendiera, pero no había manera de explicar lo que estaba pasando. Aparté las mantas y me levanté.

—Me has sacado de mi casa para llenar un vacío junto a ti, un vacío que no puedo llenar en tu corazón.

—Isolde...

Esta vez lo dijo con más firmeza. Lo seguí presionando.

—No quería amar a nadie, porque amar siempre es perder, ¡y me he permitido amar! —grité.

Me dolió tanto que hice una mueca. Todo me dolía.

—¿Has terminado? —preguntó Adrian, algo molesto.

—Te odio —dije con los dientes apretados. No importaba que acabara de reconocer que lo amaba.

Dio un paso hacia mí. Luego, otro.

—Me odias porque me quieres —dijo. Me pareció una provocación porque estaba esbozando una sonrisa.

Yo solo sabía luchar, pelear. Me lancé contra él, pero las piernas se me enredaron con las suyas y acabé en el suelo, con Adrian encima de mí. Forcejeé con él.

—¡No te burles!

—Jamás me burlaría de ti.

—¡Siempre te burlas! —Ya era incapaz de ocultar el dolor. Todo iba de mal en peor—. Ojalá no te hubiera conocido.

—Isolde —dijo Adrian. Su voz tenía algo que hizo que me quedara inmóvil. Me estaba llamando por mi nombre, me estaba tocando el alma. Me miró a los ojos mientras me apartaba el pelo de la cara—. Tu lugar está junto a mí porque tú me llenas el corazón.

Te quiero. Te he querido desde el principio —dijo. Casi se le quebró la voz—. Te he querido desde siempre.

Aquello me dolió de una manera que no me habría podido imaginar. Pero era un dolor grato, una agonía por la que habría dado la vida.

—Si me has querido desde siempre, ¿por qué no me lo habías dicho?

—Te habrías reído de mí —respondió—. Pero así es mi maldición.

—Creía que no estabas maldito.

—Mi maldición no es ser un vampiro —replicó Adrian—. Consiste en otras cosas. Tú eres una de ellas.

Negué con la cabeza.

—¿Y Yesenia?

—No es lo que crees, Isolde. No sé cómo decírtelo…

Le puse los dedos contra los labios y lo miré. Quería saberlo, pero no de inmediato. No después de lo que había dicho y de lo que le había dicho yo. Necesitaba mucho más que palabras.

—Primero, hazme el amor.

Adrian me cogió el rostro entre las manos y me miró a los ojos antes de que nuestras bocas se fundieran. Mientras nos besábamos, me metió los dedos entre el pelo y su cuerpo se movió contra el mío. Nuestros dedos buscaron lazadas y hebillas, ansiosos de sentir piel contra piel. Cuando estuvimos desnudos, Adrian se arrodilló entre mis muslos. Me cogió una rodilla por detrás para ponérmela sobre su hombro, penetró en mi carne con los dedos y cerró los labios en torno al clítoris. Dejé escapar el aliento con un sonido que fue como un suspiro y lo agarré por el pelo largo y sedoso.

Movió los dedos dentro de mí cambiando el ritmo y mis sonidos pasaron a ser más intensos. Le clavé los dedos en la cabeza. Me miró situado entre mis piernas con los ojos brillantes, encendido de deseo de placer, de complacer. Y lo hizo, los tentáculos de éxtasis me recorrieron el cuerpo hasta que mi vientre se puso tenso y empecé a entonar su nombre, a moverme a su ritmo.

—Por favor —jadeé—. Adrian.

Me levantó y me besó sin prisa.

—Espera —dijo.

Lo abracé con brazos y piernas mientras me llevaba a la cama. Las mantas acogieron mi cuerpo y Adrian me cubrió. Sentí su cuerpo cálido y sólido, tan perfecto contra el mío. Apartó los labios de los míos para besarme la mandíbula y el cuello, luego me miró a los ojos.

—Yo no rezo —dijo—, pero he suplicado por ti.

Luego, me besó entre los pechos antes de levantarse, presionar contra mí y llenarme entera. Se detuvo y nos miramos, entonces Adrian empezó a moverse con embestidas pausadas para que sintiera todo su cuerpo.

El sudor se nos acumuló sobre la piel y me agarré a sus brazos. Le clavé las uñas en los músculos duros mientras se me escapaban de la boca sonidos y palabras, un canto erótico que me hizo entonar. En ese momento, comprendí que estaba enamorada de él. Me había hecho sentirme viva como nadie desde que lo había visto por primera vez en Lara. Me había resistido, pero ya no. De pronto, quise saber lo que era rendirme a él, entregarle todo mi ser.

¿Me ofrecería él lo mismo?

—Espera, Adrian —dije.

Se detuvo en seco sobre mí con la preocupación reflejada en el rostro.

—¿Estás bien? —preguntó con la respiración entrecortada.

Sonreí y le acaricié el pómulo.

—Bebe de mí.

No creo que fuera posible que se quedara más inmóvil.

—¿Estás segura, Isolde?

Asentí y se me llenaron los ojos de lágrimas.

—Estoy segura —dije y era cierto—. Te quiero entero, cada parte de ti. Quiero estar en tu cuerpo. Quiero correr por tus venas hasta que notes mi sabor cuando sangres.

Adrian sacudió la cabeza. Salió de mí y se sentó en la cama.

—¿Qué haces? —Yo también me incorporé.

—Tienes que comprender una cosa acerca de la sangría antes de acceder —me dijo.

Lo miré, a la espera.

—Te he dicho que he suplicado por ti. Y ahora estás aquí gracias a esas súplicas.

Fruncí el ceño, pero asentí. Por su manera de hablar, parecía que yo fuera un regalo de las diosas.

—Si bebo de tu sangre, seré... vulnerable. Y, peor aún, tú te convertirás en el objetivo de mis enemigos.

—Ya soy el objetivo de tus enemigos —repliqué. Lo había sido desde que nos casamos—. Pero ¿por qué serás vulnerable?

—Si seguimos adelante, te convertirás en mi gran debilidad. Si tú mueres, yo muero.

—¡No! —dije de inmediato. Necesitaba que fuera invencible. Necesitaba que fuera inmortal. Había jurado que nunca amaría si eso significaba perder—. Entonces no.

—Isolde —dijo, y su expresión volvió a ser la más tierna—, no permitiré que te pase nada, pero no volveré a vivir sin ti. Más aún, acepto arriesgar la vida para estar unido a ti como siempre he deseado. Hace siglos que espero esto. Hace siglos que te espero a ti.

Sentí el corazón a punto de estallar.

—¿Lo sabe alguien más? ¿Lo de la maldición?

—Solo los que estaban presentes cuando se lanzó —dijo—. Ana, Daroc, Sorin y Tanaka.

Eran los que estaban más cerca de él, el círculo de confianza de Adrian. Me sentí más segura si solo lo sabían ellos cuatro y nadie tenía por qué enterarse de que había bebido de mí. No quedarían pruebas, no habría ninguna herida ni marca, porque Adrian me la podía curar.

Me puse de rodillas y le eché los brazos al cuello.

—Bueno, pues vas a tener que protegerme muy bien.

Lo besé. Adrian me cogió entre sus brazos, puso mis piernas a ambos lados de su cuerpo y se sentó en el borde de la cama. Me agarró por la cintura y se deslizó dentro de mí. Solo apartó la boca de la mía para acariciarme el cuello y el hombro con los labios. Me agarré a él y me estremecí, lo dejé hacer y, cuando sacó los colmillos y me perforó la piel, dejé escapar un grito gutural. Hubo un segundo de dolor antes de que se impusiera el placer de su boca, el placer de su polla, que se movían al unísono y me llenaron de un éxtasis que me dominó.

Y, de pronto, mi mente se llenó de imágenes de Adrian.

Imágenes que sentí como sueños.

Me reuní con él ante el jazmín y lo besé bajo las estrellas, e hicimos el amor en la oscuridad, y ese amor acabó en el fuego y condenó al mundo.

Entonces supe quién era yo de verdad.

Quién había sido siempre.

Yesenia de Aroth.

Era Yesenia de Aroth, no ahora, no en este cuerpo, pero había sido ella en otra vida, en la vida de Adrian.

Cuando Adrian se apartó de mí, se me llenaron los ojos de lágrimas.

—Isolde. —Me cogió el rostro entre las manos y me besó la boca, las mejillas—. Dímelo.

—Ahora lo sé —susurré y los sollozos me estremecieron.

No podía explicarlo por completo. No tenía todos los recuerdos ni todos los momentos, pero sabía quién había sido y quién era ahora, y todo coexistía en mi mente. Y Adrian me había traído de vuelta. Cuando mi cerebro no podía recordarlo, mi cuerpo sí.

—Sé quién eres —dije, y me derrumbé contra él.

Me quedé abrazada al cuerpo de Adrian mientras él me pasaba los dedos por la piel. Mis pensamientos eran un caos y tenía que organizarlos entre el pasado y el presente.

—Pero ¿cómo has llegado aquí? ¿Cómo te convertiste en un...?

—¿En un monstruo?

Esbocé una sonrisa.

—En un vampiro.

—Hice un trato —dije—. Le supliqué a la diosa Dis que me permitiera vivir y vengarme de los responsables de tu muerte, y me concedió mi deseo.

Entre mis recuerdos estaba el del Aquelarre Supremo adorando a Dis como creadora.

—Al precio de alimentarte de sangre.

—Es lo que pedí: «Permite que pruebe la sangre de mis enemigos». —Se rio—. Cuando hagas tratos con las diosas, ten cuidado con la formulación.

—Nunca hablas de las diosas —señalé.

—Me crearon, pero no las sirvo. Cuando más te acercas a los dioses, más humanos son —dijo Adrian.

Tuve la sensación de que podía decirme muchas más cosas, pero no lo hizo, así que insistí.

—¿La odias? ¿Por hacer de ti lo que eres?

—No. Me gusta lo que soy.

Nos quedamos en silencio unos momentos.

—Pasé mucho tiempo buscándote —siguió al final—. Cuando te vi en el bosque, tuve que controlarme para no morderte.

—¿Por qué no me mordiste?

Habría sido lo más sencillo. Se habría ahorrado todo el odio, la rabia y el resentimiento que le llegué a echar encima.

—Eso quería, pero Dis es una diosa cruel a la hora de negociar. Tenías que elegirme. Tenías que amarme. —Hizo una pausa—. Supongo que pensó que era imposible.

Su manera de hablar tenía un tono ominoso. Paré a mitad de una caricia y lo miré a los ojos.

—¿Por eso conquistas las Nueve Casas? —pregunté—. ¿Conquistas para Dis?

—Conquisto para mí —replicó—. Y Dis no puede hacer nada sin mí. Soy el arma que tiene.

—Pero no quieres serlo.

No dijo nada. Me levanté, me puse a horcajadas sobre él y me agarró los muslos.

—Si estos seres divinos son tan poderosos, ¿por qué no bajan a la Tierra y acaban con sus enemigos? ¿Por qué juegan con los mortales y los monstruos?

—En la Tierra no tienen poder más allá de lo que puedan hacer a través de nosotros —dijo Adrian, y subió las manos para agarrarme por la cintura.

—¿Es posible matar a una diosa? —susurré.

—Eso es blasfemia —replicó, aunque los ojos le brillaron ante la sola idea.

—¿Ahora vas a decirme que eres religioso? —me burlé, como había hecho él una vez conmigo.

Me incliné hacia él y le di un beso, luego volví a abrirme para él.

Ya estaba avanzada la mañana cuando volví a mi habitación para esperar a Violeta y a Vesna. Quería bañarme y vestirme, también pasar un rato con mi padre antes de que empezara la coronación. Seguía enfadada con él, pero solo iba a estar en Revekka unos días antes de volver a Lara y no quería lamentar no haber estado más tiempo juntos.

Doblé una esquina del pasillo y me detuve en seco al ver a Killian ante mi puerta.

—¿Qué haces aquí?

—He venido a ver si te encontrabas bien después de lo de anoche —dijo—. Pero ya veo que sí. ¿Has buscado consuelo entre los brazos de tu marido?

Me puse rígida.

—No es asunto tuyo.

—Claro que no, majestad.

Su tono era hiriente y apreté los puños. Algún día iba a hacerle probar el filo de mi espada. No me cabía duda.

—Será mejor que te vayas —dije antes de pasar de largo junto a él. Pero solo llegué a poner la mano en el pestillo.

—Antes los detestabas tanto como yo. —Me detuvo—. ¿Qué ha cambiado?

—He descubierto la verdad.

—Te han lavado el cerebro.

Me detuve en seco. Me di la vuelta hacia él y me acerqué un paso.

—Ese ha sido siempre el problema contigo, Killian. Crees que no sé lo que quiero. Un día de estos te va a costar muy caro, te lo advierto.

Me volví hacia la puerta, entré en mi habitación y cerré.

Violeta y Vesna llegaron poco después y empezamos los preparativos para la coronación. Lo primero fue el baño y, cuando el jazmín cayó en el agua, afloraron en mi mente los recuerdos de las noches que había pasado con Adrian en el estanque. Pensé en Ana, en la primera noche en el castillo, cuando Violeta había vertido gotas de aceite en el agua del baño.

«Lady Ana Maria dijo que te ayudaría a relajarte».

Pero la intención no era relajarme. Era despertar mis recuerdos.

«Ana, mi mejor amiga», pensé. Todavía no tenía recuerdos, solo el dato de que habíamos estado muy unidas.

Tardé una hora en estar lista. Vesna me recogió la mitad de la cabellera y dejó el resto en ondas que me caían sobre los hombros. Luego, Violeta me ayudó a ponerme el vestido, diseñado por Adrian. Era negro, ajustado desde el corpiño a las caderas, con una falda amplia. Los apliques en un tono de negro aún más oscuro dibujaban sombras en zonas estratégicas: en torno a los pechos, en las caderas, en el dobladillo. El escote era bajo y el collar no hacía más que atraer la atención hacia esa zona. Un sencillo par de pendientes brillaban contra mi pelo oscuro como estrellas en el cielo de la noche. Al verme en el espejo, me sentí despierta por primera vez.

Estaba lista para ser reina.

Estaba lista para conquistar.

En ese momento, se abrió la puerta y me di la vuelta. Había llegado Ana. La había visto casi todos los días desde que había llegado a Revekka, pero una parte de mí sentía que la conocía desde siempre. El pedazo de mi alma que la conocía de verdad sabía que era así.

—¿Estás bien? —me preguntó.

Abrí la boca para decir algo, pero no me salieron las palabras. Lo intenté de nuevo.

—Lo sé. —Fue lo único que me salió.

El rostro de Ana se fundió en un sollozo y se tapó la boca.

—Hemos esperado mucho tiempo...

La abracé con todas mis fuerzas y solo la solté porque era hora de ir a ver a mi padre.

Lo encontré en su habitación, sentado ante la pequeña mesa redonda y desayunando. Me resultó raro que siguiera su rutina habitual pese al cambio de escenario.

—Padre —saludé.

—Isolde, joya mía —dijo—. Estás preciosa.

—Gracias.

Me quedé parada, sin saber qué hacer, hasta que se levantó y vino hacia mí.

—¿De verdad es esto lo que quieres, Isolde? —preguntó.

Fruncí el ceño, confusa ante la pregunta. Cuando accedí a casarme con Adrian no me había preguntado si era eso lo que quería, porque sabía que no era así. Pero las circunstancias habían cambiado.

—Sí —dije.

Tal vez era porque había recuperado los recuerdos, pero me resultaba más sencillo reconocer mis deseos.

—Si lo que quieres es reinar, abdicaré. Te daré mi trono.

—Padre...

¿Por qué no paraba de decir tonterías?

—Tú puedes poner fin a esto, Isolde —me interrumpió con firmeza.

Parpadeé.

—¿Qué?

—Puedes matar a Adrian.

—No, padre. —Negué con la cabeza.

—Mátalo y con él morirá el hechizo con el que te domina. Cuando lo logres, te darás cuenta. Por favor, Isolde.

—¡No lo puedo matar! —salté.

—Yo te ayudaré. Killian y yo. Lo…

—¡Antes tendrás que matarme a mí! —grité.

Mi padre palideció. Nos miramos un momento en silencio.

—¿Qué has dicho?

—He dicho que solo hay una manera de matarlo y es matarme a mí. —Tragué saliva. No iba a confesarle que Adrian se había alimentado de mí, pero sí le podía decir otras cosas—. Estabas en lo cierto sobre una maldición, pero no era lo que creíamos. Nuestros destinos están unidos, padre. Si yo muero, él muere.

Miré a mi padre mientras iba comprendiendo la enormidad de lo que le había dicho. Sabía que podía confiar en él para mantener el secreto. Nunca dejaría que me pasara nada. Había estado a punto de ir a la guerra para que no tuviera que casarme con el Rey de Sangre.

—Ya ves —añadí en un susurro—. Es imposible.

Mi padre sacudió la cabeza.

—Isolde.

—No me pasará nada, padre. Adrian me protegerá.

Alguien golpeó en la puerta.

—Majestades —llamó Ana—. Es la hora.

Di unos pasos para salvar la distancia que me separaba de él y le di un beso en la mejilla.

—Te quiero —dije.

Antes de que me pudiera apartar, me cogió la cara entre las manos.

—Eres la única esperanza para el reino, Isolde.

Fuimos con Ana hasta el gran salón. Estaba decorado de estandartes con los colores de Adrian, el rojo y el negro, con acentos dorados, pero el emblema tenía algo nuevo: entre las rosas y el lobo había un gorrión.

La estancia estaba abarrotada. Era la misma gente de la noche anterior y algunas personas más. Una vez allí, sentí la tensión que me arañaba la piel, una tensión de la que era aún más consciente desde que Adrian y yo nos habíamos unido. Vi rostros amigos: Daroc, Sorin, Isac y Miha. Pero, sobre todo, estábamos rodeados de enemigos.

Ana, que nos precedía, se inclinó delante de Adrian antes de ocupar su asiento junto a Daroc en el estrado. Mi padre, a mi lado, me llevaba del brazo por el pasillo hacia Adrian, que estaba de pie, alto y orgulloso, vestido de negro y con la corona de hierro. Lo miré a los ojos y vi en su mirada todo lo que me había dicho, todo lo que me quería decir. Y mi padre... mi padre me había suplicado con desesperación que lo matara. ¿Había bastado con lo que le había dicho? ¿Dejaría de insistir y les pediría a los demás que hicieran lo mismo?

Llegamos al pie de las escaleras y mi padre hizo una reverencia antes de subir para situarse al lado de Killian. Entonces empezó la ceremonia de coronación.

—Mi rey —le dije a Adrian. Hice una profunda reverencia que desplegó a mi alrededor los pliegues del vestido.

Adrian esbozó una sonrisa.

—¿Quiere su majestad hacer el juramento? —preguntó.

—Sí, quiero.

—¿Juras por tu rey honrar y proteger al pueblo de Revekka?

Me resultó extraña la idea de proteger a unos vampiros, de proteger al reino que tanto había detestado, pero asentí de corazón, porque ahora conocía la verdad de aquel mundo. Había presenciado el asesinato del Aquelarre Supremo a manos de un rey sediento de poder. Adrian no era el monstruo. El mal se podía esconder dentro de cualquiera. Adrian era la venganza.

—¿Utilizarás tu poder con justicia y misericordia dentro de los límites de nuestras leyes?

—Así lo haré.

—¿Servirás conmigo y por encima de mi consejo para que se cumplan?

—Sí —dije.

Adrian no apartó los ojos de los míos en ningún momento y sentí que me estaba viendo en todas mis vidas. ¿Se había imaginado alguna vez aquel futuro para él y para Yesenia, como había hecho yo?

Ana se acercó con un cojín de terciopelo y Adrian cogió con las dos manos la corona que llevaba encima. Era negra, de hierro, y la sentí pesada, pero también la sentí mía.

—Levántate, Isolde, reina de Revekka, futura reina de las Nueve Casas.

Cogí la mano que me tendía y me besó los nudillos.

—Eres mi luz —dijo.

—Y tú eres mi oscuridad —respondí.

Eran palabras antiguas, un recuerdo de mi pasado, y me resultaron tan naturales como el contacto de Adrian.

Subí el resto de los peldaños y nos fundimos en un beso que me nació de las entrañas. Le agarré el rostro con las manos y lo devoré con tanta hambre como él a mí. Cuando nos separamos, la multitud empezó a aplaudir y a aclamarnos.

—¡Larga vida al rey! ¡Larga vida a la reina!

Recorrí los rostros con la mirada y tomé nota de quiénes participaban de la celebración y quiénes guardaban silencio… Entre ellos estaba mi padre. Su mirada gélida me provocó una punzada de dolor.

—¡Larga vida al rey! ¡Larga vida a la reina!

Adrian me llevó de la mano hacia los peldaños para bajar cuando las puertas del gran salón se abrieron de golpe y entró corriendo un guardia, que se tambaleó y cayó de rodillas.

—¡Están atacando Cel Ceredi!

El miedo me atenazó la garganta. Adrian y yo intercambiamos una mirada.

Los dos sabíamos quién era.

Ravena.

La niebla escarlata.

—Quédate aquí —me dijo Adrian—. Sube a una zona alta. Volveré.

Me dio un beso en la frente y llamó a Daroc. Ana corrió a mi lado.

—¡Sorin! —gritó Adrian—. ¡Quédate con la reina!

Varios soldados formaron detrás de ellos y los vi alejarse con desazón.

—Ya has oído al rey —dijo Sorin—. Vamos a una zona alta.

Pero no había terminado de decirlo cuando Gesalac se adelantó y supe que, fueran cuales fueran sus intenciones, no eran buenas.

Levanté la cabeza.

—Has sobrevivido hasta el día de la coronación —dijo.

—¿Quieres decirme algo, noble?

—Mi reina. —Sorin se situó a mi lado y me cogió por un brazo—. Será mejor que te retires a tu habitación. Allí estarás a salvo.

Trató de llevarme hacia la habitación adyacente donde Adrian y yo habíamos aguardado a la corte, pero en ese momento un grupo de vampiros, entre ellos nobles como el tuerto Julian y sus vasallos, nos rodearon. A medida que se acercaban sentí que Sorin se ponía tenso y me agarraba el brazo con más fuerza. Ana se acercó también para intentar protegerme del ataque.

Lancé una mirada llameante a Gesalac.

—Así que este era el plan —dije.

—Esto es traición, noble Gesalac —añadió Sorin.

—No es traición —replicó—. Es venganza. Y el rey Adrian sabe lo que es la venganza, ¿no?

—Te lo advierto, no me toques —dije.

Los que me rodeaban se echaron a reír.

—¿Qué importan las advertencias de una mortal? Además, no querrás que le pase nada a tu padre, ¿no?

Gesalac hizo un ademán y me giré. Mi padre y Killian estaban en su poder. Me di la vuelta para enfrentarme a mi captor.

—Quieres que pague por la muerte de tu hijo, ¿no?

—Quiero que pagues por haber venido aquí, por haber hecho que el rey se olvide del objetivo.

Si hubiera conocido un poco a Adrian, ya habría sabido que había conseguido su objetivo. Chasqueé la lengua.

—Vaya, noble, eso me suena a celos.

—Puede que a Adrian le guste tu boca, pero yo tengo unas ganas locas de cortarte la lengua.

Apreté los dientes.

—Ya os lo advirtió. Soy guerrera primero y reina después.

En aquel momento, las puertas del gran salón se abrieron con un chirrido y entró una mujer tambaleándose. No la reconocí, pero a pesar de las ropas sucias vi que tenía el pelo largo y oscuro, y los rasgos delicados: ojos redondos, nariz menuda, labios suaves. Ana, a mi lado, lanzó un grito.

—¡Isla!

Intentó correr escaleras abajo, pero un vampiro la detuvo al instante.

—¡No!

Fui a agarrarla, pero Sorin me retuvo mientras Ana volvía a gritar el nombre de su amada.

La vasalla se tambaleó y cayó de rodillas al tiempo que Gesalac salía del círculo que nos rodeaba a Sorin y a mí para aproximarse a ella.

—¡No te atrevas! ¡No la toques! —gritó Ana.

El vampiro se inclinó y agarró a la mujer por el pelo para ponerla de pie. Le echó la cabeza hacia atrás para tensarle el cuello.

—Tu vasalla está un poco pálida, Ana Maria —dijo Gesalac—. Deberíamos poner fin a su sufrimiento.

En ese momento, Isla empezó a sacudirse, convulsa.

—¡Isla! —gritó Ana—. ¡No, Isla, no!

¿Qué estaba pasando?

Ana se liberó del hombre que la tenía retenida y corrió hacia ella.

—¡Sorin! —ordené.

El vampiro consiguió agarrar a Ana por la cintura mientras de la boca de Isla salía un sonido aterrador. Era semejante a un grito y Gesalac la soltó. Pero Isla no cayó al suelo. Se quedó de pie, con los brazos abiertos y la cabeza echada hacia atrás. La larga cabellera de la mujer empezó a flotar en torno a ella y de la boca le salió una niebla roja que se enroscaba en el aire.

—¡Ya está aquí! —chilló un noble—. ¡La niebla escarlata ha llegado! Una avalancha de hombres corrió hacia la salida y el círculo que me retenía se disolvió.

—¡Que no escape la reina! —gritó Gesalac.

Trató de correr hacia mí, pero no pudo luchar contra la marea que intentaba huir de la niebla, que ya estaba consumiendo a una persona tras otra. Gritos espantosos llenaron la estancia a medida que los cuerpos desollados iban cayendo al suelo.

Sorin tiró de Ana hacia atrás para alejarla de la niebla.

—¡Deja que vaya con ella! ¡La puedo ayudar! —La oí gritar.

Estaba tan concentrada en el dolor de Ana que no me di cuenta de que alguien se me acercaba. Sentí que me agarraban por los hombros y tiraban de mí. Me quité la corona y la estampé contra el rostro de mi atacante, un hombre que lanzó un grito y me soltó. Me volví. Era un mortal que había intentado cogerme como rehén. Se llevó las manos al rostro ensangrentado, pero se recuperó y lanzó un rugido, así que le volví a golpear con la corona. Cayó de espaldas, inmóvil.

—¡Isolde! —gritó Sorin.

Tenía abierta la puerta del cuarto adyacente al gran salón. No vi a Ana, así que me imaginé que ya había pasado.

Me volví y busqué a mi padre con los ojos. Lo vi recoger una espada de manos de un mortal caído.

—¡Ya lo tengo! —me gritó Killian.

Nos precipitamos hacia la pequeña habitación y cerramos la puerta.

—¿Qué demonios es eso? —preguntó Killian.

—Lo llaman niebla escarlata —respondí—. Es lo que mató a los aldeanos de Vaida.

Killian palideció y se oyeron más gritos al otro lado. No teníamos mucho tiempo. La niebla acabaría filtrándose por debajo de la puerta y nos mataría a todos.

—Tienes que sacar de aquí a mi padre —dije a Sorin.

—Y a ti, majestad.

—No. Ravena está cerca y creo que sé lo que busca.

—No puedo permitir que vayas sola —dijo Sorin.

—Yo voy con ella —intervino Ana.

—Y yo —dijo Killian. Lo miré, sorprendida, y se encogió de hombros—. Eres mi princesa.

Me volví hacia Sorin.

—Saca de aquí a mi padre y luego búscame.

Asintió. Nos dividimos: Sorin y mi padre fueron hacia la torre oeste mientras Ana, Killian y yo íbamos a la biblioteca. Echamos a correr, esquivando a los criados y cortesanos. No sabíamos a qué velocidad se movía la niebla ni si podríamos verla en medio de tanto rojo. Pero seguí mirando en todas direcciones, en busca de indicios de la niebla o de Ravena en los reflejos. Ahora que tenía acceso a los recuerdos de Yesenia, a mis recuerdos, sabía que la magia de Ravena era la de portales, aunque rara vez tenía poder para crearlos de la nada sin la ayuda de alguna superficie reflectante. Por eso se desplazaba a través de ventanas y espejos.

—¿Crees que va tras *El libro de Dis?* —preguntó Ana.

—Sé que va tras *El libro de Dis.*

Lothian pensaba que estaba en blanco, pero solo lo parecía porque se encontraba bajo un hechizo.

Un hechizo que había lanzado yo.

Seguimos atravesando habitación tras habitación a toda prisa y, justo cuando llegamos a las puertas de ébano de la biblioteca, Gesalac salió de detrás de ellas.

Me detuve en seco, igual que Killian y Ana.

—¡No es el momento para tu patética venganza! —grité, airada.

—No hay otro mejor. Puedo despellejaros vivos a los tres y decir que fue la niebla —replicó Gesalac.

—¿Vas a dejar que tu pueblo sufra con tal de matarme?

—Hay venganzas que son demasiado dulces como para dejarlas pasar —replicó y alzó la espada.

En ese momento, vi que Ana estaba moviendo los labios y susurrando unas palabras. Estaba recitando un hechizo, pero carecía de magia. No oí lo que decía, así que no supe qué había invocado hasta que un rayo azul brotó chisporroteando de sus dedos. Pero no era ni con mucho tan fuerte como para atacar a Gesalac.

—Lánzalo de nuevo —ordené.

Me miró e hizo lo que le decía. Cuanto más insistía, más fuertes eran las chispas. Cada entonación las hacía más y más poderosas. Mi única esperanza era que pudiera controlarlas, si no acabaría haciéndose daño a ella misma.

—Dame la espada, Killian —dije.

—Isolde...

—¡Por favor! —Cedió y me entregó la espada—. Protege a Ana a cualquier precio —susurré.

Alcé la espada y Gesalac soltó una risita.

—¿Vas a pelear contra mí, reina guerrera?

—Si te empeñas... —dije.

La espada de Gesalac fue la primera que descendió. Fue un golpe brutal, de arriba abajo, directo a mi cabeza. Su intención era partirme en dos, pero me moví deprisa y la hoja me dio en la falda, mientras que la mía le golpeó en el brazo. La sangre manó, oscura.

Lanzó un gruñido. Me imaginé que había pensado que estaba asestando el golpe letal.

Me puso nerviosa que me cortara el vestido. Eso quería decir que lo había esquivado por poco y que, si volvía a golpear así, iba a acabar conmigo.

Gesalac volvió a alzar la espada. Esta vez intenté rechazar el golpe, pero el impacto me sacudió los huesos y casi solté el arma. Había sido un error y Gesalac aprovechó la oportunidad de golpear de nuevo y arrancármela de la mano. Se adelantó para asestar el que iba a ser el golpe definitivo y, en ese momento, un cuchillo silbó por el aire y se le clavó en el pecho.

«Killian», pensé. El noble rugió y yo cogí mi espada.

—¡Ana! —grité y le tendí la mano.

Ella me agarró y sentí la corriente de magia que había invocado: me recorrió el cuerpo y llegó al pomo de la espada. La clavé en el corazón de Gesalac, que se sacudió contra la hoja. No la solté hasta que dejó de moverse.

—¿Está...? —preguntó Ana.

—¿Muerto? No —dije. No se le podía parar el corazón, así que aquello solo lo dejaría paralizado unas horas. La miré—. No me habías dicho que estabas aprendiendo hechizos.

Ana se encogió de hombros.

—Al final, algo se te pega —dijo.

En ese momento, oímos ruido de cristales al romperse.

—¡No!

Entré corriendo en la biblioteca, hacia las vitrinas de cristal donde estaban las reliquias del Aquelarre Supremo. Todas estaban intactas. *El libro de Dis* seguía en su sitio, pero, cuando lo miré, un rostro me devolvió la mirada.

—Ravena.

Sonrió.

—Yesenia —dijo—. ¿O prefieres que te llame Isolde?

Entrecerré los ojos. Me había llamado por mi antiguo nombre. ¿Eso quería decir que sabía que mis recuerdos habían despertado? ¿Sabía lo de la sangría y el nexo que nos unía ahora a Adrian y a mí?

—¿Qué estás haciendo? —pregunté.

—Recuperar lo que me robaron —dijo.

—*El libro de Dis* nunca ha sido tuyo.

Era mío. Era de Yesenia.

—No se trata del libro. Se trata de lo que me puede dar —dijo.

Negué con la cabeza.

—Ese libro te quitará tanto a ti como tú le pidas a él —dije—. ¿Eso es lo que quieres?

—Quiero poder —dijo y su voz tembló.

De pronto, la vitrina estalló y me cubrí la cabeza con las manos bajo la lluvia de cristales. Algunos trozos se me clavaron en la piel, pero no me dio tiempo a reaccionar. Cuando volví a mirar, vi que el libro había desaparecido, y en su lugar burbujeaba una niebla rojiza.

—¡Mierda! —grité y me di la vuelta justo cuando Killian y Ana llegaban a mi altura—. ¡A la torre oeste! ¡Corred!

Recorrimos a toda velocidad las estancias hasta que, al doblar una esquina, me encontré de frente con la niebla. Killian me agarró y tiró de mí hacia atrás. Había ocupado casi todo el camino por delante de nosotros y nos bloqueaba el paso por completo. No había manera de llegar al otro lado del castillo.

—¡Mierda! —repetí.

—¡Isolde! —me gritó Ana y echó a correr hacia otro pasillo.

Supe de inmediato a dónde iba y la alcancé justo cuando abría una puerta casi invisible: los pasadizos secretos.

Allí había más silencio. Corrimos jadeantes, con el corazón acelerado. Me fui apoyando en una pared y en otra mientras seguía a

Ana en la oscuridad. Cuando llegamos al final, la niebla estaba detrás de nosotros, pero se enroscó y se acumuló como una nube que nos siguiera.

—¡Tenemos que ir con Sorin! —dije.

Ni siquiera sabía si seguía en la cima de la torre. Tal vez había puesto a mi padre a salvo y había ido a buscarnos. ¿Y si nos habíamos cruzado? ¿Y si se había visto atrapado en la niebla? Traté de no angustiarme. Sorin podía volar. Era, de nosotros, el que más posibilidades tenía de escapar.

Yo abría la marcha, a toda velocidad para llegar lo antes posible junto a mi padre. Llegué a la cima de las escaleras y corrí por la sala de los espejos. De pronto la niebla apareció detrás de mí y les cortó el paso a Killian y a Ana.

—¡No! —grité.

Me volví hacia ellos, pero la niebla se había acumulado ya hasta la altura de la cintura. Los miré con los ojos muy abiertos, llena de miedo.

—¡No permitáis que os consuma! —dije—. ¡Poneos a salvo!

—¡No podemos dejarte sola! —replicó Killian.

—Claro que sí. ¡Poneos a salvo!

Lo vi titubear y supe que estaba valorando si podía alcanzarme corriendo.

—¡Por la puta diosa, Killian, vete! ¡Saca a Ana de aquí! ¡Es una orden!

Apretó los dientes, pero cedió. Sentí una oleada de alivio al verlos retroceder antes de que la niebla llenara el otro lado de la sala.

Me di media vuelta y subí por la escalera oscura…, pero de pronto, al llegar a la cima, algo me golpeó en el pecho. Traté de aferrarme a alguna parte, pero no había nada. Caí de espaldas y rodé, rodé, rodé hasta el último peldaño.

Las costillas me dolían tanto que no podía respirar. Con un gemido, conseguí ponerme sobre la espalda mientras trataba de recuperar el aliento, confusa. Y, en ese momento, apareció ante mí, borrosa, la silueta de mi padre.

—¿Padre? —dije.

—Lo siento, Isolde —habló y alzó la espada—. Pero es el sacrificio de una reina.

—¡Padre!

Rodé a un lado cuando descargó el golpe. La espada me arañó un costado antes de golpear el suelo de piedra, debajo de mí. Siguió avanzando y lanzó un nuevo golpe contra mi cuerpo magullado. Intenté ponerme de pie, pero un empujón me derribó de nuevo. Me arrastré para alejarme de él entre sollozos.

—¿Qué estás haciendo?

Estaba débil y agotada. Me ardía el pecho y las costillas me lanzaban latigazos de dolor que me recorrían el cuerpo entero. Nunca me había sentido tan aturdida.

—¡Lo que deberías haber hecho tú misma en el momento en que descubriste que eras su punto débil! —gritó mi padre. Me dio una patada en el costado para que quedara tendida sobre la espalda.

—¿Querías que me matara? —pregunté asqueada—. ¿Por quién? ¿Por un reino que me ha dado la espalda pese a mi sacrificio?

—¡Por el bien superior! —gritó—. No solo por tu pueblo, ¡por todo Cordova!

—¿Incluido el pueblo de mi madre? —pregunté con la voz de repente más tranquila—. Permitiste que los esclavizaran. A ellos no les toca parte de ese bien superior.

La niebla se nos iba acercando. Nunca había estado tan cerca, pero en aquel momento sentí su magia. Palpitaba con una energía que me erizó el vello de los brazos, me recordó quién era y por qué estaba allí.

Era Yesenia de Aroth.

Mi padre fue a clavarme la espada en el pecho, pero agarré la hoja con las dos manos. Me hizo cortes profundos en las palmas y la sangre me goteó sobre la piel.

—Padre —dije y las lágrimas me corrieron por el rostro—. No, por favor.

—¿No estabas dispuesta a hacer lo que fuera con tal de salvar a tu pueblo? ¿Qué ha cambiado? ¿El amor?

Todo. Todo había cambiado.

No era solo Adrian. Era mi mundo entero. El pueblo en el que había confiado se había convertido en mi enemigo. Solo podía creer en el pueblo que había sido mi enemigo, en la gente a la que toda mi vida había odiado. Y mi padre era la raíz de todo aquello, los cimientos sobre los que se había construido mi vida de mentiras.

Apreté los dientes, me moví bruscamente y aparté la espada al tiempo que le daba una patada en las rodillas a mi padre. Lanzó un gruñido y cayó. Luego, le di otra patada en el pecho y quedó de espaldas, después el arma se le escapó de entre los dedos. La agarré con las manos heridas. Me puse en pie y, al mismo tiempo, él se incorporó sobre las rodillas y alzó las manos en gesto de rendición. La niebla era una cortina de sangre detrás de él.

Sacudí la cabeza y ahogué un sollozo. Quería derrumbarme, dejarme caer al suelo y llorar eternamente. Mi padre había intentado matarme.

—Serás legendaria —trató de razonar—. No solo en Lara. En todo Cordova. ¿No era eso lo que querías?

No quería morir como una heroína.

Quería vivir como una conquistadora.

—Quería ser reina, padre, y ahora lo soy. —Bajé la espada—. Vuelve a casa.

Fui hacia la escalera. Necesitaba aire fresco. Necesitaba dormir, dormir y dormir.

Solo di dos pasos antes de que se lanzara contra mí. Cuando me di la vuelta, le clavé la espada en el estómago. Abrió mucho los ojos, le salió sangre de la boca y cayó de rodillas, y yo con él.

—Lo siento, lo siento —dije.

La única respuesta de mi padre fue un sonido ahogado mientras se derrumbaba. Y, al verlo morir, lloré.

—Qué manera tan espantosa de perder a un padre y por tu propia mano.

La voz de Ravena resonó a mi alrededor y me puse rígida. Miré hacia arriba, hacia todas partes, pero no la vi.

—Es horrible —dije—. La carga de matar a tu propia sangre es pesada, pero, bueno, eso ya lo sabes, ¿no?

—¡Ah! —exclamó.

Apareció en todos los espejos de la sala. La batalla no le había afectado en nada. Llevaba el pelo perfecto, recogido en una trenza que le caía sobre el hombro, y la túnica blanca demasiado inmaculada. Así luchaba siempre, a través de otros, desde lejos. Pero algún día probaría el acero y yo quería que fuera el mío.

Llevaba bajo el brazo *El libro de Dis* y eso me provocó una rabia honda y creciente, que no alcanzaba a comprender del todo. Ahora era dos personas y solo sabía lo que la otra me permitía saber.

—Las brujas del Aquelarre Supremo nunca fueron mis hermanas.

—Te querían…

—¡No! —gritó y vi cambiar su rostro.

En aquel momento pareció vieja, llena de odio, con los ojos más hundidos y oscuros, y una expresión maligna en el rostro. «Este es su verdadero yo —pensé—. Este es el precio que ha pagado por seguir el camino hacia el poder».

—¡Ni se te ocurra decir que me querían! ¡Ni se te ocurra decir que tú me querías!

La miré, jadeante. Recordé que le había tenido cariño a Ravena, pero ella ansiaba poder más allá de lo que permitía el Aquelarre Supremo. Cuando intentó utilizarlo, fue exiliada, y sobre su magia recayó una maldición.

Por eso los hechizos no le salían como quería. Porque se le había prohibido practicar la magia.

—¿Sabías que él nunca me quiso a mí? —dijo.

—Ravena...

—Yo era el último recurso de Dragos —siguió.

Mientras hablaba, la niebla seguía reptando hacia mí. Cogí la espada de mi padre y la arranqué del cadáver. No tenía más remedio que dejarlo allí y retroceder. Pasé junto a los espejos, todos mostraban el reflejo de Ravena.

—Al menos tú acabaste a su lado —repliqué—. Las demás nos convertimos en cenizas.

No iba a conseguir que la compadeciera. Mis hermanas habían muerto por su culpa. Tenía que seguir hablando mientras recorría la sala. Uno de los reflejos no era una ilusión, sino un portal, el que me llevaría cara a cara con la auténtica Ravena.

—Dime, ¿nos mataste a todas porque sabías que no te elegiría a ti a menos que las demás estuviéramos muertas?

La rabia de Ravena fue como una explosión y una parte muy antigua de mí la percibió como si fuera tangible. Me estaba acercando.

—Tu poder podría haber sido enorme. Pero tu mente era débil.

—¿Mi mente? —chilló—. ¡Y lo dice la bruja que se enamoró de un mortal! Ni siquiera has cambiado en esta vida. Cuéntame, ¿te gustó la sangría?

Una mano gélida me estrujó el corazón.

Así que lo sabía.

—Has permitido que ponga en peligro lo más importante: tu vida. ¡No me hables a mí de mentes débiles!

Caminé más despacio. Su rabia era un muro tan rojo como la niebla que avanzaba hacia mí.

—El amor de Adrian siempre me ha dado poder —dije—. Fue lo que me trajo de nuevo a la vida.

No era mentira, no era una exageración.

«He suplicado por ti». Me lo había dicho.

—Eres una estúpida —escupió Ravena.

—Soy una reina —repliqué—. Y, pese a todo lo que has hecho, tú eres una bruja impotente que se esconde en los espejos.

Su ira fue como un relámpago. Tuve que echar mano de todo mi autocontrol para no reaccionar, para no volverme y que se diera cuenta de que la había encontrado.

—No por mucho tiempo. Tengo el libro.

Sonreí.

—Y yo lo escribí.

No le iba a decir que no recordaba ni un solo hechizo, que aún no había recordado ni por qué había empezado a escribirlo.

—Lástima que esta vez hayas nacido sin magia —se burló—. ¿Cómo piensas detenerme?

—No me hace falta magia para detenerte, Ravena.

—¿No? —Por lo visto le hacía gracia—. Dime, si no es magia, ¿qué te hace falta?

—Paciencia —dije.

Me moví a toda velocidad y lancé un golpe con la espada, que perforó un espejo y se clavó en el pecho de Ravena. La sangre le salió a borbotones por la boca, contra el cristal. Cogí un candelabro y lo blandí para destrozar el cristal, pero, cuando la niebla se esfumó, Ravena había desaparecido.

Me quedé allí un momento, jadeante, y el peso de lo que acababa de hacer, del día entero, me cayó sobre los hombros.

Grité.

Rugí.

Destrocé todos los espejos que quedaban en la sala y, cuando terminé, subí a la cima de la torre. Allí, me dejé caer en el suelo para descansar bajo el cielo rojo de Revekka y supe que aquel dolor me iba a convertir en un monstruo.

Cuando volví a abrir los ojos, el rostro de Adrian estaba suspendido sobre el mío, con gesto sombrío. Tenía la ira grabada en las arrugas de la frente, en la tensión de las mejillas. Al verlo, me derrumbé. La angustia que sentía era casi palpable, tanto que me invadió y me retorció todo el cuerpo. No volvería a ser la misma. Mi padre había muerto. El hombre que me había criado, al que había admirado, al que había idealizado como rey, había intentado matarme.

Por el bien superior.

Reproduje una y otra vez el ataque en mi mente. Oí de nuevo todo lo que dijo y seguí sin comprender.

Adrian se arrodilló y me cogió entre sus brazos, me eché a llorar contra su cuello. Lo siguiente que recordé fue despertar junto a él. Estaba tumbada de bruces, con el brazo bajo la cabeza y, al verlo, se me volvieron a llenar los ojos de lágrimas. Estaba agotada, estaba cansada de llorar, pero no tenía nada a lo que aferrarme salvo a mi dolor.

Me secó las mejillas con un dedo.

—¿Sabes por qué te llamo gorrión? —preguntó. Su voz era apenas un susurro.

Negué con la cabeza. Había dado por hecho que tenía que ver con ser tan vulnerable allí, entre vampiros. En aquel momento me sentía muy mortal.

—Muchos monstruos acechan al gorrión, pero el gorrión es astuto, tiene recursos y siempre gana.

Noté un nudo en la garganta y los ojos se me volvieron a llenar de lágrimas.

—Tú tienes el corazón de un gorrión, aunque estés entre lobos —dijo, y me besó la frente con fuerza—. Tendría que haber sido yo —añadió—. Tendría que haber sido mi espada, no la tuya, la que lo matara.

—No —dije.

Era mejor haberlo matado yo. Si hubiera muerto a manos de otro, no lo habría perdonado, igual que nunca podría perdonarme a mí misma.

—Te he fallado. Juré protegerte.

—¿Cómo ibas a saberlo?

—No es cuestión de saber nada. Hice un juramento.

—A mi padre, que no mantuvo el suyo.

Me temblaron los labios y vi que él estaba igual de afectado. Sus ojos reflejaban el tormento que sentía mi corazón. El dolor, la ira, la tristeza… hasta la conmoción. ¿Quién habría imaginado que no estaba a salvo con mi propio padre?

—Te haré un juramento nuevo —dijo—. No permitiré jamás que nada vuelva a hacerte tanto daño.

Lo único que podía hacerme tanto daño era perderlo a él. Yo le habría jurado lo mismo, pero él ya lo había cumplido. Nunca viviría sin mí.

—Adrian —susurré, le toqué el rostro y le acaricié el pelo—. Ravena lo sabía.

Apretó los labios.

—Ravena sabía lo de la sangría. Así que uno de tus cuatro es un traidor.

Fue un golpe muy duro. No tenía mucha gente en la que confiara. Los nobles no eran de los suyos. Los cuatro, sí... hasta aquel momento. ¿Quién se lo había dicho a Ravena? ¿Daroc, Sorin, Ana, Tanaka? ¿Había sido un error? ¿Un momento de debilidad?

Le hablé también de los nobles que lo habían traicionado, Gesalac y Julian, pero eso no le sorprendió y me contó que habían huido.

—Sorin está de caza, pero no creo que los encuentre.

—¿Qué vas a hacer? —susurré.

Me miró un momento antes de responder.

—Esperaremos. A veces, un traidor es justo la pieza que lo cambia todo.

Me pregunté si en eso consistía ser reina, en no confiar por completo en nadie más que en mi rey.

Íbamos a quemar el cadáver de mi padre en lugar de darle el entierro tradicional de mi pueblo. Era un insulto. Ningún rey de Lara había sido consumido por las llamas. Pero, mientras veía cómo ponían el último tronco en la pira, no lamenté la decisión.

Me encontraba de pie en el patio del Palacio Rojo, vestida de azul y plata, los colores de mi casa. No era solo por mi padre, sino también por mí. Era mi funeral, la muerte de la mujer que había sido.

No nos acompañaba mucha gente. Ana y Killian estaban a mi izquierda, y Adrian, a mi derecha. A su lado se encontraban Daroc y Sorin, y detrás de ellos vi a Isac y Miha. Tanaka y los nobles que quedaban estaban dispersos por el patio. Traté de no mirarlos con desconfianza, de no pensar que uno de los cuatro amigos más queridos de Adrian era un traidor, pero no podía quitarme esa idea de la cabeza.

Había un traidor entre nosotros.

Me acerqué más a Adrian, que me tendió la mano y entrelazó los dedos con los míos mientras sacaban a mi padre del castillo. Estaba envuelto en lienzos blancos que empapaban lo que le quedaba de sangre después de que la niebla le hubiese devorado la piel del cuerpo.

No sabía qué era más doloroso, que mi padre estuviera muerto o que hubiera intentado matarme. Aún no había superado la conmoción y apenas había conseguido dormir; cada vez que cerraba los ojos, ya no veía a mis pies una pira en llamas, sino a mi padre que me atacaba con la espada.

¿Cómo habíamos pasado de tenernos solo el uno al otro a… aquello? ¿Cuándo había dejado de ser su joya, la salvadora de nuestro pueblo, para convertirme en la enemiga?

¿Cuál era el deber de un rey? ¿Garantizar el bien superior?

Yo no quería el bien superior.

Yo quería lo que fuera bueno para mí, lo que me diera una vida larga para salvar al pueblo de mi madre, proteger a los míos, derrotar a Ravena y reinar sobre los que querían acabar conmigo.

Ese era el bien superior para mí.

Adrian, a mi lado, observaba, solemne. Yo sabía que era porque comprendía mi dolor y porque no había estado a mi lado para ayudarme. Me dolió el corazón al recordar cómo me había mirado, cómo había prestado un segundo juramento, algo que me había dicho que nunca haría y que a la vez era la prueba definitiva de su amor hacia mí.

—¿Y ahora? —pregunté.

Nos quedamos mirando mientras un guardia se adelantaba para prenderle fuego a la pira. Las llamas prendieron con rapidez. Me recordó lo deprisa que se había consumido la madera a mis pies hacía doscientos años.

Las llamas chisporrotearon. En cualquier otro momento, me habría alejado por aquel miedo inconsciente al fuego y al humo, pero no me moví. Vi con los ojos nublados cómo ardía el cadáver de mi padre.

—Tenemos que encontrar a Ravena. Y matarla —dijo—. Seguirá tratando de perfeccionar la niebla.

El ataque a Cel Ceredi había costado muchas vidas. Esos funerales se celebrarían durante los próximos días. También el de Isla, la amante de Ana.

Miré a Ana, pálida y tranquila, y le cogí la mano.

Ella no me devolvió la mirada. No había mirado a nadie desde la muerte de Isla. Pero me apretó la mano y eso al menos fue un consuelo. No me podía imaginar lo que estaba sufriendo. Lo cierto era que no me lo quería ni imaginar, pero llevaba en el corazón todo el dolor de su sufrimiento. Ni siquiera había hablado con ella porque estaba consumida por mi pena.

—¿Y el rey Gheroghe? —pregunté—. ¿Cuándo pagará lo que le ha hecho a mi pueblo?

—Pronto, gorrión —me prometió Adrian.

La pira se derrumbó y el cuerpo de mi padre cayó al suelo de piedra entre una lluvia de chispas y cenizas. No parpadeé mientras

se consumía. Solo cuando no quedaron más que los huesos enne-
grecidos, cuando vi los ojos del cráneo, unos ojos llenos de humo y
fuego, recordé por qué había escrito *El libro de Dis*.

Era un libro de hechizos. Era un libro de magia oscura.

La magia que el Aquelarre Supremo había prohibido.

La magia capaz de levantar a los muertos.

ESCENA ADICIONAL DAROC Y SORIN (LA VERSIÓN DE DAROC)

Era raro que me enfrentara a nadie con temor, pero esa noche iba a enfrentarme a Sorin.

Tenía que pedirle perdón. Se merecía la reprimenda, pero lamentaba haberlo castigado en público. Porque… me había asustado.

Hice la ronda y todo el mundo estaba en su lugar menos Sorin. Mil posibilidades se me pasaron por la cabeza. Me imaginé que me lo encontraba muerto, asesinado por la niebla escarlata que había asolado las aldeas de todo Cordova. La ansiedad fue en aumento hasta que lo encontré, vivo y en perfecto estado, y entonces no pude contener la ira.

Estallé.

Le había agitado un dedo ante la cara. Sabía que no lo soportaba.

Él debería ser el más obediente de mis soldados. Debería desear complacerme más que ningún hombre que estuviera bajo mis órdenes.

En lugar de eso, buscaba provocarme, siempre, delante de los demás.

Me detuve ante nuestra puerta y arrastré los pies, flexioné la mano antes de agarrar el pestillo. ¿De verdad quería aquello? ¿Había sofocado lo suficiente mi frustración? No me dio ocasión de averiguarlo, porque la puerta se abrió de repente, y ahí estaba, al otro lado.

Lo miré. Cada detalle de su rostro. Parecía como si lo hubieran esculpido en piedra: ojos hundidos, pómulos anchos, mandíbula enérgica y unos hoyuelos que hacían que siempre pareciera feliz, hasta en aquel momento, cuando estaba furioso.

Pero, pese a todo, el amor que sentía por él era real y me llenó el pecho.

—¿Vienes a gritarme más? —preguntó.

Me encogí. ¿Le gritaba a menudo?

—No quisiera —admití.

Sorin respiró hondo y se apartó a un lado para dejarme entrar en las habitaciones que compartíamos. Parte de la ansiedad se disipó. Me había imaginado que tendría que dormir en los barracones. Aun así, cuando nos peleábamos, siempre me sentía forastero en mi propio cuarto. Entré y me volví hacia él.

—Quiero disculparme —dije.

—¿Por gritarme delante de nuestra reina? ¿O por perder los estribos?

Hice una mueca. No sabía qué había oído Isolde, pero reconocía que era humillante que nos hubiera visto así.

—No tendría que haber perdido los estribos —dije muy despacio porque noté que estaba levantando mis defensas—. Pero no me puedes echar toda la culpa. No estabas donde tenías que estar.

—Siempre das por hecho que estoy haciendo algo irresponsable —dijo Sorin—. Ni siquiera me preguntaste dónde había ido.

Lo miré. «Porque no tenías que dejar tu puesto para ir a ninguna parte», habría querido decirle. Pero se lo toleraba todo porque no lo podía evitar. Me miró de una manera que me hizo sentir un nudo en la garganta.

—¿Dónde estabas?

Apretó los labios gruesos.

—Esto no va a hacer que me perdones.

Seguí a la espera.

—Oí los gritos de una mujer. Me pusieron los pelos de punta y pensé que había algún monstruo cerca. Así que fui corriendo y me la encontré con su hijo en brazos. El niño se había caído en una pira.

Tragué saliva.

—¿El niño… estaba…?

—Muerto —dijo Sorin. Se encogió de hombros y apartó la mirada, supe que no quería que viera cuánto le afectaba—. Hemos visto muchas cosas a lo largo de nuestra vida, pero nunca me acostumbraré a ver morir a los niños.

No supe qué decir. A mí me pasaba lo mismo.

Cuando no eran los niños heridos en una batalla, eran los niños que morían entre los dientes y las garras de un monstruo asesino.

—Ya sé que crees que me comporto como un crío —siguió Sorin—. Pero si me permitiera mostrarme de otra manera… —Se interrumpió, pero supe lo que iba a decir.

—Serías como yo —dije—. Desdichado.

El gesto de Sorin cambió. Pareció dolido.

—¿Eres desdichado?

No supe cómo responder. Tardé un poco en dar con las palabras y sobre todo en poder decirlas sin que se me quebrara la voz.

—En mi vida hay pocas cosas buenas y tú eres una de ellas. Pero cada día que pasa siento que estoy un paso más cerca de perderte.

Sorin se me acercó un paso y me cogió el rostro entre las manos. Cerré los ojos para perderme en su contacto. Siempre había sido el único capaz de hacerme sentir humano, hasta cuando era mortal.

—Estoy aquí, Daroc —susurró. Lo estaba, físicamente, pero a veces me parecía que estaba muy lejos, llorando por la vida que había perdido cuando yo lo convertí porque no soportaba la idea de vivir sin él alguna vez—. No tienes que buscar mi amor. Vivo en tu corazón.

Le cogí los brazos y lo aparté, le besé los dedos.

—No quiero enfadarme contigo ni gritarte ni…

—Lo sé, lo sé. —Sorin sonrió y los hoyuelos de las mejillas se le marcaron más. Le daban un aspecto demasiado travieso. Me encantaba—. ¿Quieres que te castigue?

Me eché a reír.

—El que castiga soy yo.

—Mmm…, esta noche, no —dijo. Bajó la mano hasta mi entrepierna, hasta la polla tensa bajo las prendas de cuero. Dejé escapar un gemido cuando se puso de rodillas y me expuse a sus ojos hambrientos—. No te corras —ordenó, pero me tomó entero en la boca.

—Joder.

La palabra se me escapó entre los dientes y le clavé las uñas en la cabeza. Todos los instintos me pedían que lo retuviera contra mí, con la polla en la garganta, pero me resistí y aparté las manos para ver cómo me veneraba.

Sorin siempre era cariñoso y delicado. En aquel momento, no lo fue. Sabía que yo prefería la precisión y superó todas mis expectativas. Me encantaba que fuera capaz de aquello, nunca me cansaba de cómo me tomaba entre los labios, de cómo me lamía con la lengua, de cómo me chupaba. Esperé a que me pusiera una mano bajo los testículos y, cuando me impacienté, le di una orden.

Su risa me vibró contra la polla, pero obedeció. Todo se tensó dentro de mí y solo pude pensar en lo mucho que deseaba destrozarle la boca, violarle la garganta, hacer que se ahogara con mi semen. Le agarré la cabeza, se irguió sobre las rodillas y se me agarró al culo porque sabía lo que se aproximaba.

Embestí con un rugido, gemí cuando me tomó entero y, en aquel momento, pensé que sabía lo que se sentía al ser temerario.

Me corrí en su boca. Luego, se levantó y me cogió el rostro entre las manos.

—Sé que tu ira es solo miedo —dijo—. Y eso hace que te quiera todavía más.

Luego, se inclinó y me perforó la piel con los colmillos.

NOTA DE LA AUTORA

Lo que más me gusta de escribir fantasía romántica es que puedo imaginar un mundo fantástico y poner en él personajes que se enfrenten a emociones y desafíos cotidianos. Este libro empezó con dos personajes peleándose en el marco de un matrimonio acordado o forzado, y evolucionó para convertirse en una historia acerca de la identidad y de elegir lo que es mejor para uno mismo sin que importen las opiniones ajenas.

Solo voy a mencionar unos pocos detalles sobre la mitología del vampiro y de los monstruos que aparecen en este libro porque he utilizado una guía concreta como referencia. Gracias a la *Encyclopedia of Vampire Mythology* de Theresa Bane, descubrí que había cientos de variantes de vampiros a lo largo de todo el mundo y en todas las culturas, pero todas se basan en los miedos más arraigados. Así que he escrito este libro considerando lo que más teme el mundo actual.

Ha resultado ser aquello que es más fuerte que ellos mismos. Lo vemos en la historia de los reyes que asesinan a las brujas por miedo a que los dominen, de modo que Dis, la diosa del espíritu, decidió crear a un ser que pudiera hacerlo… y Adrian lo llevó a su punto más álgido.

Otras habilidades que he adaptado de la mitología de los diferentes vampiros, y sobre todo del famoso Drácula, son las siguientes: el poder de transformarse en un animal o en niebla. Estos paralelismos son fácilmente detectables en el libro. Al principio se decía que Drácula era capaz de transformarse en lobo (y en otros animales), así que he hecho que el lobo fuera un emblema. El poder de cambiar de forma lo vemos también en Sorin, que se convierte en halcón, y se menciona que otros vampiros pueden transformarse en buitres o murciélagos. La referencia a la niebla aparece en la niebla escarlata, de la que Isolde cree al principio que son responsables los vampiros.

También he conservado el tema de que el sol es mortífero para los vampiros, pero siempre me había imaginado Revekka con un cielo rojo. Adrian es el primer vampiro, claro, y mucho más fuerte: él, al igual que Drácula, puede soportar el sol poniente.

Aparte de los vampiros, todos los monstruos que aparecen en este libro son variantes del mito. Muchos los habréis identificado porque aparecen en otras historias, como la lamia, que se alimenta de niños. Si habéis leído *A Touch of Malice*, en ese libro hablo de estos monstruos.

También quiero señalar que sé que se suelen establecer conexiones entre *Vlad el Empalador* y *Drácula* de Bram Stoker, pero me gustaría que leyerais sobre el verdadero Vlad III. Se le atribuyen múltiples atrocidades, pero tengo la sensación de que lo sacan del contexto de su momento y rara vez se mencionan los motivos que lo llevan a emprender las conquistas.

Muchas gracias a mis lectores. Estoy en deuda con vosotros, que habéis permitido que mis sueños se hagan realidad. Espero que os haya gustado la historia de Adrian e Isolde. Espero que os hayáis enamorado de sus amigos y de su mundo. ¡Me muero de ganas de compartir con vosotros el próximo libro!

SCARLETT